Des clous

DU MÊME AUTEUR

L'Attente du soir

Tatiana Arfel

Des clous

José Corti

Le programme des parutions et le catalogue général sont en ligne sur :
www.jose-corti.fr

L'auteur remercie le Centre National du Livre
pour l'aide qu'il lui a octroyée

Image de couverture : © Photo de Ianna Andréadis

N° d'édition : 2071
ISBN : 978-2-7143-1046-0

Aux travailleurs anonymes

Personne, aucune puissance, aucun être humain, n'a le droit d'énoncer envers moi des exigences telles que mon désir de vivre en vienne à s'étioler. Car si ce désir n'existe pas, qu'est-ce qui peut alors exister ?

Stig Dagerman, *Notre besoin de consolation est impossible à rassasier*

« Leader sur le marché des data processing depuis sa création en 1998 par Frédéric Hautfort, self-made-man atypique et brillant, Human Tools, forte de 14 succursales worldwilde, définit rapidement son cœur de métier : la conception, pour chaque matter rencontré par les dirigeants d'aujourd'hui, de procédures « to the point » selon ses propres patterns rationnels et standardisés, alliant rigueur expérimentée, cost-containment et l'inimitable french touch qui nous place aujourd'hui dans la frange enviée des sociétés continuellement en hausse sur les marchés financiers mondiaux. Notre label CAC® relègue les normes ISO dans les bégaiements capitalistes des eighties et nous n'avons de cesse, hand in hand, de proposer de nouveaux produits testés et évalués dans une optique qualité totale, excellence et dividendes guaranteed.

Demandez à HT, et HT bench-marketera, HT évaluera, HT rationnalisera, HT vous fournira des protocoles uniques et confidentiels applicables immédiatement : procédures de travail, contrôle, double-contrôle, intercontrôle, random control des employés, rationalisation des locaux, tâches et comportements (nouveauté exclusive), cost-killing, typologies de l'employé par pays et/ou ethnie (cultural-sensitive), gestion des employés non-conformes, installation facile de vos filiales dans les pays en voie de développement (réseau, diplomatie, contrats locaux, honoraires in et off), défiscalisation rapide, licenciements massifs sécurisés, pack coup-de-pouce au départ « volontaire »...

Demandez à HT, et HT vous fournira un service après-vente expert et multilingue, 24 h sur 24 h. Demandez à HT, et plus rien ne sera laissé au hasard.

HT – Let your dreams come true »

Extrait de la brochure Human Tools France, 2006

Human Tools – février 2006

Les non-conformes

Sonia Ben Lahawi, call center employée trop précise, 39 ans
Marc Pelletier, commercial manqué, 29 ans
Catherine Lahore, DRH en déshérence, 54 ans
Rodolphe Perthuis, employé cérébral du restaurant d'entreprise, 41 ans
Laura Rochellier, hôtesse d'accueil à talons plats, 22 ans
Francis Achard, comptable expert exemplaire, 42 ans

Les conformes

Frédéric Hautfort, PDG fondateur, homme pressé, 48 ans
Sylviane, son assistante, revêche haut-perchée, 56 ans
Stéphane Le Huchet, dit Stéf, GI-commercial, 34 ans
Sabine Delagni, DRH aux dents longues, 26 ans
Mariama/Marie Traoré, hôtesse d'accueil noire mais pas trop, 21 ans
Steve Wright, post-cost-killer, directeur financier, 44 ans

Ceux à côté

Roman Miranescu, coursier poète, 26 ans
Le vieux Sélim, homme de ménage à l'abandon
Denis Serpat, comédien formateur, 35 ans

PREMIÈRE PARTIE – OUVERTURE DES MARCHÉS

CHAPITRE 1 – AU COMMENCEMENT…
PREMIER JOUR CHEZ HT

Catherine, 5 janvier 1998

Il faut vivre avec son temps, Claire me l'a encore dit hier, elle allait à une sorte de concert en plein air, enfin concert, ce sont des claviers et des enceintes immenses en plein champ et gare aux oreilles, les paysans sont furieux, j'ai vu des reportages sur ce genre de fêtes. J'ai 46 ans et je vois bien comme les gens me regardent. Plus personne ne m'appelle mademoiselle. C'est comme si le meilleur était derrière moi. Les filles sont presque grandes, pourtant je n'y crois pas, moi, je le sais que j'ai encore plein à vivre. Et puis quoi, quelques kilos de plus, mais en échange de la tranquillité, moins de miroirs, du calme intérieur pour lire, je ne lisais pas autant, avant. Donc, je continue à penser que c'est une chance, c'est la première fois que je participe à la création d'une entreprise, même si on ne m'a pas demandé mon avis, y compris pour les embauches. Pourtant je fais ce travail depuis plus de quinze ans, mais ça viendra, il faut faire connaissance, et je peux faire du bon boulot, ça j'en suis sûre. J'ai eu le temps d'observer, partout où j'ai travaillé, comment ça marche, j'ai appris, appris à sentir quand un employé n'allait pas bien, j'en ai tant reçu dans mon bureau, appris à comprendre comment chacun pouvait progresser, appris aussi à discerner quand ils séchaient sur pied et voulait partir, trouver leur eau ailleurs. Je les ai aidés comme j'ai pu, en détournant parfois un peu les textes – et je reçois encore des cartes postales, tous les ans, qui me disent où chacun en est. Parfois ils ont quitté la France, parfois créé leur boîte à eux, ils ont des enfants maintenant et je reçois tout ça, dans ma boîte aux lettres, et je pense : je fais le plus beau métier du monde. Directrice des Ressources Humaines. Comme je les ai cherchées, ces ressources, quand elles se terraient sous la timidité, les échecs d'avant, la peur de mal faire… J'ai vu, j'ai tant vu comme un peu de bienveillance, un tout petit peu, change tout, éclaire les visages, active les neurones, épanouit tout le corps, ça pétille presque dans l'instant. Oh, j'en ai eu des conflits aussi, des grèves parfois, eh bien, je me suis débrouillée, suivi ce qui était juste, bu des pots avec les syndicalistes après des négociations musclées, combattants poussiéreux, complices et harassés, pas du même camp mais respectueux des armes d'en face, et même si ça prenait des semaines, on arrivait à quelque chose… Quand même, juste avant que Demotier et fils ne ferme – on ne pouvait plus rien faire, sauf délocaliser et ça, jamais, le vieux Demotier en aurait eu une attaque, juste avant donc, j'ai commencé à sentir un drôle de vent, pourtant on parlait de crise depuis longtemps, mais autre chose… De la peur, chez les fournisseurs et chez les clients le turn-over augmentait, les nouveaux étalaient avec délectation un jargon américain inconnu, et plus question d'aller boire un pot avec eux. On a dû apprendre à tout officialiser, rendre compte, « reporter ». Avant on se faisait confiance… Oui, c'est une chance pour moi d'avoir obtenu ce nouveau poste, j'ai travaillé avec Frédéric il y a très longtemps, contractuels tous les deux pour l'état, dans un obscur service de traitement des données relatives aux mouvements des fonctionnaires en France : mutations, départs, arrêts maladie… C'est lui qui m'a appelée, il sait de combien de conflits je nous ai tirés, moi et les autres, tout se sait dans ces petits mondes. Il m'a dit « Toi tu sais mater les gens », je pense que c'était pour rire, je n'ai jamais maté personne. Tout était déjà en place, je n'ai pas bien compris tout quoi, du tertiaire, c'est certain, branche conseil, je dirais, fonctionnement type trois huit, ça me rappellera des souvenirs, il y a une notion de service et d'urgence, à voir pour quoi. Il a parlé d'open space. J'ai demandé à Claire, ce sont des bureaux paysagers, j'ai déjà vu ça, mais ça ne peut pas être pour tout le temps, ça serait terrible, il doit y avoir des tours de garde dans ces bureaux, je verrais. Donc je devrais au moins avoir le droit de proposer des formations, et là j'ai plein d'idées, la cohésion d'équipe d'abord et surtout, c'est ça qui permet le travail bien fait, le fort protège le faible, comme chez les scouts, sans copinage, non, pas ces ambiances show-biz où tout le monde s'embrasse, mais une atmosphère, je ne sais pas, de coopération, ou de solidarité – Claire lèverait les yeux au ciel et me traiterait de soixante-huitarde... Cohésion d'équipe et ressources, toujours, ça s'équilibre, ce que l'un ne sait pas faire l'autre le fait, des binômes peut-être, ou des parrains/tuteurs pour les jeunes et les nouveaux... Penser aux chèques-vacances aussi, et l'arbre de Noël, ça fédère, et une bonne salle de repos avec des fauteuils, j'ai lu qu'une sieste de vingt minutes faisait remonter l'efficacité de 50 %, il faut que je prenne rendez-vous avec le médecin du travail pour l'examen des locaux. Ah, voir aussi les nouveautés légales, ça change tout le temps, mais je comprends vite. Il faut que j'y aille, un café quand même, Jean me le prépare toujours avant de partir, la cafetière est brûlante, je jette plein de sucre (moins de miroirs !) c'est comme ça que c'est bon, et je prends une minute, juste une, pour regarder la lumière grise et dorée se lever sur les toits de Paris... Claire rentre, un « salut » et elle va droit au lit, Anne-Sophie dort encore, elle aussi lit tard... Allez, mes clés, ce soir je passe au marché, tarte aux figues pour les filles, et immense poulet fermier, et un chèvre, bien sec, ou même deux, pour Jean, qui ouvrira certainement un Hautes Côtes de Nuit, pour fêter ce nouveau premier jour...

Francis, 25 avril 2000

Nouveau, nouveau, nouveau travail, m'habituer à ce qui est nouveau, le docteur l'a dit, c'est essentiel. Il a dit aussi « ils ne vont pas vous manger », c'est d'un goût douteux, je vais travailler dans un bureau, pas chez des cannibales, je le sais tout de même. J'ai toute ma tête maintenant, je me souviens quand je ne l'avais plus toute, il en manquait un bout à partir d'au-dessus des sourcils, je m'en étais rendu compte en me rasant un matin, c'était tout plat directement, je suis allé m'en plaindre au patron du café en bas, et ensuite il a appelé des gens et je ne me souviens plus. Mais je suis de retour ici, bien chez moi, au milieu d'objets à moi choisis et ordonnés personnellement, avec la bouilloire qui siffle siffle son réconfort, avec le pardessus de laine amicale pour me tenir bien en sécurité car on ne se méfie jamais assez d'avril, avec mes clés, clés bien propres, bien huilées, c'est important les clés c'est ça qui empêche les autres de rentrer dans ma maison, pour espionner, et quand quelqu'un s'approche trop près de moi dans la rue je serre mes clés dans ma poche, comme ça il ne rentre pas dans ma tête, tête fermée, pas d'enquête possible, le docteur dit que c'est plus la peine de faire ça mais je pense que si, je le sais ! Chez moi, le pain est bien coupé chaque tranche égale par une machine qui ne se trompe pas, j'aime les machines, pas de surprises, pas comme avec les gens. Aujourd'hui des gens nouveaux, nouveaux, un bureau nouveau, un trajet nouveau mais ça, ça va, je m'entraîne depuis une semaine, j'ai fait le trajet aller et retour avec méthode quatorze fois par jour pour bien connaître à toutes les heures, un seul changement, ça va, c'est un changement prévu, il y a du monde tout le temps dans le métro, même à minuit, et c'est que des gens nouveaux, quoique, au bout de trois jours je reconnaissais des têtes, c'était bien, ça de nouveau en moins. Je suis aussi allé regarder les locaux mais de dehors seulement, pas le droit d'entrer avant le début de mon travail signé et contresigné avec le bon que je suis d'accord, oui je suis d'accord, c'est nouveau, mais c'est toujours comptable expert, ça c'est pas nouveau. Depuis quinze ans je compte au travail, depuis toujours à la maison, les chiffres c'est comme des machines, c'est stable, pas de surprises, je déteste les surprises, si un calcul ne tombe pas bien on recommence et ça finit par se retrouver, méthodiquement, parfois au milieu de la nuit quand j'emmenais les dossiers à la maison, parce que oui même trois centimes c'est important, trois centimes de trop ça veut dire qu'on n'est pas *exact*, ça veut dire qu'il y a une *erreur*, et là, c'est la porte ouverte à tout, si on passe sur les trois centimes alors on peut aussi bien manger à n'importe quelle heure et échanger d'appartement avec son voisin et payer sa facture EDF alors qu'il a deux machines à laver, si on passe sur les trois centimes alors plus rien ne tient, rien, tout est possible, tout peut arriver, sans préambule, avec juste trois petits centimes qui font les éclaireurs pour la grosse cavalerie, qui disent allez-y, on peut avoir trente-deux jours dans un mois et dix-huit heures dans un jour c'est pas un problème, c'est la liberté. Je déteste la liberté, la liberté c'est l'angoisse, le sommet de la falaise et vouloir sauter, alors comptable expert, voilà la barrière sur la falaise, voilà le panneau qui dit « ne passez pas cette limite », et moi je défends ce panneau, c'est mon travail, ils s'en sont vite rendus compte quand ils m'ont recruté, heureusement il n'y a eu quasiment que des tests écrits. Je parle très mal, parler n'est pas stable, la voix peut monter et descendre sans ordre, en toute liberté, et je m'étrangle pour la faire taire, des tests écrits donc, plein de calculs, des problèmes complexes de comptabilité avec pièges de nouvelles circulaires et contre circulaires, mais je les connais toutes, je suis abonné au *Quotidien du Comptable* et je le dévore, façon de parler, je suis au courant de tout, pas un pouce de liberté d'interprétation quand on lit avec attention, ordre et méthode. Et non seulement j'ai terminé les tests en premier, mais en plus j'ai eu les meilleurs résultats, 100 %, seul résultat acceptable, 100 % veut dire : rigoureusement exact, je ne recruterais pas quelqu'un avec 98,2 %, on en revient aux trois centimes, 98,2 % c'est la porte ouverte à 0 %, c'est logique, c'est clair. Donc, j'ai eu le poste comme ça, pas de questions, je n'ai pas mentionné l'histoire de pas toute ma tête ni les six mois de blanc et le travail d'avant perdu à cause de ça, six mois sans travailler c'est trois centimes aussi, porte ouverte, j'ai décidé qu'à partir d'aujourd'hui ça n'avait jamais existé, j'ai 100 % de ma tête, et mes papiers dans ma mallette fermée à clé, et un nouveau travail avec des chiffres toute la journée, et les nouveaux collègues seront dans leurs bureaux à eux alors je ferai aussi comme s'ils n'existaient pas, ou plutôt non, ne pas être déraisonnable, comme dit le docteur, je ferai comme si c'étaient des chiffres, des chiffres qui bougent et parlent mais que je peux aligner en colonnes, méthodiquement, sans aucun centime supplétif, un comptable expert exemplaire.

Rodolphe, 16 mars 2001

J'ai presque pas dormi, trop bossé, mais bon, je récupérerai au boulot, ah ah, ce que je suis drôle, tout seul chez moi. La chambre est dans un souk pas possible, huit mètres carrés ça va vite, et je devrais ramasser ces cartons de pizzas, mais bon, mieux vaut une douche et du café, instantané, j'ai jamais sorti la cafetière de son placard, elle m'impressionne. Je pense que ça devrait aller, j'ai bien défriché cette nuit, une bonne pile de bouquins derrière le matelas, hop, lu et archivé, aux suivants. Si j'arrive à tenir le rythme, en dormant bien le week-end, je dois pouvoir soutenir dans, disons deux ans et demi. Pas à me presser, le directeur m'a oublié depuis le temps, eh mon gars, c'est beau d'écrire une thèse, mais moi il faut que je bouffe ! Et les prix du ciné qui augmentent, même ici, même les résistants du quartier latin avec des programmations improbables et trois paumés comme moi dans la salle doivent rentrer dans leurs frais, c'est du cinéma, pas de la philanthropie ! Pourtant je le sais, le sujet est en or, j'en parle jamais pour pas qu'on me pique l'idée, « Liberté et protocole dans l'organisation des banquets en Périgord dans la première moitié du 13ème siècle », c'est LE sujet, ça porte tout en soi, ça explique tout ! La nourriture, ça m'a toujours passionné, depuis môme, pourtant je ne mange pas beaucoup, je suis plutôt maigre, mais moi, je goûte, vraiment... J'ai tout goûté, partout, attentivement, et j'ai regardé aussi, ce qui va avec, comment on sert, qui mange avec qui, à quelle heure, dans quoi, avec quoi... Ce que ça dit sur celui qui mange, celui (bon, souvent, celle) qui prépare, ce qui est interdit, ce qui est limité à certains jours et heures, les liens avec le climat, la géographie, la religion, les saisons, les fêtes... Comment on cache ou pas que la viande c'était un animal sur pied avec frères et sœurs, comment on l'accommode, on la dissimule ou on l'exhibe, les odeurs de gibiers qu'on cache ou, au contraire, aujourd'hui, les viandes auxquelles on rajoute un bouillon industriel de viande sans viande parce qu'elles n'ont plus d'odeur... Alors forcément ce nouveau boulot c'est un job en or, une boîte qui s'agrandit, déménage et se paye le luxe de créer son propre restaurant d'entreprise, ça c'est pour Bibi, j'ai toutes les références qu'il faut et sans tricher : dans combien de bistrots j'ai traîné mes culottes ! Combien d'Auvergnats j'ai rencontrés, combien de clients au pastis à 7 h du mat, combien de jeunes filles esseulées qui se saoulent au martini, c'est sucré, ça passe mieux... Et des banquets de maçons, d'ouvriers, de forains, interminables, j'ai appris beaucoup, les plats typiques de notre bonne vieille France avec des cuistots même pas français, qui te troussent le bœuf bourguignon comme personne ! On a parlé des nuits entières bien planqués (pas de papiers pour eux, jamais, même à s'escrimer toutes les nuits pour contenter des estomacs français de souche) de la vie, de l'argent à envoyer au pays, de romans de chez eux, je connais un chouïa de chaque langue maintenant, portugais, espagnol, russe, même hindi, bambara et chinois, tout ça dans la touffeur des cuisines au lard, à l'ail et au persil, allez, encore une tournée de pommes sarladaises, et les chants avinés qu'on entendait à travers les murs, comme j'ai adoré ça ! Mais bon, voilà, c'étaient des boulots pas stables, à finir à pas d'heure et après, à seulement pouvoir dormir. Ce nouveau job, pour ma thèse c'est parfait, horaires de jour, écrire la nuit, avec mon Drum et du café, en silence, dans la nuit d'ici qui est si chargée de livres. Je crois que la Sorbonne exsude la nuit des mots et des théories et des thèses oubliés par toutes ses fissures, et quand je m'endors enfin, je sens leur poids sur moi, et moi aussi j'exsude, moi aussi je veux apporter quelque chose, et aussi comprendre, comprendre aujourd'hui. Allons, preux cuistot, allons nous tapir dans ce boulot inespéré, observons bien ce qui se passe, préparons victuailles et breuvages pour ces travailleurs en bureaux qui ne connaissent que trop peu de festins…

Sonia, 8 janvier 2002

Ce qu'il y a de bien c'est que le trajet est direct jusqu'à Saint-Lazare, ça me fait bien gagner deux heures, je peux déposer les petits et pour le soir je m'arrangerai avec l'école, l'étude ça leur fait du bien, et pas de devoirs à leur faire faire ensuite. Et puis c'est pas si mal, bien sûr je ne vais pas réfléchir beaucoup, mais c'est un CDI et c'est du plein temps, je pourrai sûrement un peu parler d'autres langues, c'est bien pour ça qu'ils m'ont prise, des tests et des tests, mais je ne craignais rien, j'ai même un peu poussé, quelques phrases en arabe et en grec ancien aussi, personne n'a rien compris, ce qu'ils voulaient c'était l'anglais, comme tout le monde. Pas de problème, il y a pein d'articles de linguistique en anglais, j'ai appris vite. Ça fait longtemps que je n'en ai pas lu cependant, impossible de continuer les études avec les deux petits et le travail en même temps. Papa m'aide, il leur apprend le Coran, il leur parle, il leur raconte, et Maman les bourre de gâteaux. C'est bien, je n'ai plus le temps de cuisiner, ça fait longtemps, j'assure le minimum et on s'en sort, enfin on va s'en sortir maintenant avec ce plein temps, c'est sûr. D'ailleurs c'est très sérieux, après les tests de langue il y en avait d'autres, culture générale, géographie, des jeux de rôle aussi au téléphone, des questionnaires très personnels il me semble, mais bon j'ai répondu, si je ne le fais pas il y en a cent autres qui attendent à la porte, on me l'a dit et je le sais. J'ai tout mis, que j'élève les petits seule, mes origines, oui, je suis française, mes vœux de carrière, j'ai répondu « non » pour toutes les questions type « avez-vous des difficultés à travailler en équipe » etc., pas si bête, quoique les questions étaient mal formulées, c'est un problème linguistique ça, avec des connotations dans tous les sens et des réponses piégées, bref, je me suis tassée sur moi-même et j'ai répondu lisse, ce que je suis devenue d'ailleurs, le travail les trajets les enfants la télé le sommeil et on recommence. Pas d'argent pour envoyer les petits au pays, alors ils passent l'été à écouter de la belle musique chez les parents, ils attendent les appels des cousins qui leur font écouter la mer, ils respirent la rose et la fleur d'oranger que Maman leur vaporise, ils voyagent comme ça, voilà. Et puis cette histoire de recrutement a duré toute la journée, on était 16 au début, j'ai compté, et au fur et à mesure on faisait sortir ceux qui avaient mal répondu, devant tout le monde, comme ces jeux télévisés d'aujourd'hui où il faut choisir quelqu'un *contre* quelqu'un d'autre, sur quelles bases, on se le demande. Je trouvais ça dur mais je n'ai rien dit, que dire, ceux qui attendent à la porte je pouvais sentir leur souffle sur mon cou, leurs mains s'avancer vers moi, prêts à prendre ma place, à prendre les futures vacances des petits. Alors, j'ai regardé par terre comme tout le monde quand une candidate a pleuré, elle parlait de crédits à rembourser et refaisait les tests en cherchant l'erreur, j'ai eu honte mais quand elle est passée près de moi j'ai tourné la tête. Après j'ai vu en entretien « one-to-one » – je n'ai pas demandé pourquoi ils ne disent pas « individuel » – quatre personnes différentes. J'étais épuisée. Et le miracle a eu lieu, à 18 h nous n'étions plus que deux. J'ai filé, train bondé, arrêt inexpliqué, j'ai raté la sortie d'école, j'ai réchauffé des pâtes en rentrant, complètement vide, après j'ai couché les enfants sans bain et j'ai lu pour retrouver quelque chose, des mots sans pièges et des mots beaux, j'ai lu de la poésie toute la nuit et une semaine après, on m'a appelée, c'était moi. J'y suis retournée, j'ai mieux regardé cette fois, j'ai visité la plate-forme d'appels, une cinquantaine de personnes dans un grand bureau clair avec des néons pour le soir, toutes au téléphone devant des ordinateurs. Je me suis dit c'est convivial, on va pouvoir échanger entre les appels, même si je n'ai pas saisi de quoi il s'agissait, mais ce n'est pas grave. Il y aura deux mois de formation avec des fiches toutes faites pour répondre aux gens, pas besoin effectivement de réfléchir, c'est mieux, c'est logique et rigoureux comme la grammaire. Je réponds, j'applique, je coche sur la check-list, et comme ça j'aide des gens. Je comprendrai plus tard à quoi, ils m'ont expliqué qu'ils n'en disaient pas trop aux employés pour ne pas leur mettre de pression, on a juste ce qu'on doit faire chacun et c'est tout, comme des séquences verbales, pourquoi pas, moi je veux que mes enfants grandissent, je veux qu'ils voient des orangers en vrai. C'est l'heure déjà, dix minutes que je suis dans ma penderie, j'ai pris une tenue discrète, je n'en ai pas d'autres, mais j'ai ajouté du khôl qui est mon soleil à moi, le rappel que ça existe, et puis mon parfum, un baume musc-néroli dans une minuscule boîte d'argent ciselé que me ramène mon frère tous les ans. Je le fais durer, il me réchauffe dans le froid, dans le métro, dans le train, dans les rues à Paris pleines de gens qui courent et personne ne se demande des nouvelles, c'est ma barrière et mon doudou, comme ceux des petits.

Marc, 06 septembre 2002

Je devrais être en Andalousie, à transpirer à l'ombre de... Un olivier je suppose, à noter les mélodies des hommes, à enregistrer les cris des enfants, à boire ce vin blanc sec, là, qui me ferait tousser, comment ça s'appelle déjà... Mais Papa a raison, naturellement. J'imagine l'Andalousie comme ça, ç'aurait pu être la Mauritanie, le Pakistan ou le Venezuela, mais je vois petit, toujours, Papa a raison, moi-même je n'y croyais pas, j'ai fini l'école en juin, en septembre j'aurais pu être très loin, même en rêve. Mais voilà, même en rêve, je ne vise pas bien haut, c'est vrai. C'est une chance extraordinaire que Papa m'a donnée à moi. Pierre et Mathieu n'en ont pas eu besoin, ils ont fait leurs études tout droit, eux, pas de boîte à bac, pour eux, les écoles haut la main, et Pierre directeur pour Papa, et

Mathieu avocat. Comment j'ai pu me croire compositeur ? Papa a raison, oui, compositeur c'est pas un métier, tout juste une pose de crève-la-faim, si j'étais Mozart ça se saurait, et j'aurais été capable de travailler à l'école ! Non vraiment une opportunité incroyable, cette école de la dernière chance, école de commerce pour vilains canards comme moi, école ruineuse pour Papa – un portefeuille entier qui était encore porteur, en plus. Je l'ai terminée, petit toujours, au ras du diplôme. À la maison on fait croire que j'ai fait HEC, c'est plus correct, déjà que j'aurais eu aucune chance pour l'ENA, la honte. Il y a un diplôme et des photos de moi sur le buffet du salon bleu que Papa a « arrangés » comme il dit, avec le logo. J'ai toujours peur que quelqu'un s'en aperçoive, avec la date de la promo c'est vite arrivé, du coup quand il y a du monde je me fais minuscule. Papa connaît plein de gens, mais moi je n'ai jamais vu ce Hautfort, même si Maman donne des réceptions tout le temps. Ça doit être quelqu'un de bien, les pieds sur terre quoi, comme Papa le dit « lui aussi s'est fait tout seul », alors que moi c'est Papa qui m'a fait, entièrement, il a étendu son bras pour me repêcher partout, mais cette fois il a dit, et il a raison, « t'arrêtes ta musique ». Depuis trois mois je n'ai rien composé, je suis resté ici, à me préparer. J'ai obéi, eu mal à la tête au début, les mélodies qui venaient, j'ai mis la radio à fond, une radio où on parle et où on fait des blagues, et c'est passé. C'est aujourd'hui, maintenant, c'est aujourd'hui que je commence, sans mélodies, même si je cherche il n'y en a plus, silence dans ma tête, sauf quelques jingles de pub, c'est pas méchant. Ce qui m'embête beaucoup beaucoup c'est la cravate. J'ai jamais pu en porter, tous les mariages de famille c'était l'enfer, chez nous une cravate c'est obligatoire pour un mariage et on n'enlève pas sa veste à table même si on a très chaud. J'ai essayé tous les modèles, les tissus, velours lisse, coton biologique, rien n'y fait, je suis allergique. Sitôt que j'ai une cravate autour du cou je sais que dans une, deux heures des boutons vont apparaître, des gros boutons rouges enfoncés qui font mal, avec des petites croûtes sur le dessus, si je la desserre c'est pas mieux et les boutons se voient encore plus. Le dermatologue de famille, l'un des meilleurs de Paris, Papa a étendu la main et m'a fait passer devant des gens qui attendent depuis deux ans, donc, même ce dermatologue n'a rien pu faire. Quand je voulais être compositeur c'était pas important, on met pas de cravate avec la musique, ça gêne les instruments et tout le monde s'en fiche si on en a une, ça veut rien dire. En stage à l'école les gens se sont moqués la première année, et puis ils se sont habitués, mais moi j'avais mal, mal et ça gratte, ça pèle, ça suinte. Donc ce matin je cherche une cravate la plus douce possible et je prie pour y échapper, j'ai mis de la vaseline en dessous pour qu'elle glisse mais j'ai l'air sale du coup, tant pis. Je ne la serre pas trop, et j'ai ma ventoline dans ma poche au cas où, j'ai préparé un goûter aussi, mes lunettes sont propres, je prends quelle cravate ? La rouge est légère, mais je ne sais plus, je me rappelle vaguement que les cravates rouges c'est mal vu, ou je confonds avec les souliers ? Je vais travailler avec Stéphane, je l'ai vu après mon entretien avec la DRH, Mme Lahore, une femme gentille, ça n'a pas duré longtemps grâce au bras de Papa. Donc Stéphane est… Il est réussi lui, il pourrait être le troisième dans la famille à ma place, il est beau, blond (beaucoup plus de cheveux que moi, pourtant il est plus vieux), bien habillé, avec le cou tout bronzé, pas un bouton… Je serai sous ses ordres, c'est le meilleur de la société, il négocie tous les contrats difficiles, moi j'irai chercher les clients pour les lui amener, un peu comme un terrier, il a dit en riant mais je n'ai pas compris, jamais je n'ai accompagné Papa à la chasse, ça me fait peur. Donc, un travail de terrier, avec un chef au cou irréprochable, le meilleur, un que Papa aimerait avoir pour fils. Peut-être, peut-être que j'arriverais à devenir comme lui ?

Laura, 9 septembre 2004

Le plus important, c'est les chaussures. Pas de doute, y'a qu'à voir les magazines, toutes ces filles qui expliquent qu'elles en ont cinquante paires, elles les classent dans des petites boîtes avec la photo dessus, comme ça elles les retrouvent tout de suite, la bonne paire de chaussures qui va avec la bonne tenue, qui va lui donner son caractère, à condition évidemment d'avoir le sac à main qui va avec, il en faut au moins cinquante donc si on est logique, et combien d'argent pour tout ça ? J'ai arrêté de lire ces magazines, ces filles ont mon âge mais je n'en connais pas, je ne sais pas si elles existent en vrai, où elles habitent, ce qu'elles mangent. Moi les chaussures je m'en fiche, complètement, les chaussures c'est pour pas avoir les pieds directement par terre, voilà, et aussi pour pouvoir être bien toute la journée, ça doit être confortable, c'est le but non ? Je fais attention quand je choisis mes chaussures de sport, bien obligée, il faut que ça tienne bien le dos, que le pied soit à l'aise dedans, et il faut des chaussures différentes selon le sport, l'intensité, l'impact, normal. Les autres, pour marcher et travailler, je prends ce que je trouve et où je me sens bien, avec les boulots que j'ai faits c'est essentiel, vendeuse, serveuse, je vais pas trottiner dans des choses de torture toutes mignonnes à deux cents euros que je n'ai pas. Aujourd'hui c'est différent, enfin un boulot pas crevant, hôtesse d'accueil derrière un comptoir, debout mais avec une sorte de tabouret où s'appuyer discrètement de temps en temps, c'est gentil ça, ils pensent à leurs employés ! Ils ont été bien clairs, une hôtesse d'accueil est en tailleur et talons hauts, ils fournissent un gilet pour qu'on nous reconnaisse, avec badge et tout, et moi je dois attacher mes cheveux, c'est fait, faire mes ongles mais discrètement, ça tombe bien, et me maquiller un peu, j'ai fait un effort, je ne vois pas pourquoi mettre de la poudre à vingt ans, je suis sportive, naturelle et en bonne santé, mais allez, c'est pour le boulot. Les chaussures donc, c'est le problème qui me reste, et pas intérêt à être en retard pour mon premier jour. Ce qu'il y a c'est que j'ai jamais supporté les talons, quand j'en mets ça me penche en avant, ça tire le bas du dos, ça fait mal aux chevilles, aux orteils, et après je pense plus qu'à ça. Déjà des talons très hauts c'est hors de question, je n'arrive même pas à marcher avec, on m'a dit minimum sept centimètres (personnellement, je trouve que c'est haut), parce que c'est élancé, élégant, ça fait plaisir au client. J'en ai une paire, elle vient d'un magasin orthopédique, il y a presque sept centimètres mais avec talon carré, on m'a dit plutôt aiguilles mais c'est invivable, tant pis, va pour celles-là... Je me masse les pieds avant, je ne me suis pas entraînée avec hier et c'est une erreur, mais j'avais besoin, vraiment, d'aller à la piscine, et ça m'a fait du bien, sauf que je n'ai pas tenu mes temps, je retournerai ce soir. Bon, je ne suis pas gourde non plus, je sais bien pourquoi ils m'ont prise, mes autres boulots c'était pareil, je suis plutôt mignonne et ça a suffi, ils ne m'ont pas posé beaucoup de questions – en fait on était cinq dans une grande pièce avec des miroirs, très sombres, ils nous ont regardées de haut en bas et fait marcher, j'étais à plat comme toujours, des mocassins pas trop mal, et après ils sont allés dans la pièce à côté derrière les miroirs, on attendait, c'était pas facile, et en revenant ils en ont renvoyé trois. Il restait Mariama et moi. C'est une grande fille noire, superbe, les yeux en amande, avec des tresses toutes fines attachées ensemble qui tombent bas dans son dos, et elle était déjà en tailleur et talons aiguilles, elle. J'ai trouvé ça bien qu'ils prennent cette fille, je veux dire une Noire, parce qu'on dit aujourd'hui c'est difficile de trouver du boulot quand on est Noir ou Arabe, et en bas dans la cité il y a plein de jeunes comme ça qui traînent sans travail, ben la preuve non, ça arrive, ça m'a donné confiance pour ce boulot. On s'est retrouvées dans une petite pièce et on a continué directement sur la formation. On nous a donné des « fiches de poste », en gros on est en bas, à l'accueil, on est le « premier sourire » que voient les gens qui rentrent, donc c'est très important, si on sourit mal ils risquent de repartir, alors pour éviter ça on nous a appris à sourire bien. C'est logique, on doit d'abord deviner qui est la personne qui entre, si c'est un client, déjà, ou un futur client qui vient rencontrer un commercial, ou encore un concurrent qui veut faire de l'espionnage, c'est fou ça, ou encore un passant qui veut juste qu'on lui indique le chemin... Il y en a beaucoup d'autres, et on nous a fait répéter le sourire et les phrases pour chacun, il faut que je révise dans le train, on peut appeler la sécurité si besoin (c'est pour la catégorie D je crois, les importuns, et il y en a plein de différents). À la fin de la journée j'avais mal aux mâchoires, vraiment, je suis allée courir pour me soulager. Mais au moins c'est simple et clair, et il y a des caméras avec des bandes à regarder pour qu'on mémorise les gens importants, à qui on doit proposer un café. Et aussi bien veiller à ce que le « lobby accueil » soit rangé, il y a une société qui fait le ménage matin midi et soir mais entretemps c'est à nous d'ouvrir l'œil, remettre bien les tables, les petits fauteuils, les magazines. Je devrais pouvoir m'en sortir, c'est pas du tout ce que je voulais faire mais pas le choix, serveuse non plus je voulais pas. Une fois je me souviens j'ai même dû porter une minijupe rouge et les ongles longs et rouges aussi, comme l'enseigne du restau, c'était horrible, les hommes me regardaient avec un sourire sûrement pas classé chez Human Tools, je faisais encore plus gaffe aux mains aux fesses, serveuse, on va pas se gêner, et comme en plus je me cassais les ongles le week-end à l'escalade il fallait tout recommencer. Vendeuse non plus j'ai jamais eu envie, les clientes qui te parlent comme à un chien et laissent un foutoir monstrueux et tu dois toujours sourire, ça, j'ai de l'entraînement ! Mais il faut aider les parents, un peu de sous chaque mois pour qu'ils achètent au moins de la viande et les médicaments pour Papa, j'ai pas de quoi leur payer une mutuelle… Et puis, m'occuper d'enfants, ça viendra sûrement, j'ai rencontré la DRH, Catherine quelque chose, elle avait un grand sourire (je ne sais pas si elle a des fiches elle aussi et dans quelle catégorie je suis) et elle m'a dit qu'elle « veillerait à ma carrière », il y a des formations possibles quand on reste assez longtemps. Mon rêve c'est devenir éducatrice de jeunes enfants, et partir, partir au vert, là où on n'a pas à traverser des cités pleines de barres d'immeubles pour courir autour d'un stade gris glacé, là où les enfants ne grandissent pas entre deux grillages et un bac à sable sans sable… Rencontrer un garçon vraiment gentil, qui ne croie pas que la main aux fesses c'est bien normal… Ça viendra, oui, sûrement, et maintenant mets tes chaussures, et les baskets dans ton sac au cas où, et les affaires de piscine, et allons-y !

Chapitre 2 – 22 février 2006 : présentation du séminaire de remotivation – vue extérieure

Salle de réunion Jupiter, 10 h.
Debout face aux autres : Frédéric, Sabine, Denis.
Assise derrière eux et prenant en notes : Sylviane.
Assis face à eux autour de la table ovale : les non conformes
Debout au fond de la salle : les conformes cités, et bien d'autres

Discours de Frédéric Hautfort

« Bonjour à tous et merci d'être venus si nombreux, particulièrement ceux pour qui cela n'était pas obligatoire et qui sont là pour apporter tout leur support aux six personnes assises devant moi et qui bénéficient de la chance unique d'assister à un séminaire de remotivation qualité totale animé par Monsieur Serpat ici présent que je vous introduirai dans un instant.

Mais d'abord, laissez-moi un peu vous parler de Human Tools. Laissez-moi vous parler de vous.

Bien sûr, vous le savez, Human Tools c'est moi, d'abord, moi qui l'ai créée de mes mains et de mes idées uniques et toujours en avance sur leur temps, moi qui lui ai donné son business ADN tel un chercheur génique solitaire attentif et patient qui met au point un nouveau corps rare, moi qui l'ai fait connaître et reconnaître des plus exigeants des customers, moi qui l'ai fait entrer en Bourse, et moi qui suis responsable aujourd'hui des dividendes rondelets que les meilleurs d'entre vous touchent chaque mois. Eh bien, naturellement sans moi Human Tools ne serait rien, mais sans vous je n'aurais pu aller si loin, sans vous pour être là où je ne pouvais être, sans vous pour effectuer les tâches qu'il n'était plus séant que j'effectue et que vous étiez capables d'accomplir. Car que serait Human Tools sans vous, qui lui apportez chaque jour un sang neuf et vivifiant, qui lui prêtez vos mains, vos yeux, votre voix, telle une gorgone aux multiples têtes – pardon, une hydre aux multiples têtes, et vous êtes chacun, chacune une de ces têtes apportant une excellence continue au client, nous plaçant chaque jour plus haut dans le classement des entreprises les plus efficaces, les plus straight to the point du marché des procédures rationnelles et exclusives adaptées à chaque client, multinationale ou simple PME de notre beau pays, ces PME qui sont les colonnes humbles mais indispensables comme des abeilles ouvrières sur lesquelles notre économie est assise.

Du sang vivifiant et neuf donc, mais il arrive parfois, dans un grand organisme sain et fort, que du mauvais sang s'accumule, stagne, noircisse et grippe l'ensemble de la mécanique, et en ce cas il faut sortir ses guts et agir, ce que, comme toujours, j'ai fait. Les six collègues assis devant vous, Catherine, Laura, Sonia, Franck, pardon, Francis, et... oui, Rodolphe et Marc, bien sûr, ces six collègues que j'en suis sûr vous appréciez, sont aujourd'hui pour nous ce sang noir que, comme dans l'ancienne médecine, nous allons saigner pour le remplacer par un sang clair, rouge, vif comme le reste de Human Tools, que nous allons saigner grâce à notre invité Denis ici présent, saigner et examiner, déterminer la cause du mal, puis filtrer et enrichir grâce à nos procédures exclusives et sans échec à ce jour.

Que personne ne s'inquiète, ça ne fait pas mal, ah ah ah, notre maître mot, notre key concept reste la rationalité, qui irriguera un programme innovant en quatorze points et six mois, au terme duquel chacun réintégrera son poste, frais et dispos. Entretemps vous serez tous les six soit mis en binômes afin que vos actions quotidiennes soient évaluées, soit soumis à un random control selon les voies habituelles, enregistrement et traçage informatique ou via témoignage de vos collègues, puis mise en diagramme et rapport statistique, pour notre information.

Je sens comme tous les six, vous êtes fiers d'avoir été choisis pour ce séminaire, séminaire animé par Denis Serpat, bonjour, Denis, Denis est comédien, coach diplômé et expérimenté. Il vous prouvera pourquoi ce séminaire de remotivation est nécessaire à chacun, par des autoévaluations, puis vous aidera à récurer ou astiquer, si je puis dire, votre cerveau, à en élaguer les conduites, comportements ou autres inutiles chronophages et énergivores afin d'ensuite réintégrer le groupe et d'être vous aussi une des têtes, oui, de l'hydre, une tête redoutable à nos concurrents, prête à servir notre bien commun jusqu'à ce que la retraite, ou l'incapacité, vous en sépare !

Merci à tous. Sabine Delagni, nouvelle binôme DRH de Catherine, souhaite ajouter quelques mots, quant à moi j'y vais, je croule sous les rendez-vous et le travail n'attend pas ! »

Précisions de Sabine Delagni

« Merci, Frédéric, et bonjour à tous. Vous le savez, je suis ici pour remp..., enfin pour compléter le travail de Catherine, pour l'enrichir d'apports nouveaux qui m'ont été transmis par ma formation complète de DRH en grande école, major de promo, ainsi que par de nombreux trainings.

D'abord, quelques précisions concrètes, bien qu'elles aillent de soi : ce séminaire ayant un volume horaire important, vous verrez sur vos fiches de paie qu'il sera déduit de votre compte d'heures formation, par souci d'équitabilité pour les autres. Tenez-en compte si par hasard vous souhaitiez demander une formation pour cette année, ce n'est que partie remise. Il sera également important de rattraper les heures de travail que vous n'effectuerez pas pendant que vous ferez des jeux de rôle ou autres exercices avec Denis, je vous fais passer un poly avec les possibilités pour ce faire. Pour ceux qui ne peuvent rattraper le soir il est possible de venir le week-end, sans majoration horaire naturellement puisque vous êtes en débit. Le mieux est de remplir directement votre fiche sur l'intranet, ça nous facilitera le traitement aux RH et évitera de retarder le versement de vos salaires.

Bien, maintenant que ces détails sont réglés, je voudrais vous dire comme je suis ravie pour vous de ce qui va se passer. J'ai jeté un œil à la formation que vous allez suivre avec Denis, et les dernières découvertes, que je connais parfaitement, en psychologie du travail, en conditionnement et en robotique humaine – étudier le cerveau en tant qu'interface cognitive semblable à un processeur informatique – y sont merveilleusement prises en compte. Aujourd'hui on ne cherche plus vainement à traiter une intériorité douteuse, comme si la personne était une totalité sacrée unique alors que les nouvelles sciences psychologiques ont compris qu'une personne est avant tout une séquence de comportements évaluables, quantifiables, rationalisables. Proaction, réaction, feedback, circulary patterns, efficacité et rendement : un système gagnant/gagnant.

Vous venez ici en tant qu'employés, en tant que travailleurs ayant signé un contrat actant l'obligation de moyens des deux côtés. Nous remplissons notre part avec ce séminaire accéléré qui vous est gracieusement offert, et je peux vous dire que c'est pas donné, et nous espérons que vous aurez à cœur de remplir la vôtre en vous soumettant à tout ce que Denis vous demandera. Laissez pour un temps votre jugeote au vestiaire, jouez le jeu, et vous verrez bientôt comme tout cela vous paraîtra à vous aussi merveilleux et naturel. J'applique pour ma part tous ces principes depuis longtemps, y compris dans ma vie quotidienne, et je peux vous dire que grâce à ces techniques, toute ma vie mériterait le label qualité totale !

Mais trêve de plaisanteries, Denis va vous distribuer vos dossiers de formation (non Denis, pas cette pile, ce sont mes dossiers persos), prenez-en soin, ce sont vos alliés. Je vous demande aussi de remplir tout de suite le questionnaire assurances ainsi que la décharge de responsabilité et de me les rendre avant de quitter la salle. Ah, Denis, vous vouliez ajouter quelque chose ? Nous vous écoutons. »

Intervention de Denis

« Oui, merci Sabine, je voudrais juste lire quelques mots...

L'art, l'art, qu'est-ce donc que l'art ? N'est-ce pas ce qui nous permet de vivre, de voir autrement le monde, d'y être plus présent, avec la lucidité aiguë de celui qui sait y contempler tant de merveilles et de chatoiements ? N'est-ce pas ce qui agrandit l'âme et porte le regard plus loin, plus juste ?

J'ai trente-cinq ans, et presque trente ans ont passé depuis que j'ai monté mon premier spectacle dont j'étais le héros unique, dans la cour feuillue de la maison de mes parents. Depuis je n'ai fait que jouer, à la maison, dans les bois, à l'école, et puis sur les routes, au sein d'une troupe qui est devenue une famille.

Et je vous regarde aujourd'hui, tous, et je vous écoute, et je me dis : voilà une autre troupe, voilà une autre famille. Voilà des gens qui passent leurs journées ensemble, qui coopèrent, qui se relaient, chacun sa place et son utilité.

Je vois certains membres de cette troupe, de cette famille, qui peinent et retardent les autres : au théâtre, en ce cas, on prend celui qui traîne par la main et on le fait avancer, répéter, travailler. Je suis donc celui qui va vous ramener en première ligne, au niveau des autres, afin que vous progressiez ensemble.

Car, vraiment, quoi de plus naturel que l'art au service de l'entreprise ? Je ne suis pas de ceux qui pensent que l'art doit rester dans une tour cristalline de poésie, dans un coffret ourlé de velours qu'on ouvre le soir, aux lumières des bougies. Non, l'art doit se défaire de ses prétentions et de ses secrets, l'art doit se soumettre humblement, sans hypocrisie, à cette entreprise qui seule lui permet de subsister. Qui achète des tableaux, qui va au théâtre, qui s'offre un nouveau roman, si ce n'est celui qui a un salaire pour ce faire, salaire dûment gagné en travaillant ? Finalement c'est l'entreprise qui achète ces tableaux, ces livres, ces divertissements, c'est l'entreprise qui fait vivre les artistes. Parfois même elle le fait directement, louant des séries d'œuvres entières de peintres ou sculpteurs, avec discernement et noblesse, pour décorer ses murs et encourager le travail de ses membres.

Le temps est venu que nous rendions à l'entreprise ce qui lui appartient, que nous lui montrions, nous tous saltimbanques, notre reconnaissance. Je viens vers vous les bras chargés de méthodes pour mieux marcher, parler, penser, mémoriser, je viens vous permettre de retrouver votre place dans cette belle et grande famille, avec une formation raisonnée et méthodique, et l'art garanti comme supplément d'âme.

Je vous retrouve mardi prochain. Merci. »

Annexe

Contenu du dossier distribué aux non-conformes

- brochure 2006 détaillée de Human Tools, historique, statistiques, rendement des actions
- rapport sur l'art et l'entreprise, 2005
- brochure Denis Serpat, coach, comédien
- tests d'autoévaluation : Inaptitude générale, Espace de travail, Tenue vestimentaire, Disturbing Thoughts, Tâches, Corps, Langage Personnel, Résolutions, Back-up, Autoévaluation Générale Conclusive
- protocoles comportementaux raisonnés
- décharge de responsabilité en cas de non-réussite du séminaire
- questionnaire assurance santé physique et psychique – calcul des risques psycho-bio-sociaux
- feuilles blanches pour remarques
- un stylo bleu au logo HT (consigné)

Un second dossier pour chacun reste en possession de Sabine.

Chapitre 3 – 22 février 2006 : présentation du séminaire de remotivation – vue intérieure – les non conformes

Sonia

Je suis mal assise, comment serais-je bien assise, je passe mes journées assise, assise au téléphone le cou tordu pour tenir le combiné contre l'épaule et taper à l'ordinateur en même temps, les anti-inflammatoires n'y font rien, pourtant j'en suis à dix par jour, j'ai bien essayé au début de commander un casque, un casque sur ma tête pour ne pas entendre le bruit des autres et taper vite, vite, répondre aux exigences de productivité d'appels, mais je n'ai jamais pu trouver la personne qui commande les casques, j'ai envoyé des mails en interne à des adresses qui ne fonctionnaient plus depuis deux ans, j'ai parlé aux autres, presque tout le monde fait sans, il ne reste que deux casques qui datent des débuts de HT en 1998 et ils sont réservés pour les anciens, alors j'ai mal au dos, entre les omoplates, et au cou, je rentre à la maison penchée, des points fulgurants dans mes os, les enfants disent maman qu'est-ce que tu as, mais maman ne peut pas payer le kinésithérapeute proposé par HT sur le plateau d'appels pour réparer l'absence de casque, kinésithérapeute bien plus cher qu'un casque lui-même, j'en ai acheté un, de casque, on m'a interdit de le brancher, il n'était pas approuvé par les services *design and marketing* d'HT, le casque est chez moi et les enfants jouent avec… Pas compris pourquoi je suis ici, M. Hautfort parle de remotivation, je ne sais pas, ma motivation pour travailler c'est avoir une fiche de paie et envoyer les enfants en vacances, je ne le dis jamais, mais peut-être que ça se sent ? Je suis tellement fatiguée, je rêve des appels la nuit, je me réveille en sueur parce que j'ai peur d'avoir oublié d'en rentrer un dans le logiciel, il faut entrer tout ce qu'on fait, même une erreur de numéro, il faut créer une fiche, c'est vérifié en temps réel, les appels sont entendus en double-écoute par un manager, puis enregistrés, réécoutés et notés, parfois il y en a un qui surgit derrière moi si j'ai dévié d'une phrase du protocole de réponse ou si j'ai mal choisi ledit protocole, il me fait des grands signes, il interrompt l'appel, je bafouille, je rougis, c'est catastrophique... Et le tableau, un immense tableau lumineux qui fait apparaître, toujours en temps réel, les noms de chacun, classés selon le nombre d'appels répondus, le temps de traitement, ça bouge tout le temps, on lève la tête et paf, on est passé en douzième position, les cinq derniers sont convoqués chaque soir et tout est entré dans l'ordinateur central de contrôle pour les évaluations trimestrielles... Je raccourcis chaque jour ma pause déjeuner pour arriver aux objectifs, je n'ai plus faim de toute façon, le soir je réponds chez moi au téléphone « Human Tools, Sonia à votre écoute, en quoi puis-je vous aider », au bureau c'est en anglais, espagnol allemand portugais que sais-je encore, le téléphone indique quelle langue utiliser selon la provenance de l'appel, je trouvais ça drôle au début puis plus du tout, dans toutes les langues c'est la même chose, le même protocole traduit... Je n'arrive plus à lire le soir, mon esprit saute et tressaute dans mon lit par-dessus les phrases et je pense en lisant que c'est flou, que c'est ambigu, je pense encore protocoles et je pose le livre inutile, et j'allume la télévision qui mitraille comme le défilé de mes appels, qui maintient ma tête à la bonne cadence, ultra-rapide, efficace, je me suis mise à aimer les pubs, c'est bien les pubs, clair rationnel et explicite, achetez ceci ou cela, ça ne demande pas trop d'attention... Et tout ce que je voudrais c'est dormir, je m'endors si tard et je me réveille toutes les nuits, je n'arrive plus à tenir une conversation complète, c'est trop lent et trop compliqué, ça me fatigue, M. Hautfort a cessé de parler, Melle Delagni, je l'ai vue une fois, elle m'a refusé des congés pour les vacances des enfants, trop d'appels prévisionnels à ces dates, ah elle a déjà fini, il y a cet homme que je ne connais pas, un effort, j'écoute, bon c'est lui qui doit nous remotiver, d'accord, tout ce qu'on voudra, mais qu'on me laisse reprendre des anti-inflammatoires, retourner aux appels, et pour une fois, une fois, être dans les premiers du tableau...

Marc

Je me demande si c'est grâce au bras de Papa que je suis là, c'est une chance d'être là, c'est sûr, on n'est que six à avoir été choisis, je connais les autres de vue seulement, ils sont loin de mon bureau, enfin mon bureau, mon service, j'ai pas de bureau bien sûr, je fais pas assez de chiffre pour ça et je suis encore junior, c'est bien normal. Stéf a un bureau, il est là d'ailleurs, il est debout au fond, il a un beau costume, bleu foncé, et une cravate grise, brillante, comment fait-il pour être aussi classe, mon costume est déjà froissé et je respire mal avec ma cravate, et puis ces boutons, toujours... Stéf m'a « pris sous son aile », comme il dit, quand je suis arrivé, il m'a montré son bureau sans entrer mais c'était sympa, il a un bureau en verre au milieu de ses assistants comme moi, pour négocier tranquille. Il m'a expliqué mon travail, il souriait en regardant derrière moi et faisait des petits signes aux autres avec ses mains, il a plein d'amis ici, il m'a montré comment lui préparer son café et prendre ses appels quand il est occupé, tout le temps quoi, parce qu'il réussit, lui, il est excellent, toujours à conclure des affaires au téléphone, à taper dans le dos d'hommes ultra-importants, c'est normal qu'il touche autant de primes, avec tout ce qu'il rapporte ! Moi j'ai pas touché une seule prime, je suis encore nouveau finalement et lent, comme toujours. Je dois démarcher des PME au téléphone, il faut d'abord convaincre la secrétaire, souvent elles raccrochent elles me prennent pour un VRP, puis arriver à parler au patron, le convaincre aussi, il y a des discours déjà écrits pour ça, j'ai juste à choisir, heureusement. Mais ça prend du temps, j'ai des listings très longs et je dois appeler tout le monde et bien noter ce que j'ai fait pour les évaluations et statistiques, et enfin, quand j'ai décroché un rendez-vous, je sors, je vais chez les clients, c'est pas facile, des sociétés en grande banlieue RER terminus puis bus avec des horaires que je ne comprends pas, des petits (a) et (b) et (c) à côté des heures de passage, je me trompe toujours, je termine à pied. Parce que j'ai pas de scooter comme Stéf, Papa refuse, et j'écoute Papa, je vis encore chez lui, il a raison, pourquoi payer un loyer mieux vaut économiser pour acheter, apprendre la valeur de l'argent. Quand j'ai ces rendez-vous je pars très tôt de la maison, je me perds, j'arrive essoufflé, mais j'ai toujours ma ventoline, je mets ma cravate au dernier moment, et je propose une évaluation gratuite des méthodes de travail de l'entreprise que je vais voir. Généralement ils acceptent, c'est gratuit alors bon, ça va, et ensuite, c'est super bien fait, ensuite ils se rendent compte qu'ils travaillent de travers, sans partition, l'impro quoi, je me souviens que j'aimais ça, l'impro, quel idiot… Et je leur propose des rendez-vous avec Stéf, et ils lui achètent les partitions HP où toutes les notes sont placées d'avance, que même un benêt comme moi peut comprendre, parce que Stéf leur explique bien et qu'il sait vendre comme personne… Stéf n'a pas besoin de remotivation, lui, d'ailleurs moi aussi je suis motivé, motivé à ne pas être un raté mais j'y arrive pas, je peux convaincre une dizaine de clients par semaine mais pas plus, et l'objectif est de 25… Les autres se moquent de moi avec mes boutons et ma respiration qui siffle, ils ont raison je n'arrive pas à être comme eux, souriant, séduisant, efficace, alors je fais les cafés pour eux tous, ça me fait plaisir, je leur prépare leurs dossiers, bon, ils ne m'invitent jamais à prendre un verre avec eux après le boulot et ils m'appellent « eh toi » mais je suis sûr qu'avec le temps, avec des cafés et des muffins, ma tournée les gars (j'ai toujours voulu dire les gars à quelqu'un), avec le temps ça viendra… Tout le monde se lève, j'ai rien écouté encore, Papa serait furieux, bon je vais demander à Laura, elle est gentille, elle m'expliquera…

Catherine

Concentre-toi, c'est important, c'est une seconde chance. Et regarde autour de toi ce qui se passe. J'ai du mal, beaucoup de mal à accommoder sur Frédéric, ces fichues pilules, pas eu le choix, je devrais diminuer mais je n'ai pas envie, même si le médecin a dit que ça allait mieux, que je pouvais « reprendre le collier ». Donc, trois mois d'arrêt maladie et ils ont déjà mis quelqu'un à ma place. C'est étrange, je n'aurais jamais fait ça… Mais ça m'est égal. Avec les pilules bleues tout m'est égal et c'est un bonheur, moins penser, je ne veux pas, ne veux pas repenser à ce que Frédéric m'a demandé il y a six mois, ça m'a rendue malade, malade, en trois mois seulement j'ai craqué, moi, un matin je n'ai pas pu me lever, je ne pouvais plus vivre, et ça a duré trois mois, voilà. Donc, séminaire de remotivation, ah très bien, saigner le sang noir dit Frédéric, drôle de comparaison, je me souviens de… Je me souviens que je ne faisais pas comme ça quand un employé n'allait pas bien… Je ne me souviens plus de ce que je faisais. Jean et les filles ont dit n'y pense plus, ce n'est pas important, repose-toi, je l'ai fait, et maintenant retour au travail, faire mes heures, pas plus, rester bien éveillée, la petite Sabine parle, elle dit notre cerveau est un ordinateur, ah c'est intéressant… Oui, je suis un ordinateur qui ne peut plus vivre par lui-même, alors on l'a branché sur secteur via les pilules bleues, s'il n'y en a plus assez il s'éteint, un ordinateur à qui on a demandé un programme qu'il ne pouvait pas exécuter, un programme horrible, je ne veux pas y penser, alors on a voulu installer le programme de force dans l'ordinateur, et le programme a fait virus, et tout a été contaminé, une bombe sur fond gris, fatal error, et l'ordinateur a implosé, perte de toutes les données, et il n'a plus été capable de se rallumer, écran noir, rideau. Me taire maintenant, me taire dans ma tête et écouter, écouter Sabine, non ce n'est plus Sabine, c'est un jeune homme comédien qui parle, j'aimais le théâtre avant, nous étions abonnés à l'Odéon avec Jean, parfois les filles venaient, mais je ne veux plus sortir, plus aller écouter de belles choses qui brisent le cœur, mon cœur est corseté de pilules bleues et rouges le soir aussi, qui n'aiment pas qu'on les provoque, même les comédies je ne veux plus les voir, je ne ris plus, j'aimais rire avant mais de quoi, je ne sais plus ce qu'il y a de drôle… Ah, on me donne des papiers, merci, un dossier à remplir, c'est moi qui donnais des papiers aux autres avant, lesquels, je ne sais plus, bon, il faut remplir tout de suite, d'accord, je ne sais pas ce que c'est, une décharge, pourquoi pas, je signe, un questionnaire pour les assurances, je coche sans réfléchir, arrêt maladie pour dépression, je coche burn-out aussi, les dates, c'est bon, il me semble que quand j'étais à la place de Sabine on ne pouvait pas demander ce genre de choses, mais je ne suis pas sûre, les lois ont dû changer, ça m'est égal, je coche, mon traitement, voilà, je rends les papiers, je coopère, je souris à Sabine mais elle ne répond pas, oui, ça aussi, ça m'est égal.

Laura

Je ne sais pas, mais il me semble que ça va loin, moi je ne suis qu'une hôtesse, je dépasse à peine le SMIC, juste à cause de la carte orange finalement, et ça a pris des proportions folles, remotivation maintenant, tout de même, je dois mal comprendre quelque chose… Enfin, hôtesse d'accueil, tout ce que je fais c'est sourire, répondre, noter, sourire, répondre, noter, je suis contrôlée régulièrement et on ne peut rien me reprocher, même quand il y a eu des clients mystère ils étaient très contents de leur sourire, et pourtant les clients mystère il n'y a pas de procédure pour les reconnaître, c'est le but hein, bien sûr… J'ai assisté à toutes les formations de perfectionnement de sourire, et à quatre formations de diction, à adapter selon l'interlocuteur, mais toujours dans une « mélodie HT », c'était dur d'ailleurs, contrôler sa voix, ça fait mal au début et on se sent bizarre, plus soi, mais comme ça, les gens ont confiance, ils savent qu'ils sont bien chez HT, partout dans le monde… Les rapports pareil, j'ai eu des statistiques impeccables, une fois, juste une fois au début j'ai oublié de noter que

Roman venait de passer, il livrait un pli, mais il est si drôle, il m'a fait rire et je riais encore quand il est entré dans l'ascenseur comme s'il descendait des marches et puis il m'avait amené une pâquerette du dehors, une vraie… Non, c'est idiot, mais ça ne peut être que ça, je n'ai rien fait de mal d'autre, que ça qui explique pourquoi Mariama a eu une promotion et pas moi, pourquoi je ne dois plus quitter l'arrière du comptoir et marcher devant les clients alors qu'elle, elle peut, elle les raccompagne à la porte, les importants seulement, bien sûr… Que ça pour comprendre pourquoi M. Hautfort ne me sourit pas, à moi, il ne regarde que Mariama, c'est vrai qu'elle est tellement belle, et moi je suis devenue toute grise, plus le temps, plus envie de faire du sport, trop mal au dos, j'ai arrêté une semaine puis deux et après, plus le courage de reprendre, pourtant le médecin insiste sur la piscine. Car oui, donc, je ne vois que ça, mes chaussures, au bout de six mois, impossible de marcher avec, vraiment, j'ai pas voulu mais il m'a fait un certificat, et soit je l'amenais soit je n'allais plus travailler du tout, même la codéine n'y changeait rien, et les parents qui avaient besoin d'argent… La tête qu'ils ont fait aux RH, terrible, Melle Delagni qui venait d'arriver a dit « Je m'en occupe », m'a emmenée dans son bureau, interrogée pour savoir ce que je voulais, comment j'avais falsifié ce certificat, elle a appelé le médecin, heureusement il a répondu, ensuite elle a cherché dans son ordinateur si c'était bien légal « cette histoire », et ça l'est, elle a vérifié mes dates de période d'essai qui était bien finie, eh oui, et ce n'est pas possible, en France, de virer quelqu'un parce qu'il a un problème de chaussures. En tout cas elle, elle ne pouvait pas, moi on m'a virée souvent pour ça, un été dans un restaurant de luxe, sur la plage, mains aux fesses maximum, mais sable et talons hauts je n'y arrivais plus, je suis tombée et deux cocktails avec, dans le sable, le chef de rang m'a juste dit « Tu dégages » et voilà, pas d'indemnité, pas de préavis, pas de sécu, pas de chômage, retour à Paris en stop. Comme souvent d'ailleurs, comme dans tous mes jobs de serveuse qui se sont finis comme ça, un jour vous ne convenez plus, vous êtes fatiguée ou faible ou moche ou malade, et vous dégagez, vous sortez de la file de ceux qui ont la chance de porter des caisses et de faire le ménage à trois heures du matin, pour moins que le salaire minimum... Donc, c'est encore ça qui ne va pas, mes pieds à plat, mais ici au moins c'est civilisé, on me remotive, enfin, on remotive mes pieds, peut-être qu'il y a un masseur dans le coup ?

Rodolphe

Qu'est-ce que c'est que ce bordel, encore. On se croirait au tribunal, ou au cirque, six dans l'arène, César devant moi, des chiens le long du mur, prêts à dévorer les restes... On dirait qu'ils gobent tout le bla-bla de Frédéric, ça sent l'arnaque à plein nez pourtant, et personne ne dit rien ! Je vais me lever moi, et porter bien haut mon blason et leur demander d'arrêter les conneries ! Attendez une minute... Pourquoi je me lèverais, moi, alors que les autres avalent calmement la logorrhée du grand patron ? Pourquoi c'est Bibi qui prendrait tout dans la figure ? Ah mais non, restons assis, écoutons le magnifique discours de l'homme pressé, militant quotidien de l'inhumanité [1] etc., truffé de trouvailles : cette histoire de sang, c'est extraordinaire, ça me rappelle le traitement du sang pour la préparation des repas, le problème épineux de la date exacte d'apparition du boudin noir, le sang des femmes aussi, les règles, dont certains paysans français, encore aujourd'hui, oui Monsieur, prétendent qu'il fait tourner les conserves alors les femmes, du balai ! J'adore quand Grand Patron fait du franglais, je ne sais pas où il a fait ses études et si quelqu'un lui a dit à quel point il était ridicule, et aussi qu'on a des mots français pour dire pas mal de choses, c'est une langue évoluée, quoi, mais il n'en démord pas, il doit trouver que ça fait winner... Et voilà la pimbêche, la pauvre, elle a bien mille balles de fringues sur elle et elle est quand même laide, toute crispée, elle essaie de sourire mais ça rate, ça rictus... Oh quel malheur, avec cette brillante idée de séminaire qui prend tout le

[1] L'Homme pressé – Noir Désir – 666.667 Club, 1996.

volume horaire de formation, je peux rien espérer d'autre, mais je t'en ficherai moi des formations, tout ce à quoi j'ai droit en tant qu'employé polyvalent (level 2, j'ai raté le level 3 à cause d'une sombre histoire de dinde rôtie mondiale qui m'a valu un avertissement, en plus), c'est à un module HUA-P, Hygiène Unifiée Appliquée, Perfectionnement, ou à des séminaires de stérilisation des plateaux-repas selon la norme CAC 2006 de HT… Je passe, quoi… Et celui-là, là, le comédien, mais enfin, c'est une honte ! Qu'est-ce que c'est que ce discours tordu sur l'entreprise qui permet à l'art d'exister ? C'est pas possible d'entendre des trucs pareils, si je peux aller voir des vieux films c'est grâce à HT, c'est pas du tout parce que je bosse toute la journée avec des caméras qui me surveillent ? Enfin, merde, je ne travaille pas pour consommer de l'art, je travaille pour bouffer pendant que j'écris, gratuitement, une thèse sur la nourriture, l'art humble, l'art des pauvres, l'art des femmes qui parfument le bouillon comme elles peuvent, l'art des paysans qui donnent un immense festin par an, un seul, où passent toutes leurs réserves, toutes, sans compter, sans rationnaliser ! C'est pas possible, vraiment, mais rester calme, surtout, ce travail reste une bonne planque, même si je n'arrive plus à bosser ma thèse, ça va revenir, il faut que je prenne ça moins à cœur, oui, il faut observer comme au zoo, c'est ce que je me suis dit au début, mais je ne sais pas, ensuite, j'ai été happé, ça n'avait rien à voir avec travailler dans un bistrot, rien du tout, pas le temps de parler, l'usine-à-bouffe, toutes les pièces pareilles et les vis et boulons aussi, les menus prévus un an à l'avance, finis les marchés, vivent les surgelés, ça m'a fichu par terre, HT a gagné et ma thèse, avec ses ragoûts qui mitonnent des jours entiers, pas hygiéniques du tout, pas rationnels et sans recettes, ma thèse a perdu, depuis des années, et moi je suis resté…

Francis

Pas normal ici, pas normal d'être dans la salle Jupiter à dix heures du matin, je devrais boucler le dossier IZ345, il y a une histoire de frais en trop, un dîner au restaurant et deux cafés dans une brasserie, le même jour, ça fait une semaine que je ne trouve pas à quoi ça correspond, mais je trouverai, ce n'est pas un problème, qu'on me laisse faire mon travail et ces trois centimes-là aussi je les vaincrai, j'ai tout réussi depuis que je suis ici, comptes exemplaires, colonnes parfaitement alignées, calcul et recalcul exacts, rien à me redire. Pas normal donc et je me demande à quoi ça rime, bouleverser comme ça mon emploi du temps, m'éloigner de mon bureau et de mes chiffres qui attendent en criant que je vienne remettre de l'ordre dans leur pagaille, l'anarchie des chiffres ça me fait souffrir, ça m'écorche les oreilles, je n'entends que ça, c'est le bruit d'une craie qui casse indéfiniment sur un tableau suite à une mauvaise addition, ça grince, je déteste les choses qui grincent. Le directeur parle, il a une tête qui me fait peur, trop de dents, et je crois, mais c'est à vérifier aussi, qu'il ne s'adresse qu'à moi. Il me regarde plus souvent que les autres, et mon dos commence à brûler à cause des yeux de ceux qui sont derrière moi le long du mur et qui je le sais me regardent aussi, pourquoi, j'ai dû faire une erreur quelque part mais quand ? Je fouille dans ma mallette pour réviser mes derniers dossiers mais ils n'y sont pas, quelqu'un les a pris ? Voilà, oui, c'est à moi qu'on parle, le directeur m'a appelé Franck, pourquoi m'a-t-il appelé Franck, il veut me dire quelque chose, peut-être se moquer de moi, mon prénom est très clair, c'est Francis, net, avec méthode, Franck c'est insuffisant comme prénom et très violent sur la fin, peut-être veut-il me mordre ? Calme-toi, cet homme est un chiffre, un chiffre qui a énoncé une *erreur*, certes, mais un chiffre que tu peux corriger dans ta tête, et tu as toute ta tête, et les autres derrière toi qui te guettent ne sont que des chiffres aussi, il y a surtout des 4 et des 5 très malveillants, tordus, hélas aucun 1 ni 0 que je préférerais en réunion, qui disent oui qui disent non, très clairement. Je corrige, je transforme chacun en 1 ou 0 mais sans me retourner, pas si bête, et le directeur a parlé de sang, ça fait peur, et il va y avoir d'autres réunions à 10 h dans la salle Jupiter ou ailleurs, en plein dans mes heures de travail, pour m'éloigner de mon bureau sûrement, je ne comprends pas l'idée de fond, je fais bien mon travail et ma vie est plus en ordre que jamais grâce aux procédures que j'ai apprises ici, quand je rentre à la maison ma soirée est rationnalisée, pas une minute de perdue, pas une minute à penser, ordre et méthode chez moi au firmament, jamais je ne suis allé si bien depuis que je travaille ici, sauf maintenant, une réunion secrète observée du plus grand nombre, et moi assis accusé d'une faute que je ne connais pas, dois-je me lever et me défendre ? Dois-je encore prouver mon exemplarité ? Mlle Delagni a parlé aussi, elle me fait peur comme le directeur, elle a un pli au coin des yeux qui ne présage rien de bon, et un troisième parle encore, un que je ne connais pas, un nouveau, je déteste ce qui est nouveau, il y a une raison, une raison derrière tout ça, qui fait qu'on l'a amené ici pour m'enlever à mes dossiers et perturber mon nycthémère méthodique, mettre mes efforts au rebut, et en plus il y a des dossiers à remplir, des questions sur moi, je ne répondrai pas, la dernière fois que j'ai répondu à ce genre de questions j'ai passé six mois hors de moi-même, ça ne recommencera pas, alors je rends les papiers vides en souriant normalement et je dis, pour rester exemplaire, inattaquable : « non merci ». Le monsieur nouveau est étonné et Mlle Delagni se jette sur son bloc-notes pour lui rapporter ce que je viens de dire, je m'en fiche, ils ne m'auront pas.

CHAPITRE 4 – 22 FÉVRIER 2006 : PRÉSENTATION DU SÉMINAIRE DE REMOTIVATION – VUE INTÉRIEURE – LES CONFORMES

Frédéric, de retour dans son bureau après son discours salle Jupiter

Alors là, très fort, admirable, passé comme une lettre à la poste, à se demander si les gens qui travaillent pour moi ont vraiment un cerveau ! J'adore, j'adore faire ce genre de discours, d'un côté tout est vrai, le coup du sang noir, c'est une image à moi, bon j'ai un peu regardé des discours politiciens et la médecine du Moyen-Âge sur internet mais après c'est ma sauce, ma touche, et je le pense, je le pense, HT est un grand corps et chacun doit lui prêter ses bras, sa tête, par contre, si un membre est malade, et là j'en ai six d'un coup, donc, en toute logique, que fait-on quand un membre est malade ? Quand il a la gangrène ? Eh bien on ampute, avant contamination de tout l'organisme, c'est simple tout de même, mais non, ils ne voient rien venir, comment pourraient-ils, je suis un génie, ça a mis du temps mais c'est enfin reconnu, toutes ces boîtes où j'ai bossé, je grimpais tous les échelons mais je m'arrêtais à DG, impossible de couper la tête du roi. Alors je me suis lancé, et je leur ai fait la nique, à tous, qui c'est qui est millionnaire maintenant, c'est moi, et eux ils plongent, ils perdent, ils sont démodés, et HT gagne chaque jour des clients, le plateau est débordé de demandes d'informations, d'extensions de contrats, de journalistes qui écrivent sur moi, moi, moi, j'ai eu mon portrait dans *Managers over the top* le mois dernier, pleine page, photo, interview, et ils m'admirent, et tous ces stagiaires aussi qui paieraient pour venir travailler ici, je ne les fais pas casquer pour le moment mais j'y réfléchis, de toute façon je ne prends que les meilleurs et ils doivent venir aussi les nuits et les week-end, on en fait ce qu'on veut, c'est d'un drôle... Je le savais, je le savais que j'arriverais là, qu'il fallait quitter le public, des incapables, tout si compliqué, et puis les grèves, quelles saloperies, qu'il fallait me faire ma place dans le privé, patienter, tisser mon réseau, j'ai le plus précieux réseau au monde, le moindre problème est réglé en trois coups de fil, dans la France profonde ou au Timor Oriental, partout j'ai des contacts, des hommes de main, silencieux, discrets, informés, pas de femmes, elles parlent trop, dès que je crée un produit il n'a plus qu'à passer par ma toile d'araignée silencieuse, hypersensible, pour toucher le cœur du monde, et je sens chaque fil vibrer, et mon pouvoir croître, et les jaloux m'envier... Je ne sais pas, si je cherche, quel produit je préfère, l'idée de départ, l'idée force de HT c'est d'apprendre aux gens à faire leur travail, enfin plutôt de se rendre indispensable pour le faire à leur place, mais sans qu'ils s'en rendent compte, souvent, quand on a testé un produit HT, un seul, on est tellement bluffé qu'on nous rappelle, enfin le plateau, et là les call center employées les attendent au tournant, ils les renvoient vers Stéphane, c'est vraiment le meilleur mais il faut que je fasse attention il commence à se sentir bien comme chez lui, quand un employé se sent chez lui c'est signe qu'il faudra l'écarter bientôt, il prend ses aises et là, il ne reste qu'un pas avant qu'il ne prenne ses propres initiatives : ça, jamais. Stéphane leur vend des contrats Premium Illimited, ils règlent les droits d'admission pour un accès à volonté aux produits HT, ensuite ils payent des fees à chaque fois bien entendu, et comme le contrat est sur cinq ans, en attendant j'ai de quoi faire fructifier et investir dans des produits nouveaux. J'en ai toujours une bonne vingtaine en réserve, c'est que mon cerveau est extrêmement productif et que je n'ai besoin que de trois heures de sommeil par nuit, je ne vois pas pourquoi les autres dorment plus, ces feignasses. Même Anne-Laure dormait sept heures, je la regardais et elle m'agaçait, pourtant c'est elle qui est partie, comme ça après dix ans de mariage, tant pis pour elle, elle ne m'a pas vu au faîte de ma gloire, et sa pension alimentaire, si elle la demande un jour, elle pourra se la mettre où je pense ! Donc, mon meilleur produit, je ne sais pas, il faudrait créer des awards spéciaux, les Up & Loud (mon nom en anglais, il sonne bien, il sonne puissant) Awards, et je nommerai, I would nominate, disons le pack Typologie Des Employés par Ethnie, le T'DEE – prononcer Teddy, évidemment, c'est user-friendly. Pour ce pack j'ai embauché des psys, des ethnologues, des sociologues, ils n'ont pas fait la fine bouche devant le chèque qui les attendait, c'est fou comme avec de petites ficelles, de petites flatteries on peut manipuler quelqu'un, le faire marcher dans le bon sens comme un âne docile. Les clients gèrent leurs employés selon nos grilles et ils en redemandent, on fait même des croisements pour les employés métissés, maintenant. Mais j'aime aussi beaucoup mes procédures d'Intercontrôle, dites Inter-C. Beaucoup plus amusantes que de faire contrôler le travail des employés par un manager, toujours le même, c'est tellement dépassé, tellement prévisible… Non, on se débrouille pour que les employés se surveillent *entre eux*, ça marche, ils rapportent tout, ils ont un logiciel pour ça, et personne ne sait que les autres vous surveillent aussi, tout le monde se croit élu. Je pense que je vais proposer ce produit aux prisons, ça fera des économies de gardiens… Les prisons tiens, faudrait que je m'en inspire, un détenu qui bosse douze heures par jour, sept jours sur sept dans une lingerie et qui est payé quoi, 200 euros par mois, c'est pas l'avenir du capitalisme ça ? Pas de syndicats en prison, pas de CE, pas de bâtons dans mes roues, soyez déjà heureux de travailler pour échapper à votre propre tête, vous en avez de la chance ! Oui, il faudrait arriver à ce qu'en entreprise les gens se sentent comme en prison, coincés et reconnaissants d'avoir quelque chose à faire… Leur donner l'impression qu'ils ont tant à payer à la société qu'il ne sera jamais question de recevoir quelque chose… On y presque, cela dit… Éternels débiteurs, oui, excellent !

Bien sûr, le pack Installation des Filiales dans un Pays Étranger est également très complet, la partie bakchich et lobbying est mise à jour en temps réel vu la situation politique instable des pays sous-développés, et les profits sont épatants, les patrons m'adulent littéralement ! Mais mais mais, c'est vrai que ce que je teste aujourd'hui, c'est le top du top, garanti breveté efficacité HT maximum et sans bavures. En fait c'est déjà dans la brochure 2006, mais personne n'a encore rien compris, c'est le pack Coup de Pouce (CP, qui dit aussi Congé Permanent) au départ « volontaire »... Discrets mais importants, les guillemets... Très simple, idée de génie, comme d'habitude ! Quand une entreprise veut, donc, amputer ses membres malades, si elle ne peut pas faire de licenciement économique, il ne reste pas beaucoup d'options. C'est effrayant ce que le droit français protège de pauvres petits employés. Quand je travaillais aux États-Unis on ne faisait pas tant d'histoires, résultat, dynamisme et chiffres d'affaires, et nous en France : assistés et syndicalistes ! Donc, en France, si on veut couper la gangrène sans verser aucune indemnité ni que la gangrène ne touche d'indemnités chômage (si on vire trop de monde après c'est les cotisations Assedic d'HT qui augmentent, manquerait plus que ça), il n'y a qu'une option, c'est le licenciement pour faute lourde. Or, une faute lourde n'est pas si facile à prouver, on ne peut pas monter le dossier comme ça, c'est très contraignant. Sabine a des dossiers sur les six, avec des délations, les statistiques de leurs retards et absences, justifiés ou pas, et toutes leurs erreurs, mais c'est insuffisant, enfin d'après mes avocats. À qui demander alors de monter ce dossier, d'épingler tous les manques, toutes les fautes, toutes les intentions de nuire à l'entreprise, passées, présentes, futures ? Eh bien, saluons le génie, mon génie : il faut le demander à l'employé lui-même, bien sûr ! Donc j'ai conçu (avec un coup de pouce, ah ah, de Sabine et Steve) un questionnaire d'autoévaluation où chacun pourra se dénoncer bien tranquillement. Pour que ça passe, enrober ça dans un séminaire type team-building, c'est tellement à la mode (à mon avis, de l'argent par les fenêtres, mais on en vend beaucoup chez HT) : de la remotivation, avec un coach débutant, à côté de la plaque, pour le marionnetter sans problème. Du coup, non seulement les six gangrènes montent leur propre dossier, mais ensuite, on les fait assister à des réunions de rationalisation de leur travail en sachant d'avance qu'ils vont se planter – ils n'arrivent déjà pas à travailler normalement alors... On note soigneusement leur taux d'échec à tout ça. On leur met la pression, on les surveille de façon grossière (il faut qu'ils se sentent surveillés tout le temps), on les change de bureau, de service, on leur colle un binôme, si possible moins expérimenté, c'est humiliant, etc. En fin de séminaire, hop, faute lourde, et licenciement pour ceux qui n'ont pas craqué avant. Comme je disais, clair, net, sans bavures. Mais le clou, la vraie cerise, la stock-option qui compte triple, c'est ça : on fait filmer toutes les réunions, jusqu'aux entretiens de licenciement. On floute les visages pour ne pas avoir la CNIL aux basques. Et on s'en sert comme film publicitaire pour ce nouveau produit, 100 % innovation, 100 % efficacité, 100 % HT ! Bon, c'est pas tout ça – il faut que je fasse checker les caméras et le logiciel d'analyse des questionnaires, d'habitude je ne fais pas tout ça moi-même, mais je veux suivre de près toute l'histoire, ce pack va avoir un retentissement de folie, on parlera de moi dans toutes les Bourses, on se l'arrachera, mais je créerai des listes d'attente, exprès, pour qu'on me supplie, pour qu'on reconnaisse que j'ai fait ce que personne, aucun cerveau n'avait été capable de faire !

Stéphane

L'inscription était hors de prix, mais ça marche, protocole impeccable, enchaînements personnalisés, intensité cardio puis endurance puis travail ciblé, muscle par muscle, rien à redire. Deux mois seulement et je vois la différence avec le club d'avant, et puis ce calme, à l'abri de la plèbe, des gros qui viennent transpirer sur les machines et vous les laissent trempées, dégoûtantes, transpirer en public, on n'a pas idée, et des chauves, trois cheveux rabattus sur leur crâne malade alors qu'on fait des implants très au point aujourd'hui, c'est une honte d'imposer ça au monde, à moi. Et puis ces femmes, là, qui me regardaient comme des chattes en chaleur dans leurs maillots en mauvais lycra avec cellulite apparente, très peu pour moi, je ne consomme que le meilleur, l'épiderme le plus fin, les cheveux les plus brillants, pas un poil de graisse, et CSP++, mais pas trop malignes hein, pas envie de me prendre la tête après une journée de boulot ! Alors moi, 15000 euros par an, je les sors sans problème pour un club pareil, Optimum ça s'appelle, et puis sortir de l'argent n'a jamais été un problème, même stagiaire j'étais bien payé, normal, je suis le meilleur, on m'appelle Stéf le killer, on me respecte, tous les contrats je les fais signer dans l'heure, mes objectifs je les ai toujours dépassés, sur le tapis de course je les imagine qui essaient de me rattraper, c'est drôle hein, il faudra que je la ressorte, peut-être à Aurélie ce soir, elle aussi je la signe dans l'heure, pas de négociations, je la regarde, un petit sourire, et voilà, j'enlève le morceau ! Je la ramène chez moi, loft brut béton et bois vers Bastille, ça ressemble à Optimum, toutes les nénettes craquent, du luxe, voilà ce qu'elles veulent, du muscle aussi et là, rien qu'à me tâter le bras, je sais que ça va se pâmer ce soir, et elles veulent du vin, le plus cher hein, j'ai un sommelier qui commande pour moi, je lui file un chèque au début du mois et il décide, moi je m'en fiche je sens pas la différence, mais ces nanas quand elles voient la bouteille grand luxe elles pensent que c'est meilleur... L'argent transforme le goût, c'est bien simple, et l'argent transforme tout, les gens me sourient, me respectent, m'aiment. L'argent efface les résistances des femmes, il fait de ma vie une suite d'hôtel cinq étoiles, peignoir moelleux et sels de bain hors de prix, j'adore le hors de prix, c'est toujours dans mes prix ! L'argent fait de mon corps une machine à faire rêver, muscu, sauna, hammam, épilation impeccable (les poils me dégoûtent), carotène pur du Honduras, j'ai arrêté les UV depuis longtemps, beaucoup trop Wall Street, les cheveux sains, brillants, un saut chez le coiffeur tous les trois jours pour le soin Homme Pour Homme, et mes mains, manucure discrète, virile, elles sont ambrées juste ce qu'il faut, et puissantes, et raffinées, et mes costumes, soie, alpaga, laine, tailleurs italiens, chaussures anglaises, cuir fin noir ou brun, et mes chaussettes, fil d'écosse, l'œuvre d'art, c'est moi. Chaque jour je me réussis, chaque jour je me crée, chaque jour je m'admire, certains matins une fille rentrée avec moi la veille m'admire aussi, mais je ne la garde pas, ces femmes, comment font-elles, le matin leur visage est fripé, le maquillage n'y est plus, parfois, horreur, la cellulite invisible aux chandelles la veille vient m'agresser l'œil, ou un poil, ou un duvet qui me ferait vomir, ce qu'elles se laissent aller… L'argent, revenons à l'argent, l'argent fait naître l'argent aussi, à se demander pourquoi tout le monde n'en profite pas, j'ai un courtier qui gère tout ça mais je boursicote de mon côté, et je suis très bon, j'investis mes dividendes et ils se reproduisent comme des lapins, c'est facile, il suffit de trouver les boîtes qui vont mal, de voir qui va les reprendre, un bon plan social avec un bon pro et hop, ça remonte, je les connais tous maintenant, ces cost-killers, leurs cabinets, je les suis, je parie sur eux, ce sont de bons chevaux, et je gagne, j'ai toujours gagné… Un bon plan social, voilà ce qu'il nous faudrait ici à HT, je ne sais pas ce que fabrique Frédéric avec ces six abrutis, les remotiver, pourquoi faire, ils sont mauvais, ça ne se commande pas, moi j'étais bon dès le début, même dans les régates d'optimiste à huit ans, j'étais le meilleur au tennis, le meilleur à HEC, c'est comme ça quoi, c'est un given, on perd du temps avec eux. Bon, je respecte ce que fait Frédéric, c'est mon boss, enfin pour le moment, ah ah, il est un peu dépassé avec son coach-comédien en costume bas de gamme… Non, moi ces six-là, c'est très simple, pas de saignée à faire, il faut arracher le mal à la racine, ils sont faibles et la faiblesse c'est dégoûtant, des loosers, la vie est injuste, moi je suis né winner, qu'ils aillent se plaindre à Dieu quoi ! Ah celle-là je la note aussi, c'est marrant hein, enfin, j'ai beau les regarder, cette femme du plateau, l'arabe, elle pue, une espèce de parfum animal, elle me fiche la nausée quand elle passe, la petite Laura, elle est pas mal, je lui aurais bien montré mon loft, mais ce qu'elle est geignarde avec son dos, et ses chaussures de concierge, pas possible, aucun maintien, le comptable, alors là il est complètement dingue, je ne l'approche même pas, et cette vieille bique d'ex

DRH, Catherine, ça je la connais avec tous ses discours humanistes à deux balles, ce qu'elle m'a fait perdre de dividendes ! Tiens d'ailleurs je me demande si je ne devrais pas investir plus sur HT, Frédéric va les virer tous si on réfléchit bien, la remotivation c'est pas son genre, il y a anguille sous roche et de l'argent à faire, faut que je me renseigne ! Et deux autres encore qui restent, le sous sous cuistot, là, qui se croit supérieur, minable, et Marc... Ah Marc, que dire de Marc, Marc m'est bien utile, il fait tout ce que je lui demande, il se tape le sale boulot, les dossiers, la prospection, les cafés, alors que c'est même pas dans son contrat, il frétille quand je lui dis, rarement hein, faut pas exagérer, quand je lui dis merci. Mais alors, lui aussi, ce qu'il me dégoûte, avec ses gros boutons, son cou luisant et ses yeux humides de cocker obéissant ! Non, on en revient au principal, au club de gym, au travail sur soi : ces six assis-là à se laisser aller ce sont des poils, de la graisse, des poireaux, de la cellulite. Pire, ce sont des trous noirs. Le trou noir c'est ce que je vois arriver sur moi quand je n'ai rien à faire, pas de travail de muscu ou de fille à hypnotiser, ça fout les jetons, alors je repars pour un tour et je suis un winner à nouveau, toujours. Mais eux, ils sont dans le trou, ils sont le trou. Ils sont comme ça et point, rien à faire, il faut les virer, voilà. Ils me fatiguent, on doit garder les meilleurs et c'est tout, il faut du propre, du frais, du lisse, sans trou, sans profondeur, il faut de la surface, balisée et bien organisée. Bon, les discours ont l'air de finir, je vais faire un tour dans le service, inviter Aurélie à dîner chez Bofinger, elle ne mérite pas la Tour, quand même, et puis pas la peine, elle est cuite déjà, tout doux ! De là, scooter, hop chez moi, emballé, c'est pesé !

Sabine

Mais quelle bande de bras cassés ! Assis là, comme des agneaux, à faire semblant de ne pas comprendre pourquoi cette réunion, pourquoi eux six assis et le reste de la boîte debout derrière à les regarder, et ils ont raison, de haut... Mais enfin, les agneaux, j'ai vos dossiers, j'ai toutes les délations de vos petits camarades sur vos manquements de conduite, votre absence de motivation, votre travail de sape, j'ai tous les certificats de vos soi-disant congés maladies ou de celles de vos gnomes, j'ai les relevés de vos badges, votre productivité, moi j'ai dit à Frédéric, ça suffit pour les virer, mais bon, il tient absolument à la faute lourde, alors allons-y... Il y a du ménage à faire et c'est pour ça que je suis là, DRH, je sais reconnaître ceux qui n'en ont pas, de ressources, et là il n'y a pas à traînailler, il faut élaguer, et vite... Je veux dire, on me l'a appris à l'école, module management, savoir isoler les gens pour repérer les brebis galeuses... C'est Catherine qui m'énerve le plus, enfin heureusement qu'elle était là sinon on ne m'aurait pas embauchée, faire une telle histoire, devenir dingue et partir en congé dépression alors que ce que Frédéric lui a demandé relève du boulot normal de toute DRH qui se respecte ! Ce sentimentalisme me dépasse, il y a un moment où c'est clair, il faut choisir, c'est toi ou les autres, et Catherine a pris les autres, résultat elle coule avec tout le monde, et moi je prends sa place et je vais remettre de l'ordre dans tout ça ! En attendant cette réunion m'ennuie, pourquoi ai-je besoin d'être là, j'aime entendre parler Frédéric, mais j'ai du travail, et j'aurai toutes les informations nécessaires avec les questionnaires, en plus il faut que j'assiste aux réunions ensuite, la barbe, les entretiens de licenciement m'auraient suffi. Je suis excellente pour licencier, il n'y a rien à faire avec ce ramassis, ils sont irrattrapables, je le vois, ils n'écoutent pas, ils s'en fichent, ils pensent à eux, à leurs petites histoires minables... Aucune conscience d'un bien supérieur, celui de l'entreprise à faire avancer tous ensemble, un bien qui doit écraser les velléités individuelles, aucune soumission à l'autorité pourtant naturelle et légitime, des idiots, et qui ne savent pas se tenir, pas faire du bon boulot, pas remplir les objectifs, pas porter les talons ou la cravate... Est-ce que je fais des histoires, moi ? Est-ce que je l'ouvre ? Ça ne sert à rien de l'ouvrir, il ne faut jamais l'ouvrir, on est toujours perdant, mon père en a tenu, des piquets de grèves en usine, et les mois suivants c'étaient patates germées à l'eau pour tout le monde, extirpées du minable jardinet ouvrier noir de fumée, pas de nouveaux vêtements et toute l'école qui se fiche de moi dans mes vieilles frusques… Et puis quoi, il n'a jamais rien obtenu, il est mort quand même, à quarante-quatre ans, cancer professionnel, c'est très clair, et ma mère essaye de l'ouvrir depuis, essaye d'obtenir réparation, personne ne l'écoute, elle est ridicule, elle s'acharne, se ruine en avocats, c'est devenu la folle du coin… Non, il ne faut jamais l'ouvrir, il faut serrer les dents, sourire, surtout se rappeler c'est l'autre ou moi, et ce sera moi, toujours ! Et aujourd'hui, plus de vieilles frusques, aujourd'hui terminée la fille de militants PCF utopistes et qui ne sont arrivés à rien, fille de perdants, aujourd'hui je fais mes courses dans les boutiques de luxe avenue Montaigne et on me dit « Madame » et on me reconnaît et on me demande comment je vais, aujourd'hui j'ai un dressing, organisé par couleurs, avec des cahiers de tenues concoctés par le must des relookers parisiens, et le maquillage assorti discret et féminin, et je les mets, moi, les talons, et je mettrais la cravate s'il le fallait ! Stéphane, en voilà un qui a compris, un qui ne l'ouvre pas et qui travaille, et puis il est tellement charmant, ses yeux surtout, noisette et rieurs, cette façon qu'il a de me taper dans le dos quand on se croise dans les couloirs, et je me hausse, je me redresse, j'attends, j'attends qu'il m'invite mais rien, alors je le ferai sûrement moi-même. C'est une autre ou moi ici aussi, et je veux que ce soit moi.

Mariama

Ça aurait pu être moi, là, assise, ça m'est arrivé si souvent ailleurs, je travaillais pareil que les autres mais il y avait toujours quelque chose à me reprocher, et encore, avant je n'en trouvais même pas, du boulot, noire, c'est pas représentatif, ça rassure pas le client, désolé mademoiselle, le poste est pourvu… Je ne me suis pas laissée abattre, j'ai réfléchi et je me suis prise en main. D'abord noire et grosse c'était pas possible, et encore heureusement je ne suis pas un homme, là, pour le boulot, laisse tomber ! Donc, régime, enfin régime est un joli mot, jeûne plutôt, une pomme deci-delà, de la salade sans vinaigrette, Maman n'a rien remarqué elle est débordée de travail et les frères lui font des soucis, la pauvre ! Donc, jeûne, et sport par-dessus, tous les jours. Pendant quatre mois j'ai fait ça, course à pied et musculation, tout ce que je pouvais faire sur le terrain municipal et à la piscine aussi, gratuitement. Je me suis acharnée, j'avais la rage, pas question de rester coincée dans la cité à traîner en bas avec les autres, tous ceux dont on ne lit même pas les CV, l'adresse déjà, on voit le genre, s'il y une photo c'est pire, et puis on a moins de mots nous, personne nous a appris, impossible de se défendre sans mots, on est largué, on se sent bête... Alors le soir je lisais, des manuels de grammaire et des *Que sais-je*, j'avais qu'à regarder ma mère crevée après le boulot, rentrée à pas d'heure, pour me dire tire-toi d'ici, apprends, maigris, et c'est arrivé, bon j'ai eu des vertiges au début, je suis tombée une fois aussi sur le stade en plein soleil, et quand le pompier qui m'a relevée m'a dit « Vous êtes charmante », j'ai su que j'avais gagné. Parce que la France, oui, accepte les étrangers, si ce sont des femmes et si elles sont belles, et je suis devenue belle, fine, racée. Ma branche éthiopienne m'a donné un visage fin et des pommettes hautes, et mes efforts ont dessiné mes muscles, ma taille de guêpe, des fesses qui font tourner les têtes... À partir de là j'en ai eu, des hommes, qui m'offraient des bijoux et fourrures et parfums et soupers fins auxquels je ne pouvais toucher, qui m'ont permis enfin de m'habiller correctement. Ma mère a tiqué mais elle n'a rien osé dire, elle devait penser que c'était grâce à mes frères. Je peux en être fière, car tout ça, je l'ai gagné avec ma volonté, avec mes malaises et ma rage, toujours. Je n'ai plus mes règles depuis longtemps et ça me convient, inutiles les règles, sales, organiques, je n'ai plus d'organique, je suis une statue d'ébène délicieusement parfumée. Et je me dis bravo, tu es debout contre le mur de la salle, tu es debout à regarder ces faibles assis grâce à ta rage, à ton courage, tu es debout parce que tu t'es sculpté un corps parfait, parce que tu ne peux pas dans ce corps avoir d'enfants, parce que tu marches sur des talons de douze centimètres qui ne te font même plus mal, à force, et tant pis si tu ne sais plus marcher à plat, tu es debout parce que tu as accepté que tant d'hommes te touchent avec leurs mains moites mais riches et t'appellent ma gazelle, ma tigresse... Tu es debout parce que quand M. Hautfort, après t'avoir recrutée, t'a interdit tes tresses, même très fines, qui font trop « ethnique », eh bien, morte de honte, tu as filé chez le coiffeur le plus cher du quartier Opéra, qui a tout défait et défrisé et brûlé et casqué ta tête, parce que tu as accepté de te faire appeler Marie, et plus jamais Mariama, au travail, même raison. Tu es debout parce que tu as fait un choix, alors les autres-là, assis, et surtout Laura avec ses chaussures orthopédiques, vraiment, tu vas pas aller les plaindre.

Fin de la réunion – ils sortent – interlude, Sélim

Oh là là, comme ils me fendent le cœur, ce sont de bons bougres, tous les six, ils n'ont pas mérité ça... J'ai entendu parler de cette histoire, je traîne toute la journée ici ou là, il faut bien que je m'occupe. Il y a un instant Mademoiselle Sabine m'a encore fait remarquer que ça ne servait à rien que je vienne ranger la salle de réunions, alors j'ai porté la main sur mon cœur, je lui ai dit « Ça me fait plaisir » et ça lui a suffi, c'est l'idée qu'elle se fait d'un vieil homme de ménage arabe et invalide, elle est partie derrière les autres avec une pile de dossiers sous le bras et moi, je vais m'asseoir un peu. C'est vrai, ça ne sert à rien, il y a cette nouvelle société de Techniciens Réodorisants Organisés de Surfaces Bureautiques, ils sont passés à la moulinette HT bien sûr, eux, avant d'être embauchés, ils sont très efficaces, vrai, mais quel ennui ! Au début je croyais qu'ils venaient pour m'aider. Je vieillis, alors un coup de main, ça n'était pas de refus. Et puis j'ai ma jambe raide. Accident de travail à l'usine il y a cinq ans, os et tendons broyés. On nous avait augmenté les objectifs, c'était ça ou la fermeture. Personne n'en pouvait plus. Pas le choix, il a fallu rogner sur la sécurité. Huit mois à l'hôpital, jambe tractée, morphine, le chef et les collègues désolés qui passaient après le boulot, mais qui ne pouvaient plus rien pour moi. Handicap, licenciement, trouver un travail sans machine et sans trop de fatigue, et ça a été HT. L'usine a fermé peu après, de toute façon. J'ai vite compris que ces Techniciens ne venaient pas prêter main-forte, ils venaient faire leur propre travail, et au pas de charge. Ils sont six, ils viennent de 5 h 15 à 6 h 30, 12 h 15 à 13 h 30 et 21 h 45 à 23 h, et ils filent entre les bureaux selon un plan mystérieux mais régulier… Je les suivais, je me souviens, je posais des questions, mais pas de réponse, jamais, pas le temps de parler, ils m'ont montré, toujours en marchant, des listes avec des cases à cocher, à la fin leur chef passe partout, contrôle et met un tampon sur chaque case, et voilà, ils sont partis. Tout rutile, c'est sûr, il y a une odeur spéciale, un mélange des détergents assignés à chaque tâche, pourtant ça ne lave pas mieux que ce que j'utilise, et ça sent moins bon, ça sent anonyme. Moi j'ai du vinaigre de vin blanc, du citron, de la cire, de l'encaustique, des eaux de fleurs, et comme je prépare un immense café turc le matin ça embaume, il y a des employés qui sourient en arrivant, ils aiment ça, j'en offre, évidemment, on parle un peu… Enfin tout ça c'est à mettre au passé, je n'ai plus le droit d'utiliser mes produits ni de faire mon café, ça perturbe « l'identité olfactive » des locaux HT qui doit être la même de Boston à Hong-Kong, alors Sélim a remballé ses nettoyants naturels et son réchaud. Sélim a eu peur d'être renvoyé, puisque remplacé par cette machine de guerre à douze jambes et cinquante-deux bouteilles sur trois chariots de nettoyage, Sélim a attendu… Et il ne s'est rien passé. Je ne sais pas pourquoi ils me gardent, sans doute que tout n'est pas perdu en ce monde et qu'il reste de la bonté dans les cœurs, même dans une ville comme celle-ci, pour un vieil homme qui n'attend que sa retraite pour enfin rentrer chez lui et mourir parmi les siens. Je n'ai plus rien à faire, donc, que de regarder s'activer les techniciens nettoyants, et ça me déchire, je ne suis pas un fainéant, mais je n'ai plus d'outils, qu'est-ce qu'un homme sans ses outils, je n'ai qu'un seul balai à demi chauve et une raclette sans manche, je dois me pencher jusqu'au sol pour ramasser quelques poussières que j'imagine sûrement. Les techniciens passent un temps fou à s'occuper des fleurs et des grandes plantes du hall, il y en a plein, HT doit trouver que ça rappelle que la nature existe, quelque part. Ils vaporisent, lustrent, épointent, c'est un plaisir à regarder – bien sûr quand c'était moi qui faisais ça il y avait de vraies fleurs, de vraies plantes et l'odeur de la terre humide après l'arrosage au petit matin, mais elles ont été balayées en même temps que moi. D'abord on les a remplacées par des cousines génétiquement modifiées, quand elles avaient besoin d'eau ça déclenchait un mécanisme, une alerte sonore, plutôt légère, la nuit, jusqu'à l'arrivée des techniciens. Mais de ce que j'ai compris ça restait coûteux et puis aléatoire en terme de parfum, toujours l'identité olfactive, le parfum de la nature n'est jamais vraiment maîtrisable, ne serait-ce que celui de la terre, alors maintenant c'est de la nature en plastique dans le hall, très bien imitée d'ailleurs, et les techniciens rechargent en parfum les petits tubes à l'intérieur des plantes, ça se diffuse, c'est très léger, standardisé, selon les saisons… Je suis trop vieux pour comprendre la logique de tout cela sans doute, une plante fausse qu'on recouvre d'un parfum de synthèse, mais je sens bien que quelque chose est vicieux, là-dedans, que ça finira mal… Et pour ces six-là c'est en train de mal finir, je les ai vus rentrer apeurés, sauf Francis qui avait l'air méfiant et Rodolphe, plutôt goguenard, comme d'habitude, mais Catherine était tassée, gonflée après son congé de maladie, Sonia avait le visage mangé de cernes, Laura jetait des regards à gauche et à droite comme un tout petit moineau, et le jeune Marc, le pauvre, redressait la tête tout en regardant par terre parce que Stéphane acceptait de marcher près de lui, sur le chemin de la salle Jupiter… Je les ai vus rentrer un par un, et tous les autres derrière, qui sont des fleurs en plastique avec un tube dedans pour donner le change… Tous les autres qui venaient assister à la curée, car je comprends bien ce qui se passe... Et puis mes six vraies plantes sont ressorties, le dos courbé, Sabine exultant à leurs talons, et il n'y a rien que je puisse faire, rien pour les arroser, les rafraîchir ou leur rappeler que les saisons existent et changent, rien, à part balayer vaguement cette salle déserte qui exhale des relents aigres de triomphe facile, le triomphe éternel des lisses sur les irréguliers.

Chapitre 5 – Denis, au café du coin

Ahhhh… Ça fait du bien… Rien, rien de tel qu'un petit noir-calva dans un bon vieux café, debout, au comptoir, avec le barman devant moi qui essuie des verres, et le percolateur, et le bruit des conversations, et les tables en vrai bois, et les premières bouffées d'escalopes de veau à la crème, plat du jour, qui remontent des cuisines… Et le bruit de la circulation, au loin derrière les vitres, pendant qu'on est à l'abri… C'est un miracle ce café, miracle qu'il soit encore là, rouge et brun, que personne n'ait encore essayé de le transformer en obscur « lieu lounge », à tentures violettes et bleues, à chaises baquets en plastique gris, avec cuisine du monde partout pareille, sushis « sauvages », hamburgers « à notre façon », et « simple œuf à la coque » à quinze euros… Ah, et le dessert, le « classique mi-cuit au chocolat », évidemment. En droite ligne de chez Picard… Il doit y avoir un manuel quelque part qui explique comment bousiller nos bars, nos cafés, comment rapiécer leur histoire, comment les désanimer…

Bon, je m'en suis bien sorti, à mon âge, les autres ont raison, il fallait que je me trouve un vrai travail, un salaire régulier, avec Éloïse qui va accoucher dans six mois. Elle n'était pas pour ce boulot d'ailleurs mais bon, elle a toujours travaillé en CDD, de remplacement en remplacement pour pouvoir me suivre sur les routes, elle a le droit de se poser un peu… Et à Paris des postes d'éduc spé il y en a plein, pour une fois elle va pouvoir choisir, s'installer, on achètera une maison, comme les autres, comme Louis et Adrien. Ils ont deux enfants chacun, je ne pensais pas les voir porter la cravate un jour, mais ils ont l'air d'aller bien. Enfin je ne sais pas, je ne les vois plus beaucoup, ils ont quitté la troupe presque en premier, pourtant c'étaient mes meilleurs amis. Mais il faut grandir, ils ont dit, et ils ont raison, et ils sont débordés de travail et trajets et enfants, et ils remboursent leurs prêts, comme des hommes… Nous aussi un jour on l'aura la maison en banlieue avec le jardinet et le barbecue, avant ça me faisait rire mais j'étais jeune, sûrement, rêveur, bien trop… J'en ai trop fait, de petits boulots, pour maintenir la troupe hors de l'eau, pour racheter des costumes et des masques, pour imprimer des programmes, pour réserver des salles… Je les ai tous faits, je crois, et j'enchaînais, petit boulot, répétition, ménage, communication, représentation… On s'en sortait pas si mal, mais ils sont partis, tous, un par un, pour une vie plus confortable, comment ne pas les comprendre, et je n'allais pas continuer, être une troupe tout seul… Je n'en avais pas le courage…

Après il fallait décider ce que j'allais faire de ma vie, terminés les petits boulots, aucun sens si ce n'est pas pour pouvoir jouer le soir… Alors j'ai contacté mes employeurs sporadiques, pour qu'ils me rayent de leurs fichiers : finis, les sondages au téléphone, me faire raccrocher au nez avant d'avoir pu en placer une, finies, les distributions de prospectus dans des gares de lointaines banlieues, à 6 h du matin pour attraper le travailleur de l'aube qui fait semblant de ne pas me voir, pourquoi, c'est pas la mer à boire de prendre le prospectus que vous tend le pauvre hère aux mains gourdes, il est payé au chiffre… Finie, l'aide occasionnelle sur les chantiers, à me fusiller le dos avec des charges de cinquante kilos, sous la neige, et pas intérêt à tomber, d'autres journaliers attendent… Finie, la livraison à domicile de plats industriels, dans le vent et la pluie, et si t'es en retard, c'est retenue sur salaire, mais si t'as un PV pour excès de vitesse, c'est toi qui le paies aussi… Fini, tout ça, et j'en passe, alors j'ai cherché une bonne planque au chaud, et dedans, dedans un édifice, n'importe lequel… J'ai négocié mon virage comme un chef, quand j'ai vu l'annonce j'ai bidouillé des faux diplômes, un faux CV avec des références bidon, ça sert d'avoir des amis comédiens, ils ont fait mes louanges de coach avec une faconde hors pair, oui, je sais tout faire, oui, animer, réguler, gérer les conflits, travailler sous stress, oui, je suis disponible immédiatement, oui, je suis moins cher que les autres consultants (ça me fait quand même l'équivalent de dix cachets par journée de travail), et c'était dans la poche. J'ai vu le PDG, la nouvelle

DRH, suivi une formation pour animer la formation, acheté un costume, et pour la première fois de ma vie, ce matin, je suis allé travailler dans un bureau ! Ça m'a fait un choc, je dois le reconnaître, cette boîte en verre et acier qui sent le harpic au citron de synthèse, ces moquettes bleues et grises, ces fauteuils en cuir blanc dans le hall, comme si aucune couleur ne devait réveiller l'œil, tout le contraire de ce café dans son jus.

D'ailleurs je vais reprendre un calva et essayer d'y retrouver mes esprits. C'était difficile, ce matin, ceux qui doivent faire la formation ne le savaient pas, ils n'ont pas le choix et on ne me l'a pas dit, ils étaient mals, et les autres au fond qui les regardaient de haut, une vraie pièce de théâtre, sauf que je me rends compte peu à peu que cette fois, ce n'est pas pour jouer… Je rentre dans la vie pour de bon, personne n'est là pour rire, personne ne rallumera les lumières après le spectacle, et cette vraie vie, je dois me l'avouer, me fait peur, elle me fait peur avec ses badges de contrôle à l'entrée et à la sortie des locaux de Human Tools, on passe le badge et le machine sait votre nom, votre poste, votre date de naissance et combien il vous reste de crédit cantine, et ensuite il faut aussi passer les hôtesses, ne pas se tromper dans les ascenseurs, et tout est feutré, et j'ai eu envie de crier, de courir car tout, autour, était trop calme, trop coton, une musique d'ascenseur et une odeur d'ascenseur et des meubles d'ascenseurs et dans la bouche un goût d'ascenseur… D'où la fuite un moment, une demi-heure pour moi, décomptée sur mon badge, pour me brûler la langue, déboucher mes oreilles, pour fumer une cigarette et tousser un bon coup, une virgule entre deux pages blanches, car il faut déjà que j'y retourne, que j'étudie les dossiers de chacun et que je prépare la vraie première réunion, que je signe des papiers aux Ressources Humaines, aussi, que je… Mon Dieu, j'espère que j'ai fait le bon choix.

DEUXIÈME PARTIE – DÉCROCHAGE

Chapitre 6 – 1er mars 2006 – La première réunion

Salle Pluton, 9h.
Denis, Sonia, Marc, Catherine, Laura, Rodolphe, Francis.

Sabine prend des notes.

– Merci à tous d'être venus, nous nous sommes rencontrés la semaine dernière, je suis Denis Serpat, coach et comédien, et je voudrais vous redire combien la formation qui vous est offerte est une chance formidable pour vous, une chance d'exploiter vos talents, vos forces, d'améliorer vos points faibles, d'accéder à une relation client fluide, transparente et constructive, dans la perspective d'excellence qui définit proprement HT, de sortir de vous-mêmes pour vous dépasser, bref, de faire de chaque jour un challenge réussi.

Mais tout d'abord j'aimerais que vous vous présentiez, que vous me disiez depuis quand vous travaillez là et à quel poste, et aussi, c'est très important, pourquoi vous pensez avoir été choisis pour cette formation. Je vous écoute, dans l'ordre que vous voulez.

– Bon ben, je vais commencer, c'est plus simple, Rodolphe, employé polyvalent au restaurant d'entreprise, c'est moi qui ai préparé la salade que vous avez mangée la semaine dernière, je vous ai vu de loin, ah, et je suis là depuis cinq ans, on m'a embauché juste après le déménagement ici. Je ne sais pas pourquoi je suis là, je veux dire, pour me remotiver j'ai compris, mais je n'ai jamais dit que je n'étais pas motivé, c'est juste qu'il y a eu des histoires avec certains plats, après, je ne sais pas si ma motivation se trouve sans le nombre de rondelles de concombre par coupelle, z'êtes juge, hein ?

– Merci, Rodolphe. Qui d'autre ?

– Heu, oui, bonjour ! Je suis Laura, hôtesse d'accueil, je travaille pour HT depuis un an et demi. Je crois que je suis là à cause de mes chaussures, mais j'ai déjà dit que j'étais désolée... Je ne peux rien y faire...

– Merci Laura, oui, j'ai vu dans votre dossier pour vos chaussures, on essaiera de travailler l'autohypnose pour la douleur, ça pourrait la rendre supportable et vous remettre dans la course, sur talons aiguilles ! Qui d'autre ?

– Oui, Catherine, je suis, enfin je crois, DRH de Human Tools, présente depuis sa création il y a huit ans. Je reviens juste d'un arrêt maladie, je ne sais pas exactement pourquoi je suis ici, je reprends à peine mes marques, j'ai besoin de temps... Voilà...

– Bonjour, mon nom est Sonia, je travaille sur le plateau d'appels, je suis téléphoniste, comme on dit en français, depuis quatre ans. Je... J'ai des difficultés sur le plateau, des tensions... Je pense que c'est pour ça que je suis ici.

– Merci à toutes les deux. Monsieur, vous êtes le dernier, vous êtes Francis, n'est-ce pas ? Monsieur ? Sabine, Monsieur ne souhaite pas répondre peut-être ? Heu... Ok, attendez, j'ai votre dossier, vous êtes expert-comptable ici depuis, heu, six ans approximativement, et vous êtes inscrit, enfin, proposé pour ce séminaire pour troubles, enfin, pour raisons, comportementales. C'est bien ça ? Bon, ne vous inquiétez pas, vous avez peut-être le trac, nous parlerons du trac le moment venu, je suis sûr de pouvoir vous aider.

Bien, maintenant, je vais vous distribuer un questionnaire d'Autoévaluation Constructive, afin que vous arriviez à cerner plus précisément pourquoi vous êtes ici et en quoi cette formation vous sera bénéfique. C'est le premier questionnaire à remplir, je ne vous l'ai pas donné la semaine dernière parce que pour celui-là il valait mieux vous faire la surprise ! Les autres questionnaires qui sont dans vos dossiers seront à remplir peu à peu, je vous préviendrai, ne vous inquiétez pas. C'est donc un questionnaire très complet, basé sur les plus récentes approches en notation du travail. Prenez tout votre temps, chez vous, pour y répondre, car vos réponses, sincères et lucides, constitueront le socle nouveau, sain et solide, sur lequel nous travaillerons.

Vous verrez qu'il comporte quatre parties : Personnalité, Comportement, Logique et Intelligence, et enfin Culture d'Entreprise. C'est un panaché de questions à inductions alternatives. Vous trouverez des questions ouvertes, à la suite desquelles un espace vous est réservé pour écrire. Par exemple dans Personnalité, sous-chapitre Émotions, la question 18 : « À quelle fréquence vous arrive-t-il de vous sentir émotionnellement débordé et comment cela se répercute-t-il sur les autres ? Donnez un exemple détaillé personnel et professionnel ». Vous trouverez aussi des questions à choix multiples, par exemple Comportement, sous-chapitre Respect de l'Autorité, la question 9 : « À combien estimez-vous le nombre de vos retards le matin sur les trois derniers mois ? : 0, 1 à 2, de 2 à 4, 4 à 8, plus de 8 ». Enfin vous trouverez des questions fermées, ce sont celles qui vous donneront le moins de travail, par exemple dans Culture d'Entreprise, la question 34 « Estimez-vous avoir parfaitement intégré l'esprit Human Tools et en être par conséquent un élément porteur ? Oui/non ».

Notez bien que la section Logique et Intelligence reprend et améliore un test de QI, et que pour cette raison elle doit absolument être effectuée en temps limité. Elle est donc scellée dans une enveloppe à part. Au moment où vous l'ouvrirez se déclenchera un mécanisme situé dans la petite bande magnétique au bas de chaque page. Vous utiliserez le stylo fourni qui est relié à la bande magnétique et qui reconnaît vos empreintes digitales. Il n'est pas pertinent de vous faire aider, cela fausserait vos réponses et au final serait visible lors du dépouillement. Au bout d'une heure trente vous entendrez un bip de fin, après quoi vous ne pourrez plus rien écrire, le stylo ne marchera plus, vous verrez, c'est assez amusant. Nous avons pensé que c'était beaucoup plus convivial de faire le test tranquillement chez soi, que de vous coincer ici comme dans une école ! Écrivez le tout lisiblement, car vos réponses seront entrées dans un logiciel de traitement afin d'analyser vos capacités et de vérifier que le poste qui vous est offert vous permet le maximum de potentialités. Sabine ici présente a eu la gentillesse de proposer son assistante personnelle pour ce traitement un peu ingrat des données, mais si utile !

Voilà, je ne veux pas trop vous assommer pour aujourd'hui, vous avez une semaine pour réfléchir et répondre au questionnaire, après quoi nous nous revoyons pour le dépouillement, et, naturellement, pour nous mettre au travail ! Bonne journée à tous !

Chapitre 6 bis – Après la réunion, chacun chez soi

Catherine

Que c'est long, ce questionnaire, que me veulent-ils encore ? Que puis-je faire de plus ? Je l'ai dit, j'ai besoin de temps, mon esprit en brouillard pense si lentement, faire un effort, se rappeler…

Oui, à un moment tout ça allait trop vite, je n'avais plus de temps à moi, je n'avais plus de durée, sentir le temps, notre temps passer, une minute dure différemment si on est chez le dentiste ou devant un lever de soleil, et je ne sentais plus rien, le temps m'écrasait du dehors, impossible de réfléchir, il fallait prendre les décisions tout de suite, appliquer, exécuter, il fallait changer les gens de service, un matin sans prévenir, il fallait vérifier la loi, Frédéric derrière moi me poussait, tu n'as pas le choix, il faut prendre le train en marche, la modernité ça s'appelle, et moi je me disais, alors, la modernité c'est quand il n'y a pas le temps, jamais le temps et pour finir plus de temps du tout ? La modernité c'est internet, lire quelques lignes sur une page puis cliquer sur un lien hypertexte et en lire une autre puis une autre puis une autre, vite, jamais rien de complet, de substantiel, jamais la progression des idées ou de l'intrigue comme dans un essai ou un roman, pas le temps, non, juste le cerveau qui sautille d'une information à une autre et qui les oublie aussitôt ? Voilà, ça recommence, et mon esprit s'affole comme avant, me calmer, respirer, je sais bien ce qui suit, après ces emballements au travail, et à la maison aussi, où je m'étais mise à tout faire vite, comme si encore on me poussait, après tout ça l'esprit demande une halte, et ma tête s'est prostrée, toute seule, lente, si lente, et le médecin m'a donné les cachets et c'était pire mais confortable, calme-toi, respire, et réponds au questionnaire, tu n'as pas le choix, avant j'avais le choix, toujours une petite marge, un moyen de régler les choses, il fallait réfléchir bien sûr, dans la durée, et même mettre les problèmes de côté un temps, sortir, aller au théâtre, marcher en forêt, et la solution émergeait, fraîche, presque aquatique, en son temps…

Ralentis, ralentis ton esprit, résiste, concentre-toi, une question après l'autre, voilà. Le test de QI, je l'ai fait, c'est ça aussi qui m'a agitée, le stylo me poussait, poussait, le stylo me passait à la question. Jean m'a entendue fondre en larmes et il est venu me consoler, il m'a dit c'est pas grave, ils le savent bien que tu es intelligente ! Je vais faire les questions concrètes, allez : les retards, jamais, une absence une fois quand Claire a été malade, l'appendicite, et c'est tout, et mon congé maladie bien sûr mais ça, ils savent, bon, mes objectifs, mes évaluations, c'est fait, elles étaient bonnes, jusqu'à la catastrophe. Bien, les questions Culture d'entreprise, oh là là, ce sont des pièges, je ne connais pas par cœur l'organigramme d'HT ni les dates d'ouverture des filiales, je laisse un blanc, et ça, question 34, « Que feriez-vous si un collègue venait se plaindre auprès de vous de son supérieur ? » Eh bien, on en parle, que faire d'autre ?

Voilà, revoilà le flou, ma tête est fatiguée, ne t'éteins pas, j'ai besoin de toi quelques minutes encore, une demi-heure, après tu iras dormir… C'est que je sens qu'il se passe quelque chose de pas net, un problème de fond, et tout tourne autour de ça… Frédéric ne me pardonne pas de n'avoir pas pu remplir la dernière tâche qu'il m'a confiée, mais ça je ne pourrais pas le regretter, jamais, même si je ne vis plus avec mon temps, même si je vis dans un pays de roches lunaires, dans un temps de brouillard qui parfois ricoche et s'accélère puis s'arrête et se fige dans une crevasse glacée, sans végétation, jamais… Je n'ai pas pu, ce n'est pas le plan social en soi, j'avais déjà mené des plans sociaux, on avait pu reclasser pas mal de monde, en envoyer en formation, d'autres en préretraite, il y avait des mécontents, comme toujours, mais personne en danger… Mais Frédéric, lui, m'a demandé des licenciements secs, ces cinq-là qui sont avec moi au séminaire et d'autres avant, plein d'autres. Enfin, licenciements secs, pas seulement, ça suivait une longue période où il voulait que je les déstabilise, d'où les changements de bureau, les erreurs de salaire, les refus de congé, les objectifs de plus en plus élevés puis, d'un coup, plus un seul dossier à traiter, ils venaient pour rien, comme Sélim l'homme de ménage. Mais celui-là au moins Frédéric ne le virera pas, il est dans les quotas de handicap / invalidité, ça fait baisser les charges de HT, ça revient moins cher, avec ce qu'il gagne, un demi-smic, que de le virer…

Tout ça me rendait malade, au début je protestais, je faisais des scènes, mais Frédéric avait toujours le dernier mot, il faisait faire le sale boulot par des sbires à lui, Sylviane notamment… Et après moi aussi je venais pour rien, j'avais de moins en moins de travail, déjà plusieurs employés ainsi traités avaient démissionné, à bout, et naturellement, dans chaque service, personne ne levait le petit doigt… À la fin il ne restait que ceux-là, les cinq, ils tenaient le coup, et c'est là que Frédéric m'a redemandé les licenciements secs, il ne pouvait pas les faire faire par quelqu'un d'autre, déjà je ne dormais plus à ce moment, j'ai craqué, crise de nerfs dans son bureau, il a eu une sorte de demi-sourire et m'a ordonné de prendre du repos, je devais prendre soin de moi…

Je suis rentrée, je me suis couchée trois mois – quand j'ai repris vie, mais si peu, quand je suis revenue, il y avait cette jeune Sabine, sortie tout droit de l'école, visiblement très ambitieuse, qui me regardait d'un air mauvais… Elle avait été installée dans mon bureau, avec mes dossiers. On m'a donné mes quelques affaires dans un carton et on m'a mise dans le fameux open space, côté RH, avec les assistantes. J'avais compris avec horreur, à mon arrivée chez HT, que les open space on y reste toute la journée, dans le bruit des conversations, dans l'urgence, sans intimité, sans temps ni espace à soi, aucun, interchangeable. Frédéric avait été intraitable sur ce point, pas question de mettre des cloisons, ou de laisser les employés souffler une heure ou deux dans un vrai bureau. Et voilà que moi aussi on me lâchait dans l'arène, dans une sorte d'aquarium où tous les bruits se répercutent, de plus en plus fort, où, par de bizarres effets acoustiques on entend tout, d'un bout à l'autre, sonneries de téléphone, éclats de voix, bips des tableaux de performance délateurs, « debriefing » des managers en direct et devant tout le monde, pour l'employé qui a failli, dans sa conversation téléphonique, ou pour celui qui traite moins d'appels que les autres. Le premier jour j'ai mis une plante dans mon coin, une vraie, que Sélim m'a promis de choyer, mais le lendemain on m'assignait une autre place, et la plante avait disparu, car elle troublait l'identité visuelle des bureaux... Depuis ça continue comme ça, je reste à ne rien faire toute la journée, parfois une assistante me donne un fax à envoyer, je le fais, ça me dégourdit les jambes et je me rends utile. Je ne regarde pas ce que c'est, je ne regarde plus rien, simplement je me demande, cette fois, combien de temps ça va durer, toujours ma durée, cette histoire, et où va Frédéric, et que fait-il avec moi et ces cinq autres...

Mais je suis fatiguée, et il est bien possible que je sois complètement à côté de la plaque, qu'il ait raison et qu'il faille nous éduquer, nous redresser, nous faire entrer dans ce temps nouveau... Peut-être.

Sonia

Voilà, le test d'intelligence, c'est fait, pour ça je ne crains rien, c'est de la logique, et avec des études de linguistique, la logique, c'est pour la vie, faire des liens entre les racines, deviner leurs évolutions, trouver les transformations de lettres entre les idiomes, apprécier les glissements de sens, les emprunts aux langues étrangères, la simplification de l'orthographe...

Culture d'entreprise, c'est fait aussi, toutes les réponses concrètes je les connais par cœur. J'ai toujours eu une bonne mémoire, les dates, les changements, les slogans, les acronymes des contrats, les produits les mieux vendus, les choses à raconter et à ne pas raconter sur HT dans les dîners en ville, je ne dîne jamais « en ville », mais toujours « en périphérie », chez moi. Il y a quelques questions qui posent problème, des dilemmes moraux, là je ne suis pas sûre, ça n'a jamais figuré au programme... Sur le plateau on repart en formation une semaine toutes les six semaines, on tourne, et on nous répète les mêmes choses, les mêmes procédures de réception d'appels, classées par thème, il y en a 247 et je n'en ai jamais oublié une. J'ai toujours les meilleures réponses aux questionnaires de début et fin de formation, ce qui fait que je suis toujours dernière, car comme je connais déjà tout, ce qui énerve tout le monde, je n'ai pas de marge de progression, et c'est ça qui est noté.

Le plus dur ça va être les deux autres questionnaires, et surtout Comportement, parce que je sais qu'ils ne sont pas contents de mon comportement. Je pose trop de questions ils disent, mais c'est pour comprendre l'organisation des réponses, l'explicite et l'implicite. Ce qui me gêne c'est qu'il y a beaucoup d'implicite à faire passer, c'est le but, c'est pour vendre. Et encore, vendre, ça irait pour moi, mais certains jours je m'ébroue et je vois qu'on vend des choses un peu... Sales... Il y a eu un jour, je me souviens, j'ai répondu pour la première fois à une « Demande d'information pour le pack Installation d'une Filiale à l'Étranger / 1er appel / client type 3, français, masculin, probabilité achat 45 % » (procédure 86b, fiche d'appel correspondante, 2 pages, importance maximum, entrer dans logiciel immédiatement, vérifier présence manager pour double-écoute temps réel, mettre M. Le Huchet en copie, attendre accusé réception mail pour quitter poste). C'est moi qui ai déterminé tout ça en moins de vingt secondes – déjà trop long – après que le téléphone m'a avertie que l'appelant était français, et qu'il joignait la ligne correspondant aux demandes d'informations, pour les non-clients. Donc, je fais tout ce qu'il faut, je prends son nom, ses coordonnées, comment il nous connaît, ce qu'il souhaite savoir, je récite le discours sur le produit demandé et je cite les produits approchants, je propose que M. Le Huchet le rappelle personnellement (visiblement un futur client gros bonnet), je dis bien trois-fois son nom, minimum, Monsieur X, oui Monsieur X, merci

Monsieur X, je prends soin de dire « nous », jamais « vous », « Monsieur X, nous allons voir cela ensemble », j'attends sa réponse avant de le mettre en attente, « Puis-je vous faire patienter un instant, Monsieur X, afin que je localise rapidement dans mes fichiers l'information complémentaire dont vous souhaitez prendre connaissance ? Merci infiniment », je fais tout parfaitement, le manager ne peut rien dire, juste il tapote sa montre, je ne vais pas assez vite, j'ai souri trop longtemps et d'autres appels attendent, la lumière rouge clignote très vite sur le téléphone, donc au moins une file de 30 appels, et donc des gens qui vont s'énerver (il y a des procédures pour ça aussi, bien sûr), mais pour le reste, ça va. Je ne suis pas présente pendant l'appel, c'est automatique, je suis interdite de séjour dans ce combiné, les réponses doivent être les mêmes de Paris à Tokyo, et, contrairement à ce que je pensais, ça ne repose pas, ça épuise. Après c'est très difficile de revenir, d'être présente à nouveau. Depuis que je travaille là, dans ma tête, à la place de mes idées il y a ces phrases toutes faites et ces monologues bien pratiques, avec les enfants ça marche aussi, pour les convaincre d'aller au lit en trois étapes et en les remerciant par leur prénom. Mes yeux sont vides quand je leur parle mais qu'y faire, ma tête n'est pas un moulin, je ne puis y entrer et sortir à ma guise. Bref, au cours de l'appel, je demande, comme le veut la procédure, première page, ligne 13, ceci pour remplir le carré en bas à gauche de l'écran 2 sur lequel je tape simultanément (si le carré n'est pas rempli, on ne peut pas valider le dossier, on perd du temps, il faut rappeler le client qui n'aime pas ça et pour finir on est dernier du tableau), je lui demande, donc, dans quel pays il souhaite installer sa filiale.

En Algérie. Sur le coup je n'y prête pas attention, bien sûr, je n'ai pas d'espace de réflexion, je note, je clique sur Algérie dans mes fichiers, je lui lis les dernières avancées d'HT pour ce pays, et je continue à appliquer la procédure. Au début d'ailleurs je remarquais que les clients s'étonnaient de ma façon de répondre. Normal, ça fait des sauts de logique, je dois suivre le protocole, que le client ne connaît pas, et s'il pose une question à laquelle je ne peux pas répondre, je rentre dans les Procédures De Secours que j'appelle les « langues de bois », bien pratiques. Maintenant ça ne me gêne plus que les clients s'étonnent, ça m'est égal, est-ce qu'on fait des remarques à un répondeur téléphonique ? J'ai donc terminé l'appel et raccroché sans bafouiller (« Toute l'équipe de HT se joint à moi pour vous souhaiter une journée efficace, Monsieur X ! À bientôt ! »), puis j'ai jeté un œil à ce que je venais de lire au client sur l'Algérie sans y réfléchir. Et j'ai reçu un coup sur la nuque. Ce produit, je ne lui avais pas prêté plus d'attention qu'aux autres. En formation on nous apprend à lire les fiches au client, avec emphase, avec pauses, comme on raconte une histoire, mais sans y réfléchir, jamais, puisqu'on tape sur l'ordinateur, en même temps, toutes les réactions de l'appelant, temps réel (quel réel ?), pour faciliter le travail de Stéphane Le Huchet ou de l'un de ses assistants. Or je suis née en France et française, mais d'origine algérienne. Et j'ai vu, j'ai compris ce qui crevait les yeux mais qu'aucun d'entre nous ne voit, parce que nos cerveaux sont essorés bien avant, en formation, et régulièrement tordus par la suite, comme de vieilles serpillières, au cas où quelques idées goutteraient encore. J'ai vu que HT vend des conseils de blanc, de néocolon, pour exploiter les pays en voie de développement. J'ai regardé toutes les fiches pour l'Afrique, avec la carte des ressources, minerais surtout, pétrole en mer, que du rentable. Le client achète des informateurs, des espions, il achète des contacts avec des gardes armés pour protéger son précieux expatrié immigré avec papiers en règle, et sa femme multipare, et leur maison avec piscine, de la sauvagerie des Indigènes qui crèvent de faim. Il achète le mode d'emploi des pots de vin, il achète des pressions et menaces, il achète des avocats marrons pour détourner la loi, et pour le client que je venais d'avoir en ligne, il les achète pour s'installer chez moi, chez mes cousins et mes oncles et mes tantes, qui, s'ils ont de la chance, pourront risquer leur vie sur des plates-formes ou dans des mines, ouvriers même s'ils sont ingénieurs diplômés, ou devenir domestiques pour expats, salaire minimum local, l'aubaine. Et les cousins de mes garçons ne fraieront jamais avec les petits français – ils les regarderont de loin entrer au lycée international, ou boire un thé glacé au club, pendant qu'eux-mêmes joueront au foot derrière les grilles, avec trois cailloux, pour oublier les horreurs passées.

Alors j'ai eu honte, honte d'avoir expliqué tout cela parfaitement au futur exploiteur, qui se croit aventurier parce qu'il a de l'argent à investir chez les pauvres pour tirer du sol leurs richesses à leur place, en exigeant des remerciements, en plus… Honte de contribuer à tout ça, moi et mon sang, honte surtout de n'être pas capable de me lever, de jeter mon téléphone, de dire « Ça suffit ! ». Parce que j'ai peur, parce que je ne suis plus dans ma tête… Parce que je n'ai plus l'énergie pour chercher un autre travail, et surtout pas en linguistique, je ne crois plus aux mots depuis longtemps, les mots sont vides, manipulateurs, de petites marionnettes agitées par HT… Parce que mes enfants mangent à leur faim, parce que c'est confortable…

Et chaque jour la lâcheté s'ajoute à la lâcheté, et la complicité d'hier justifie celle d'aujourd'hui, chaque jour est trop tard, alors, des tensions, je m'énerve sur le plateau, je peste contre les autres, ceux qui ne savent même pas les procédures, je les corrige, ce n'est pas mon travail, les managers n'aiment pas ça. Moi je trouve que quitte à rester là, tous, lâches qui me rappellent ma lâcheté, autant faire le travail bien, jusqu'au bout, être irréprochable. Maintenant, pourtant, on me le reproche, je le sais, et aussi d'être moins productive que les autres parce que j'applique toutes, absolument toutes les procédures, pour tenir le coup, avoir un but, ne pas penser. On ne peut pas tout appliquer, tout remplir, sinon on ne répondrait qu'à vingt appels par jour, il faut choisir, certaines informations sont moins importantes. Mais je ne peux pas choisir, les mots vides et plats sont tous au même niveau, alors je remplis tout, de plus en plus vite, mais jamais assez, et ce soir, je dois remplir ce questionnaire aussi, et je le ferai consciencieusement, parce qu'être consciencieuse, irréprochable, c'est tout ce qu'il me reste.

Marc

Je ne sais pas, je ne suis pas sûr finalement que ce soit grâce au bras de Papa que j'ai droit à cette formation exceptionnelle. Quand il est rentré tout à l'heure il ne m'a rien dit, salué d'un clignement des yeux comme d'habitude, on se comprend, et il est parti mettre un smoking pour la réception de Maman ce soir. Je l'ai vu repasser, superbe, élégant, droit, pour chercher ses boutons de manchette, je suis allé dans ma chambre, et maintenant je vais me mettre à ces questions, pour m'améliorer, pour devenir moins raté, et ensuite je regarderai Papa, je lui sourirai, et il sera fier de moi.

Parce que pour l'instant je le rends malheureux, je lui fais honte. Après tout ce qu'il a fait pour moi, je ne suis pas fichu d'atteindre mes objectifs, de finaliser des contrats, et pas question d'espérer une promotion. Je crois que Papa parle régulièrement avec M. Hautfort, parce qu'à chaque fois que je fais une bourde, par exemple le jour où j'ai oublié d'aller chez Letournet and Co, alors qu'ils voulaient prendre un contrat premium, ou quand j'ai perdu tout le dossier de Stéphane pour Velart Zephyr, avec les contrats signés, à chaque fois donc, le soir Papa me regarde, il dit « Mais qu'est-ce qu'on va faire de toi, mon pauvre garçon ! », et j'ai huit ans et mes joues cuisent, j'ai envie de dire que j'ai pas fait exprès, mais ça ne servirait à rien... Pourtant je m'applique, je fais vraiment ce que je peux, mais tout a recommencé pareil, comme à l'école de commerce, les autres se moquent de moi, de mes boutons, je suis dégoûtant, mais je ne peux rien faire, c'est la cravate, c'est tout... En plus ceux de mon service savent que Papa connaît M. Hautfort, dès le début ils ne m'aimaient pas, ils m'appellent « Le Chouchou » ou « La guerre des boutons », ils mettent mes affaires en désordre, renversent mon café, alors que j'essaie de leur faire plaisir, toujours... Parfois, Stéphane est gentil et me défend, il leur dit d'arrêter et ça marche tout de suite, alors, je le regarde avec force, j'essaie de lui dire comme ça toute l'admiration que j'ai pour lui, et que j'aimerais devenir comme lui. Il baisse les yeux, je ne sais pas s'il comprend.

Pour HT, je suis un piston, des boutons, des gaffes, ils sont sympas de m'envoyer en remotivation, si c'était moi je me serais viré moi-même, dans ma vie c'est pareil, je suis content d'avoir arrêté la musique hein, et ça ne me manque plus, mais du coup, je n'ai pas grand-chose d'autre, quoi... Je rentre, je soigne mes boutons, j'attends le dîner, je suis gentil avec les invités... Les filles ne me regardent pas, elles ont raison, et je n'ai pas de copains, ceux que j'avais faisaient de la musique, je ne préfère pas m'en approcher... Allez, il faut remplir ces questionnaires. Ou alors, réfléchir encore un peu, et le faire plus tard ?

Parfois, quand vraiment je me sens très bien, quand Papa m'a serré la main le matin, quand Laura au bureau est là quand j'arrive et me dit bonjour, à ce moment-là je respire largement, sans ventoline, et je me dis : « Tu as réussi des choses pour HT ». Et c'est vrai, j'ai fait beaucoup d'erreurs, et je suis en dessous des objectifs, mais j'ai réussi des prospections difficiles aussi, passé plein de barrières, convaincu plein de gens. Mais personne, chez HT, ne m'a jamais dit bravo. C'est drôle non ? Comme à la maison : quand j'avais de bonnes notes, c'était normal et on ne me disait rien, mais quand je ratais, je me faisais disputer. Chez HT aussi les choses réussies vont de soi, et en entretien d'évaluation on ne parle que des erreurs. Ce qui montre à quel point j'étais dans le faux en faisant de la musique : à la fin d'un concert, les gens applaudissent, même s'il y a eu des fausses notes, ils disent nous sommes contents, parfois ils se lèvent, et même si c'est très mauvais, au moins ils applaudissent polis, un peu. Eh bien, Papa a raison, la musique, les applaudissements, les bravos, les mercis, la reconnaissance, c'est pour les faibles, et il dit aussi dommage que tu ne sois pas obligé de faire ton service ça te ferait le cuir.

Je vais me le faire, le cuir, ne plus attendre de merci de personne, foncer, tout droit, tu verras, Papa...

Laura

Avec moi on en revient toujours au même, à mon corps. Parfois je me demande si j'ai autre chose et vraiment, ce soir, je n'en suis pas sûre.

Je viens de terminer le test de QI et je n'ai pas pu répondre à au moins deux tiers des questions, des suites de formes, des trucs comme ça, je ne voyais pas où ils voulaient en venir, et ce stylo qui clignotait me stressait.

On m'a embauchée pour mon corps, comme partout, et parce que je suis rapide et souriante, mais ça aussi c'est des histoires de physique, pas d'intelligence. C'est mon corps qu'on embauche, toujours lui, peu importe ce qu'il y a dedans. C'est à cause de mes pieds que je suis envoyée dans ce séminaire. Au début je trouvais ça un peu exagéré, pour le boulot que je fais. Je trouvais que je m'en tirais bien, et puis j'ai regardé les questionnaires, et là je comprends : je ne peux répondre à presque rien, pas seulement pour le QI mais le reste est super difficile aussi, je sais que je ne suis pas une cérébrale mais à ce point, j'aurais pas cru! Je n'ai donc que mon corps, et ils ne sont pas contents de mon corps non plus, à cause de mes talons plats. M. Hautfort m'a appelée « un diamant avec un énorme crapaud, du toc quoi », je l'ai entendu le dire à Mlle Delagni quand l'ascenseur s'est ouvert, j'ai fait le sourire 6c pour me calmer, et j'ai baissé la tête. Mariama les a accompagnés à la porte puisque je n'ai plus le droit de sortir de derrière mon comptoir, les clients doivent partout dans le monde trouver des hôtesses HT à talons hauts, et moi, je suis une imposture, je croyais que j'étais jolie mais même ça, je ne l'ai plus, une imposture disgracieuse, en tatanes orthopédiques…

Pourtant j'ai essayé, mais j'avais mal, si mal… Le matin c'était l'angoisse, enfiler mes talons au moment de partir, j'ignorais l'ultimatum pendant toute ma petite routine, je gambadais entre cuisine et salle de bains, ma tartine à la main, en sautant sur les rainures du lino. J'éprouvais mon corps, sa fidélité, sa solidité, le sol sous mes pieds nus, sous mes pieds entiers, talons, plantes et pointes. J'appuyais, j'enfonçais mes pieds au sol, que je sentais tiède frais, je les penchais, extérieur, intérieur, je tapais par terre et la voisine du dessous tapait avec son balai mais je savais que c'était pour rire, elle m'invitait pour un café, pas le temps, pas le temps ! Et d'un coup c'est comme si on éteignait la lumière, c'était l'heure de partir, l'heure de mettre les chaussures, que je cachais dans le couloir sous la commode pour qu'elles ne me gâchent pas la soirée. Je respirais un grand coup, j'y allais, je mettais mes sparadraps aux endroits où ça frotte et où j'avais eu des plaies et des ampoules et des cloques. Ensuite je glissais les pieds dedans, assise sur un tabouret, ça allait, je ne posais pas les pieds par terre, c'étaient toujours mes pieds, plutôt jolis dans leur cage en cuir, et mes mollets bien galbés. Mais après je gâchais tout, je me levais, et c'est comme si quelqu'un me tirait du sol, me soulevait par les cheveux, et me tenait là, pour toute la journée. Mon talon ne sentait plus rien, rien que la semelle dure de la chaussure, pas la terre, pas le relief et les mouvements du sol. Pieds aveugles. Mes orteils s'écrasaient dans ma chaussure et ma chaussure s'écrasait par terre, tout le poids de mon corps appuyé dessus. Mes jambes étaient belles en talons, un peu irréelles, comme retouchées, mais je les préfère en vrai, au moins, ce sont mes jambes… Pourtant, en regardant, je voyais ces jambes de mannequin trop en avant, et les reins cambrés trop en arrière, et à nouveau mon ventre sorti en avant, et mes omoplates, pour équilibrer, trop en arrière : un vrai accordéon. Je marchais à petits pas entravés, évidemment pas question de courir, plus de gambades, non, tout le corps tenu, mesuré, étriqué. Il y a des femmes qui choisissent de porter des talons hauts, comment font-elles pour continuer à sentir leur corps ? Les vibrations, les messages de la plante des pieds, qui est ce qui nous porte et notre bien le plus précieux, le plus respectable ? Et ces hommes, ces femmes qui obligent leurs nouvelles recrues à se torturer ainsi, dans les grands hôtels, les restaurants, les clubs : ont-ils au moins marché une heure avec des talons hauts ?

Mes douleurs ont commencé au bout d'à peine une semaine. Une flèche de feu qui partait du bas du dos et descendait dans les jambes, et puis comme un nerf pincé entre les omoplates, et des coups sourds dans les talons, et les orteils comprimés qui m'auraient fait hurler, mais ça au moins c'était une douleur superficielle. Médecin, antidouleurs, de plus en plus forts, kiné, qui me disait qu'il ne pouvait rien faire si je défaisais tout le travail en portant des talons à nouveau le lendemain, ostéo, podologue aussi, des répits les week-end mais le retour était pire, mes pieds détendus ne voulaient pas rentrer dans leur prison sur pilotis, aussi des huiles délassantes, arnica, massages, camphre, toutes les panoplies naturelles, et chacun me disant : « Mais arrêtez ! Arrêtez ! ». Je n'avais pas le choix, les talons c'est obligatoire, c'était très clair au recrutement, même s'ils ne pouvaient décemment pas l'écrire sur mon contrat de travail… C'était, comme on dit, sous-entendu, mais je l'avais très bien entendu, surtentendu même, et ça me terrorisait, arriver sans talons et les autres, surtout les femmes, qui allaient me détailler de haut en bas… Mon médecin, finalement, affolé par l'inefficacité des antidouleurs, m'a fait faire des radios, et m'a donné, contre mon consentement, un certificat médical. Il fallait que j'arrête tout de suite, un tassement des disques et, au niveau des pieds, mes os qui se plaçaient de manière bizarre, micro-fractures, je ne sais plus, je ne voulais pas écouter, j'étais en larmes, j'avais peur…

Pourtant ce n'est qu'un petit boulot, ça ne devait être qu'un petit boulot, comme un autre. Avant je savais me défendre, mais là, la grande entreprise, l'organisation, les secrétaires, les locaux bien nets, les formations sérieuses, l'idée de l'avancement, la fiche de paie régulière et la mutuelle et pouvoir donner de l'argent aux parents, c'était autre chose que d'envoyer promener un patron libidineux, l'été, en me disant que je trouverais du travail ailleurs, les vendanges, des ménages, peu importait… Cette fois il y avait les trois lettres : CDI...

Le reste, arrivée pieds plats, Mlle Delagni furieuse, et moi peu à peu mise de côté, remisée derrière mon comptoir comme une fleur en plastique défectueuse, plus jamais envoyée en formation, impossible de participer aux conversations sur les nouveaux sourires qualités HT, plus de classeur gris pour réviser à la maison, et peu à peu, dos au mur, dans le silence du hall d'accueil au néon et grands fauteuils, devant tout le monde… Je ne pourrai jamais être comme Mariama, enfin, Marie, je n'arrive pas à m'habituer. De toute façon, elle, elle est vraiment belle, et surnaturelle, moi je pensais avoir ma part de fraîcheur, de jeunesse, d'éclat, mais j'ai dû me tromper, et si je l'ai eue elle est partie depuis longtemps… Finalement les garçons qui sont sortis avec moi se sont fait prendre au piège, ils me trouvaient jolie, mais je ne l'étais pas, je le sais, maintenant.

Maintenant que j'ai arrêté le sport, que je suis devenue molle, que je me suis mise à me maquiller parce qu'avec les soucis, ma peau brille en permanence, maintenant que je porte ces chaussures qui me soulagent, mais Dieu qu'elles sont laides, maintenant que je marche prudemment, avec de petites grimaces, craignant pour mon dos, comme une petite vieille… Voilà ce que je suis, maintenant, une fille gentille, pas bien maligne, pas bien jolie, pas bien utile… Je ne peux pas penser plus, c'est simple et c'est triste… Je vais me coucher…

Rodolphe

Alors là, non. Ce soir et c'est tout. Hors de question que ça dure. Je veux bien, oui, travailler chez les capitalistes en habitat bureautique contre salaire toute la journée. Mais le soir, la nuit, c'est à moi. Et ce soir je voulais aller au ciné. Et réfléchir à ma thèse, à défaut d'avancer, en buvant un single malt avec des bretzels, des vrais. Et lire un polar, aussi, retrouver Adamsberg, avec lui tout est possible, avec lui la poésie parisienne au milieu du sang, avec lui le grain de sable dans les rouages, la Seine, le rêve, le long rêve, à rien, pour soi. Et regarder les fenêtres de l'immeuble d'en face, je les vois toutes depuis mon perchoir, et imaginer ce que font les gens.

Ben rien du tout, tu pourras rien faire du tout ! Tout ça à cause de ces putains de questionnaires ! Bien sûr, j'ai pensé à ne pas répondre, hop-là, nettement. À rendre les papiers d'un air dégagé au gugusse comédien roquet de direction. Mais je suis déjà assez mal barré comme ça, et j'ai un loyer à payer, moi ! Chambre de bonne d'accord, mais à Paris, ça coûte... Faisons le gros dos, répondons, arrangeons les choses...

Ils ne sont pas contents de moi, pas du tout. Mais faut me comprendre, ça m'a fait un choc, moi, quand j'ai commencé à bosser pour eux. Les cuisines sont immenses, blanches, anonymes. Les chambres froides sont protégées par des codes, comme si j'allais m'aviser d'aller voler une bonne livre de fromage de tête aseptisé! Tout est rangé dans des petites boîtes étiquetées, avec des dates et encore des codes et des niveaux et tout est consigné. Le premier jour de formation j'ai compris que ça n'avait rien, mais alors rien à voir avec mes boulots dans les bistrots. La tenue d'abord : tout en blanc, une charlotte (!) sur la tête, pour ceux qui se coiffent au-dessus des plats, et, si besoin, un filet à barbe ! Je me suis demandé mais alors, quid des cils et sourcils ? Faut-il adapter au visage un petit peignoir à sourcils, et deux pantoufles à cils ? Trouve-t-on franchement si souvent des cheveux et poils dans les plats et, le cas échéant, qu'y pourra une charlotte premier prix en mauvais plastique taille unique ? Mais bref, je n'ai rien dit. On a passé une semaine entière aux procédures protocolaires d'hygiène, qui ont toutes des noms de code, encore, avec acronymes, pour mémoire : le lavage des mains, jusqu'aux coudes, 30 secondes, avec des savons différents, le nettoyages des cantinières et plats, sept étapes, avec temps de pause, des machines mesurent le temps passé, et à leur bip, étape suivante, comme un sifflet de maton, le nettoyage des sols, le nettoyage des instruments de nettoyage – là, très fort... Très bien, très bien, me disais-je, le restaurant d'entreprise est pris de cette fièvre anglo-saxonne qui conspue les fromages français et nous imagine sales comme des cochons, cette fièvre stérilisatrice qui est l'apanage de notre société, et je pensais, c'est tellement intéressant... Dans les banquets sur lesquels je travaille, on ne stérilisait pas tout comme ça, et pas non plus dans les bistrots où j'ai traîné mes guêtres, mais chez HT, le poulet javel est roi, et les carrés frais qui n'ont de fromage que le fantasme du concepteur, et les fruits papier mâché, sans goût, et le vin sans alcool... En fait, essentiellement affaire de texture, cette histoire, on garde un peu l'idée, le fromage mou, le gâteau spongieux, la pomme croquante, et puis l'aspect aussi, la pomme super verte, etc., mais de goût, aucun. Je réfléchissais, ravi, les premier jours, et je me disais oui, c'est ça, des vies hygiéniques, stérilisées, comme nos corps, bien lissés et sans odeurs non plus. C'est tout le problème éthique des antitranspirants : comment peut-on mettre un produit qui empêche l'eau de sortir du corps, comment ? Et puis quoi, cette eau, ce déodorant pervers la fait-il *rentrer* dans le corps ? Où va-t-elle ? Avons-nous une gouttière intérieure pour la recueillir ? Comment peut-on espérer remplacer sa propre homéostasie ? C'était passionnant, et du coup, sans réfléchir, j'ai appris à préparer les plats, qui doivent être partout les mêmes dans les restaurants d'entreprise d'HT. C'était pas difficile, aucune créativité, des gestes rationnalisés, l'usine effectivement : douze tranches de saucisson (pas une de plus, pas une de moins), un tour de moulin à poivre, deux cornichons, coupelle prête, suivante, et ainsi cent deux coupelles, et vite, parce qu'on travaille sur des tapis qui roulent et que si on traîne, les coupelles se heurtent, se chevauchent, et tout est à jeter, alors on note la perte sur une fiche personnelle et on recommence... Une tranche de gigot, un gobelet et demi de carottes, une louche de sauce, vingt-cinq frites, dans cet ordre surtout, suivant... Je me suis rendu compte que je ne comptais plus, que mon corps savait quand la coupelle de saucisson était pleine, quand les frites étaient au complet, comme si les gestes étaient si imprimés en moi que ma présence consciente n'était plus requise... Je devenais un robot.

Alors, j'ai décidé de pimenter un peu tout ça, de remettre du jeu entre les rouages, comme Adamsberg, qu'on s'amuse un peu, quoi... C'était pas bien méchant, au milieu des rondelles de saucisson, je glissais une rondelle de carotte, c'était poétique, celle alternance, violet et orange, une surprise, un œuf de Pâques, ou bien j'enlevais deux frites à une assiette, pour les glisser dans celle d'à côté, solidarité... Ça s'est su, on est surveillé tout le temps, il y a les caméras et des team leaders qui font des interros surprises sur les procédures d'hygiène, de préparation... J'avais des semonces, des entretiens, des lavages de cerveau, je repassais en formation avec les nouveaux, je m'en fichais, c'était trop léger pour me virer...

J'avais d'autres problèmes, je m'étais rendu compte que, malgré tous leurs beaux discours sur l'hygiène avant tout, la vie en eau de javel, eh bien, en dessous de tout ça, les capitalistes veillaient toujours. Il ne fallait rien jeter, même si la date limite était dépassée, parce que ça faisait baisser la productivité, et tout le monde était suspendu aux chiffres de productivité, les chefs et leurs chefs et leurs chefs. D'où le nombre exact de rondelles de saucisson, une rondelle mise en trop est une rondelle perdue pour la productivité, la pauvre, d'où aussi qu'on devait refourguer aux premiers arrivés du jour les entrées et desserts de la veille, discrètement, pour ne pas les jeter, alors qu'ils avaient traîné des heures hors frigo, et ça, dans un bistrot, on ne l'aurait jamais fait... Il y a un chef, une fois, ou un sous-chef, difficile à reconnaître, juste cet air borné et sûr de soi, cet air Ubu, qui m'a dit, alors que je voulais jeter des champignons (plus bons depuis dix jours, et ils suintaient, tout noirs dans leur plastique), qui m'a dit sans problème, donc : « Bah, les champignons c'est déjà de la pourriture, alors... », et en voiture Simone, on a ouvert le sac, ça puait et coulait, et on les a utilisés pour la blanquette du jour...

Je l'ouvre trop, quoi, j'essaie de résister au quotidien, à cette routine qui écrase mes gestes, les conforme, les resserre, qui fait que je ne prépare plus rien à manger chez moi, ça m'exaspère, je compte même mes bretzels dans mon bol, et qui m'empêche d'écrire, parce que je ne sais plus bien pourquoi les gens faisaient tous ces banquets, avant, aujourd'hui me paraît avoir toujours existé, barquettes sous vide et plats standards... Il y a trois mois, il y a eu le concours mondial de la dinde rôtie, comme tous les ans. Nous avons un écran qui montre, en direct, les plus belles macédoines mayonnaises de la firme, olé, ou les plus élégants gratins d'endives. C'est jugé sur l'esthétique, l'hygiène, la rapidité de préparation (pas le goût hein, pourquoi faire). Pour certains plats exceptionnels, il y a carrément un concours, avec webcams simultanées, et c'était mon tour de faire la dinde rôtie pour la France, la dinde rôtie la plus HT, mondialement HT. Bon, je me suis amusé, quoi, j'ai un peu changé l'idée, comme ni la dinde ni les marrons ni la purée n'avaient de goût j'ai disposé tout ça à ma façon, que ce soit amusant à regarder, au moins. Ma dinde avait des yeux un nez une bouche dessinés et HT, écrit en marrons, lui faisait un chapeau, ça n'allait pas bien loin, mais il y a eu d'un coup comme une interruption technique. Paris n'était plus dans la course, notre webcam s'est éteinte, j'ai été immédiatement convoqué, entretien, avertissement. J'ai voulu me défendre, comment une dinde décorative pourrait-elle constituer une faute, et j'ai cherché sur le panneau réservé à cet effet, légalement obligatoire, les délégués syndicaux, parce que j'avais droit à leur aide pour me défendre, je le sais. Il n'y en a pas. J'ai demandé à Sélim, c'est même pas qu'ils sont interdits, c'est que plus personne ne veut le faire, les derniers en dates sont partis excédés, ils ne servaient à rien, personne ne voulait rien contester, chacun disait on n'a pas le choix, il faut se taire maintenant, c'est la crise, depuis trente ans c'est la crise mais ça marche encore, ils disaient allez vous-en, on n'a pas besoin de vous, on veut la paix et être premiers sur les tableaux et augmentés et rester tranquilles et pourquoi faire gaffe au voisin, chacun pour soi. Alors, pas de délégués, je n'allais pas m'assister moi-même en entretien, et, franchement, je ne tiens pas à en devenir un, c'est vrai aussi, on n'a pas le choix, il faut se taire, et moi je veux m'investir le moins possible dans ce trou à rats blanc et hygiénique et toucher mon salaire en fin de mois et le convertir en loyer et vieux films et livres de poche d'occasion du boulevard Saint Michel, tant pis, je la ferme, je réponds aux questionnaires, et ensuite, je le bois, ce whisky…

Francis

Boîte aux lettres à mon nom. J'ai préparé la clé adéquate et retire les missives prévues.

Nous sommes le 1er mars, ce qui me permet de trouver à leur place normalisée le montant du prélèvement mensuel électrique de France, la quittance du loyer dûment versé le 29 passé ainsi que le relevé des remboursements de la sécurité sociale des quatre dernières semaines. Il y a aussi quelques dépliants publicitaires dont certains me sont personnellement adressés, et trois cartons de serruriers pour ouverture rapide et immédiate 24h/24.

Je monte les escaliers méthodiquement et adresse un bref salut de tête à la voisine du premier. Elle est normale. J'arrive devant ma serrure avec la clé convenue bien en main. J'effectue lentement le mouvement rotatif, et le penne tourne du premier coup. J'essuie mes deux pieds, le droit d'abord, sur le paillasson, pour en décoller complètement, sinon c'est trois centimes et ensuite, on ne sait plus, les miasmes extérieurs. Je pousse doucement la porte afin de n'en pas faire grincer les gonds qui laissent encore à désirer malgré le soin que je leur apporte quotidiennement. Je déteste les gonds qui grincent.

Une fois à l'intérieur, je me retourne et referme la porte au moment où j'entends la petite pendule sonner six heures et un quart avec sa régularité coutumière. C'est mon heure de retour habituelle et je peux donc poser mes clés et donner deux tours de verrou. Je laisse mes chaussures dans l'entrée, sous le portemanteau auquel j'accroche mon pardessus par l'étiquette afin de ne pas étirer son col. Je mets mes deux chaussons préparés ce matin et qui sont restés à leur place. Je pose le paquet du courrier sur le bureau et vais tirer les rideaux, puis allumer les veilleuses qui encadrent le canapé. Je reviens m'asseoir au bureau, tire la corbeille à papiers vers moi et saisis le coupe-papiers ainsi que le classeur de rangement du courrier courant.

Le coup unique de la demie de six heures retentit lorsque je commence le classement par les publicités que je lis avec rigueur. Je conserve les trois cartons de serrurier et planifie une étude comparative de leurs tarifs exacts et prestations après le dîner, soit entre huit heures et huit heures trente. Après les avoirs tamponnés de la date du jour, je classe les factures acquittées et prélèvements effectués dans la section Argent / Sorties, et glisse le relevé de l'assurance maladie une fois vérifié dans la section Santé. Sept coups commencent à sonner, et j'en ai terminé dans le temps imparti, en entente parfaite avec mes procédures, lorsque je trouve dans ma mallette, que je viens d'ouvrir avec la clé correspondante, pour classement biquotidien, le questionnaire que j'ai refusé de prendre ce matin.

Horreur. D'abord, qui l'a mis là, qui a intrusé cette mallette, la serrure n'est pas cassée. Ensuite, je ne peux absolument pas y répondre, répondre à des questionnaires d'Inquisition sur toute ma tête, que j'ai maintenant, n'est pas prévu dans mes protocoles qualité HT, ce n'est pas discutable. Par acquit de conscience, car comptable exemplaire suis-je, il faut d'abord consulter ma liste des tâches du soir, rangée dans le porte-documents réservé aux seules listes et désignable sous le vocable « Centralisation des listes ». J'y trouve ma liste de courses annualisée, la liste des objets nécessaires de premier secours, la liste des tâches ménagères et la liste des listes, avant de tomber sur celle que je cherche, que j'ai plastifiée car elle ne varie pas.

Aucune mention d'une tâche supplétive. Je compte à voix haute jusqu'à trente avant d'aller consulter le registre des tâches du soir réellement effectuées ces cinq dernières années. Aucun questionnaire torturant n'y figure. Un, deux, trois, quatre, cinq, six, sept et huit coups à la pendule, je suis très en retard pour la préparation du dîner, qui doit être pris avant huit heures trente.

Je pourrais descendre à la cave pour consulter les archives antérieures, mais je ne descends jamais à la cave en dehors des jours et heures prévus par la liste des Sorties / Internes Immeuble (cave, cour, poubelles, loge). Or pour pouvoir le faire aujourd'hui de façon exceptionnelle, il eût fallu que je me laisse une demande écrite sur mon bureau et que j'y réponde favorablement, ce qui n'a pas été fait en temps et heure. Cela m'aurait permis dès ce matin, mais comment aurais-je pu savoir qu'on allait intruser ma mallette, et pourquoi l'a-t-on fait, cela m'aurait permis de joindre la clé de la cave aux clés quotidiennes afin de modifier mon programme du soir et y inclure le passage par la cave, qui se trouve au fond de la cour derrière une porte grillagée tenue très proprement par la gardienne désignée de l'immeuble. De plus, il me faudrait à nouveau ouvrir et fermer la porte sans faire crisser des gonds huilés il y a maintenant plus de douze heures, et faire jouer également la serrure de la cave. Cela est donc rigoureusement exclu.

Je tamponne un filet d'eau naissant sur ma lèvre supérieure avec mon mouchoir. Je tire le questionnaire surnuméraire en pochette grise de ma mallette pour le poser bien à plat devant moi. Je porte mon regard vers l'étiquette en haut à gauche. On peut y lire : ~~Franck~~ Francis Achard.

Ce questionnaire ne m'est pas adressé. Ou alors il existe un autre Achard Franck de son prénom grossier. Ou alors on veut me déstabiliser pour me rejeter au cachot. Ou Franck est mon vrai prénom, celui où il y a toute ma tête ? Je vais chercher ma carte d'identité. Ma carte vitale. Ma carte de groupe sanguin. Ma carte d'électeur. Ma carte de retrait d'argent. Sur toutes, Francis, Francis, Francis. Je ne comprends pas. Qui ment ? D'abord la réunion non prévue. Le questionnaire fermement refusé par moi-même. Toute la journée fichue, du temps perdu, comprendre ce qui se passe, ma tête qui s'envole, je la retiens avec des chiffres en colonnes, au bureau. Ce soir, tranquille enfin chez moi, soirée prévue procédure qualité HT. Mais dans la mallette le questionnaire est revenu. Avec deux prénoms dont un, inconnu. Quelque chose m'échappe. Pourquoi a-t-on caché cette pochette dans ma mallette? Qui a écrit ce nom à deux têtes d'une main anonymée anonymée, et pourquoi ? Qui veut, qui veut me tuer d'angoisse d'abandon de poste ?

Je connais par cœur mon nom, pourquoi me persuader du contraire, et mon âge, et mes vaccins à jour, et mon numéro de sécurité sociale, 1 pour homme, 64 année de naissance, 09 mois de naissance, 55 département de naissance, puis codes affiliés 112 103 clé 01. J'ai une référence client EDF, 13 05 103 887 T, et un numéro de carte nationale d'identité 18 83 477. Je suis un individu inscrit, inscrit là où c'est nécessaire, et j'ai un trousseau de clés, avec la petite clé de la boîte aux lettres à mon nom et la clé de la porte de l'appartement. Dans l'appartement, j'ai deux clés de secours pour chacune, et aussi la grande clé de la cave collective de voisins réguliers de l'immeuble. J'ai un grille-pain, un canapé, des lampes et des chaussons. Je m'habille, je travaille et je rentre à heures fixatoires dans l'appartement qui m'est convolutivement attribué. Je n'ai pas d'ordres à recevoir d'un questionnaire gris de Tchernobyl, avec risques d'anthrax afférents et déférratoires à la mise en mallette d'autrui de dossiers non demandés et pas du tout protocolants.

Dix coups sonnés hurlés, et 1 64 09 55 112 103 clé 01, 13 05 103 887 T, 18 83 477 on n'a jamais vu que ça corresponde à un Franck Achard qui n'existe pas et n'habite nulle part, nulle part alors que j'occupe un appartement à Moisseul conservé en état de marche par mes bons soins samaritains et avec concierge bien huilée sur ses gonds.

Objet, objets à moi, bureau classeur et listes ordonnées par statistiques courantes, pour quelle raison a-t-on changé le sous-main de place ? À la verticale il se trouve, au lieu de suivre ligne horizontale du bureau secrétaire sans lunettes, il dépasse et pend dans le vide, pourquoi ?

Levé d'un coup, la chaise est tombée et a entaillé le parquet, qu'est-ce qui se passe et où sont mes clés, clés, clés ?

Clés, clés à mollette, clés en main, clés de sol, clés de voûte, clés cachées, mes clés, mon trousseau, pas de trousseau sur le bureau sous-main en croix !

Respire et compte, compte, compte chiffres en colonnes, grains de crépi au mur, compte entailles au parquet, compte coups violents de onze heures apparentes, compte accrocs au tapis, compte numéros d'inscriptions avec droits à l'existence ouverts jusqu'en 2009 minimum XXX, compte numéros de mise en sécurité sociale, n'arrête pas, il n'y a plus de clés, le questionnaire ne rit pas sur ton bureau, il montre un peu les dents et c'est tout juste, dents en plastique arôme anthrax, tu n'y toucheras pas !

Recule maintenant, recule, passe ta main dans ton dos pour chercher clé de secouriste supplémentaire et libérer écrous verrous de tête et assimilés, cherche aussi burette d'huile de noix pour assouplir gonds des bras raides, pas de clé supplémentaire, clé introuvable, allonge-toi tout de suite, ne crie pas ça va les prévenir et ils pourront ouvrir ta tête 24h/24 ou t'enfermer à trouble-tour, allonge-toi.

1 64 09 75 112 103 clé 01.

13 05 103 887 T.

1, 64, 09 75.

1, 64, 09.

1, 64...

Interlude, Roman, quelques jours plus tard

Papiers, papiers, toujours papiers ! Ça rappelle pays mien, faisant queue dehors, attendant heures multipliées par heures pour avoir Tampon et pouvoir circuler, pourquoi circulement pas gratuit, terre ouverte, air étant à tout le monde… Préfecture dit : refais tes papiers, encore, pour la Carte-Séjour, moi j'aime mot séjour, Français dit ça pour vacances, mais je ne vacance pas, je travaille infiniment beaucoup ! Bientôt fini tout ça sera, mon pays, mon grand beau pays rentrera Europe, y étant déjà dans la vérité, plutôt mon grand pays recevoira le carton invitation à fête Europe, mettra robe de bal, et dansera avec les autres !

J'aime ici, Paris, car libre suis-je, toute la journée. Je travaille, oui, mais à cheval sur scooter neuf, avec freins, livrant papiers ou colis pour Human Tools, le nom anglais drôle mais l'entreprise étant française, Human Tools n'a pas besoin carton invitation pour être ici à Paris, Human Tools avéré plus libre que moi ! Payé très peu, à la course, pour scooter toute la journée, alors j'allant vite, avec risques, contournant politzie, je pareil que Speedy Gonzales, excellent, toujours sourires, bien droit.

Et le soir, je garde scooter, vois Paris, contemple encore Seine couler, dorée, sous rêves-erbères, lumières pour rêver, les pavés jamais pareils, Opéra fontaine de pierre jaillie vers ciel, ou Montmartre, oui, Sacré-Cœur crème chantilly, et grand marché derrière, avec gens tous pays et couleurs variées, piments, olives, cris, vie partout ! Paris, cinq minutes sur scooter et change de monde, de ambiance, je vais seizième arrondissement, je vois filles très jeunes mais avec sacs de cuir très chers, portant chevelures dorées, lisses, brillantes, et Mamans en fourrure, puis je traversant Seine, allant dans septième, vois vieilles familles Rois tombés des trônes, vivant dans maisons palais avec maîtres des hôtels, et autour herbe, arbres antiques, beaucoup… Par contre, je devoirs, devois ?, souvent aller dans banlieue porter plis, banlieue est bizarre, Paris fini, plus d'Opéra, plus rien que choses utiles, rues, routes, grandes routes, routes automatiques, tours, immeubles, gris, fer, mais pas de campagne, rien, moins d'herbe qu'à Paris. Chez moi, Bucuresti, ville grande aussi, mais quand on sort de ville, campagne arrivera presque tout de suite, champs, les femmes avec foulards noirs verts rouges jaunes, animaux, chiens, plein de chiens gentils, beaucoup critiqués mais je savant parler chiens, il faut besoin de prendre le temps...

Je suis pénétré en France il y a deux mois grâce amis miens, pour le travail, afin d'envoi argent à la famille, pour sœur, Emilia, préparant beau mariage, et je bien content ici suis, apprend français peu à peu, avec Panaït Istrati, grand Roumain, libre. Lui avait parcouru portions grandes du monde humain, car choisi vagabonder, pas de possibilité attacher chaînes sur lui, faisait petit travail pour manger, c'est tout ! Lui appris français dans les livres, écrivit en français, moi lis ses romans, comprendant peu à peu, pas grave pour travail Human Tools si je pas encore parle excellent, juste besoin sourire, être rapide, et comme moi n'étant pas français, pas difficile de virer moi, mais moi, jamais viré ! Human Tools vit dans grand immeuble d'étages multiples, au neuvième arrondissement, murs gris, avec fenêtres de métal très immenses et vitres peintes marron anti-soleil (pourtant, le soleil n'aime pas Paris infiniment), et fausses lampes néons dedans. Pourquoi pas vraies lampes offrant lumière chaude, je ne sais pas, et plantes fausses, filles-hôtesses accueil fausses aussi, sauf Laura. Laura belle, Laura est souffle de campagne pour moi, air frais, coquelicots, blés au soleil ! Laura voyamment malheureuse, très, depuis une, deux semaines, moi voulois consoler, difficile consoler dans langue pas vôtre, moi console très bien en roumain, tchèque ou russe, lisant poèmes antidouleur, lisant Pouchkine, ou théâtre pour rire, lisant Ionesco, mais en français, beaucoup difficile ! Alors, moi offrant... Offre vraies fleurs pour Laura, parfois je aussi traduis un vers ou deux, ou ramène lait sirop fraise du bistrot en face, car Laura c'est lait fraise, même chose, peau blanche et rose, et elle sentant si bon, si sucré ! Moi, pour comprendre, ai parlé à Sélim. Bon Sélim, yeux du désert, noirs et argent, et rides creusées dans sa peau, envie de suivre dessin, carte, trouver route mienne. Sélim pas lit autant que moi, mais

Sélim sage, il beaucoup a vu, travaillé, réfléchi. Sélim toujours le bon conseil, quand j'ai marre travailler le matin après fête trop fort la veille, quand je voulois juste rentrer dans chambre, sur paillasse, avec les deux autres habitants amis, pour dormir et lire ensuite avec thé beaucoup sucré, alors Sélim écoute, persuade, met main sur ma tête en bois, calme. Moi repars alors sur scooter, lui ramène thé avec la menthe comme dans pays sien, et nous rêvant, riant.

Sélim, ainsi, explique à moi : Laura et autres sont forcés d'aller réunions soviétiques, comme chez România avant, pour leur laver cerveaux. On leur explique eux bêtes, leur fait baisser têtes, parce que eux pas d'accord. On leur fait remplir plein de papiers, qui font craquer idées leurs. Pour but : user gens. Avec de plus des dossiers à dénonciations, Sélim a vu ces dossiers, techniques soviétiques aussi, c'est séparer, tout le monde dénonce tout le monde, pas de possible enfuir.

J'aime le proverbe : « Clou qui dépasse souvent rencontre marteau ».

Eux, clous. Laura, clou. Catherine, pauvre Catherine, bonne aussi, gentille, elle beaucoup aida mes papiers, je bien travaille pour elle, Catherine est clou. Et aussi Rodolphe, si drôle Rodolphe, lui vieilles études temps anciens, moi admirant, il vit près de Sorbonne, me donne livres occasionnés français, qui sentent bon papier, temps, mémoire, pour découvrir.

En face, marteau. Sabine, marteau. Sabine brute, si elle était homme, je lui casse sa gueule, pour autant envoyer de peine vers Laura et Catherine. Hautfort, grand chef, super marteau. Je vois souvent lui, dix fois par jour, pour colis urgent, pas peur, il est ballon avec vent dedans, gonflé comme la grenouille de fable française, envie de le piquer aiguille, lui pas connaît livres, poésie, lui vide, lui pauvre. Mais tous les autres coincés dans bocal, marinant dans peur vinaigrée.

Quant à moi-même, si un jour je perdra travail, tant pis, je lira Istrati encore. Quand Istrati avait perdu travail, lui s'en va, quitte ville, pays, marche, trouve autre vie. Moi tout en bas des travailleurs, ils marchent sur ma tête, rien à perdre. Les autres, beaucoup à perdre. Payent maisons, vêtements enfants, crédits, télévision plates… Nous sommes trois amis, dans une chambre de la bonne, avec aucune télévision. Télévision empêche le lire, empêche le parler, empêche le penser. Nous, le soir, buvant doucement, lisons passages livres, chantons, pensons pays maison, avons peine mais peine ensemble, qui ouvre cœur nôtres. Nous vivant, donc nous peine… Écoutons musique tzigane, écoutons le Romani, Roumains souvent mélangés avec Roms mais pas c'est grave du tout, pas important pour moi. Musique, poèmes sont plus importants qu'hommes. Et puis partons marcher dedans Paris bleu et noir, tissu de nuit sur la cage, autres oiseaux chantent, oui. Rencontrons personnages bizarres, femmes qui marchent le trottoir, conversons un peu, et aussi hommes qui pleurent seuls leur peine au vide, allons parler avec eux, rencontrons étrangers comme nous, mangeons ensemble, apprendons livres de leurs pays maisons et couleurs des rêves à eux. Les rêves jamais mêmes couleurs. Rêves România sont rouge fort, vert herbe qui crie vie, et jaune blé soleil. Je savois ma chance d'être ici, Paris, même si les papiers, même si les marteaux, même si Laura souffrant. Car encore une fois, je répète mon dire, dans matin bleu clair, dans lumière blanche midi aux nuages, dans nuit noire et souvent orange de rêves-erbères : nous, seconde par seconde, vivants.

Chapitre 7 – 8 mars 2006 – La deuxième réunion

Salle Saturne bis (*dernière porte couloir gris*), 14 h.
Denis, Sonia, Marc, Catherine, Laura, Rodolphe, Francis.

Sabine prend des notes.

– Bonjour à tous, ravi que vous ayez tous pu venir – je sais bien, Sabine, c'est obligatoire. Je vais d'abord ramasser vos tests d'intelligence pour les faire dépouiller par les assistantes de Sabine, vous avez vu, le coup du stylo, comme c'est amusant ? Merci Catherine, merci Laura, merci Rodolphe... Heu... Francis ? Vous ne rendez pas de test ? Sabine ?

– Monsieur Achard, en tant que DRH, je vous rappelle qu'il est indispensable de rendre ce questionnaire qui conditionne votre avenir dans cette société. Si vous refusez de le faire, il convient de me signer immédiatement une décharge qui sera versée à votre dossier, et à ce que je vois, votre dossier n'a pas besoin de ça. Donc, nous rendez-vous ce questionnaire ?

– Madame, si vous parlez du dossier qui a été indûment caché dans ma mallette la semaine dernière alors que j'avais refusé de le prendre, et si vous avez une quelconque information à ce sujet, je sollicite à votre égard et en toute exemplarité un entretien privé afin que vous me fassiez part de cette information avant que je ne porte plainte, étant entendu que j'ai déjà déposé une main courante au commissariat du bas de chez moi en tout point admis et légal avec ses policiers en uniforme. Qu'écrivez-vous ? Acceptez-vous d'être citée à la barre policière ?

– Monsieur Achard, je note ce que vous me dites, c'est très précieux pour mes dossiers, continuez, je vous prie.

– Ah, merci. Eh bien, comme je le disais, ma mallette a été forcée sans pourtant porter trace d'outrage extérieur. La soirée qui a suivi a été absolument inexacte en conséquence, je suis comptable expert, vous le savez, cela m'est donc insupportable. Depuis j'ai la nette impression que quelqu'un cherche à me prendre un bout de ma tête. C'est déjà arrivé dans le passé, mais ce n'est pas pareil cette fois, j'ai des preuves. Aussi, je voudrais éclaircir au plus vite ce point, et également quitter cette salle Saturne bis de suite afin de retourner à mes dossiers y régler un lourd problème comparable à trois centimes. Vous connaissez la théorie des trois centimes ?

– Euh, naturellement, Monsieur Achard. Merci pour votre intervention. Je vous propose de rester ici avec nous. Ce séminaire sera pour vous une grande aide dans ce problème des trois centimes. Pour l'instant nous n'avons plus besoin que vous interveniez. Je vous rencontrerai bientôt en entretien individuel et nous réglerons définitivement la question, comme vous le souhaitez. Nous allons écouter Denis, maintenant, d'accord ?

– D'accord, Madame.

– Oui, alors, heu, maintenant, nous allons reprendre ensemble les réponses à vos questionnaires et nous allons, pour ainsi dire, dégager de vos réponses la raison exacte qui vous a permis de venir bénéficier ensemble de ce séminaire exceptionnel.

Ensuite, nous procéderons à une rationalisation de vos réponses afin de les placer sur un diagramme de Lurgh, qui permettra la meilleure utilisation de vos ressources personnelles, et évaluera par la même occasion votre ratio exact de risque psycho-bio-social, ceci à des fins d'avancement, naturellement, et d'assurances.

Vous allez travailler deux par deux, c'est bien, vous êtes justement six. Donc trois paires, disons de A et B. A va lire la question et sa propre réponse. B, grâce à la grille que je vous fais passer, va effectuer la cotation de cette réponse sur les tableaux qui correspondent à chaque question. Ensuite, B va lire la réponse correcte à A et calculer le différentiel entre la réponse de A et la réponse correcte, approuvée par les meilleurs chercheurs. Grâce à ce différentiel B tracera le diagramme de A. Ce diagramme sera la base que nous allons corriger au fil des séances à venir grâce à nos méthodes éducatives et jeux de rôle pavloviens. Je sais, ça paraît un peu compliqué au début, mais vous allez vite trouver votre rythme, et vous avez trois heures devant vous. Je passerai vous voir, naturellement, et Sabine, qui fait dans le même temps une étude métacomportementale, restera parmi nous afin de noter vos réactions au système de cotation, au but évident de l'améliorer.

Bon, je vais vous donner un exemple, avec une question ouverte, ce sont les plus longues à coter. Dans la section Comportement, la question 29 : « Vous voyez un collègue emporter chez lui une agrafeuse appartenant à la société. Que faites-vous ? ». Imaginons que A ait répondu: « Je lui demande de la remettre en place parce qu'elle ne lui appartient pas ». En ce cas, B se reporte à sa grille, attendez, heu, page 16, cette réponse est répertoriée. Même dans les questions ouvertes, toutes les réponses possibles sont trouvées d'avance par les concepteurs, c'est très bien fait non ? C'est pourquoi la grille de dépouillement est un véritable petit volume ! Donc, dans sa grille, B peut lire, pour cette réponse précise donnée par A, trois points précis à noter :

– Échelle honnêteté : comportement acceptable, distorsion normalité 5 %, à reporter dans tendances velléitaires.

– Échelle esprit d'équipe : comportement possiblement conflictuel, distorsion normalité 15 %, à reporter dans variable risque social et tendances agressives.

– Échelle soumission à l'autorité : comportement irresponsable, distorsion normalité 30 %, à reporter dans la catégorie tendances malhonnêtes par secret délibéré et soutien aux méfaits d'autrui.

C'est assez clair je pense. La distorsion est ce en quoi A diffère du comportement normal exigé par HT. Cette réponse est acceptable dans l'échelle honnêteté parce que A souhaite que B rende l'agrafeuse qui ne lui appartient pas. Il y a tout de même 5 % de distorsion du fait que A n'a pas choisi une méthode très efficace ! Par contre, pour l'échelle esprit d'équipe, A fait erreur en allant le dire à B, car A risque ainsi un conflit, et qui souhaite travailler dans les conflits ? Enfin, dans l'échelle de soumission à l'autorité, A est sérieusement en tort puisque A ne reporte ce vol à aucun N+1, et est donc complice de facto du voleur.

Donc, B vient d'obtenir les distorsions chiffrées de A pour cette question. B continuera ainsi pour toutes les questions de ce volet Comportement. Ensuite, B fera la moyenne des distorsions (avec les pondérations qui vous sont clairement expliquées page 57 – par exemple, pour tout ce qui concerne les relations à l'autorité, la distorsion compte double, naturellement) pour chaque échelle.

Passons aux graphiques. Imaginons que, pour le questionnaire Comportement, A obtienne, disons, une moyenne de distorsion de 23 % pour l'échelle soumission à l'autorité, une autre de 14 % pour l'échelle respect des contraintes horaires, etc. B va reporter les distorsions obtenues dans le diagramme Comportement correspondant. Comme vous pouvez le voir, ce diagramme est un grand cercle, avec un point central duquel partent des lignes dans tous les sens comme autant de rayons de ce cercle. Chaque ligne correspond aux échelles, il y en a 98 dans chaque diagramme. Pour reporter les distorsions, c'est très facile : sur chaque rayon du cercle vous avez des repères, partant de 0, au centre, à 100 %, sur la circonférence, les bords. Pour une distorsion de 23 %, vous marquez donc un petit point au bon endroit de l'échelle correspondante, vous verrez, le repère 25 % est à sept centimètres du centre du cercle. Le point est donc à placer juste avant. Quand vous aurez fini, vous n'aurez plus qu'à relier entre eux les petits points, et vous obtiendrez ainsi une figure de DTC, Distorsion Totale du Comportement de A. Naturellement, plus la figure dans le cercle est petite, parce que la distorsion est faible et donc les points tout proches du centre du cercle, et mieux c'est. Enfin mieux pour vous hein, pas pour moi, sinon je n'aurais rien à vous apprendre ! Ah, ah !

Pour revenir à la question de l'agrafeuse, une seule réponse permettait une distorsion de 0 %, c'est-à-dire qu'une seule était bonne. Je vais vous la lire, mais répondez franchement quand vous y serez, hein, nous avons un contrat de confiance. Ah, non, que dites-vous, Sabine ? Oui, d'accord, vous n'êtes pas autorisés à utiliser cette réponse à 0 % puisque je vous la donne avant. Vous devez en donner une autre. La seule réponse acceptable est donc : « Je ne dis rien mais note le jour, l'heure et l'aspect de l'agrafeuse puis vais prévenir mon supérieur direct. Si possible, je prends avec mon téléphone portable, que j'allume exceptionnellement, une photo du collègue en flagrant délit ». Cette réponse est honnête et loyale envers HT, elle est efficace, elle vous évite le conflit, et elle est pleine d'esprit d'équipe puisque votre supérieur corrigera ainsi avec bienveillance la tendance malhonnête de votre collègue, et ceci pour son bien.

Voilà ! En fin de réunion vous me rendrez grilles et diagrammes, et dès la semaine prochaine, nous nous mettrons au travail correctif proprement dit ! Merci à tous pour votre écoute, je passe entre vous maintenant pour répondre à vos éventuelles questions...

Chapitre 7 bis – Après la réunion

Denis, en route vers le café du coin

Mauvais goût dans la bouche.

Bon : c'est que je n'ai pas encore l'habitude. Il est normal qu'une entreprise chercher à évaluer et corriger les conduites de ses employés. Je me doute qu'un grand groupe n'est pas une troupe de théâtre, pas question d'encourager les folies de chacun, sinon où irait-on etc., comme à l'école. Naturellement, il s'agit de produire, et de produire vite, et de survivre dans un marché de plus en plus dur et mondialisé, bla bla bla.

De produire quoi, que vend Human Tools, ça, toujours pas compris. Pas compris l'idée de procédure, ça ne peut pas être juste des papiers qui disent aux autres comment faire, j'ai dû louper quelque chose, les procédures ne sont quand même pas d'immenses didascalies ! J'ai toujours détesté les didascalies, « Il se lève », « Il sort », le texte est là, il contient les cinq sens, le texte a du goût, de la texture, il est beau ou laid, lourd ou léger, il est suffisant pour savoir si un personnage doit se lever ou non. En se mettant le texte bien en bouche, en le mâchant, en le criant, en le digérant, en le transpirant, on sent si un personnage doit se lever ou non, et on n'a pas besoin qu'on vienne nous le préciser comme à des mômes…

Mais aujourd'hui on explique tout à tout le monde et dans tous les sens, on écrit des manuels pour comprendre les manuels et des traités d'introduction aux traités, on apprend des séquences de gestes aux artisans, aux ouvriers qui pourtant sentent, comme nous au théâtre, sentent quand l'objet est à son point d'équilibre, quand la pièce est parfaitement vissée et prête à laisser place à la suivante… Chaplin a montré ça il y a si longtemps. Pourquoi personne n'écoute ? Si les procédures sont des didascalies permanentes pour la tête, ça veut dire qu'on ne pense plus, qu'on ne doit plus penser… Ça ne peut pas être ça, une entreprise ne peut pas fonctionner sans pensée, et Human Tools fonctionne, plutôt bien même…

Attendre, je vais attendre et… Bonjour Albert, un petit crème s'il vous plaît ! Je vais consulter les dossiers que m'a donnés Sabine, ça va m'aider. Elle, je n'arrive pas à la cerner. Elle me paraissait plutôt du genre peau de vache avec ses histoires d'heures perdues à rattraper alors que la formation est imposée, mais tout à l'heure, avec Francis, elle a été douce, souriante, vraiment à l'écoute. Ce Francis en tout cas, un personnage, il devrait faire de la scène, encore que, il a l'air bien fragile, mais la scène ça aide, ses yeux, mobiles d'un coup, puis collés à ses pieds, et toute sa gestuelle, pareil, ça s'agite, les mains en oiseaux de papier, en moineaux, et puis paf, en planches, le ton, suspicieux, est-ce qu'il rigole, est-ce qu'il joue, ou est-ce qu'il est complètement timbré ? Si c'est le cas, Human Tools devrait faire un peu plus gaffe, être attentif, il bosse bien après tout. Hautfort qui se trompe de prénom le premier jour alors que le gars travaille là depuis six ans, c'est un peu abusif, quand même !

Allez, un coup d'œil aux dossiers. Un par employé, OK… Allons-y dans celui de Sonia, tiens…

Euh…

Je…

Qu'est-ce que c'est que ces conneries ? Pourquoi Sabine m'a donné ça ? C'est quand même pas… Albert ? Un whisky, double, c'est possible ? Merci ! Alors… J'ai visiblement entre les mains un lot de dossiers type Gestapo, des dossiers de délation ? Va pour les relevés de pointeuses, bon, si on est en retard on est en tort, va pour les congés maladie, il y en a qui exagèrent, il paraît, mais… Des délations faites par les autres employés ? Pas à propos du vol d'une agrafeuse hein, à la limite là aussi on l'a cherché… Sonia est, le 15 septembre 2003, dénoncée pour avoir appelé une minute un de ses fils… Suit le relevé transcrit de la conversation, sur écoute comme toutes les autres… Le petit était vraiment malade… Mais, en dessous, il y a marqué « À surveiller ++ », c'est Sabine, je connais l'écriture. Ah, elle note aussi toutes les fois où on a refusé des congés à Sonia, et il y a sa productivité, des cases pas complètement remplies dans ses procédures d'appels, et des remarques personnelles anonymes, sûrement d'autres employés, sur son parfum, ses habits, sa voix… Tout un monde qui parle et parle d'elle et elle est muette, India Song, ça se chahute… Mais c'est… Pas… Normal ? Si ? À quoi ça sert ? On veut remotiver les employés non ? Pourquoi me refiler leur passé, surtout consigné par des anonymes, des lâches ?

Bon, non, ça doit être une erreur. Une blague ? Ou alors Sabine me les donne à titre informatif. Pourquoi, en ce cas ? Ou alors… Je ne sais pas. Je ne sais vraiment pas. Je ne veux pas lire les autres. De la boue.

Je vais oublier ces dossiers. Je ne peux pas m'énerver comme ça. Chacun ses responsabilités, hein ? Ce n'est pas une troupe. C'est mon premier vrai travail, et bien payé. C'est pour ça que je le fais. Les autres n'ont qu'à protester de leur côté. Oui. Moi, je vais être père. Un père ça ne va pas les routes sans salaire fixe. Ça travaille, en bureau et costume. Je vais faire comme mes potes. C'est l'ordre de la vie, c'est normal. Il faut me responsabiliser. C'est ça. Pour mon futur enfant. Il est là déjà, dans le ventre d'Éloïse. On ne peut pas toujours s'amuser, non ?

Je veux rentrer à la maison.

Sabine, en route vers le bureau de Frédéric

Et hop là ! Un de moins, six moins un égale cinq ! D'accord, d'accord, c'était plutôt facile, mais quand je vais dire ça à Frédéric il sera ravi, je suis sûre qu'il me donnera des bons cadeaux ! J'ai vu le nouveau sac Prada au Printemps, à se damner ! Quand je pense qu'il y a des filles qui louent leurs sacs à main, les pauvresses, c'est sale en plus, eh bien moi, les filles, j'ai vingt-six ans et je les achète ! Du veau velours marine, le plus beau, et tout ça parce que six moins un égale cinq !

Vraiment un jeu d'enfant, mais quand même, il fallait y penser, et préparer le coup. Je me doutais bien qu'il n'en faudrait pas beaucoup à Francis pour basculer, ça se voit, il est fou, j'ai fait psycho quand même, enfin il y avait de la psycho dans mon diplôme. Eh bien, celui-là, je ne sais pas s'il est parano ou quoi, mais ce qui est sûr, c'est qu'il est bien loin, loin de nous ! Ça allait apparemment quand ils l'ont embauché, c'est vrai qu'il ne fait pas d'erreurs du tout, comme une machine, ça fait peur, mais c'est bien pour HT. Et avec le temps, on dirait qu'il est devenu plus... Rigide, faisait des remarques aux autres, se décomposait si quelqu'un oubliait un chiffre, marmonnait des trucs sur trois centimes, bref, au secours.

Mais difficile de prouver quoi que ce soit, alors on l'a collé au séminaire avec les autres. Ça devait déjà être l'enfer pour lui, incompréhensible, mais pour plus de sécurité j'ai noté Franck à la place de Francis dans la liste que j'ai donnée à Frédéric – qui ne peut pas se permettre de connaître le nom de chaque employé, tout de même ! Il s'est corrigé au dernier moment, parce que ça fait six ans que Francis travaille là et que sa tête lui disait quelque chose. Moi je guettais Francis, j'ai vu ses yeux au moment du mauvais prénom, ils sont devenus immenses, mais juste un quart de seconde, ensuite, tout petits, tout fermés, je me rappelle, mes cours, je savais que ça turbinait, là-dedans...

Une erreur de prénom c'est pas très grave en soi, enfin ça vexe, je sais. Les gens veulent tellement qu'on s'intéresse à eux, comme si l'entreprise était là pour ça, comme si on n'avait rien d'autre à faire. Il y a une erreur fondamentale dans leur façon de prendre le travail, ils croient qu'on les embauche pour eux, leur petite personne, alors qu'on a besoin d'efficacité, c'est tout, peu importe qui y arrive. Ils ne devraient pas se plaindre, eux aussi viennent au boulot pour l'argent, pas pour HT, si c'était bénévole y'aurait plus personne ! Mais ils demandent encore, encore de l'attention, mon nom, mon nom exact, moi moi moi...

Je suis d'avis, et je pense que j'arriverai à le faire passer, c'est dans la logique des choses, d'instaurer les noms de famille uniques et de numéroter les gens pour s'y retrouver. Comme dans les entreprises de sondage où tout le monde s'appelle Marie Durand. On aurait Marie Durand 1, 2, 3 etc. Bien sûr on a déjà lissé tous les prénoms exotiques ou (originaux), les employés se connectent à l'informatique avec des codes, la pointeuse reconnaît aussi chacun par un code, et c'est pareil au restau d'entreprise, mais quand même... Les gens continuent à s'appeler par leur prénom, comme s'ils existaient seuls, et ça m'énerve ! Ça m'énerve ! Il faudra interdire ça, bien sûr. Utiliser à la place du nom un numéro de code indiquant la position dans la société. Et peut-être un code barre sur la manche, lisible seulement par les RH, qui dirait la productivité de chacun ? En temps réel ? Une erreur et hop, le code barre change ? Ça gagnerait du temps, oui, c'est super, je vais en parler à Frédéric.

Bon, pour Francis, en plus du prénom, j'en ai rajouté un peu, un tout petit peu, à la fin. Il se croyait malin à refuser le questionnaire, genre je suis au-dessus de ça, mais c'était la panique dans sa tête, je le voyais. Alors, comme il regardait tout le monde avec ses airs soupçonneux, et le plafond comme si on allait lui larguer des bombes, j'ai glissé le questionnaire dans sa mallette, en repassant devant lui, avant qu'il ne la referme. La tête qu'il a dû faire le soir ! Ça m'a bien fait rire, tiens. Parce que bon, y'a un moment, faut pas exagérer. Fou ou pas, ce gars n'a qu'à faire un effort. Je veux dire, qu'il aille faire une TCC, une lobotomie ou ce qu'il veut. Personne ne se balade avec une verrue sur le nez. Eh bien, lui, il a visiblement une verrue au cerveau. C'est à lui de traiter, sinon, qu'il dégage. Ou alors, qu'il contienne sa folie, son caprice. Bref. Aujourd'hui, j'ai noté toute son histoire de plainte ridicule à la police. Je l'ai fait en souriant, gentille psy, pour le mettre en confiance, pour qu'il parle. C'est dingue ce que les gens se radoucissent quand ils pensent qu'on les écoute. Toujours moi moi moi ! Parce que Francis ne sait pas que tout est filmé. Pour un paranoïaque, je trouve ça un peu léger. Il aurait dû vérifier. Même pas capable de réussir sa folie. Avec cette séquence, en fin de séminaire, on le vire facile : danger trop flagrant pour la société. Et ma conversation d'aujourd'hui filmée avec lui sera le modèle imparable pour virer les employés fous de France et d'ailleurs : sourire, voix suave, notes, encouragements. Je demanderai à ce qu'on ne floute pas mon visage, tiens. Histoire de me faire connaître dans le milieu, qu'on voie ce que je sais faire. Cette conversation, c'est une belle ligne de plus sur mon CV. Et un Prada, ça oui ! Il fait quoi, Frédéric, là ? Dix minutes que je suis devant le bureau non ?

Bon… Tant pis, je vais aller raconter ça à Stéf, peut-être que ça le fera rire, peut-être qu'il m'invitera dans un beau restaurant… Si longtemps que je ne suis pas allée au restau… Pas envie d'y aller seule, ça fait tellement looseuse…

Allez, aux toilettes, d'abord, remettre du crayon à lèvres. D'un côté, j'aimerais avoir des lèvres charnues comme Laura. De l'autre, je trouve que ça fait vraiment vulgaire, non ?

Chapitre 8 – 15 mars 2006 – La troisième réunion

Salle Uranus, après les toilettes du 3ème, 10 h.
Denis, Sonia, Marc, Catherine, Laura, Rodolphe, Francis.

Didascalie : Sabine prend encore des notes.

« Bonjour, heureux de vous voir tous là. Oui, oui Sabine, je sais. Eh bien, tout d'abord, je vous remercie pour votre travail de la dernière fois. Les assistantes de Sabine ont revu vos cotations et une très grande majorité est exacte – sauf pour le cas de Francis, que je félicite au passage, ses cotations étant justes à 100 %. Pour les quelques erreurs trouvées chez les autres, vos réponses ont été corrigées et nous allons pouvoir travailler sur une base saine et solide. Tous les diagrammes sont parfaitement clairs et nous montrent le chemin à emprunter. Nous allons aujourd'hui, et pour chacune des réunions à venir, nous intéresser à l'un des aspects mis en valeur par vos diagrammes. Cette fois-ci, la réunion concerne la rationalisation des comportements.

Qu'entendons-nous donc par là ?

Par comportements, nous entendons ce qui entoure le travail à proprement parler (la rationalisation de vos tâches viendra plus tard). C'est-à-dire : vos heures d'arrivée et de départ, vos pauses, vos déplacements au sein de l'entreprise, la façon dont vous vous adressez à vos collègues, en one-to-one ou en réunion, etc.

Par rationalisation, nous entendons l'acte de rendre, grâce à une procédure label HT, ces comportements plus rapides, plus efficaces, moins coûteux, en temps, en argent, en énergie, pour vous autant que pour HT. Car ces comportements pouvant parfois être qualifiés, disons, de « à la va comme je te pousse », ils nuisent à votre productivité, donc à votre avancement, autant qu'à HT, contraint de payer des minutes perdues en comportements mal organisés qui mettent ainsi en péril son équilibre financier.

Laissez-moi vous donner un exemple. Vous arrivez le matin et passez votre carte à la pointeuse, en bas. Il est, imaginons, 8 h 58. Vous saluez les hôtesses. Vous échangez quelques menus propos sur le temps ou le film d'hier à la télé. Vous vous dirigez vers l'ascenseur. Vous l'attendez avec d'autres. Quand il arrive, il s'arrête aux étages demandés par chacun. Vous sortez en dernier. Vous rejoignez votre poste de travail. Pour certains, vous choisissez votre place selon les arrivées, les collègues (nous verrons ce point dans la réunion rationalisation des espaces de travail). Pour d'autres, vous devez vous changer, ou mettre un badge (nous verrons ce point dans la réunion rationalisation des tenues). Vous posez vos affaires. Vous allez chercher un thé, un café à la machine, et croisez un collègue. Vous parlez un instant. Enfin vous revenez à votre poste et vous vous installez. Il est 9 h 06. Voyez ? Huit minutes ont passé depuis le pointage ! Dont six minutes indûment payées par HT, puisque vous ne travaillez, à ce moment, pas. Vous ne produisez rien. Six précieuses minutes pour vous, qui auraient pu vous permettre de prendre un appel en plus, de préparer votre service, d'envoyer un mail de relance... Et qui, comme vous ne l'avez pas fait, font immanquablement baisser votre productivité. Calculez un peu, six minutes fois vingt jours de travail par mois, fois douze mois, même en déduisant les CP et RTT, c'est un véritable gouffre financier que vous creusez tous !

Mes amis, à partir du moment où vous pointez chez HT, votre temps ne vous appartient plus. Considérez que ce temps, vous le louez contre salaire. C'est bien le cas, n'est-ce pas ? C'est comme une maison : si vous la louez à des gens alors que vous partez en vacances, vous n'allez pas y repasser quand vous voulez, non ? Chez HT, c'est pareil. Ce temps n'est plus votre temps. Lorsque vous travaillez, vous ne pouvez en avoir jouissance. Gardez bien cela en tête, nous en reparlerons lors de la réunion de rationalisation des pensées. Une fois arrivés ici, c'est HT qui occupe votre maison, qui vous paye pour cela, ce n'est plus vous. C'est signé dans votre contrat de travail, lu et approuvé par vous-mêmes. Le soir, après avoir pointé en bas, une fois dans la rue, vous pouvez réintégrer votre maison. HT n'est pas esclavagiste. Vous pouvez retrouver votre temps, l'utiliser à votre guise, le dilapider même, et parler avec qui vous voulez. Mais en dehors des heures de travail, en dehors du périmètre HT, en dehors des pointeuses. Sinon, où irait-on ? Bien. Je pense que personne ne contredira ce point.

Maintenant, comment rationaliser ce comportement précis ? Je vous donne la réponse, ensuite, ce sera à vous, pour tous les comportements irrationnels nettement dénoncés par vos diagrammes, de réfléchir aux moyens de les rationaliser. C'est ainsi que nous travaillerons pendant toutes nos réunions, suivant et améliorant le bienheureux exemple du toyotisme, où les opérateurs participent eux-mêmes à l'amélioration de leur productivité.

Donc, pour l'exemple qui nous occupe : il y a des pertes de temps qui tiennent à vous, d'autres à une organisation imparfaite de HT, et pour cela HT va s'amender.

Ce qui tient à vous : vous n'avez pas le temps de parler avec les hôtesses, un collègue ou qui que ce soit, avant de prendre votre poste. Ce n'est pas votre temps mais celui d'HT, comme nous l'avons établi ensemble. Parler avec quiconque est un comportement irrationnel et dès lors, proscrit. Ceci pour votre bien. Vous n'avez pas le temps non plus de prendre un café en arrivant. Acte triplement irrationnel, car vous risquez en plus de renverser le café et vous polluez avec votre gobelet l'identité visuelle de HT, cf. encore la réunion sur la tenue des espaces de travail à venir. Vous serez dorénavant autorisés à prendre un café seulement aux pauses réglementaires, en passant bien par la pointeuse avant et après, et sans le ramener à votre poste. Vous n'avez pas à choisir votre poste de travail non plus. Dorénavant les postes de travail, puisque la plupart d'entre vous sont en open space, sans poste personnel, les postes de travail donc seront attribués par votre responsable, rationnellement, avant votre arrivée. Vous n'aurez qu'à consulter le tableau.

Voilà ! Notez que ces nouvelles procédures soulageront grandement votre esprit : plus besoin de réfléchir, actes rationnels, contrôlés.

Maintenant passons à ce que doit faire HT pour vous permettre un comportement rationnel d'arrivée au travail le matin. D'abord, il y a la pointeuse en bas. Une pointeuse est juste, égalitaire, et ne ment jamais. C'est l'abeille ouvrière de l'entreprise. Mais sauf pour Sonia, sur le plateau d'appels, dont le cas a servi pour cet exemple, et qui doit se connecter informatiquement, ce qui prouve son heure réelle de prise de poste, sauf pour elle, donc, personne ne sait à quelle heure vous commencez réellement votre travail. Donc, HT instaure dès aujourd'hui des pointeuses à chaque poste, y compris, Rodolphe, en cuisine. Ce qui veut dire que vous ne serez pas lésés, car la pointeuse de poste aussi est impartiale : si vous pointez en bas à 8 h 58, et à votre poste à 9h, votre mérite sera reconnu, et tout le monde sera gagnant. Vous ne pourrez vous mettre au travail avant d'avoir pointé à votre poste même puisque la pointeuse commande l'accès aux ordinateurs ou à votre casier, et devrez pointer si vous quittez votre poste, au déjeuner, en pause, ou même un instant, afin que cela soit déduit de vos heures : égalité pour tous. Vous voyez ? HT pense à votre bien, à reconnaître votre travail. Tout le monde dans le même temps, celui d'HT, et donc, le même pointage pour tous.

Mais HT peut encore vous aider à rationnaliser votre heure d'arrivée. Quelque chose, dans mon exemple, vous a retardés. Quelque chose auquel vous ne pouvez rien. Quelqu'un sait ? Non ? C'est facile : l'ascenseur ! Eh oui ! Ce n'est pas juste que vous ayez à attendre l'ascenseur le matin, puis à attendre entre les étages, alors que vous devez pointer à votre poste ! Donc, nouvelle installation et procédure ascenseurs : lorsque vous aurez pointé en bas et que vous vous dirigerez vers les ascenseurs, vous devrez pointer aussi à l'ascenseur, pour l'appeler. Coup double, car cela est également bénéfique pour les procédures de sécurité : seul un employé ou un visiteur muni d'un badge pourra utiliser l'ascenseur. Les hôtesses n'auront plus à quitter leur poste pour escorter un client, sauf s'il est Premium, et seront tenues d'être toujours visibles dans le lobby accueil. L'ascenseur vous reconnaîtra, donc, grâce au code barre de votre carte mis en place ce matin même. Et là, c'est unique, l'ascenseur ira en priorité chercher ceux qui ont obtenu les meilleurs résultats de productivité la veille ! N'est-ce pas extraordinairement bien pensé ? Par exemple, imaginons que vous, Laura, ayez la veille reçu le plus de visiteurs, noté le plus de passages, utilisé à bon escient tous les sourires de votre classeur en les reportant à chaque fois dans vos rapports d'activité. Eh bien, en ce cas, l'un des ascenseurs descendra vers vous en premier, puis vous déposera à la salle des vestiaires avant tout le monde, vous pourrez ensuite être la première à votre poste, de retour en bas dans le hall, prête à travailler, cela sera confirmé par la pointeuse de poste, et cela augmentera donc votre productivité pour le lendemain ! N'est-ce pas merveilleux ? L'exemple parfait du cercle vertueux...

Voilà, voilà, j'en ai fini avec cet exemple. Je vais maintenant vous faire passer une liste d'autres comportements à rationaliser. Essayez de travailler comme je viens de le faire : noter en quoi ce comportement est irrationnel, ensuite voir ce qui tient à vous, ce qui tient à HT, et enfin réfléchir à comment vous, et HT, pourriez modifier les choses afin de rendre ce comportement le plus efficace, rapide, rationnel, possible. Vous verrez, c'est très varié, nous avons beaucoup de travail : cela va des déplacements à la photocopieuse aux départs en pause déjeuner, en passant par les discussions entre collègues, le temps passé sur intranet pour les demandes au kiosque RH, les comportements spécifiques à chaque poste etc. Je vous laisse y réfléchir, disons une heure, ensuite je propose que chacun prenne la parole à tour de rôle, jusqu'à avoir épuisé toute la liste. Je vous demanderai naturellement de vous entraîner aujourd'hui même et toute la semaine à appliquer les corrections que vous aurez vous-mêmes dégagées, j'en suis sûr, avec finesse et brio. Allez-y, c'est à vous ! »

Laura

Je ne vais pas y arriver, non, c'est sûr, et les autres vont voir à quel point je suis gourde… Sabine est là et nous regarde à tour de rôle, elle prend des notes sur quoi, je ne sais pas, il n'y a rien à noter, que Francis qui commence à tracer des colonnes sur une feuille blanche, que Sonia qui cligne des yeux, que Marc qui se gratte le cou, le pauvre, comme toujours…

Et moi qui ne sais pas quoi écrire, de toute façon j'ai été incapable de terminer le test de QI alors, que veulent-ils encore de moi… Mais il faut écrire, Denis l'a dit, c'est obligatoire, et ensuite il faudra parler, devant Sabine, et je ne peux pas me permettre encore une erreur, les talons plats, le QI de débile, et maintenant la rationalisation des… Des comportements, je ne peux pas, j'ai le loyer et les parents à aider… C'est comme si j'avais toujours été là, dans ces salles de réunions qui sont toutes pareilles, à se demander pourquoi on en change, les murs gris et les néons et la moquette qui sent le détergent, le numéro 32, Sélim m'a dit. Sélim n'a plus le droit de mettre des fleurs ou des chocolats dans les salles, ce qu'elles sont tristes, ce que je me sens triste, il n'y a rien d'autre que le gris et j'ai envie de pleurer…

Allez, ma grande, comme dit Papa, reprends-toi, Papa n'arrive pas à se reprendre, lui, trop fatigué… Donc… Je vais choisir d'abord les comportements qui me paraissent les plus simples, les plus clairs, ensuite je verrai pour les autres, une heure ça passe vite… La pause déjeuner… Rationnaliser la pause déjeuner… Qu'est ce que je fais de trop ou de mal en allant déjeuner… Je vais chercher mon manteau… Le coup de l'ascenseur pour la salle des vestiaires c'est réglé, il viendra toujours me chercher en dernier vu qu'il y a plein de visiteurs que je ne peux plus recevoir, ou raccompagner à la porte, à cause de mes talons plats, donc je suis tous les jours la dernière sur le tableau de productivité des hôtesses, donc l'ascenseur prendra tout le monde avant moi, j'attendrai peut-être cinq, dix minutes, et arrivée à la pointeuse cantine ça se verra… Et je n'ai pas de badge d'accès aux escaliers… Ensuite, je peux, je peux… Oui, c'est ça, manger plus vite, pour rattraper le temps perdu, sauter le dessert, ça ne me fera pas de mal, et pas de café non plus, heureusement je ne fume pas, ensuite, oui pas la peine de faire coucou à Rodolphe en partant, ça prend du temps, et… Quoi d'autre ?

Ce que HT peut faire pour que la pause déjeuner soit plus rationnelle, eh bien… On a des heures de déjeuner obligatoires, normal, pour qu'il y ait toujours quelqu'un à l'accueil, ça c'est déjà fait, qu'on ait faim ou pas on doit attendre ou bien y aller, et impossible de changer d'horaire avec une autre hôtesse, même si ça l'arrange aussi… Que faire de plus… Bon, je vais regarder discrètement sur l'épaule de Francis… Il a fait des tas de tableaux déjà… Pour cette question, oui, je vois, il met… Mais ça, ça ne passera pas, quand même ! Il met : « choix de menus à mastication rapide (exclure viande rouge, crudités), rationalisation du passage au self (chasse aux nonchalants) selon heure de pointage départ de poste : celui qui arrive le plus vite après avoir quitté son poste prend la première place de la file »! Mais Francis est bizarre, une fois j'ai vu une liste perso qui dépassait de sa mallette, il vit comme ça aussi chez lui, tout classé, ordonné, ils ne l'écouteront pas…

Bon, autre comportement : les discussions dans les couloirs… J'ai compris l'idée, il ne faut plus jamais discuter dans les couloirs, ça perd du temps… Et ce n'est pas mon temps… HT a déjà des caméras dans les couloirs, donc je suppose qu'ils doivent pouvoir nous surveiller en temps réel… Ce qu'ils devraient faire de plus, je ne sais pas, faire sonner une alarme si quelqu'un parle ? Mais, et si on parle du boulot ? Alors, faire sonner une alarme intelligente qui sait qu'on n'est pas en train de parler de boulot ?

Tu débloques, ma fille. Essaie d'être logique, rationnelle, de penser sport, crawl, tiens, enchaînement des gestes. Le crawl c'est allier l'harmonie des gestes au bon rythme de la respiration, sortir la tête de l'eau une fois sur deux, prendre le plein d'air, bien enchaîner chaque mouvement pour aller le plus vite possible tout en se sentant faire corps avec l'eau, porté par elle… Donc, je transpose… Enchaîner mes mouvements ici chez HT, de beaux mouvements, fluides, marcher vers l'ascenseur ou la cantine, OK, ça va, c'est possible à plat, certainement pas en talons hauts ou alors en trottinant comme une folle, mais le problème, c'est à quel moment je sors la tête de l'eau ? À quel moment je respire ? Depuis ce certificat du médecin et la réaction en chaîne qui a suivi j'étouffe, je sors la tête de l'eau une fois sur dix, à peine, dès que j'arrive je me crispe, j'ai peur, vraiment. Je regarde le tableau, je suis tout en bas, je regarde l'ascenseur, il s'ouvre sur M. Hautfort qui me désapprouve, je le vois, ça fait mal, c'est comme ça jusqu'au soir, la nuit j'ai encore peur d'avoir fait une bêtise, de ce que je vais trouver le lendemain, de combien de temps ça va durer encore… Pourquoi j'ai peur, je ne suis pas en prison, pas en danger, je peux partir, enfin, pas vraiment, mais je pourrais, mais je ne peux pas, je veux tenir, je n'ai pas le choix, je ne sais plus… Et ce truc des comportements il me semble que c'est pour nous faire rester sous l'eau, définitivement… Comme si en crawl on disait au nageur de ne plus sortir la tête de l'eau parce que ça prend du temps, et que ce n'est pas son temps à lui, que ce temps ne lui appartient pas, que c'est celui du sponsor, du pays, du public... Alors le nageur, qui avait appris à connaître l'eau, son corps, à avancer et à sentir son temps, le nageur doit obéir, pour aller plus vite encore, gagner du temps, gagner le temps de HT… Mais alors, il fait quoi le nageur ? Il va sûrement plus vite au début mais quand même… Au bout d'un temps… Il meurt… Ce n'est pas pareil, je sais, on ne m'empêche pas vraiment de respirer l'air nécessaire mais pourtant… Il n'y a plus d'air dans ma tête et plus de temps à moi, même quand je ne suis pas au travail… Alors, moi aussi, j'ai l'impression que, tout au fond de moi, eh bien… Je meurs…

Chapitre 8 bis – Après la réunion

Denis

J'ai eu un coup de mou la dernière fois, sûr.

Depuis j'ai bu un verre avec Louis et Adrien hier, rapide, ils sont arrivés en retard et ils étaient pressés. Louis avait des dossiers à boucler le soir même et Adrien recevait son chef et sa femme. Un dîner à quatre, bien policé, avec des blancs, des flatteries, les enfants frais peignés pour faire bonne impression, un gâteau à la crème avec ces machins pastels dessus qui ne se mangent même pas, comme dans les séries américaines, ça nous faisait marrer, avant. Mais hier, non, plus du tout, Adrien était super stressé, il devait passer chercher le fromage avant que ça ferme, et un Cheval Blanc aussi, Corinne était aux fourneaux depuis des heures…

Bref, un apéro rapide, dans le bar où on allait avant, mais on détonnait un peu tous les trois en costume. Surtout eux, en fait, moi j'ai pas de cravate obligatoire. On avait l'air de trois gosses mal dégrossis, déjà vieux, des golfes dans les cheveux, du ventre qui pointe, des soucis d'homme, et on n'a pas quarante ans… Je me suis senti bien, avec eux, cette fois moi aussi j'avais des histoires de boulot à leur raconter, des trucs avec des chiffres, des statistiques, de la facturation à l'heure, « moi je vaux tant », ce genre de choses. J'ai eu l'impression d'être admis à un club, avec parrainage, fauteuils en cuir et cognac-cigares, pour messieurs.

Ça aussi, j'en aurais ri il y a encore quelques mois, cette histoire de club, j'aurais poussé le trait pour en faire un rôle mais là… Ça m'a plu. Je leur ai déballé mes doutes et ils m'ont rassuré. Louis a dit moi je manage vingt-cinq personnes, et il y en a toujours qui abusent, il faut les cadrer, ils ne demandent que ça. À un moment faut arrêter de te prendre pour Robin des Bois, tu ne peux rien faire de toute façon, c'est une entreprise, pas la charité, une entreprise doit faire des profits sinon elle coule, et là tout le monde part au chômage, c'est pas ce que tu veux non ? J'ai dit non, non, bien sûr, et Louis a continué, eh bien pour que les gens soient productifs il faut les mater, leur faire peur, on n'obtient jamais rien de bon en les maternant, tu te souviens de notre premier prof de théâtre ? Je me souvenais, c'est sûr, un grand type habillé tout en noir, une longue écharpe rouge enroulée trois fois autour du cou, pour protéger sa voix, des bagues aussi, qu'est-ce qu'il nous faisait flipper ! Je n'ai pas répondu à Louis ce que j'en pense, parce que je ne sais plus où j'en suis : je pense, enfin, je crois penser que ce genre de profs qui écrasent leurs élèves, les cassent et les humilient, arrivent à en tirer des choses, certes, des émotions, des pleurs, des exploits, mais en les rendant malades... En les détruisant...

Mais bon, c'est sûrement une pensée un peu immature, à la guerre comme à la guerre, ça a marché pour Louis et il a réussi ! Ils ont bu leurs bières et ils sont partis, déjà en retard. J'ai regardé les gens qui restaient dans le bar, des étudiants, des comédiens, ça parlait et riait, et je me disais : vous ne comprenez pas ! Vous ne vivez pas dans la réalité ! Moi j'ai mis les mains dedans maintenant, je contribue, je suis dans le système que vous conspuez, que j'ai conspué avant vous, j'y fais ma place, et je m'en porte très bien ! Ils étaient là, tout miteux, avec leurs grands rêves et des mots, rien que des mots... Je n'ai rien dit à personne, bien sûr, j'ai pris encore quelques bières, et je suis rentré, sans prendre le RER tout de suite, j'ai marché, longtemps, sans même sentir la pluie, dans la lumière brouillée des phares, des vitrines, des lampadaires, des panneaux publicitaires...

Finalement aujourd'hui, après la première réunion de rationalisation, tout cela me paraît juste, naturellement je vois bien qu'ils ont du mal, tous les six, mais en même temps c'est pour ça qu'ils sont là non ? Pour faire mieux, produire plus vite, être au niveau des autres, et moi je les aide à ne pas passer directement au chômage... On leur donne une chance... Après, ces histoires de rationnaliser le temps, tout ça, c'est pas mon problème, je répète comme un perroquet les notes du PDG, ses arguments, j'essaie de ne pas penser à ce que je dis, j'essaie de toutes mes forces de ne pas être là.

C'est drôle, d'ailleurs. Toutes ces réunions visent à faire sortir les gens d'eux-mêmes, visent à ce qu'il ne reste d'eux qu'un cerveau efficace, comme pour la télé, un cerveau disponible, docile. On leur demande de ne pas penser, de ne pas être là, tandis que moi, je décide moi-même de sortir, de ne pas penser à ce que je dis pendant que je travaille, parce que sinon, ça ne serait pas tenable... Puisqu'on n'a pas le choix, autant sortir de soi avant qu'on ne vous en chasse, tête haute... Hautfort a raison finalement, penser c'est souffrir, le mieux c'est agir, exécuter, faire confiance à celui qui donne l'ordre et qui a forcément un dessein intelligent... C'est reposant... Je me suis beaucoup battu et sans doute que c'est ça, devenir adulte : arrêter de combattre les moulins à vent.

Le vent gagne toujours.

Chapitre 9-20 mars 2006 – La quatrième réunion

Salle Mercure bis, 15 h.
Denis, Sonia, Marc, Catherine, Laura, Rodolphe, Francis.

Sabine prend toujours des notes.

« Bonjour à tous, merci d'être là, et un merci tout particulier à Francis qui, sans qu'on lui demande rien, nous a préparé un programme très intéressant pour la réunion d'aujourd'hui – et un programme pour chaque réunion à venir, à vrai dire. Francis, nous avons lu avec attention vos propositions, et en avons retenu certaines, qui allaient dans le sens de ce que nous vous proposons, mais auxquelles nous n'avions pas pensé. Pour d'autres, nous pensons que les employés ici présents d'HT ne sont pas encore prêts, mais que le temps viendra… Vous tous, prenez exemple sur Francis, qui comme Sabine applique d'ores et déjà la rationalisation chez lui, et s'en porte très bien !

Bien, l'objet de la réunion d'aujourd'hui est la rationalisation des espaces de travail et des tenues : des éléments matériels, en somme. Nous procéderons comme la dernière fois, avec la liste de vos comportements déviants dégagés par vous-mêmes concernant des points précis. À nouveau, il s'agira pour vous de trouver comment les corriger, les assainir, tant par vos efforts personnels que par des modifications dans les procédures internes HT.

Mais laissez-moi d'abord développer - toujours avec des exemples, car nous nous basons sur votre expérience avant tout, en quoi la rationalisation de votre cadre matériel de travail est de première importance.

Parlons tout d'abord des tenues : de vos vêtements. Vous le savez, pour certains postes, par exemple en cuisine, une tenue complète de travail est obligatoire, pour des raisons d'hygiène et de sécurité. Je ne reviens donc pas sur ce point. Par ailleurs, et ce pour toutes les tenues de travail, il existe, dans toutes les entreprises, des règles implicites que vous ne semblez pas avoir pleinement assimilées, dont le non-respect nuit à votre environnement visuel, et donc à votre qualité de travail. Il va de soi, socialement, que pour les hommes en entreprise, le costume cravate est obligatoire. C'est un gage de sérieux, d'engagement dans la société, d'allégeance aux règles nécessaires qui font de nous des êtres civilisés. Je sais, Marc, que parfois ce n'est pas facile, et pour nous tous, porter un costume c'est parfois avoir trop chaud, être engoncé ou un peu mal à l'aise. Pourtant, le costume est votre allié le plus précieux : au moment où vous endossez ce signal, vous savez que vous allez louer votre temps à HT, que ce ne sera plus Pierre, Paul ou Jacques, dans le costume, mais un employé HT, jusqu'au soir. Vous quittez votre temps personnel en endossant votre tenue de travail. Vos pensées, réflexes, mouvements, modelés par le costume (ou autre tenue nécessaire, nous verrons cela peu après), sont sans conteste bien plus corporate, donc bien plus productifs. Comme la robe du moine lui rappelle son vœu de soumission à Dieu, votre costume vous rappelle votre soumission à HT, en tant qu'organisation sociale qui vous dépasse. Et vous paye, à la fin du mois. De là découle qu'en cas de visite d'un client dans nos locaux, chaque employé, même vous, Rodolphe, qui devrez dorénavant porter un costume lorsque vous quittez les cuisines et traversez les locaux, que chaque employé, donc, présente le meilleur visage de HT. Une des têtes de l'hydre, vous vous rappelez ? Pourtant, ce n'est pas encore ça : vos costumes sont disparates de par leurs couleurs, coupes et étoffes, vos cravates sont mal assorties, de mauvais goût ou dénouées. Rassurez-vous, nous n'allons pas vous demander d'aller dépenser votre salaire en vêtements coûteux. Non, HT met dès à présent à votre disposition une nouvelle garde-robe complète et assortie - extérieure, naturellement : vos dessous ne regardent pas HT, qui respecte votre vie privée tant qu'elle n'interfère pas sur votre travail. Vous aurez la responsabilité de son entretien. Une prime de salissure couvrant les frais de nettoyage à sec vous sera allouée en contrepartie : huit euros bruts par mois, tout de même. HT pense à tout ! Par contre, vous devrez verser, en en prenant livraison, une caution importante, pour vous responsabiliser, que vous récupérerez évidemment à votre départ de la société, déduction faite des dommages éventuels. Il y aura donc une sorte d'état des lieux d'entrée et de sortie de votre garde-robe innovante HT, signé par vous, avalisé par le service créé à cet effet, et que Sabine a accepté de diriger. Afin que l'image vestimentaire d'HT, partie prenante de son identité visuelle, soit cohérente, les tenues à porter le lendemain seront affichées dans chaque service. C'est-à-dire que, pour être logiques et rationnels jusqu'au bout, tout le monde portera, tel lundi, le costume gris foncé et la cravate bleue. Évidemment, ils ne seront pas exactement de même facture, qualité et coût selon votre rang dans la société, mais cela ne se verra pas. Ah, en cas de reportage dans les locaux, pour les raccords image au jour le jour, le tableau sera modifié en conséquence. L'efficacité des uniformes n'est plus à prouver, n'est-ce pas ? Uni-forme, quel beau mot, quel beau but… Pensez pensionnats d'élite, pensez compagnies aériennes, pensez même prisons ou hôpitaux psychiatriques, pour le respect de l'ordre et la correction des idiosyncrasies en vue du bien commun! Tout le monde affichera les mêmes couleurs, longueurs, accords, et le client ne saurait manquer d'y voir un esprit d'équipe porté à son point le plus élevé.

Mesdames, rassurez-vous, vous ne serez pas oubliées. Le problème vestimentaire pourrait paraître plus compliqué pour les femmes. Vous êtes beaucoup plus libres (jupes, pantalons, robes, tuniques, gilets…), et en conséquence le facteur identité visuelle commune HT est chez vous, finalement, quasi nul. De plus, des tenues trop féminines, trop provocantes, minijupes et cuissardes, sont nuisibles au travail en équipe (pensez aux hommes autour de vous), mais d'un autre côté, des tenues sacerdotales, pantalons larges et mocassins plats, pourraient laisser entrevoir un déséquilibre dans votre féminité, votre épanouissement personnel, et cela, HT ne souhaiterait à aucun prix en faire étalage devant ses clients. L'équipe en charge du dossier a donc travaillé plus longtemps pour vous, mesdames, que pour ces messieurs, afin de définir la parfaite longueur de jupe, la parfaite coupe de pantalons (HT ne saurait être considéré comme misogyne), la parfaite hauteur de talons, qui deviennent obligatoires à tous les postes, et plus seulement pour les hôtesses, le foulard assorti, etc. Vous suivrez la même procédure que ces messieurs, caution, entretien, prime, tableau des tenues… Nous en revenons donc à ce que vous pouvez changer, et à ce que HT peut faire pour vous y aider. HT fait ici pour vous son maximum et vous évite de penser, chaque matin, devant votre armoire, à ce que vous allez mettre. Penser moins, pour travailler plus.

Cet exemple est finalement le princeps de ce qui va nous occuper aujourd'hui.

Par rationalisation des éléments matériels, HT entend : lissage, standardisation, neutralisation, pour une meilleure ambiance de travail. Il en ira donc de même, outre vos vêtements, pour le reste. Pour les postes de travail, par exemple. Suivant cette idée, pensez-vous qu'il soit raisonnable de poser, qui une plante, qui sa montre, qui une photo, qui une barre de céréales, sur des espaces de travail partagés visibles par tous ? D'abord, cela perd énormément de temps pour ceux qui sont en open space et installent leurs petites affaires dans un espace différent chaque matin (pensez à notre réunion de la semaine dernière), ensuite, cela constitue une violation visuelle de l'espace de travail collectif, y compris pour ceux qui ont, ou ont accès à, un bureau vitré : car même dans un bureau vitré, qui est encore visible de l'extérieur en plus, vos collègues vous rendent visite ! Enfin, pour les denrées comestibles, ce n'est pas hygiénique, et l'hygiène est la sœur de la rationalisation. Vous n'êtes pas dans votre maison, ici, vous êtes dans la maison d'HT. N'allez plus prendre vos aises. Pensez à celui, qui, débordé d'appels, décroche le téléphone, essaie d'écouter le client, et voit son regard arrêté par une balle antistress, un agenda, un sac qui dépasse de sous le bureau... Combien de secondes d'inattention, et combien cela coûtera-t-il à HT ? Pensez au client qui nous rend visite : quelle impression cela lui fera-t-il, si ce n'est celle d'un gigantesque dépotoir, sans ordre, sans rigueur, sans cohérence ? Comment irait-il ensuite nous faire confiance, et acheter nos procédures de rationalisation ?

Nous devons en tout montrer l'exemple. Cette fois, ce que vous pouvez faire c'est cesser de laisser traîner tout effet personnel et veiller à ce que vos collègues en fassent autant. Ce que HT peut faire c'est vous fournir des stylos, blocs, feuilles standards marqués de son logo (vous suivrez la même procédure de caution etc.), et, pour vous motiver, récompenser l'espace de travail le plus impersonnel par une mention annexe hebdomadaire au tableau de productivité, et des bons cadeaux au bout de vingt mentions. HT pénalisera aussi les récalcitrants, en se renseignant par des random controls – contrôles surprises à vos postes, en votre présence ou pas, et par des enquêtes informatives auprès de vos collègues. Vous le savez, les avertissements peuvent vite tomber, au bout de trois c'est la porte, et ensuite, qui sait...

Je vous laisse continuer le travail maintenant. Prenez votre liste de déviances et travaillez dessus individuellement. Vous verrez, cette fois encore c'est très large, il y a des annexes sur vos tenues, il y a vos casiers, vos vestiaires, la salle de pause, l'espace restauration, et mesdames, votre coiffure, maquillage, vos ongles...

N'hésitez pas à me demander de l'aide si un terme n'était pas assez... Rationnel, ah ah !

Rodolphe

Un costume ? Moi, porter un costume ? Mais c'est hors de question ! Je n'en ai jamais porté de ma vie ! Même aux cérémonies, une veste col mao et hop... J'ai déjà une tenue de travail, ce truc en toile kimono super-lourd, mon amie la charlotte, des chaussures spéciales, coquées, à mes frais… Tout doit être impeccable, blanc sur blanc des cuisines, alors que personne n'y vient jamais. Et donc là, je devrais payer une caution pour me balader déguisé en guignol, entre le hall et l'entrée des cuisines ? Et pourquoi pas de la gomina tant qu'on y est ? Ça sera les soirées de l'ambassadeur tous les jours au boulot, et à la fin on chantera l'hymne d'HT la main sur le cœur, tous ensemble ? Et on hissera le drapeau aussi tous les matins ? Et on sera mis au mitard si on n'accepte pas ? Ah mais, ça ne va pas se passer comme ça ! Ce n'est certainement marqué nulle part sur nos contrats de travail, cette histoire, sans compter le coup des tenues féminines, hein mes cochons, et aucune ne proteste !

Bon… Faut que j'arrête, là. En fait, je me fatigue. Je sais très bien que je tourne à vide, que je hamstère dans ma roue, je m'en rends compte, faut pas croire. Le même truc depuis des années que je suis ici : je m'énerve, je gueule, mais dedans, et je regarde autour de moi pour voir si quelqu'un va oser l'ouvrir, et puis… Je ne dis rien. Personne non plus, d'ailleurs.

Je fais quelques blagues à la cantine, c'est tout. Ça ne mène nulle part, enfin, j'ai quand même déjà un avertissement et un blâme, l'autre fois j'ai rangé le chariot des entrées à la fin, près des machines à café, à la place des desserts, pour faire une surprise, un pas de côté. Ça a fait un de ces foins… C'était rien, une petite performance minable, mais j'essaye, quoi, pour dire il y a quelqu'un, derrière les plateaux, c'est pas encore une machine qui vous installe le self, l'erreur humaine c'est possible… L'erreur humaine qui, dans une recette, fait découvrir un goût nouveau, dans une expérience en chimie, un principe insoupçonné, qui sur une peinture fait apparaître un reflet mystérieux inimitable, l'erreur humaine de la voix d'une cantatrice qui tremble et fait jaillir l'émotion, l'erreur humaine du criminel qui laisse un indice de trop, et qui permet qu'on l'arrête… Parce que si un robot remplissait les cantinières et les chariots, si un robot préparait tous les plats, si un robot faisait de la chimie, de la peinture, de la musique, si un robot était un criminel, eh bien… Tout serait réussi, sans erreur, sans surprise, mais on serait morts dès le début, je veux dire, on serait sans vie, quoi… Donc, tout ce que j'arrive encore à faire, c'est ce genre de trucs fantaisistes, mais me révolter vraiment, dire non, impossible…

Depuis que je travaille c'est pareil, juste pire aujourd'hui… J'ai dit quoi, moi, quand des sans-papiers bossaient sept jours sur sept pour des clopinettes ? Quand on les virait parce qu'ils étaient malades ? J'ai dit quoi quand j'ai vu des patrons tripoter les nouvelles serveuses ? Mais rien, rien rien ! Sauf qu'au moins, je les aidais, les gars, pour leurs papiers, je consolais les filles, je leur disais de se défendre, et quand j'en avais vraiment trop marre, je me barrais… Et aujourd'hui, je n'aide personne, je la ferme, et je reste là. Pourtant je vois tout, comment on traite Laura, ou Marc, même Catherine…

Mais je n'y arrive plus. J'ai l'impression que ça ne servirait à rien, que je me ferais virer seul, c'est tout, et c'est sûrement vrai. J'irais très bien si j'assumais ça, mais pas du tout. Depuis le premier jour, le premier compromis pour ne pas perdre ma place, je me méprise. Et je me dis, puisque tu as commencé, autant continuer, compromis après compromis, je creuse, et je me réprouve… Après c'est bien beau de vouloir écrire une thèse, vivre dans les livres, mais dans la vie, je suis un lâche, qui veut son confort, son whisky, ses films, un lâche même pas content de lui, dans un boulot subalterne, traité comme de la merde… J'ai l'impression de n'avoir jamais eu de force, et j'ai beau lire encore de temps en temps des textes médiévaux, je ne suis pas sûr d'avoir jamais su ce qu'est le courage…

Chapitre 9 bis – Après la réunion

Denis

Ça y est, j'y suis, ce n'était pas si difficile. La clé, comme au théâtre, ce sont les mots, le vocabulaire mais surtout la grammaire, comme dans la vie. Si je m'engueule avec Éloïse c'est qu'elle me dit « tu », tu as fait ça, et pas « nous ». J'ai appris ça en lisant les formations que suit le plateau d'appels, ne jamais dire « vous », calmez-vous, à un client, non, « nous », nous allons voir cela ensemble, et le client se sent accepté, et il se calme…

J'y suis, j'ai réussi, pour contrebalancer tous ces « vous », vous ne faites pas bien votre travail, eh bien, je l'ai lâché, le « nous », nous devons en tout montrer l'exemple, et je me suis inclus, pour que ça passe, pour qu'ils écoutent, qu'ils se sentent… Unis à moi, qu'ils me trouvent bon, qu'ils m'acceptent. Et ce « nous » a été une douceur, un baume. Je me suis invité dans la famille HT et personne, pas même Sabine, n'a sursauté. Je me suis dit tu n'es plus seul, comme avant, au théâtre, quand tous les autres en avaient marre de l'incertitude des lendemains, quand ils s'en allaient un par un. J'espère voir bientôt Louis et Adrien pour leur raconter, pour fêter ça, moi aussi je fais partie, vraiment, d'une entreprise, moi aussi, elle me nourrit, elle m'accepte, et j'espère qu'elle voudra bien de moi, plus tard, qu'elle me proposera d'autres formations.

J'ai arrêté, du coup, de travailler tout seul à ce projet de mise en scène qui traîne depuis trop longtemps, autour du collectif, un projet qui montrerait la vie d'une troupe, ses disputes, ses ruptures, ses joies, en direct, avec une influence du public tous les soirs, et une improvisation en conséquence. Je n'ai plus de public, plus de troupe, et mon collectif, maintenant, c'est HT.

Éloïse n'est pas d'accord, bien sûr, mais elle ne se rend pas compte de ce que je vis, chaque jour. Je continue à faire des efforts pour apprendre et resservir les arguments de Frédéric, je me dédouble, je mets le ton, et c'est fatigant, mais, grâce à ça, je partage le vécu des employés, eux peuvent me comprendre, pas Éloïse. Eux peuvent comprendre que je n'ai plus envie d'écrire autre chose. Nous pouvons nous tenir chaud, et espérer de la bouche de Frédéric des remerciements pour notre… Capitulation… La douceur de perdre, pour notre bien… De nous en remettre à… quelqu'un de plus fort, qui nous protège du monde.

Sabine

Ça commence à suffire, tout de même ! Depuis le temps que ça dure ! J'ai l'air d'une secrétaire, là, à prendre des notes, et puis je n'apprends rien de neuf, je le savais depuis le début, Frédéric ne m'écoute pas, j'ai déjà toutes les informations ! Il faut juste que Denis finisse le travail, ils ont du mal là, je le vois, au moins ça me distrait, on leur rogne leur petit moi moi moi, leurs vêtements, leur espace, et encore ils n'ont pas vu le plus beau, on n'a pas encore touché à leur intérieur, leur tête, ça arrive, mes lapins ! Et eux n'y arriveront jamais, l'objectif est hors de portée, c'est bien pour ça qu'ils sont là… Après ça, c'est la porte ! Et la gloire pour moi, dès qu'on vendra ce produit révolutionnaire, un pack d'autoéjection des mauvais employés…

Je vais le dire à Frédéric, je viens à la prochaine réunion, pour le spectacle, et après, j'arrête. La caméra travaille pour nous, elle est parfaite, elle suffit. J'ai tant de choses à penser, j'ai repéré d'autres employés qui ne vont pas droit, et je pense au Budget, aussi. Beaucoup d'employés sont trop payés à cause de leur ancienneté, même si ce sont des tocards. On va prendre des nouveaux, au SMIC, il y en a des centaines qui n'attendent que ça, et aussi plein de stagiaires, qui nous seront reconnaissants en plus, et là, Budget impeccable, et qui c'est qui sera récompensée ? C'est moi !

Et je me ferai des cadeaux pour fêter ça, puisqu'il n'y a personne pour le faire. Un appareil de massage palper rouler pour mes cuisses, de la lumière pulsée aussi, pour mes poils, et pourquoi pas quelques injections ? Je suis jeune, mais il y a ce sillon naso-génien, ça ne va pas aller en s'arrangeant, il faut battre le fer tant qu'il est chaud, comme je le fais toujours. Je vais me faire chouchouter, parce que je travaille dur, même le soir, même la nuit, quand les somnifères ne marchent pas et que j'ai trop faim pour somnoler, mais il faut voir ma ligne ! Un minuscule 36, ça oui, le top pour les fringues de grand couturier. Je ne comprends pas, pas du tout, ce que Stéphane trouve à Aurélie, elle est cruche, mais alors, et puis, c'est un peu facile, elle tombe dans un pantalon, enfile une chemise, pas de maquillage et elle est superbe. Elle n'a aucun mérite, elle est comme ça. Moi, il y a un vrai travail, de la volonté. Par exemple j'ai une mâchoire trop forte, d'accord. Mais j'ai la coupe de cheveux pour la dissimuler, effilée aux ciseaux par le Maestro, le bon balayage, trois tons, travail d'orfèvre, plus un panier de produits à la maison pour entretenir l'ensemble, shampoing volumateur, démêlant, masque nourrissant, masque lumière, spray texturisant, crème de jour capillaire, sérum SOS pour les pointes, laque extra-forte, gloss finisseur, rien ne bouge. Et, toujours pour mettre au pas ma mâchoire, j'ai un correcteur, deux fonds de teint et cinq blushs, gradués de sable à terracotta, qui m'aident à redéfinir adoucir et sculpter les contours de mon visage, plus un liner longue tenue et un mascara télescopique pour détourner l'attention vers mes yeux, petits mais normaux. Je mets le paquet pour être convenable. Je... Ça se voit que j'y mets du mien, que je veux... Entrer dans la course. Prête à tout. La volonté. La pugnacité, même, et j'en suis fière. C'est ça qui compte, non ?

Chapitre 10 – 30 mars 2006 – La cinquième réunion

Salle Pluton, 10 h.
Denis, Sonia, Marc, Catherine, Laura, Rodolphe, Francis.

Sabine fait comme d'habitude.

« Bonjour à tous ! Quel plaisir que de nous retrouver tous ensemble ! Nous avons très bien travaillé la dernière fois et je vois que vous portez la tenue du jour, c'est parfait ! Vous voyez, moi aussi je m'y suis mis. Sabine a eu la gentillesse de me commander une garde-robe en sus, et chaque matin avant de venir je me dis : quel plaisir de travailler pour une entreprise qui nous prend en main, par la main. Par contre, j'ai su qu'il y a eu quelques loupés au niveau des espaces de travail et de la cantine, concentrez-vous, faites un effort, idem pour les pointeuses, l'objectif est loin d'être atteint !

Bien, ce que nous avons fait jusqu'à présent était nécessaire, mais comment dire, extérieur, symptomatique. Si nous nous arrêtions là, ce serait juste des pansements sur jambes de bois ! Il nous faut maintenant arracher le mal à la racine, et le mal se trouve, vous le savez, n'est-ce pas, dans vos têtes. Le séminaire d'aujourd'hui aura donc pour objet la rationalisation des pensées, et conséquemment des tâches.

Car finalement, qu'est-ce qui vous amène ici, vous et non les autres, en séminaire de remotivation, qu'est-ce donc qui est défectueux, si ce n'est vos têtes ?

Prenons le temps d'y réfléchir ensemble. Qu'est-ce qui vous fait travailler différemment des autres, soit plus lentement, soit en critiquant, en jugeant HT, n'est-ce pas, Rodolphe ? Ce sont vos têtes, et plus précisément votre ego. Vous êtes trop pleins de vous-mêmes.

L'ego, aujourd'hui… Sabine a fait la recension de tous les travaux à ce sujet, de la psychologie cognitive au bouddhisme, qui a tant de succès, et ce n'est pas pour rien. Elle en a conclu, comme d'autres, à la nécessaire disparition de l'ego au travail. Mais elle est allée plus loin que tous, passant de la théorie à la pratique, en travaillant nuit et jour avec une équipe d'experts à des protocoles d'extinction concrète de cet ego si encombrant. Stéphane Le Huchet, par exemple, notre meilleur élément, croyez-vous qu'il pense à lui lorsqu'il signe les plus gros clients du marché ? Non, il s'oublie complètement, il annihile son ego, et met sa tête, ses capacités, entièrement au service d'HT, pour le bien commun. Pendant ce temps, vous pensez à vos problèmes, à vos enfants, à votre chez-vous, à vos intérêts personnels. Tout cela vous encombre, vous freine, et nous allons vous en soulager. Qui donc vous a demandé de réfléchir ? Personne !

Nous travaillerons différemment cette fois-ci. Vous voyez ces postes de travail derrière vous ? Les machines qui y sont reliées, avec ces casques ? Vous allez vous y installer, mettre ces casques, et faire votre travail habituel. Nous nous sommes permis d'aller chercher, pour chacun, vos documents et outils de travail. Voyez, les assistantes de Sabine sont en train de les installer. Vous, Rodolphe, vous mettrez en place les entrées froides du jour. Vous, Sonia, vous prendrez des appels. Sabine a accepté de se prêter au jeu, et c'est elle qui vous appellera, en imitant des clients. Il est plus prudent de se baser sur des appels tests, nous ne voudrions pas que l'expérience d'aujourd'hui nuise à la productivité d'HT. Francis, vous avez vos dossiers à clôturer. Laura, je ferai les clients qui se présentent à vous. Catherine, eh bien… Comme d'habitude, faites ce que vous voulez. Marc, nous avons demandé conseil, justement, à Stéphane : vous préparerez du café et classerez ses dossiers.

Les électrodes que vous porterez serviront à déterminer quelles parties de votre cerveau s'activent au travail. Car, si nous avons la certitude, grâce à vos diagrammes, que votre esprit dévie bien plus que la moyenne lorsque vous êtes en poste, c'est-à-dire, que votre esprit reste bien trop personnel, nous ne savons pas dans quelles proportions, ni quelles sont les pensées qui vous occupent. Vos activations cérébrales seront enregistrées et dépouillées en temps réel. Vous pourrez ainsi vous voir vous-mêmes en train de ne pas *réellement* travailler. Cela pour aujourd'hui.

Ensuite, nous aurons une série d'exercices pour faire peu à peu baisser le taux d'activation cérébrale ne concernant pas le travail, notamment l'activation limbique : vos émotions n'ont rien à faire ici. Ce sont des exercices simples de concentration, répétitions de mots, phrases et principes, ancrages et conditionnements avancés. Cela nous occupera sûrement pendant plusieurs séances, nous verrons.

Normalement, votre ego n'aura alors plus la tentation de faire valoir qu'il sait organiser son propre travail.

Il ne le sait pas.

Pour bien verrouiller la question, nous observerons d'ici quelques séances, avec le même exercice et les électrodes, comment vous effectuez vos tâches. Nous prendrons note de vos progrès que nous espérons nets.

Enfin, nous travaillerons à la rationalisation de vos tâches de travail proprement dites, probablement pendant trois ou quatre réunions. Après la neutralisation de vos comportements existants (étape transitoire ou SDC®, Sas De Compression), et grâce au travail des experts, nous remplacerons ces comportements par d'autres, entièrement innovants. Nous vous ferons apprendre par cœur les séquences comportementales nécessaires à votre travail. Nous irons ainsi plus loin que les semaines passées, dépassant largement vos formations régulières et fiches de postes générales : j'espère que vous mesurez votre privilège.

Pour chaque moment de la journée, vous utiliserez l'une de vos séquences comportementales. Par exemple, pour Rodolphe, l'ordre exact des gestes de remplissage d'un chariot, l'organisation optimale de ses trajets entre chambres froides et cuisine ou salle, basé sur les distances et une estimation du nombre de pas selon sa taille et sa corpulence, 1m79, 67 kg d'après son dossier. Pour Francis, l'ordre des calculs à effectuer selon dossiers et type de client, pondéré selon le nombre de feuilles du rapport, l'urgence de la tâche, les rapports avec ledit client, le résultat souhaité par HT. Pour Sonia, le nombre exact d'appels à traiter par tranches de quinze minutes, le nombre de mots à entrer dans chaque fiche d'appel, pondéré là encore selon le client, la rapidité de sa voix, la file d'appels, la problématique rencontrée. Ainsi pour tous.

Vous bénéficierez également de procédures comportementales complètes pour vos trajets au sein de l'entreprise, la façon de vous adresser à vos collègues quand cela est vraiment nécessaire (temps d'échange, ton selon position dans la société, formules de politesse adéquates etc.), et finalement pour toute action à entreprendre dès lors que vous pointez dans le hall, le matin.

Bien ! Je vous propose qu'on s'y mette maintenant, afin d'abattre le plus de travail possible. En partant vous n'oublierez pas de prendre les dossiers disposés pour vous sur la table de Sabine, qui contiennent des exercices de conditionnement à commencer chez vous le soir. Vous aurez dans les semaines à venir, selon nos avancées, un autre dossier avec vos séquences comportementales personnalisées. Un conseil : exercez-vous chaque jour car la progression est immédiatement visible. Vous pourrez avoir des random controls n'importe quand qui montreront immédiatement si vous avez travaillé dur ou pas. Pourquoi pas même le faire en famille, tout le monde vous fera répéter, vous verrez comme c'est amusant ! »

Catherine

D'accord, d'accord, des électrodes aussi. Ça va dans la logique des choses, contrôler notre temps, c'est bien ce que j'avais ressenti, puis contrôler nos comportements, nos vêtements, et je comprends où ma plante a disparu, maintenant : à la poubelle...

Des électrodes... Les électrochocs ils n'oseront pas, c'est trop clairement violent... Pourtant les exercices à faire sont comme de mini-électrochocs, je sais comment ça marche, j'ai lu des articles moi aussi, ça court-circuite la tête…

Il y a encore quelques jours, ou semaines, j'aurais dit d'accord, bien sûr, quel repos, je ne voulais plus penser du tout. Mais j'ai vécu autre chose, avant tout ça, dans des boîtes correctes. J'ai été reconnue pour mon travail, et j'en ai été fière. Et je ne suis pas toute seule. Jean et les filles sont là, ils m'ont aidée, on est retournés au théâtre, tous ensemble, et à Pleyel, on a même fait des jeux de société, et j'ai pu diminuer les cachets, peu à peu. Un peu d'anxiolytiques le soir maintenant, c'est tout. Mais je n'ai pas encore la force de m'en aller, de chercher du travail ailleurs. Il faut que je me solidifie, que je retrouve mon temps, et donc, ici, il faut tenir.

Ça y est, on s'installe, ok, je mets les électrodes. Maintenant, ne plus penser du tout. Difficile pour moi, plus difficile que pour les autres, je n'ai pas de travail à faire, rien pour me concentrer… Et Sabine qui me regarde du coin de l'œil… Elle joue des clients difficiles à Sonia, ingérables, et maligne en plus, elle sait que Sonia est d'origine algérienne, elle lui demande des procédures cultural-sensitive maghrébines, évidemment que ça va s'activer dans la tête de Sonia ! La peste ! Ah, ça fait du bien, la saine colère ! Encore : la peste ! Non, Catherine, calme toi, tu vois bien, les courbes viennent de partir en flèche, ne pas t'énerver ni t'apitoyer… Je ne sais pas ce qu'ils vont faire de nos courbes encéphalographiques, mais j'ai l'intuition que ça ne sera rien de bon… Non ! Pas d'intuition non plus, voyons, l'intuition c'est de l'émotionnel, évidemment !

Très bien, je me suis sortie de plus dur que ça, les grèves, les cris, alors… Voilà, c'est ça, récite les départements dans l'ordre, numéro, nom, chef-lieu… Ou plus compliqué, par région… Centre, Loiret : Orléans, Loir et Cher : Blois, Indre : Châteauroux… Ils sont tous concentrés, même Rodolphe, qui remplit son chariot à toute vitesse, et Francis, ça fait des semaines que je ne l'entends plus parler dans les bureaux, il ne communique plus que par écrit. Ils ne vont pas s'en tirer, ça se voit qu'ils ont peur. La peur ça va sortir dans les courbes… Chut, ne pas y penser… Plutôt réciter des suites de chiffres, oui, alors des carrés, 3, 9, 81, ah, il me faudrait une calculette, je vais prendre mon portable, noter les résultats en colonne… Où est-il encore ? Je ne l'ai pas perdu tout de même… Ah, c'est de l'inquiétude ça, ça va se voir aussi…

Mais cet exercice est impossible ! Littéralement impossible, enfin, Stéphane, je l'ai vu jubiler en signant des contrats, qu'on n'aille pas me dire que ce n'est pas émotionnel ! Ou alors de la joie pour HT ? Ils sont bien capables de le dire, oui. Que Stéphane est dans l'abnégation la plus totale… Alors que son ego est gigantesque… Mais voilà, c'est un ego acquis à l'entreprise, leurs intérêts sont communs : argent, pouvoir… Le problème pour nous six n'est pas notre ego, nos pensées, nos émotions, n'est pas que nous en ayons, mais plutôt qu'ils ne conviennent pas à HT, qu'ils ne sont pas syntones… Le problème est que nous ne sommes pas conformes… Que nous nous posons des questions sur HT, sur le travail… Que tout cela ne nous est pas… Automatique… Que nous avons nos idiotismes… Idiot est aujourd'hui une insulte, pourtant l'idiot c'est le particulier, c'est tout…

Je n'arrive pas à comprendre. C'est bien, ça, essayer de comprendre, activation corticale maximale. Comprendre comment on peut aujourd'hui à la fois exalter l'individualisme, isoler chaque travailleur, tout en le rendant paradoxalement chaque jour plus anonyme, plus… Impersonnel… Interchangeable… Une collection de pantins aux têtes vides tournant en rond au pas dans des boîtes invisibles mais étanches, voilà ce qui se profile…

Chapitre 10 bis – Après la réunion

Denis

Ce que c'est beau la technologie, tout de même ! Ce qui me fait plaisir, c'est que HT dépense ainsi autant, pour le bien de six personnes, même si le but final est évidemment d'améliorer leur productivité…

Ailleurs, on les aurait virés, juste comme ça. J'ai entendu des choses pareilles aux infos, je me tiens au courant, même si c'est la première fois que je vois une entreprise de l'intérieur. Ici, non, on leur donne leur chance, et des outils, et de la technologie, et on leur donne moi, pour qu'ils y arrivent, et qu'on travaille ensemble, encore.

C'est pas mal ce costume, je n'étais pas obligé, Sabine l'a dit, « Vous ne faites pas vraiment partie d'HT ». Ça m'a fait mal, j'ai dit si, j'ai dit mon admiration, j'ai dit nous sommes tous ensemble, et je l'ai finalement convaincue en utilisant les arguments HT auxquels j'adhère complètement : et si un client passait dans les locaux et que je sois le seul en costume miteux de comédien en déroute, et sans cravate, en plus ? Comme je me sentirais mal ! Comme l'identité visuelle d'HT serait brouillée par la faute d'un seul ! Elle a souri, accepté, je lui ai fait le chèque de caution tout de suite, et il a d'ailleurs été encaissé le jour même, pour accord. Quand Éloïse a vu ma nouvelle garde-robe, elle a tiqué, elle n'était pas contente, elle a dit c'est pas toi, c'est pas tes goûts, tes couleurs, mais elle ne peut pas comprendre…

Qu'est-ce que ça peut faire si ce n'est pas moi ? Est-ce que, « moi », ça compte maintenant ? Non non non ! Ce qui compte, c'est que je me sens pareil à eux tous, et que j'ai envoyé des photos de moi avec chaque costume à Louis et Adrien et qu'ils m'ont félicité par textos. Eux au moins me comprennent. Ce qui compte, c'est que je suis content d'arriver le matin chez HT où j'ai une place, ma place, c'est que les gens me disent bonjour, que le travail est devenu agréable, une bonne routine, et que le soir je rentre crevé, formateur, ça prend de l'énergie, et que j'ai juste la force de regarder la télé et puis de m'endormir, facilement… Terminées mes insomnies à réfléchir à comment sauver la troupe, trouver des partenaires, des financements. Terminées les nuits blanches à plancher sur un projet, un texte, une histoire, avec du café, dans le silence, seul. Je ne connais plus la couleur des petits matins et je m'en porte bien mieux. Je me lève avec tout le monde, je prends le métro aux heures de pointe, j'ai même acheté une mallette pour remplacer la vieille besace en cuir qui jurait avec mes nouveaux costumes. Les gens me voient et ils se disent : il est des nôtres. Et le soir, je rentre à l'étable comme tout le monde, à nouveau les heures de pointe, harassé comme une bonne bête, et l'esprit en repos. Et le week-end, deux grasses matinées, la télé l'après-midi, j'ai découvert de nouvelles émissions, je ne regardais pas la télé avant. Et je suis au courant de tout, du coup, alors le lundi à la cantine, je peux me mêler aux conversations, légitimement.

Sabine est très contente de moi, ça se voit. Pendant les réunions elle me sourit, ça m'encourage. Elle m'a dit que bientôt elle n'aurait plus besoin de venir. C'est dommage car j'aime bien avoir un public, mais ça veut dire que HT me fait vraiment confiance. Par contre, les six en remotivation, surtout aujourd'hui, sous les électrodes, ils n'ont pas l'air d'aller bien. Je ne sais pas s'ils réalisent leur chance, s'ils sont aveugles ou ingrats, mais ils me semblent pires qu'avant. Francis ne dit plus rien, il rend ses réponses par écrit, Laura a les yeux gonflés, tout le temps, et même Rodolphe n'a plus ses mines sarcastiques. Pour ça, tant mieux. Je ne comprends pas ce qui se passe dans leurs têtes. Mais Sabine n'a pas l'air de s'en inquiéter, non, au contraire, pour elle la formation fonctionne « à merveille ». Peut-être que c'est un moment à passer où ils doivent abandonner leur petit moi, alors ça craquelle, ça fissure, poussières de plâtre, et ensuite ils renaîtront motivés, souriants, 100 % au service de HT.

On verra bien, je fais confiance à Frédéric, il a tout réussi, il ne peut pas se tromper. Je me demande ce que c'est que cette lumière rouge, au-dessus de la porte. Sur ce petit appareil. Ce n'est pas un détecteur de fumée, Sabine me les a montrés en arrivant car elle trouvait que je sentais le tabac. C'est peut-être un détecteur de mouvements, pour la sécurité, mais alors la lumière ne devrait s'allumer que si on bouge. Or j'ai fait attention aujourd'hui, même si on est tous parfaitement immobiles ça reste allumé tout le temps. Il faudra que je me renseigne, ça fait partie de HT et tout ce qui concerne HT m'intéresse. Bon, je demanderai à Sabine, la prochaine fois.

CHAPITRE 11 – 6 JUIN 2006 – LA QUATORZIÈME RÉUNION

Salle Uranus, 10 h.
Denis, Sonia, Marc, Catherine, Laura, Rodolphe, Francis.

Après son absence de la sixième à la treizième réunion, Sabine est revenue, cette fois sans prendre de notes.

« Bonjour à tous ! Nous avons, vous le savez, pris beaucoup de retard. Plus de deux mois pour rationnaliser vos pensées et vos tâches, c'est à la limite de l'acceptable.

Le travail n'est d'ailleurs pas terminé, mais nous ne pouvons nous permettre de perdre plus de temps HT, aussi je vous conseille de continuer à vous entraîner, chez vous, pendant vos trajets, en vacances, car j'ai reçu les résultats de vos random controls, et ils sont très médiocres. Mais j'ai bon espoir que tout cela s'arrange, car je sais que HT ne vous a pas choisis au hasard. HT a confiance en vous. Ne décevez pas HT.

Vous remarquerez, pour cette nouvelle réunion, que Sabine est à nouveau parmi nous. Ce n'est pas qu'elle n'a plus confiance en moi, n'est-ce pas, nous avons beaucoup travaillé les dernières fois et je lui ai fidèlement reporté nos avancées, même si elles furent laborieuses. Non, c'est qu'elle est intéressée au plus haut point par le sujet d'aujourd'hui, et qu'elle pourra nous apporter quelques éclaircissements, aussi bien théoriques que pratiques, si le besoin s'en faisait sentir.

Mais je ne veux pas maintenir le suspense plus longtemps : vous devez être très impatients ! Le sujet de la réunion d'aujourd'hui est le traitement d'un point précis de la rationalisation du corps. Nous avons indirectement travaillé à la rationalisation de vos corps par le biais du travail sur vos tenues, vos comportements, vos tâches. Mais nous sommes restés à l'extérieur de vos corps. Nous allons maintenant, comme si vous étiez des oignons, faire fi des couches superficielles pour arriver au cœur du problème corps. Au corps du problème, si je puis dire, ah ah !

Car une fois votre tête mise hors d'état de nuire grâce à nos exercices, ce qui ne saurait tarder, quel est votre principal outil de travail ? Votre corps, bien sûr. Votre corps doit évidemment être amené à un état de performance optimale pour garantir à HT la productivité que HT est en droit d'attendre de vous.

Qu'est-ce donc qu'un corps efficace ? Un corps sain et rapide. Nous n'allons pas, rassurez-vous, vous forcer à faire du sport ou à manger correctement, même si nous voyons d'après vos tailles de tenues corporate et pointeuses cantine que vous en auriez bien besoin. Non, tout a été comme d'habitude réfléchi, pensé, par HT, dans son *concern* pour vous. Quel est d'après vous le modèle du corps efficace ?

Personne ne sait ?

Eh bien… C'est évident, voyons ! C'est l'animal ! Tous les animaux ! Les animaux ne sont pas débordés par leur ego, leurs têtes, leurs états d'âme, et mettent leur corps entièrement au service de la tâche à accomplir ! Or, réfléchissons : à quel moment le corps animal est-il le plus efficace ? Un chat à l'affût d'un rival… Un lapin qui fuit son prédateur en détalant… Un taureau lâché dans l'arène…

Non ?

Vous ne voyez pas le point commun ?

Eh bien, ces animaux sont tous sous stress !

Mais attention : sous stress positif ! Le stress positif engendre un afflux d'adrénaline dans le cerveau, le cœur s'accélère, les réflexes sont aiguisés au maximum : exactement ce qu'il vous faut. Nous allons donc vous apprendre à vous mettre en état de stress positif. Bien sûr, certains d'entre vous connaissent déjà le stress, devant l'afflux de travail : Rodolphe par exemple, pendant l'heure de rush à la cantine, ou Sonia sur le plateau d'appels. Mais, visiblement, vous subissez ce stress, vous êtes vite débordés, et finalement votre productivité est insuffisante. Nous vous proposons donc cette fois, au lieu de le subir, de provoquer ce stress. De le maintenir de façon permanente afin de n'être pas surpris par un afflux de travail bien normal. Vous êtes payés pour ça. Finalement, nous vous donnons la chance de prendre le contrôle de votre corps, de l'optimiser, afin qu'il se hisse à la hauteur de ce que vous demande HT.

Sabine a été particulièrement active dans la conception des nouveaux protocoles que nous vous proposons. Merci, Sabine. Ce sont des protocoles très élaborés et qui ne nécessitent aucune réflexion. Puisque nous rationnalisons aujourd'hui le corps, nous passerons directement par le corps. Nous allons vous expliquer comment activer vous-mêmes votre système neurophysiologique. Vous allez apprendre, par exemple, à accélérer votre rythme respiratoire jusqu'à la limite de l'hyperventilation, afin que votre cerveau bénéficie d'un sang extrêmement chargé en oxygène. Nous vous apprendrons à stimuler votre cœur, à contrôler votre pouls, à favoriser les flashs d'adrénaline, donc l'acuité mentale. Ayez conscience que vous bénéficiez de protocoles innovants et spécialement créés pour vous. Respectez-les. Vous aurez le plaisir ensuite d'observer ce que votre corps, en état de stress, est capable d'accomplir. Vous vous verrez sous un jour nouveau.

Plus de pensée et un corps ultra-réactif : vous serez le modèle des employés de par le monde ! Allons-y ! »

Marc

Je le savais, je le savais qu'il y aurait un moment où je pourrais prouver ma bonne volonté !

C'est le moment, Marc, ce soir peut-être Papa me dira « Bravo, fils » ! Il ne me l'a jamais dit, mais c'est normal je ne l'ai jamais mérité. Il l'a dit à mes frères, bien sûr, oui, il a même dit « Dignes fils de leur père », moi aussi, je veux être digne, moi aussi je veux être le fils de Papa.

Aujourd'hui c'est ma chance, j'ai bien écouté la présentation de Denis, le stress positif, je comprends. Peut-être on peut comparer ça, avant un concert, au cœur qui bat d'un coup, et j'arrivais plus à respirer, bon, ne pas penser aux concerts, ça n'existe plus, le fils de Papa n'a pas envie de jouer de la musique inutile et incompréhensible avec des fainéants ! Oui, je connais, et j'ai même ma ventoline pour ça, dans ma poche, je suis très fort pour hyperventiler, je suis sûr d'y arriver mieux que tout le monde, et alors, mon corps sera rationnel, efficace, et comme il est certain que les boutons c'est pas rationnel du tout, inutile, anti-productif, dès que je saurais me mettre en état de stress mes boutons partiront, forcément.

Stress, j'ai fait de l'anglais à l'école, c'est souligner, oui, ça va me souligner, me donner des contours. Moi je n'en ai pas, je suis flou, on ne me voit pas dans les couloirs, on ne se rappelle jamais mon nom. Je serai encadré par mon stress, comme un tableau, et j'avancerai préoccupé, sûr de moi, plus jamais dans la lune, et on entendra mes pas fermes de loin, et je dirai à la maison « C'était vraiment stressant aujourd'hui », comme tous les hommes de la famille… Stress, c'est super, et positif en plus, oui, positif pour le travail chez HT, positif, le contraire de moi, toujours en négatif, sous mes objectifs, ou toujours un zéro… Enfin je pourrai avoir quelque chose de positif !

Bon, on commence, ah, on y va à tour de rôle, je me porterais bien volontaire en premier mais je ne veux pas effrayer les autres, c'est sûr que j'ai de l'avance sur eux, pour une fois que j'ai de l'avance sur quelqu'un… C'est Francis qui y va, c'est bien, ça faisait bizarre il ne disait plus rien à personne, je me demandais ce qui lui arrivait, oui, il respire bien, de plus en plus vite, il a une montre chronomètre avec lui, il ne la quitte pas des yeux, ce qu'il est précis, Francis, et, ah, voilà, l'exercice est terminé, il va se rasseoir. Qui alors, maintenant, ah, Sonia, on dirait qu'elle y va à contrecœur, pourtant ça va être bien pour elle, avec le nombre d'appels au plateau, de pouvoir se préparer tous les matins. C'est parti, elle accélère, mais qu'est-ce qui se passe, ouh là, ses yeux s'agrandissent, elle crie, on dirait qu'elle a peur, ah, Sabine va l'aider, non, elle la regarde, elle note quelque chose, bon, Catherine se lève, elle la fait respirer dans un sac en papier, je me demande pourquoi Catherine a un sac en papier avec elle… Catherine emmène Sonia, où, je ne sais pas, se reposer peut-être, allez, j'y vais maintenant, je ne vais pas attendre plus, je vais réussir, moi… Alors, oui, inspirer, expirer, plus vite, aïe, j'ai mal, mais plus vite, Marc, pense positif, pense gagnant, mon cœur bat trop fort, il veut sortir, plus vite, surtout pas de lentes respirations comme quand je veux me calmer, non, comme un petit chien, encaisser la douleur, montrer que je peux, ne pas prendre la ventoline, me retenir ! Inspire, expire, inspire, expire, insp… Ahhh… Huh…

Sabine, vue extérieure

« Ne vous inquiétez pas, il exagère ! Marc, arrêtez un peu votre cinéma, allez, regardez-nous ! Déjà Sonia qui nous fait une crise d'angoisse, si elle avait les électrodes ses courbes seraient au plafond, alors que votre formation vise justement à éradiquer ce genre de manifestations impudiques ! Faites-moi confiance, il n'y avait aucun besoin de l'accompagner nulle part, elle aurait pu se débrouiller, mais Catherine se prend pour votre saint-bernard, n'est-ce pas ?

Ah, Catherine, vous revoilà enfin, j'ai noté votre absence dans mon registre, attention, je l'assimile à un abandon de formation… Quoi, et Marc ? Eh bien, un peu d'hystérie, voilà !

Que faites-vous ? Catherine ? Ne fouillez pas dans ses affaires, il va se relever ! Voyez, les autres ne bougent pas, eux, ils gardent leur calme, ils n'éprouvent rien, puisque nous sommes dans l'enceinte d'HT et que toute émotion y est proscrite ! Que lui donnez-vous ? Ah, il est asthmatique, en plus? Mais je le note !

Eh bien… Les autres, pensez-vous que Marc soit en droit d'introduire ses problématiques biologiques personnelles à son travail ? Ne devrait-il pas savoir les contrôler et les laisser à la porte ? Oui, oui Catherine, sortez-le d'ici, je ne veux plus le voir ! Oui, je note que vous abandonnez la formation une nouvelle fois, le même jour, alors que vous n'y êtes absolument pas obligée ! Restez ici, si vous voulez, laissez-le faire son intéressant… C'est simple, soit vous l'accompagnez je ne sais où et j'en prends acte, soit vous le laissez se lasser de sa comédie, et on reprend ! Ah, vous y allez avec lui ? Très bien, je vous aurais prévenue ! »

Sabine, vue intérieure

Et hop ! Cinq moins trois égale deux ! Succès immédiat, je m'en doutais.

Je ne suis plus tenue de venir depuis des semaines déjà, Frédéric m'a enfin entendue, et le travail de rationalisation des pensées, que je connais, est extrêmement monotone. Mais aujourd'hui, je ne voulais manquer ça pour rien au monde…

Alors, résumons-nous, dans notre bande de bras cassés, je demande Sonia : crise d'angoisse, instabilité émotionnelle incompatible avec l'exercice d'un travail au contact du public, ça, c'est fait.

Marc, Marc… Comment faire ? Je le sais bien qu'il est asthmatique, j'ai toutes les informations sur tout le monde dans mes dossiers, mais ça ne suffit pas pour le virer, non, on aurait la médecine du travail sur le dos. Bon, au moins, il n'oserait jamais aller aux Prud'hommes… Il faut faire ça délicatement en plus, c'est le fils d'un ami de Frédéric, et Frédéric veut le virer comme les autres, mais il veut que le père de Marc, gros client possible, l'approuve, voire que ce soit le père qui en ait l'idée… Là je le laisse faire, il va raconter la crise ridicule de son rejeton au Papa, et bien possible que le père humilié châtie lui-même son fils, l'envoie dans… Je ne sais pas, un camp de redressement, ou un truc comme ça. Pour être tranquille, je note tout de même… Marc… Allez, un peu comme Sonia… Instabilité psychophysiologique pouvant présenter un danger pour lui-même ou pour d'autres… Perte de contact avec la réalité pendant ses crises…

Bien, pour Catherine, ah, je me régale : insoumission répétée aux obligations du contrat de travail (eh oui, la formation continue est dedans), avec volonté évidente de nuire à HT en organisant des réunions secrètes – ça en fait deux qu'elle accompagne aux toilettes non ? – pouvant être assimilées à des tentatives de complot.

Voilà ! Qu'est qu'on fait avec les autres ? Francis, son problème est déjà réglé, depuis le coup du dossier dans sa mallette. Il a réussi l'exercice, normal, ça lui plaît parce qu'il y a des chiffres, un rythme régulier, nombre d'inspirs et expirs, c'est tout. Mais si n'importe qui essaie de lui parler il verra qu'il n'y a plus personne dedans, que la verrue dans son cerveau a explosé, beurk.

Il nous reste Rodolphe, on en a déjà pas mal sur lui, ses collègues ne l'aiment pas, ils se sentent inférieurs, les crétins, et ça y va pour les dénonciations. Il commence à se tromper dans ses menus, plus le temps de faire le malin maintenant à décorer une dinde humiliante pour les bureaux de Paris, hein ?

Et Laura, pareil, ça devrait aller vite, j'ai un petit programme exprès pour elle, et des chaussures spéciales…

On peut arrêter là pour aujourd'hui, je vais le dire à Denis et noter « Réunion prématurément interrompue pour cause d'incapacité globale du groupe à effectuer l'exercice demandé »… Ah là là, ça valait le coup de venir ! Mais je n'y retourne plus, maintenant ils vont tous glisser tout seuls !

Droit dans le vide-ordures social !

CHAPITRE 11 BIS – APRÈS LA RÉUNION

Denis

Là je… Je ne suis pas sûr… Sabine n'a pas été très… Gentille… N'a pas voulu aider… Sonia avait l'air vraiment mal… Et Marc, la ventoline c'est pour l'asthme, je connais… Il n'y peut rien non ? Il faudrait que je me renseigne… Éloïse doit savoir ça… Et le coup du stress positif… Bien sûr, avant de jouer, chaque soir de ma vie, j'avais le trac… C'est vrai que j'étais en même temps super concentré… L'adrénaline, j'aimais ça… Un peu comme ici avant de prendre la parole, mais c'est moins fort… Sauf que le trac ça dure, je ne sais pas, un quart d'heure maximum… Après on est dedans, on a du plaisir… Est-ce que c'est possible de rester sous stress toute la journée ? Le corps… Il fait quoi avec ce stress ? Avec l'adrénaline tout le temps ? C'est pas dangereux ? Si quelqu'un est à fond tout le temps… Je ne sais pas… Comme sous cocaïne… Son corps s'épuise non ? Comment on redescend après ? Et puis… Le stress n'est pas le trac… Le trac c'est de l'excitation aussi, c'est être tellement impatient, joyeux, que ça fait mal… Comme avant de faire une cascade, quand on est môme… Après on profite… Est-ce que Sonia profite de sa file d'appels... Pas sûr… Quand même… On le sait… Beaucoup de gens ne vont pas au boulot par amour profond du travail, mais pour avoir un salaire, et être ensemble, pas tout seuls… Je ne sais pas… Je ne comprends pas… Je vais parler à Sabine… Oui, j'y verrai plus clair, elle suit les directives de Frédéric… Je fais confiance à Frédéric, sûr…

Denis et Sabine

– Oui, Denis ? Vous vouliez me dire quelque chose ?
– Euh, oui, Sabine, en fait je…
– Oui ? Je vous écoute ?
– Je me demandais si... Je ne suis pas sûr de comprendre le…
– Oui, Denis ? Le quoi ? Y a-t-il dans le séminaire quelque chose qui vous pose question ? Souhaitez-vous le contester ? Voulez-vous que nous renégociions votre contrat dans le bureau du directeur ?
– Non, non, bien sûr, Sabine… C'est juste…
– Oui ? Allez-y, Denis ! Je n'ai pas toute la journée !
– C'est juste… Je voulais savoir… Cette lumière rouge, au-dessus de la porte, qu'est-ce que c'est ?
– Ah, ça ? C'est drôle que vous me posiez la question, Denis… Ça, c'est justement mon idée ! Vous n'êtes pas très observateur, hein ? La caméra est là depuis le début ! Oui, oui, une caméra. Vous savez, chez HT, c'est efficacité, rationalité maximum ! Ce qui se passe ici doit servir à d'autres, c'est pourquoi les réunions sont intégralement filmées. En fin de séminaire nous monterons l'ensemble avec la musique ad hoc, et ce sera un merveilleux film publicitaire pour vendre notre produit phare de cette année ! Innovation maximum ! C'est bien, hein ?
– Mais, euh… Oui, c'est superbe, leur exemple pourra servir à d'autres, je comprends… Mais… Ils ont signé un papier pour le droit à l'image ? Je n'ai vu ça dans aucun dossier et ça pourrait desservir HT si…
– Oh, Denis, voyons, je ne suis pas née de la dernière pluie ! Personne ne pourrait me prendre en défaut, croyez-le bien : je suis une légaliste ! Non, naturellement, les visages seront floutés, sauf le mien, je n'ai pas honte, moi. Ça sera comme à la télé, ça donnera un petit côté caméra cachée en plus, coulisses interdites, oui, ça va exciter le client ! Et vous savez, franchement, ce n'est rien du tout, pensez à tous ces réseaux sur internet, franchement, les gens mettent des photos d'eux par-

tout, ils racontent leur vie, ils s'étalent tous seuls ! C'est très facile de craquer un mot de passe, nous avons d'excellents informaticiens, et je peux vous dire qu'on a pu ainsi en pincer pas mal, qui se mettaient en arrêt maladie et qui collaient sur leurs pages persos des photos d'eux en maillot de bain, quand ils ne racontaient pas carrément la chose par mail envoyé depuis leur poste… Vie privée, respect de la vie privée, mais enfin, les gens ne veulent plus de vie privée, ils exposent tout ! Ce qu'ils sont idiots, tout de même, vous ne trouvez pas, Denis ?

Chapitre 12 – Juin 2006 –
État des lieux et des personnes

Sonia

Je n'avais pas le choix, n'est-ce pas ?

J'ai mis trois ans. Trois ans de travail ici, à tout oublier, à faire place nette de mots et d'idées dans mon cerveau pour y laisser entrer les mots de HT, trois ans à essayer de tenir une cadence impossible, impossible à qui veut bien faire son travail, quel qu'il soit, la seule liberté de l'esclave c'est de faire excellemment son travail, pour tenir…

Trois ans, au bout de trois ans je l'ai obtenu, ce mercredi après-midi… J'étais déjà aux trente-cinq heures mais HT, pour les appliquer, rallongeait mes pauses déjeuner, ça ne servait à rien, je n'avais pas le temps de rentrer chez moi, ni envie, après avoir vite avalé ma pitance - plus d'appétit mais il faut bien manger, d'aller regarder les vitrines des grands magasins pleines de choses que je ne pouvais pas offrir aux garçons… Et, l'année dernière, je ne l'attendais plus, ma demande a enfin été acceptée : j'avais mon mercredi après-midi, finis les centres aérés pour les garçons, je les emmène se promener, on va au jardin, il est triste ce jardin mais il y a un peu de verdure dedans… Quand j'ai assez d'argent, on va au cinéma, on prend toujours le plus gros carton de pop-corn, et un litre de coca, comme dans les séries américaines qu'ils adorent, ça doit être la fête jusqu'au bout, et on regarde trois films d'affilée… Après les garçons rejouent toutes les scènes dont ils se souviennent, je ne peux pas le faire avec eux, je m'endors pendant les films, trop fatiguée, et les médicaments pour le dos par-dessus ça, mais quelle joie de les entendre rire, à travers mon sommeil tout traversé de procédures…

Alors, quand Sabine m'a convoquée, m'a expliqué le principe, j'ai dit oui : oui pour les garçons, évidemment, pour que nous ayons encore des mercredis ensemble, pour leurs rires et le caramel des pop-corn sur leurs mentons. Oui, aussi, parce que je ne pouvais pas, je ne peux plus m'opposer à Sabine, à qui que ce soit, d'ailleurs. Sa proposition c'était : elle me laisse mes mercredis après-midi, et en échange je participe à la commission spéciale d'élaboration de Protocoles de Vocabulaire Purifié. Elle sait que j'ai fait des études de linguistique, elle connaît ma précision, elle a dit en avoir besoin, et cela m'a fait plaisir, enfin, plaisir, plutôt une brève pause dans l'hostilité ambiante, l'impression que je pouvais servir, moi, personnellement, à quelque chose. Je l'aurais presque embrassée… Ça veut dire qu'ils veulent me garder avec eux, même si je suis à la traîne sur le plateau. J'ai donc décidé, non, pas décidé, c'était dans le mouvement naturel, dans mes maintenant quatre ans passés ici, dans le ton de Sabine, dans le risque de perdre quelques heures précieuses avec mes fils, c'était évident, j'ai suivi la pente, et j'ai dit oui.

Ça fait deux semaines déjà. On se réunit le vendredi en fin de journée, dans une petite salle de conférences, loin dans les étages. Je n'ai le droit d'en parler à personne. Il y a M. Hautfort, Sabine, M. Wright, le directeur financier, Sylviane, qui tape tout sur son ordinateur portable, et moi. C'est un privilège, donc, je fais partie de l'état-major… M. Hautfort est là pour donner les lignes directrices du projet, et valider chaque décision prise. Sabine apporte ses connaissances en psychologie cognitive. M. Wright, lui, est là parce qu'il est américain. Il nous a fait un long exposé sur la langue anglaise, la décrivant plus rapide, plus pragmatique, plus explicite que le français, nous intimant en conséquence à la valoriser au maximum dans notre process, je m'y mets aussi, process, c'est plus rapide que processus, dans notre process d'élaboration. Je n'ai pas protesté, je n'ai pas dit que la langue anglaise est tellement subtile, nuancée, voyez Shakespeare, voyez Keats, non, parce que j'ai saisi, dans son implicite, qu'il ne parlait pas de l'anglais, mais de l'américain d'entreprise ou des media, qui est une langue entièrement nouvelle, simplifiée, forte, réductible à l'infini, et supportant très bien les abréviations de toutes sortes, du moment qu'elle produit un impact maximum. Je n'ai pas dit non plus qu'utiliser une langue simplifiée, binaire, c'est limiter sa propre pensée, parce que c'est justement le but, que je le sais, que je l'accepte – ça me repose. J'ai pensé, bien sûr, à *1984*, j'ai pensé qu'Orwell avait été visionnaire, et que comme toujours la réalité dépassait la fiction... Certes, nous ne travaillerons pas à la modification de faits historiques, nous ne travaillerons pas à un mensonge clair et direct, mais nous travaillerons à la soumission des personnes par la langue...

Et alors ? Cette soumission est déjà présente, depuis longtemps, il faut suivre aussi la pente du monde... HT n'est pas de la science-fiction, HT est la réalité d'aujourd'hui, crue et simple comme sa langue d'entreprise mâtinée d'américain, d'incorrections, de rideaux de fumée aussi... C'est même intéressant, cette opposition entre un discours pragmatique, transparent, rationnel, type nous n'avons rien à cacher, et l'autre, le discours compliqué, enjôleur dans sa musique et sa certitude, que personne ne comprend, mais que tout le monde approuve... J'ai pensé aussi au *Meilleur des Mondes*, à Huxley plus visionnaire encore, à la dictature du confort, de la sécurité, de chacun à sa place, conditionné et consentant, aux journaux différents selon les... Étaient-ce des castes ? La caste la plus basse lisait un journal où il n'y avait que trois ou quatre mots par page, écrits très gros, et chacun était fier de sa caste, de son appartenance... Peut-être ce langage nous réunira-t-il, lui aussi, plus que nos fiches de paie...

Intéressant, mais je n'ai pas l'énergie d'y réfléchir plus avant. L'énergie qu'il me reste est pour les garçons, et point.

Nous nous réunissons maintenant pour que HT réalise les prédictions d'Orwell et d'Huxley, et moi, de mon plein gré, je participe à la construction d'un langage net et simple, exempt d'émotions, qui sera le seul autorisé dans les locaux. Je participe, j'apporte ma pierre à la prison et je m'enfermerai dedans avec les autres... Qu'est-ce que ça change ? Je suis déjà enfermée en dehors de ma tête, autant aller quelque part... Si c'est avec les autres, je veux bien… Nous avons passé les deux premières séances à établir une liste de mots indésirables : sibyllins, confondants, désuets, excitants, émouvants, hors contexte. Nous allons continuer de même avec les expressions, tournures de phrases, simplifierons la grammaire, mettrons en place une échelle d'évaluation du langage de chacun, avant et après formation, avec des contrôles réguliers comptant pour les évaluations trimestrielles et annuelles et conditionnant les augmentations. Steve Wright fera le back-up, vérifiera que chaque terme peut être directement traduisible en américain, sans infléchissement de sens, car c'est la base. Dans le cas contraire le mot sera rejeté. Il aura aussi son propre lexique américain, pour les imports de mots n'existant pas, ou étant trop longs ou polysémiques, chez nous. J'aime, enfin, j'apprécie, les imports naturels de mots étrangers, pour un arbre exotique, un concept différent, ils font vivre la langue, la colorent, la vivifient, seulement là, je crois que ça fera beaucoup en même temps…

Au moins je serai aux premières loges, j'apprendrai du mieux que je le pourrai, et j'aurai des résultats excellents, car ma mémoire est toujours là… Je peux commencer dès maintenant… Dire que… Je suis… Satisfaite d'être impliquée… Involvée, peut-être ? C'est moins personnel… Dans un brainstorming, oui, ça on n'a pas de mot pour le dire, ou alors tempête de cerveaux, c'est drôle mais l'humour est exclus dès le début, évidemment… Dans un brainstorming aussi… Nécessaire… Que je ferai mon possible… Non, c'est trop faible… Que je ferai my best… Mon meilleur ? Pour y travailler chaque soir, et leur rendre très rapidement… Non, asap, oui, c'est bien plus fort : as soon as possible, aussi tôt que possible, c'est tout de suite… Leur rendre asap, comme l'exigent les dates butoir, impact fort, butoir, c'est bien… Mais non ! C'est mieux, bien sûr, en américain : comme l'exigent les deadlines, lignes mortes, quoi de plus fort que le mot « mort »… Tout de suite, sinon la mort… Leur rendre donc mes… Conclusions ? Trop juridique… Mes notes ? Trop secrétaire… Mes… Bon je déciderai plus tard, leur rendre mon travail à ce sujet, simplification des tournures, synonymes, antonymes... Dieu, que c'est difficile de penser ainsi... Quitter mes deux langues maternelles, sang et émotions, pour parler en langue d'exil, vide et froide, huit heures par jour... Mais j'y arriverai...

Marc

Je ne comprends pas, j'aurais dû, j'aurais dû être le meilleur, rentrer à la maison après la réunion, Papa aurait été au courant, il m'aurait fait appeler dans son bureau, il m'aurait regardé pour de bon, et ses yeux auraient souri. Il m'aurait dit Fils, et on serait allé au golf ensemble, et...

Et finalement, je ne sais pas ce qu'il s'est passé, je m'appliquais vraiment dans l'exercice, pourtant, ce que j'avais mal ! J'ai dû tomber, parce que tout ce dont je me rappelle c'est Catherine accroupie au-dessus de moi, ma ventoline à la main, qui me redonnait de quoi respirer, qui m'aidait à me calmer, qui m'emmenait avec elle, hors de la salle, alors que Sabine lui criait dessus... Elle m'a tenu compagnie dans le hall, elle me souriait, elle me disait c'est dangereux de faire ces exercices si on a de l'asthme, mais elle ne sait pas, elle, ce que ça ferait d'être appelé Fils...

On a attendu Roman, j'allais beaucoup mieux, je voulais remonter et recommencer, mais elle a refusé, fermement, elle a parlé avec Roman et il m'a ramené sur son scooter à la maison, tout doucement, il me parlait avec son drôle d'accent qui est aussi de la musique. Alors, comme j'avais mal encore, je me suis laissé aller à l'écouter comme une mélodie chargée d'air neuf, d'air du dehors, d'air qui ne vient pas d'un flacon de ventoline mais de son pays, de sa vie, des amis si drôles dont il m'a parlé, des aventures dans Paris la nuit... Il m'a même invité à venir avec eux, j'ai refusé bien sûr, que dirait Papa si je rentrais à pas d'heure, il penserait que je recommence à jouer ou composer, pas question, il peut avoir confiance en moi. Roman m'a accompagné jusqu'à la porte, n'avait pas le temps de boire le café que lui proposait Maria, et ensuite elle m'a emmené au lit, comme l'enfant que je n'arrive pas à ne plus être, pauvre bon à rien…

Je n'ai pas pu dormir, j'ai attendu le retour de Papa, est-ce qu'il serait au courant, qu'est-ce qu'il allait dire, et je me suis recroquevillé quand je l'ai entendu crier après Maman dès qu'il a claqué la porte, il disait ton fils est inutile, on lui donne sa chance et il la fout en l'air (mon père ne dit jamais « fout », et il ne tutoie pas Maman, il devait être fou de rage), il gâche des semaines de boulot, se ridiculise en public, et en plus il se fait ramener à la maison par un coursier métèque (j'ai pensé à Moustaki, mais je ne voyais pas le rapport), comme un colis ! Il disait je ne sais pas ce qu'ils vont décider, mais c'est une honte, et je m'en lave les mains ! Nous lui avons tout donné à ce crétin, mais si la graine est mauvaise, nous n'y pouvons rien ! Il disait c'est de ton côté, ta grand-tante Olympe j'ai toujours su qu'elle était dégénérée, Dieu merci les deux autres ont été épargnés, grâce à moi qui t'ai extirpée de vos mariages consanguins de fins de race, mais lui il a reçu votre tare, eh bien, tant pis ! Ma mère essayait de le calmer, le médecin allait venir, on comprendrait ce qui se passe, mais mon père continuait, celui qui a besoin d'un médecin à son âge n'est pas un homme, c'est une lopette, rien dans les tripes, rien dans les… Il a dit… Rien dans les… Dans les couilles…

On a sonné, j'ai entendu Maria ouvrir, c'était le médecin, il m'a forcé à prendre trois jours d'arrêt maladie, je ne voulais pas mais il insistait, sa responsabilité médicale, tout ça…

Quand je suis retourné travailler, j'ai croisé Sabine dans le hall, elle me souriait, ça m'a rassuré, j'avais si peur qu'ils me jettent dehors, et j'ai lâché ma ventoline que je serrais dans la poche de ma veste. Ce n'était pas le costume du jour, mais je ne pouvais pas savoir lequel choisir, j'avais bien essayé de parler au téléphone à quelqu'un la veille mais personne n'était disponible pour me répondre. Elle a noté quelque chose dans un calepin, m'a même dit « Bienvenue, Marc », et je suis monté. Là… Bon, j'ai eu un entretien avec Stéphane, au vu de mes résultats ces derniers temps et de mon comportement en réunion de remotivation, il voulait mettre les choses au point.

Je l'écoutais, j'allais lui dire je vais mieux, tout ira bien, mais je n'avais pas le temps d'en placer une, Stéphane regardait au-dessus de ma tête, il avait plein de choses à faire, il se serait bien passé de cet entretien mais il obéissait aux directives de l'entreprise, lui. Donc, soit j'étais licencié pour faute, je ne savais pas laquelle, mon cœur battait trop vite, encore, faute, qu'allait crier Papa, faute, ça le tuerait... Soit je démissionnais sur le champ et j'étais repris immédiatement en tant que stagiaire, il avait la convention de stage, je n'avais pas à m'inquiéter. Je ne serais pas payé, mais je pourrais me former à nouveau, et peut-être être réembauché, plus tard, quand je serais au niveau. Stéphane me sauvait, je pouvais rester, alors que je l'avais si peu aidé, moi et mes résultats lamentables... J'ai écrit ma lettre de démission immédiatement et j'ai signé la convention, où il était précisé que je ne souhaitais pas de salaire, et que mes principales tâches seraient de veiller au bien-être physique (café, dossiers, secrétariat pour les soulager) de mes directeurs de stage, Stéphane en particulier. Je devais continuer à aller aux réunions de remotivation, pour ne pas gâcher l'identité de HT par un langage, une tenue, un comportement non conformes. Je ne devais pas parler aux autres de mon privilège, pouvoir rester parmi eux alors que j'avais tant déçu. Et je devais lui donner une copie de mon assurance responsabilité civile, car je n'étais plus couvert par celle de HT et que, ayant terminé mes études, je n'avais pas non plus d'assurance de l'école. Stéphane s'inquiétait de moi, il ne voulait pas qu'il m'arrive quelque chose... Je lui ai souri, je me suis levé, et je suis allé lui préparer le meilleur café qu'il pouvait vouloir (en grains, lait écrémé, une demi cuillère de cassonade, soucoupe blanche, mini-financier aux noisettes sur le côté), pour lui prouver ma reconnaissance.

J'étais passé à côté du pire.

Catherine

Pourtant, je fais vraiment mon maximum.

Comme on ne me donne rien à faire, juste quelques tâches supposées humiliantes de temps en temps, eh bien je réfléchis, j'écris, et le soir je continue. Ça ne fait pas longtemps, non, c'est depuis que le brouillard s'est un peu dissipé dans ma tête, mais c'est intéressant, je pense. Je suis en train de travailler à la revalorisation des ressources humaines de HT. Il est clair que la remotivation ne marche pas – elle a même bien failli m'avoir. Mais moi j'ai un certain âge, de l'expérience, un socle sur lequel m'appuyer. Un endroit où me placer et d'où voir ce qui peut faire du bien aux employés, et, partant, à HT. Les résultats des cinq autres n'ont jamais été si mauvais, et, certains soirs, prise d'une paranoïa qui m'effraie et qui me donne envie de réclamer des cachets nouveaux, certains soirs je me demande si ce n'est pas fait exprès. C'est impossible, bien sûr : dépenser tant d'énergie pour abîmer des gens, dans quel but, jusqu'à quand, pourquoi, non, non, ça ne peut pas exister. Alors je reprends mes notes, et je les organise.

Dans la revalorisation, en tout premier, je crois qu'il faudrait s'occuper de l'espace. L'espace de HT, j'y suis en ce moment même, à écrire pour tuer le temps, ce temps qu'on m'a redonné en entier, moi qui me plaignais de n'en plus avoir, mais qu'on m'a redonné vide de sens et rythmé de sarcasmes. L'espace ici c'est l'open space. Je m'y suis habituée, mais tout de même… Lorsque nous avons déménagé ici, je me souviens de Frédéric donnant ses directives aux architectes : son maître mot était la transparence. Je crois même qu'il a dit « transparence totale ». Aucun employé ne devait pouvoir se dissimuler aux yeux des autres. Cela donne, dans les open spaces, des bureaux en marguerite, cinq personnes autour de chaque « fleur » (une par « pétale »), soit quatre paires d'yeux très proches qui ne peuvent éviter de vous regarder. Cela donne *Huis Clos*, avec encore la question du temps : une éternité sous les yeux des autres, une éternité pourtant décomposée en milliards de secondes bousculées d'appels, ou de dossiers, de factures, de rangements, selon les services. Impossible de se cacher un seul instant sous un bureau, pour souffler. Interdit de contempler une photo des filles pour me dire qu'un autre monde existe ailleurs. Une fois rentré dans l'open space, plus rien d'autre n'existe. Transparence aussi pour ceux qui ont un bureau : le mot bureau signifiant ici cage de verre, dépoli jusqu'à un mètre de haut (de l'intimité pour les pieds ?), transparent ensuite. Transparence dans les outils de communication : tous les postes sur écoute, et les bandes conservées ad vitam. Transparence dans les heures de pointage, les badges. Transparence des adresses mail aussi, régulièrement visitées par les informaticiens pour éviter toute divulgation d'informations, anticiper toute résistance.

Levant la tête de mon bureau, le stylo à la main (on ne me donne plus accès à aucun ordinateur), j'observe toutes les marguerites, chacun dans ses appels, chacun sur son écran, seuls ensemble, chacun corseté des regards des managers de chaque service qui tournent menaçants comme des vautours jusqu'à ce que quelqu'un chute : plainte, appel mal géré, crise de larmes… Et je me dis : comment le système nerveux peut-il supporter ça ? Même les chats, qui fixent longtemps sans ciller, baissent la tête au bout d'un moment et s'en vont se mettre à l'abri des regards. Mais Frédéric expliquait à l'architecte que l'ère de la vie privée était terminée, il n'y avait qu'à voir les listes d'attente pour aller se ridiculiser à la télé avec son intime étalé en prime time. Moi je pensais : ce n'est pas parce que les quarts d'heure de célébrité réclamés par tous, depuis la Factory, mis bout à bout, se comptent aujourd'hui en décennies, ce n'est pas parce que tout va dans ce sens qu'il faut suivre, encourager. Et puis cet étalage-là est pathétique, il dit le besoin désespéré d'attention, c'est de ça qu'il faudrait s'occuper… Mais je me taisais, c'est lui le PDG… Sauf qu'aujourd'hui il doit bien voir que ça ne marche pas, que les gens vont mal, que le turnover est énorme… Ça lui coûte, pourtant, le turn-over, le recrutement, les formations…

Il faudrait donc s'occuper avant tout de l'espace. Réaménager de petites zones d'intimité. Avoir plusieurs salles de repos, avec des fauteuils. La seule existante est toujours bondée. Ce n'est pas une salle de repos, c'est une décharge verbale, un poulailler saturé de ragots, seule soupape possible. Il faudrait que chacun puisse se retrouver avec soi, je ne sais pas, quelques minutes toutes les deux heures. Je vais reprendre mes bouquins d'ergonomie, et demander à cet ami architecte de Jean comment faire. Il a mis en place à son agence un système magnifique d'oxygénation de l'air par des plantes, des vraies. Il faudrait un devis. Et la question de l'électricité statique aussi, tous ces ordinateurs, il doit bien y avoir quelque chose à faire. Je ne compte plus les arrêts maladie pour migraine ou épuisement nerveux que j'ai reçus, quand j'étais DRH. Aujourd'hui, Sabine envoie systématiquement une dénonciation anonyme à la sécu, pour provoquer un contrôle.

Bon. La question de la reconnaissance, aussi. Plus personne ne dit à personne qu'il a bien travaillé : cela semble aller de soi. Or, non. Et ça ne coûte rien. Pas besoin de bons cadeaux, qui sont la solution à tout de Frédéric et qu'il dispense comme des fruits rares de son bon contentement. Non. Regarder dans les yeux, féliciter. Envoyer un mail, copié à tous, pour souligner la qualité du travail de untel. La qualité, et non la quantité qu'enregistrent les tableaux impitoyables. J'ai très envie d'aller aux toilettes. Mais je ne peux pas me lever. J'ai l'impression d'être seule, mais je sais qu'on m'observe. Sabine et ses dévouées assistantes ne sont jamais loin. L'autre jour, j'ai voulu remettre à Sylviane, pour Frédéric, qui ne pouvait me recevoir, un premier rapport avec des indications de revalorisation des employés. Sabine a surgi de je ne sais où, à croire qu'elle me suivait. Elle a jeté un œil sur le rapport, vingt pages que j'avais tapées à la maison, soir et week-end. Elle a souri et elle a dit « Eh bien, Catherine, quelle prose ! On voit que vous avez le temps, vous ! ». J'ai réussi à sourire aussi, et le soir, je me suis effondrée sur mon lit, inutile, au placard, vieille, méprisable. Seule. Mais non, encore une fois, pas seule. Claire m'a entendue pleurer, elle est venue me chercher et m'a emmenée à un concert de tablas indiennes, dans un bar chaleureux, où tout le monde se serrait à des tables minuscules, sous une lumière dorée, flot de chaleur après une journée de néons. Nous sommes rentrées éméchées comme deux adolescentes, et Jean a ri en me voyant essayer d'ouvrir la porte d'entrée avec la clé du hall en bas – le bruit l'avait fait lever et venir voir ce qui se passait.

Je me suis endormie dans ses bras, et je me dis c'est ça qui compte, c'est ça qui compte, pas Sabine, pas ses piques, pas ses fax à envoyer, pas son secrétariat que tu fais, pas les rendez-vous qu'elle te demande de lui prendre chez l'esthéticienne ou le personal shopper – déjà, le temps que je comprenne ce que c'était... Quelqu'un qui fait les courses à sa place, qui sait pour elle ce qui lui va, assistance maximum, sûrement qu'aujourd'hui les gens ne se voient même plus eux-mêmes ! Du coup, même ce matin seule et surveillée dans l'arène pleine à craquer, je souris, je peux encore, il n'y a pas d'électrodes ici. Je souris en imaginant Sabine face au miroir et constatant qu'elle n'a pas de reflet, qu'elle a besoin d'autres êtres humains pour la refléter, besoin de pupilles, comme Estelle dans *Huis Clos*, moi aussi j'ai besoin de pupilles, mais ce sont celles de ceux que j'aime, tandis qu'elle existe dans les pupilles du personal shopper, qui débite sa carte de crédit, dans les pupilles des assistantes dévouées, un compliment intéressé à la bouche, dans les pupilles de Frédéric, un bon cadeau à la main, dans les pupilles de l'esthéticienne, une aiguille entre les doigts... Je souris et je pense : si plus personne ne la reflète, elle s'effacera tout à fait...

Rodolphe

Je me tiens à carreaux. Économie d'énergie, conservation de mon poste et de ma fiche de paie. Plus d'ironie. Inutile et pitoyable. Juste prendre note. Aujourd'hui, nouvelle formation en cuisine. Nouvelle rationalisation. Nouvelles procédures. Ceci noté sans ironie, donc. L'ironie est une pensée hors travail, elle fait monter les courbes électroencéphalographiques et descendre le salaire.

HT a, ces derniers mois, dans le plus grand secret, envoyé une troupe de clients mystères aux quatre coins de ses cuisines du globe. Ils ont comme de juste évalué le travail et donné des blâmes en conséquence, mais avaient un axe d'observation entièrement nouveau. À savoir : est-il bien raisonnable, est-il bien rationnel, que la totalité des employés de HT bénéficient des menus « haut de gamme » (toujours pas d'ironie, je cite) servis dans le restaurant d'entreprise pour montrer aux clients, qui y sont gratuitement invités, la haute exigence de HT en tous les domaines ? Grands dieux, non. Ça revient beaucoup trop cher. Autant il est normal que le client, et le commercial de haute volée qui l'accompagne, ou le responsable de zone, ou le chef du service communication, goûtent le bœuf strogonoff en barquette, le foie gras prétranché, le sauternes sans alcool. Autant il n'est pas soutenable que le stagiaire, la standardiste, le coursier, y aient accès de droit.

Donc, cellule de crise. Nécessité de rationalisation du budget alimentaire. Brainstorming, par téléconférence, de tous les clients mystères. Pour la question du décalage horaire (des États-Unis au Japon, tout de même) : téléconférences planifiées heure française, la France étant le berceau de HT. Décisions collégiales, validation de Steve Wright et de Frédéric Hautfort.

Pour nous, grouillots des cuisines : formation en conséquence. Classeur vert à étudier et apprendre à la maison. Random controls dès demain. Ligne de base : chaque employé aura désormais accès à un certain type de menus, mondialement standardisés, selon sa position dans l'entreprise et son salaire. Plus il gagne, plus la valeur de son ticket restaurant est élevée, plus il a droit à un menu estimé raffiné par les brainstormers. Par exemple, pour les bénéficiaires Gold (clients, cadres supérieurs) : entrée élaborée, sucrée-salée, exotique (pas de carottes à l'huile ou de macédoine mayonnaise). Un plat avec au moins 30 % de protéines de qualité. Des légumes. Des sucres lents. Fromage au choix et deux desserts : fruits et mignardises. Café filtre, thé possible. Bénéficiaires Silver : idem, mais 20 % de protéines, un seul dessert. Bénéficiaires Copper : pas de fromage, café machine. Et ainsi de suite jusqu'aux Bénéficiaires Express, au plus bas de la hiérarchie (dont moi) : entrées, protéines bas morceaux, féculents de base, macédoine de fruits en boîte ou biscuit sec, un jour sur deux, pain, café, couverts à payer en sus ou amener avec soi. Ah oui : pour que chacun soit à égalité, les employés peuvent, le lendemain du jour où il a été d'abord servi, manger un repas au-dessus de leur condition, en payant la différence. En plus, comme ça, ils finissent les restes. Pertes minimales.

Responsabilité des employés des cuisines : création de points de service différents selon les bénéficiaires. Les Gold iront à gauche en entrant, les Silver à côté, etc. Surveiller que chaque employé va bien vers les chariots de menus qui lui sont réservés. Facile, ils pointent en entrant et la pointeuse a été reliée à un tableau, au-dessus de la porte, où apparaît le type de menu à prendre pour l'employé, si on a un doute. Être attentif quand ils rentrent à plusieurs, utiliser sa mémoire. Les coincer avant qu'ils n'arrivent en pointeuse caisse, pour gagner du temps et éviter les scandales. Signaler toute infraction au manager le plus proche, qui demandera aux RH une amende retenue sur salaire du hors-la-loi en conséquence. Si réclamation, rediriger aussi vers les RH.

Bien. Maintenant, le tableau des menus. Ils sont toujours établis avec un an d'avance. J'annule le ciné ce soir, je dois pouvoir apprendre au moins la semaine à venir. Ne surtout pas se tromper. Mettre une entrée Gold dans le chariot des Express, perte financière maximum, c'est l'avertissement direct et la retenue sur mon salaire à moi. Mettre une entrée Express dans un chariot Gold, dégringolade identité HT, idem avertissement, et idem retenue sur salaire car il faut remplacer l'entrée par une Gold au bénéficiaire ainsi bafoué, qui garde les deux, pour préjudice subi. Ok. Je pense que j'ai tout bien en tête, mais je vais reprendre. Il faut absolument savoir par cœur. Céleris mayo : Express. Betteraves huile : express. Méli-mélo asperges fraîches blanches et vertes : Silver. Facile. Cocktail gambas sur iceberg, aneth et fenouil ciselés : Gold. Évidemment ! Tomates-mozzarella : aïe ! Piège. Si mozzarella vache :

Express et Express sup. Si mozzarella vache + basilic poudre = Medium et Medium Plus. Si mozzarella vache + basilic feuille = Copper. Si mozzarella bufflonne + basilic feuille + balsamique = Silver. Si bufflonne + basilic feuille + balsamique + émulsion anchois = Gold. Logique ! Mais attends... Erreur ! Crétin! J'ai oublié la section Gold Save Earth : pour les Gold végétariens. Il y en a beaucoup chez les clients. Ils bousillent le monde, mais sans viande. Tais-toi, pas d'ironie. Oui, donc : remplacer émulsion anchois, viande de mer, par émulsion sauce soja et pointe huile aromatisée truffe blanche. Savoir reconnaître ensuite différences à l'œil. Voir photos dans classeur. Et toujours penser tofu pour les repas Gold Save Earth.

Voilà. Le tout c'est de comprendre comment ça marche. Oui, comme pour ma... Comme pour ma thèse. Très loin, maintenant. Pourrais comparer aux nourritures des suzerains et vassaux. Ne le ferai pas. Économie d'énergie. Viser la fin du mois, et ainsi de suite.

Laura

Je me disais bien qu'il y avait un piège...

J'étais contente d'abord, avec l'histoire des tenues. En tant qu'hôtesse on doit bien s'habiller pour le client, tailleur, bas ou collants de qualité, bijoux discrets... Ça me revenait tellement cher ! J'ai dû prendre un crédit revolving l'année dernière pour suivre, rester dans la course, quelle course, pour me renouveler, pas question d'arriver avec le même ensemble deux jours de suite... Alors j'ai voulu faire des achats en grand, à côté du bureau, Printemps et Galeries Lafayette. Mais même si c'étaient les soldes, je ne pouvais rien me payer. Je n'ai pas d'argent de côté, pas d'épargne, ce que je gagne c'est pour épargner mes parents... Je suis donc allée demander ce crédit, les joues en feu, honte, honte de devoir demander de l'aide, et peur qu'on ne me donne rien, mais en fait ça a été super facile, ils ont à peine regardé mes fiches de paie, il y avait toute une foule de gens, au guichet juste à côté un homme criait, on ne voulait plus lui faire crédit, il était déjà endetté à 55 %. Je n'ai pas compris ce que ça voulait dire, 55 % de quoi. J'ai regardé sur internet, et vérifié sur des sites différents, parce que je ne voulais pas y croire : 55 % du budget de cet homme était consacré au remboursement de ses dettes ! Quelle horreur ! Moi j'ai pris le montant minimum, et j'ai fait mes courses. Ça se rembourse tout seul tous les mois, et ensuite on peut dépenser encore et encore. Un jour j'ai regardé de plus près le relevé de ce compte : et j'ai vu que ce qui se remboursait c'étaient uniquement les intérêts ! Je n'avais pas, au bout de six mois, commencé à rembourser un euro de ma dette… Je me suis sentie découragée, et je suis retournée faire des courses, pour au moins avoir la satisfaction d'être bien habillée au travail. J'ai épuisé le crédit, et illico, j'ai reçu une lettre, on me proposait plus d'argent… Je n'avais plus rien du montant de départ, et tant à rembourser, alors j'ai répondu oui, je me disais je vais rembourser avec l'extension du crédit, mais ça ne se passe pas comme ça…

Maintenant je rembourse 320 euros par mois, et avec ce que j'ai emprunté j'aurais pu partir en vacances très loin, ou payer deux ans de mutuelle extra plus plus à Papa… Je ne sais même pas comment j'ai dépensé tout ça : les vêtements bien sûr, mais pas seulement : les courses habituelles de la semaine quand ma carte bleue normale était bloquée, la carte revolving marche pour ça aussi … Donc de la nourriture 20 % plus chère, avec le taux, quelle bécasse je suis, quelle gourde… Qui allait travailler pour vivre, et qui se retrouve à travailler pour rembourser l'argent que le travail lui a fait dépenser…

Et donc, avec l'histoire des tenues qu'on nous prête, j'étais tellement contente, finies les dépenses pour avoir l'air juste acceptable, parce que même un crédit revolving ça ne donne pas une garde-robe complète de standing, et parce qu'avec mes chaussures orthopédiques, faut pas rêver, le plus beau des tailleurs devient un sac… Quand je suis allée chercher mon lot, Sabine souriait. Parce que dans le lot, il y avait des chaussures. Elle a dit vous, vous ne pouvez pas porter ces ravissants escarpins que nous mettons à disposition des autres, ni ces derbys bicolores décontractés pour le vendredi, ni ces low-boots parfaites avec un pantalon étroit, je ne voudrais pas vous rendre encore plus malade, ma pauvre. Elle a dit nous avons pensé à vous, nous avons fait une entorse exceptionnelle à la règle, et elle a sorti d'un grand sac deux paires de sandales en cuir, celles qu'on vend en pharmacie, cloutées avec semelles épaisses en liège, des tatanes d'hôpital. Elle a dit encore avec ça aucun problème de dos, nous avons vérifié, par contre impossible pour vous de rester en contact avec le public, vous comprenez bien, si le client voit ça, que pensera-t-il de HT, alors nous vous installons dans l'alcôve vitrée, derrière le comptoir. Vous serez tranquille, vous taperez sur ordinateur les notes de vos collègues, de Mariama surtout, qui n'aura plus le temps de faire du reporting. Nous avons le plaisir d'annoncer qu'elle est promue hôtesse manager, elle contrôlera le travail des autres, le vôtre en particulier, et elle veillera au confort de nos meilleurs clients. Et Sabine m'a donné mon sac de vêtements, il n'y avait que des vestes, puisqu'on ne me verrait pas en dessous de la taille, et des vestes moins belles que celles des autres filles, puisque je serai derrière une vitre légèrement teintée. Visible, pour que Mariama garde un œil sur moi, mais floue pour le client, qui n'avait pas à « voir ça ».

Je me fiche que mes vestes soient moins belles, et tant pis pour les sandales, personne ne les verra. Mais ça fait deux semaines que je suis dans ce cagibi. Je n'ai pas le droit de sortir sans autorisation, je ne peux plus dire bonjour aux collègues, et je tape des chiffres toute la journée en craignant de me tromper, parce qu'une seule erreur et c'est l'avertissement. Le cagibi sent la poussière, il a de la moquette marron sur ses parois. L'unique néon n'arrive qu'à clignoter. Ça me donne mal à la tête et je suis tendue tout le temps, je guette ce néon comme on guette un robinet qui goutte, quand on n'arrive pas à dormir, la nuit. Je fais ce qu'on me demande, mais j'ai toujours aimé parler aux gens, sourire, bouger. Aujourd'hui je ne bouge plus et je passe la journée sans parler à personne. Même Roman n'a plus le droit de s'approcher de moi. Tout le monde a été prévenu : il est interdit de me déranger.

J'ai l'impression d'être comme ces gens qui travaillent dans les péages d'autoroute. Quand je faisais du stop pour aller travailler dans le sud, à la saison, je sentais l'air dans mes cheveux, la force de la voiture, la liberté d'aller où on veut, et je riais. Mais quand on passait à un péage, tout s'éteignait. Je regardais ces gens en placard, à qui personne ne parle, ou si peu, ou comme à une machine, ces gens qui voyaient passer toute la journée, toute la nuit, des VRP, des vacanciers, des fuyards, des amants, des familles, des qui sentent encore le sel, ou l'herbe, des bronzés, des pressés, des qui chantent, des qui grignotent... Enfin qui voyaient passer tant de monde qui allait quelque part, alors qu'eux restaient cloués là, au milieu de rien. Je trouvais que c'était cruel. Je trouvais que c'était un supplice, une punition, mais pour quoi ?

Aujourd'hui, moi aussi je suis dans ma boîte, immobile, tandis que les autres passent, entrent, sortent, parlent, laissent faire, comme si j'étais passée de l'autre côté du miroir, dans un autre monde : irrécupérable.

Francis

Dans l'ordre, toujours dans l'ordre. Sept heures : ouvrir yeux, se lever lentement pour éviter vertiges, éteindre réveil. Ouvrir rideaux, taper coussins, faire lit au carré, toujours carré, en ordre. Aller douche, laver avec méthode au savon antiseptique toutes parties corps, sécher minutieusement, terminer au sèche-cheveux pour circonvenir humidité résiduelle éventuellement porteuse champignons. Laver dents, gauche à droite et jamais haut en bas, passer fil, prendre solution pour gargarisme, gargariser. Raser très lentement, sens inverse pousse, sécher. Habillage dans l'ordre et selon commandement rationnel HT. Vérifier fiche notée hier : aujourd'hui costume gris foncé, chemise blanche numéro 3, juste sortie pressing, bien, cravate rayée gris clair gris foncé. Petit-déjeuner : invariable. Bouilloire lavée hier, siffle normalement. Tartines régulières, tranches coupées par supermarché, plus sûr. Beurre pasteurisé, seul autorisé, hygiénique, rationnel. Relaver dents, même protocole. Prendre clés préparées sur commode entrée. Prendre mallette. Aujourd'hui nouvelles procédures HT tâches de travail. Nouveau = difficile. Mais avance prise, procédures connues par cœur, non, par cerveau. Collègues mauvais, ne suivent pas procédures, parlent trop fort, dérangent travail, dérationalisent, collègues trois centimes. Envoyé dénonciations managers pour faire cesser discussions, pauses, sourires. Sourires = émotionnels, donc interdits. Pourtant procédures bien claires. Collègues mauvaise volonté, ne veulent pas obéir. Procédures personnelles meilleures encore que procédures HT. Envoyé rapports et lettres pour les faire adopter par collègues récalcitrants. Procédure départ matin : descente escalier, ne pas toucher rambarde, poignées : sales. Utiliser coudes. Métro idem. Mettre cache-nez pour éviter microbes infusés rames pleines, souffles chauds, haleines déplorables, travailleurs n'appliquant pas procédure correcte lavage dents. Serrer mallette sous bras, risque voleurs, Paris ville dangereuse. Marcher vite dans rues, même raison. Arrivée HT : sortir badge, pointer, ne pas dire bonjour, interdit, ne pas se faire avoir. Filer ascenseur, appuyer, toujours avec coudes. Dans ascenseur, silence toujours, possibilité micros, rester dans la ligne, suivre directives, parler interdit. S'installer au poste, passer lingette antibactérienne, allumer ordinateur, travailler. Travailler vite, pas réflexion, discussion, fermer oreilles collègues bruyants, respirent, soufflent. Déjeuner heure notée tableau – programmer bip ordinateur pour lever à la minute même. Cantine, attention toujours aller zone Medium. Vérifier honnêteté collègues, signaler effraction si besoin. Effraction = inacceptable, violence faite procédures, et si plus procédures, plus rien. Manger rapidement, choisir aliments mastication rapide, procédure personnelle, à faire adopter aux autres, gain temps, gain travail, gain chiffres. Laver mains, dents, bouche dans lavabos ensuite. Même procédure que matin. Refaire rasage pour éviter joues bleues à 16 heures, inacceptables, trois centimes. Pointer retour, reprendre poste, reprendre travail. Coller yeux écrans. Fin journée, laver mains, pointer, partir. Silence toujours.

Retour métro, cf. matin. Retour maison, courrier, graisser porte, laver mains. S'occuper plantes. Plantes anciennes remplacées par plantes plastique, comme chez HT. Géranium, jonquilles, palmier plastiques. Plus sûres. Utiliser vaporisateur bleu puis rouge. Jamais inverse. Faire ménage prévu dans planning procédure personnelle. Ce soir : dégermer salle de bains, sols, dessous cuisine, dessus placard. Préparation dîner. Produits lavés, sous plastique, relaver, principe de précaution. Manger, rapidement comme déjeuner, pour garder rythme. Nettoyer. Reprendre dossiers mallette, vérifier exactitude travail du jour. Quand terminé, protocole coucher, procédure personnelle n° 32. Douche complète, gant crin contre miasmes extérieurs, séchage idem matin. Lotion antiseptique sur corps entier. Dernier rasage et alcool, éviter infection. Cotons-tiges en emballage individuel. Pyjama du jour, dans housse coton non tissé usage unique, via pressing de toute confiance, vérifié, validé. Pilule du soir, pour sommeil sans rêves. Rêves = inacceptables. Coucher sur dos, cou bien droit, bras long du corps, pieds immobiles. Pilules efficaces : sommeil d'un coup, après 8 minutes, comme bien évalué par procédure modèle. Noir.

Denis

Nous sommes presque à mi-parcours, c'est normal cet entretien d'évaluation, c'était prévu... Mais peut-être M. Hautfort a-t-il quelque chose à me dire ? N'est pas content de mon travail ? Si, il est content, forcément, il a accepté que je sois seul pour animer huit fois... Bon, Sabine est revenue à la dernière réunion, mais parce que ça l'intéressait, qu'elle pouvait apporter ses lumières...

Pas envie de penser à cette dernière réunion, je n'ai pas compris ce qui se passait ni réussi à en parler à Sabine, peur qu'elle ne me morde, mais Frédéric n'est pas comme ça, lui, il est compréhensif... C'est quand même lui qui m'a embauché, lui qui veut remotiver ses employés... J'ai rêvé de la dernière réunion presque toutes les nuits, des cauchemars plutôt, Marc tombait dans le coma, Sonia hurlait, et Sabine les foulait aux pieds… Finalement, cette caméra, c'est peut-être qu'on ne me fait pas confiance ? Si c'est ça, je proposerai à Frédéric de faire mes preuves, et lui me proposera un CDI, comme Louis et Adrien, et j'aurai des CP, des RTT, des DIF, des… Ces trucs, quoi…

On peut parler à Frédéric, je vais lui expliquer, moi, en toute confiance, ce qui s'est passé la dernière fois, que Sabine n'a pas été… Juste… Qu'on aurait presque dit qu'elle jubilait… Je vais proposer d'autres méthodes pour les aider, tous les six… J'ai plein d'exercices de théâtre, de jeux d'improvisation, de cris d'animaux… Que le séminaire réussisse… Frédéric m'écoutera, il corrigera le programme, tout le monde peut se tromper après tout… Il n'aura pas le choix, il a dû recevoir les états de service des uns et des autres, une catastrophe, résultats en chute libre, sauf pour Catherine qui n'a rien à faire, mais son dossier est rempli d'infamies… Les résultats en chute libre, ça, il ne le tolérera pas, c'est mauvais pour HT, pour lui, pour tous. Je pense que la méthode n'est pas bonne, on voit bien qu'elle ne marche pas et quand je l'ai racontée à Éloïse, la rationalisation, les électrodes, les exercices d'abrasion émotive, moi j'étais à fond dedans, mais elle a ouvert grand les yeux d'horreur, elle a dit Denis j'ai peur de ce que tu es en train de faire, tu es sûr que c'est bien ? Tu approuves au fond de toi ce que tu fais ? J'ai pas vraiment répondu, avec la grossesse, les hormones, c'est normal, elle devient sentimentale, moi aussi j'étais comme ça avant, quand je jouais, et j'en ai marre du sentiment, moi, je veux de l'action ! Parce que, comme dit Frédéric, il faut en avoir dans le pantalon pour atteindre les sommets ! Les sentiments, les nuances, les examine ton ressenti, tout ça, faut voir où ça m'a mené…

Bien, plus un instant de réflexion : action. Je rentre dans ce bureau, j'expose les problèmes des stagiaires à Frédéric, je lui propose des exercices de complément, et… Et je signe pour un CDI !

Chapitre 13 – 9 juin 2006 – Entretien recadrage de mi-parcours, Frédéric et Denis

Bureau de Frédéric – *dernier étage, après le boudoir de Sylviane, 9 h 30.*

– Ah, bonjour, Denis. Attendez un instant, je termine ce mail. Ces asiatiques, on ne s'en sort jamais ! Toujours à demander des précisions, pourquoi ceci, pourquoi cela, mais alors pourquoi ceci, et dans quel but cela... S'ils répondent encore, je refile le bébé à Sylviane, elle adore remettre à leur place nos nouvelles filiales. Bien, je suis à vous. Alors, laissez-moi récupérer votre dossier… Voilà. Donc, nous sommes à mi-parcours de la formation de remotivation. D'abord, parlez-moi de vous. Êtes-vous satisfait de la chance qui vous a été donnée au sein de notre entreprise ?

– Oui, Monsieur Hautfort, tout à fait satisfait. J'ai pu comme je l'espérais mettre au service de HT mon dynamisme, mes connaissances des jeux de rôle, mes formations aussi dans des instituts réputés et…

– Oui, mon petit, j'ai compris, vous n'avez pas besoin de me répéter votre lettre de motivation. Finalement, vous, êtes-vous content de ce que vous faites ? Il faut… Il faut enjoy, c'est essentiel. Do you enjoy it ?

– Oui, c'est un réel plaisir que de travailler chaque jour à la remotivation d'employés qui…

– Écoutez, ça suffit ! Vous n'êtes pas dans une brochure publicitaire, parlez normalement ! Ça vous fait bander, ce boulot, ou quoi ?

– Euh… En fait… J'ai rempli mon questionnaire d'autoévaluation, j'ai noté tout ce qui me plaisait ici, ça répond à votre question… Mais, en gros : oui, Monsieur…

– Le questionnaire ? C'est Sabine qui vous l'a donné ? Mais vous n'avez pas à remplir ce questionnaire, voyons, c'est pour…

– Monsieur, vraiment, je suis flatté de votre confiance ! Je tiens à remplir le questionnaire comme tout le monde pour vous prouver ma motivation et…

– Denis, dites donc, tout doux ! D'abord, ne me coupez jamais – jamais ! – la parole. Ensuite, vous n'avez pas à remplir ce questionnaire non parce que je vous en dispense, mais parce que vous ne faites pas partie de HT ! Vous n'êtes pas employé chez nous. Vous avez signé un contrat pour une mission, avec des vacations, l'auriez-vous déjà oublié ?

– Non Monsieur, je…

– Eh bien, vacations, c'est facile à comprendre. Vous allez là où il y a des trous. Je n'avais pas de formateur, vous en êtes un, vous remplissez le trou. Comme un chewing-gum, quoi. Les vacataires sont les employés que mon comptable préfère ! Pas de charges, pas de contrat de mariage, chacun libre, chacun libéral ! Encore que j'aie un faible pour les petits stagiaires, mais avec tout ce raffut qu'on fait maintenant pour les payer, si c'est pas malheureux… Vous préféreriez être stagiaire, Denis ?

– Non, bien sûr, c'est que j'imaginais…

– Vous imaginiez quoi, jeune homme ?

– J'imaginais que si vous étiez satisfait de moi…

– Mais je suis très satisfait de vous, Denis ! Vous avez fait du très bon boulot ! Tout avance comme sur des roulettes, exactement comme je le prévoyais. En vérité, c'est surtout moi qui ai fait du bon boulot. Vous, vous avez été l'interprète, comme au théâtre, mais finalement, tout le mérite revient à l'auteur, pas vrai ? L'auteur seul tient les fils, et vous autres interprètes, comédiens, chanteurs, que sais-je encore, êtes des pantins et c'est tout – vous le savez ?

– Euh… Oui, vous avez raison, Monsieur. Alors, vous ne voudrez pas retravailler avec moi…

– Mais enfin, ai-je dit cela ? L'ai-je dit ? Non ! Il y aura peut-être, si vous mettez vraiment vos guts sur la table pour terminer ce boulot, il y aura peut-être d'autres missions, d'autres vacations, d'autres trous pour chewing-gum. Mais vous embaucher, vous avoir comme employé HT, vous savez bien que ce n'est absolument pas possible...

– Euh, Monsieur ? Pourquoi ? À cause des charges ?

– Vous êtes un peu lent à la détente ou quoi ? Ou vous vous foutez de moi, peut-être ? Est-ce votre conception de l'ironie, vous croyez-vous encore face à un sous-public de province ? Dois-je noter cette... Insolence, dans votre dossier ?

– Non, Monsieur ! Je vous prie d'accepter mes excuses ! Je suis sans doute lent, je ne comprends pas pourquoi je ne pourrais pas, un jour, être sous vos ordres ! J'admire beaucoup votre travail et...

– Ça va, ça va, des flatteurs, j'en ai à la pelle, dans les locaux et ailleurs, quand je ne sais quel soi-disant ami ou cousin se permet de quémander une place chez moi pour son rejeton ! Je ne peux plus traverser la rue tranquille, avec tous ces articles qu'on écrit sur moi, et ces portraits pleine page ! Aucun repos, je suis un modèle et certains jours je me dis que je devrais enseigner... J'ai eu des propositions pour de grandes écoles de commerce, c'est certain... Mais je ne sais pas si le monde est déjà prêt à m'entendre... J'ai toujours été précurseur... Enfin bref, vous, Denis, laissez-moi donc vous donner votre visiblement première leçon de stratégie commerciale...

– Merci, monsieur.

– J'espère bien. Donc. Vous êtes embauché pour animer un séminaire de « remotivation », vous entendez bien mes guillemets.

– Oui, Monsieur.

– Et aujourd'hui, à mi-chemin des réunions, l'ensemble des participants produit un travail catastrophique.

– Ah, justement, je voulais vous en parler, j'ai amené avec moi quelques exercices de théâtre qui peut-être pourraient les aider à...

– Taisez-vous ! Avais-je fini ?

– Excusez-moi.

– Monsieur.

– Excusez-moi, Monsieur.

– Je me fiche de vos exercices de saltimbanque ! Je ne supporte le théâtre qu'au Français, une belle femme à mon bras, des clients étrangers qui bégaient devant les lustres et un contrat en vue à signer après! À quoi servirait sinon de s'ennuyer à écouter des textes poussiéreux et abracadabrants où l'homme est le jouet des Dieux ? Je ne suis le jouet de personne, moi. Je me suis fait tout seul. Je suis mon Dieu, Père Fils et Saint Esprit ! Vous pensez pouvoir mieux faire que moi avec vos trucs de mirliton ?

– Non, Monsieur.

– Bon. Donc, les participants censés être remotivés sont visiblement encore plus nuls qu'avant. Ils rasent les murs et n'arrivent plus à rien. Pensez-vous dans votre immense orgueil, avec vos exercices minables, avoir été le seul à vous en apercevoir ?

– Euh… Non, Monsieur. Bien sûr.

– Bien sûr. Je sais très bien ce qui se passe ici, mieux que vous, mieux que tous. Je suis partout ! On me cherche ? On me trouve ! On ne me cherche pas ? On se cache de moi ? Mais je suis là quand même ! Bien. Ainsi posé que j'ai vu bien avant vous ce qui se passait et que je n'ai rien fait, pensez-vous que ce soit parce que je ne savais pas quoi faire ? Que je n'avais pas de solution ?

– Non, Monsieur. Ce n'est pas possible. Vous avez toujours une solution.

– Je vous ai dit de cesser de lécher mes chaussures ? Le feriez-vous pour de vrai ? Faites attention, Denis. Je ne suis pas dupe. Réfléchissez encore un peu, si vous pouvez. Je vois le problème. Je ne fais rien alors que j'ai effectivement une solution à tout. Et pourquoi donc ?

– …

– Pourquoi, Denis ? Vous ne savez vraiment pas ? Vous n'avez pas un petit exercice théâtral à faire pour vous aider à trouver ? Vraiment rien ? Allez, un indice : je vous l'ai dit, je suis Dieu. Alors ?

– Euh…

– Que fait Dieu, vous qui avez fait du théâtre ? Je viens pourtant de vous en parler. Vous ne m'écoutez pas ! Vous croyez mieux savoir ! Alors, par exemple, Dieu dans la tragédie antique ? Enfin, les dieux ?

– Eh bien... Les dieux... Les dieux tirent les ficelles, dans les tragédies grecques... Plient les hommes à leur bon vouloir... Ont un dessein pour eux... Il y a les Parques... Le destin d'Œdipe, il l'a réalisé en voulant y échapper... Les dieux jaloux se vengent aussi et...

– Ça va Denis, j'ai pas besoin d'un cours moi ! C'est moi, tout ça, je vous dis ! C'est bon, vous y êtes ?

– Eh bien, Monsieur, vous avez un dessein pour vos employés, c'est normal et... C'est de les remotiver, et... Vous m'embauchez...

– Mais c'est vraiment pas possible, un abruti pareil ! Écoutez Denis, merde ! MERDE ! Vous le faites exprès, c'est ça ? Pour me faire hurler ? Vous voulez m'accuser de harcèlement ? Ah, mais d'autres ont essayé hein, vous n'êtes pas le plus malin, les murs ont été insonorisés, pas de témoin, quatre avocats pendus à mes basques et payés rubis sur l'ongle, et depuis trois ans je n'ai plus aucun problème, aucun ! Vous m'entendez, Denis ?

– Oui, Monsieur, pardon mais je... Je ne comprends toujours pas...

– Denis, c'est si simple pourtant... Vous devez vraiment être bas de plafond. Encore que je sois supérieurement intelligent et que tout le monde le sache. Vous n'êtes pas très subtil, alors autant vous parler avec sous-titres. Quand un homme d'affaires de haut vol, comme moi, décide une remotivation, la met lui-même au point, voit les résultats de ses employés s'effondrer, ne fait rien, et ce alors que le cours de l'entreprise pourrait aussi baisser à cause des employés fautifs : quand il fait ça, et qu'il est Dieu, c'est qu'il avait tout prévu ! Là, vous saisissez ? Vous vous inclinez devant le génie ?

– Tout prévu ? Ça veut dire que tous les six...

– Oui ! On va les virer, on va les virer, on va, on va, on va les virer !

– Mais alors pourquoi...

– Pourquoi cette « remotivation » ? Vous entendez vraiment les guillemets, maintenant? Facile, facile, et en même temps, tellement bien pensé ! Tout moi ! D'abord, nous sommes hélas en France, pas aux States. On ne vire pas les gens comme ça. Pas envie d'avoir l'inspection, les Prud'hommes et tout le tintouin à dos ! Il faut des raisons solides. Ces six-là sont des tocards – et il n'y a pas encore de licenciement pour tocardise en France. On doit les pousser à la faute, mais pas trop nettement. J'ai eu assez d'ennuis avec le harcèlement. Donc : on appelle ça remotivation. HT blanc comme neige, on a fait ce qu'on a pu pour eux, on a du cœur, etc. Sous cette remotivation : un solide travail de sape. Un peu comme un jeu stratégique sur ordinateur, mais avec des vraies gens, et pour la bonne cause : augmenter nos profits. Pour quoi d'autre entreprendre et bosser comme un dingue, je vous le demande ? Ils nous ralentissent, nous font perdre de l'argent, et je ne veux pas que les clients voient des tocards dans mes locaux. Donc, on bêche, on bêche, jusqu'à ce qu'ils crèvent. On leur limite tout, on harcèle, mais organisé, labellisé. Sabine caution psy, et moi paternaliste. Soit ils craquent d'eux-mêmes, soit on les virera pour toutes les conneries qu'ils auront faites. Entretemps, quelques paris boursiers pour moi sur HT, via l'un des mes brokers, à la baisse pour le moment, à la hausse dès que l'opération est achevée. Plan impeccable, hein, Denis ? Vous ne compreniez vraiment rien, sans blague ?

– Non… Monsieur… Mais alors quand allez-vous…

– Ah, ça, Denis, il faut rester dans les formes ! Ne soyez pas si impatient ! Vous finissez la remotivation, ensuite on virera ceux qui s'accrochent toujours ! Plus que cinq en fait, le petit Marc est stagiaire, maintenant, encore un rejeton de, encore un piston, il retourne à sa place… Francis devrait s'éjecter lui-même, direction HP… De HT à HP, c'est d'un drôle ! Les autres, je ne donne pas cher d'eux non plus, et bientôt je ne donnerai plus rien ! Et vous savez le comble ?

– …

– Ah, vous êtes bouche bée ! Ça vous concerne en plus, ça va vous plaire… Je vais vous le dire, c'est encore meilleur. Non seulement on les vire, sans risque, mais en plus, on les filme, on a tout filmé, vous avez vu la caméra, et de là, packaging, pub, et on vend le produit au client, cher, hein, pour qu'il vire ses propres tocards sans une tache, avec preuves, témoins, voire avec leur propre accord ! Les gens aiment tant s'autoflageller… Ils sont coupables de tout, ça me dépasse : moi la culpabilité je connais pas, et je ne m'y intéresserai que quand elle sera cotée en bourse ! Pas mal, hein ?

– C'est… C'est très… Organisé…

– Parfaitement Denis, parfaitement. Je suis l'organisation même, enfin la stratégie même, je laisse les détails aux sous-fifres. C'est donc là que vous intervenez ! Je masque votre visage à la caméra et on vous loue, avec le pack, comme formateur « remotivation », pour nos clients ! Vous voyez que vous travaillerez encore pour nous – enfin, si vous terminez correctement la mission en cours, naturellement…

– Euh, je…

– Et vous comprenez pourquoi vous ne serez jamais employé chez HT ? Ni nulle part ailleurs ? Vous serez toujours en mission, vous irez porter incognito notre bonne parole, et je ne vous parle pas de votre added prime non fiscalisée – on a des sous-filiales pour ça. Si vous arrivez à en faire démissionner un max, ça coûte moins cher au client, ça ne lui coûte rien en fait, et vous, vous vous enrichissez! Un pont d'or, je vous offre, et surtout, vous savez quoi ?

– … Je… Non, je ne sais pas…

– Eh bien, je ne suis pas seulement en train de vous proposer des missions de top cost-killer, de super licencieur ou un simple harcèlement organisé. Non, tout ça a été vu, archivu et ne rapporte plus autant qu'avant. Ce que j'ai compris en montant les réunions, en rationalisant, c'est à quel point la rationalisation va être LE facteur de sélection naturelle pour les employés du futur. À savoir que bien sûr, chez HT, nous sommes innovants, nous sommes en avance, nous rationnalisons, peu à peu, depuis longtemps : les coûts, l'espace, la cantine… Mais nous ne rationnalisons pas organisé, pas en masse. Nous allons rationnaliser notre rationalisation, et proposer des packs complets, totaux. Ce qui veut dire que votre travail consistera à arracher les mauvaises herbes, certes, comme vous êtes en train de le faire chez nous. Mais vous serez aussi inclus dans un projet plus vaste, qui visera, même chez les bons employés, à tutorialiser et redresser complètement les pousses, à traquer le virus qui aurait passé inaperçu, à en faire l'équivalent de plantes transgéniques, saines, fortes, efficaces, belles, régulières, standard, conformes. Un projet qui agira dès le recrutement, dans le repérage des employés pouvant supporter ou pas la rationalisation. Un projet qui bouleversera profondément toutes les formations, pour en faire des rationalisations drastiques et sélectives, dès l'école maternelle, je le souhaite, et les décisions politiques vont en ce sens. Que le meilleur gagne. Vous connaissez Darwin, jeune homme ? Le meilleur est celui qui s'adapte à son environnement. L'environnement de demain, celui en train même d'advenir, sera rationnel ou ne sera pas. Voyez les supermarchés. Leurs larges allées, leurs produits bien rangés, les sols propres, leurs caisses automatiques, fiables, rapides, silencieuses, mes préférées, et surtout leurs cotations en bourse. Comparez au bordel infini d'un marché à l'ancienne, sale, bruyant, et qui ne rapporte rien. Comparez les tours de la Défense à des maisons individuelles chaotiques et puantes. Notre restaurant d'entreprise avec le bougnat du coin. Un mur de béton bien droit avec un muret de vieilles pierres inégales. Etc., etc. Le monde va vers la rationalisation. HT le devance. HT le tient par la main. HT vous remercie tous ce soir pour…

Excusez-moi, Denis, je vous avais complètement oublié ! Je présente le produit dans deux semaines. Un gala du Medef. Je veux les convaincre et je veux qu'ils investissent. C'est de l'or, ce que je viens de vous dire. Un boulot de fou. Des contrats à la pelle. Refondre toutes les entreprises du monde entier. Bref. Je vous interdis d'en parler à qui que ce soit. De toute façon il y a une clause de confidentialité dans votre contrat et vous n'oublierez pas mon bunch d'avocats. Que pensez-vous de ma proposition ? Si vous atteignez votre objectif, si les cinq restants soit démissionnent, au mieux, soit ont un dossier assez lourd pour les virer, je vous confie le premier contrat signé. Fair enough ?

– Euh… Merci, Monsieur… Pour votre confiance… Je dois donc… Faire craquer ces employés… Et d'autres ensuite ? C'est bien ça ?

– Oui, Denis ! Vous savez tout, mais vous aviez sûrement deviné, je suis sûr que vous le sentiez, tout ça, pas de fumée sans feu, et je sais que ça vous a plu !

– Eh bien… Je… Puis-je réfléchir parce que je…

– Quoi, Denis ? Réfléchir à quoi ?

– Euh… Ma compagne va… Accoucher et je…

– Ah Denis, c'est quand même pas un gniard qui va vous détourner de l'avenir royal que je vous propose ! N'est-ce pas ?

– Eh bien… Euh… Pas seulement… Je veux dire, moralement, c'est pas…

– Moralement ? Moralement ? Que voulez-vous dire par moralement ? N'allez pas me donner de leçons, jeune homme ! N'allez pas m'accuser de n'avoir aucune valeur ! J'ai le respect de l'argent, moi, de l'argent gagné par le travail, et de l'argent qui travaille ! J'ai le respect du pouvoir et de la hiérarchie, moi ! Espèce de blanc-bec ! Vous vous croyez au-dessus de moi, hein, avec vos valeurs morales ? Eh bien, je vais vous dire : si vous ne le faites pas, ce travail qui vous chatouille la morale, j'ai cent candidats prêts à le faire à votre place ! Cent candidats aussi parfaits que vous pour le rôle, c'est-à-dire naïfs, piteux, en manque d'argent, avec un faux CV – vous m'avez pris pour un con avec vos références !, et avec moins de scrupules que vous ! Et on en reparlera de votre morale, quand vous serez sans boulot avec le gniard qui crie parce qu'il n'a rien à manger ! Alors, consultez votre morale, mais rapidement, parce que je ne suis pas là pour écouter vos crises de conscience, mon petit ! Et maintenant, dehors !

Chapitre 13 bis – Après l'entretien

Frédéric

« Sylviane, appelez-moi Sabine, s'il vous plaît, elle doit être dans son bureau, prenez la ligne 2… Merci… Oui, Sabine ? Vous allez bien, ma chère ? Ah, bravo, vous êtes parfaite ! Et comment vous avez sélectionné cette nouvelle fournée ? Oui, bien sûr… Ça ne devrait plus prendre longtemps pour nos six éclaireurs… Dites-moi, Denis Serpat sort de mon bureau. J'ai bien l'impression qu'il n'avait pas du tout compris à quoi il servait chez nous – oui, vous vous rendez compte, il pensait vraiment qu'on avait cru à son CV, alors que pas un mot n'y est corporate ! Il voulait *aider* nos six tocards… Bon, je lui ai tout expliqué, et, c'est dur à croire, mais on dirait qu'il n'adhère pas tout à fait. Je lui ai proposé de continuer pour nous, et il n'a pas sauté sur l'occasion… Oui, oui, c'est indécent, oui, totalement inappropriate, ce serait un autre, j'aurais rompu le contrat de suite, mais je le garderais bien, quand même… Pourquoi, mais parce qu'il n'est pas du tout de la profession, pas du tout au courant des tarifs – allons, Sabine, vous avez tapé son contrat, ses honoraires sont au quart d'un consultant normal ! En plus il n'est pas bien malin non plus, on peut en faire ce qu'on veut, c'est pas vous qui m'avez dit qu'il n'avait pas vu la caméra ? Franchement, pour un « acteur »… Bref, je vous demande de suivre ses prochaines réunions, voir s'il ne se met pas à débloquer… Il m'a même parlé de morale ! Si, je vous assure ! On se croirait au monastère ! Oui, je sais que vous avez du travail, mais c'est vraiment nécessaire. Je veux un rapport détaillé de chaque réunion, je veux que vous l'observiez aussi tout le reste du temps, et je veux que vous le préveniez que chaque réunion sera dorénavant visionnée et évaluée en temps réel par notre équipe d'experts. Il faut voir s'il tient le coup sous stress, et s'il ne trahit pas. Ah, et on ne lui donne plus aucune info, ni sur HT, ni sur les clients ! J'ai fait un gros pari aujourd'hui en lui lâchant tout, mais je crois que je l'ai bien ferré, avec le grand jeu : menaces, avocats, et, ça marche toujours, je lui ai bien dit que je m'en fous, moi, que c'est lui ou un autre, qu'il est un pion, j'ai dit un chewing-gum – oui, je sais, bien trouvé. De toute façon c'est vrai. Transparence totale ! Je l'ai mouillé avec nous jusqu'au cou, et je pense que c'est bon, il ne résistera pas. Merci Sabine, je savais que je pouvais compter sur vous. Et passez voir Sylviane, elle a quelques bons cadeaux pour vous remercier de votre mission top-secrète... Allez, à plus tard ! »

Denis

Lève-toi, et sors, sors vite, il t'a dit de partir !

Bien, couloir, ascenseur, où est ma veste, j'ai besoin de ma veste, comment sortir sans ma veste, ah, oui, elle est en salle Pluton, allez, j'y suis, la salle est fermée à clés, pourquoi ? Retourne, reviens, oui, Sylviane a un trousseau, elle ne me donne pas de clé, n'a pas confiance, elle vient ouvrir en soupirant, mais pourquoi ils ferment, il n'y a rien à voler, tout ce qu'il y a dans cette salle c'est du silence ! Tout ce qu'on pourrait y faire, c'est se retrouver, se retrouver, seul... Ok, veste, ascenseur, ce qu'il est triste cet ascenseur, bleu et gris et néon, il sent la javel et le citron de synthèse, j'espère que personne ne va monter en route, je ne peux pas, je ne peux regarder personne dans les yeux ! Surtout pas un des six, non non non, ça y est, hall, hall blanc, hall néon, hall fleurs en plastique, il n'y a rien de naturel ici, tout est si compliqué, tout vient d'un monde parallèle et... Ah, tourne la tête, ne pas croiser le regard de Laura dans son placard, le regard d'un chien implorant, la patte prise au piège, un chien qui ne comprend pas ce qui se passe et... Pointer, je dois quand même pointer, il faut être responsable, je n'ai pas d'autre boulot, dernière bouffée de moquette aseptisée désacarrianisée, dehors.

Dehors. Respire. Paris est là autour de toi, avec ses grands immeubles-bras, Paris est là qui klaxonne et s'engueule, Paris en vie, en gaz d'échappement, en embouteillages, en cadres à mallette, ça va, personne de chez HT, normal, plein milieu de matinée, aucun ne met le nez dehors, sauf en voiture avec chauffeur, voiture deuxième bureau, pareille moquette au faux citron... J'ai déjà, déjà vécu ça... Oui, réfléchis...

Le premier jour, la panique... C'est ça, retourner au café maintenant, prendre un remontant... Oui, voir Albert, pas besoin de parler, juste le trouver à son poste, avec son tablier blanc, appliqué dans ses gestes, frottant son chiffon sur le comptoir, ou concentré à verser la bonne dose de mousse dans les pressions, tête et verre penchés au même angle, ou lavant le percolateur, mais à l'écoute de tous et...

Bonjour ! Albert n'est pas là ? Ah bon mais... Il revient quand ? Oui, oui, le dos c'est jamais bon, c'est normal aussi, debout toute la journée, il est plus tout jeune... On peut l'opérer ou... Ah... Bon... Je me mets au comptoir quand même... Vous avez quoi, de fort et de maison ? Ah, très bien, une vieille prune, donnez, deux même, ça nous gagnera du temps... Allez, avalons tout de suite, je n'aime pas trop les eaux-de-vie, ça brûle et je ne sens pas les fruits mais... C'est obligé...

Alors... Réfléchir... Il faut penser cette fois, penser vraiment avec ma tête... Je... M. Hautfort... Il veut que je... Mais non, c'est pas possible... Je ne suis pas dans un jeu télévisé, pour éjecter untel, tapez un... Et les candidats qui se précipitent pour subir la violence du jugement de la foule qui ne fait rien, avachie derrière son téléviseur, mais décide de tout... Ce qu'on ne ferait pas pour être regardé, quand même... C'est une blague, on ne peut pas faire ça dans une entreprise, un truc sérieux où les gens sont obligés d'aller, pas comme la télé où on s'envoie soi-même au casse-pipe... Ce serait cruel... Faire exprès de virer des gens... Et vendre comment on a fait... Mais pourquoi Hautfort plaisanterait-il avec ça ? N'avait pas l'air de rigoler... M'a fait peur, à un moment, à se lever en hurlant, ne se contrôlait plus... Soufflait le chaud et froid... M'y retrouve pas... Changeait d'humeur d'un coup, et impossible à prévoir... Esprit brillant, mais là, oui, on peut dire machiavélique... Et il dit que je... Que j'avais senti tout ça... C'est ça qui me fout en l'air... Réfléchis, rappelle-toi... Le premier jour... Les locaux bizarres, ouatés, sans vie... Mais c'était parce que j'avais pas l'habitude... La réunion de présentation, tribunal, les six accusés devant tout le monde... Mais je croyais vraiment que c'était pour leur bien... Ou pas ? Est-ce que je me suis menti à moi-même ? Est-ce que je suis comme lui ? S'il le dit...

Je ne sais plus ce que je pense ! Ce n'est pas normal. Non. Ensuite, les évaluations... Je ne réfléchissais plus à ce que je disais... Débiter des mots qui râpent, qui blessent, mais c'était pour la bonne cause... Oui, je participais au truc... Et les électrodes après, flippant quand même... Je me réjouissais des avancées de la science... Et le coup des émotions, je pensais à des exercices de théâtre où on enlève toutes les nuances du discours, mais... C'était pas pour jouer... C'était pour dans la vraie vie... Et moi comme un petit chien, frétillant de la queue, rapportant mes exploits à Louis et Adrien...

Attends une minute ! Est-ce qu'ils feraient la même chose, dans leurs boîtes ? Est-ce qu'ils savent ? Est-ce que tout le monde autour de moi sait ?

S'il vous plaît ? Je veux bien une poire, maintenant, si vous avez, et double ! Merci... Bon, je ne sens pas la différence...

Ça me laisse deux options : soit je suis vraiment un crétin, et j'ai rien compris à rien, soit je suis, comme le dit Hautfort, comme eux... Crétin ou salaud... Ça j'en suis sûr, ce sont des salauds! Virer les gens, et les virer comme ça, c'est pas normal ! Risquer l'étouffement de Marc avec sa crise d'asthme, et la folie pour Francis, et foutre en l'air les autres aussi, pas normal du tout !

Mais t'es bien avancé... C'est pas normal et alors... Qu'est ce que tu vas y faire, faux consultant à la ramasse ? Hein ? Eh bien... Rien... Je suis trop... Bête... Je vais... Ah, ça y est, ça tourne, le café tourne... Je vois un peu flou... Quel soulagement… Aujourd'hui le monde m'écorche l'œil… Je vais… Rentrer, et parler avec Éloïse… Elle n'est pas floue, elle…

Denis et Éloïse

– Quoi ? Tu veux dire qu'ils ont prévu le truc depuis le début ? Exprès ?

– Ben oui, c'est ce que Hautfort m'a dit aujourd'hui, il était content en plus…

– Mais du coup… Ça veut dire qu'ils t'ont embauché pour ça ? Pour faire leur sale boulot ?

– Oui. Mais si je ne le fais pas, un autre le fera à ma place, et en plus c'est l'autre qui aura l'argent alors…

– Denis, enfin, tu deviens idiot ou quoi ? C'est un argument à la con ça, enfin, c'est trop facile, fais-le parce que ça serait fait de toute façon, tu ne peux rien à rien, alors profites-en c'est ça ? Soumission et cupidité ? Mais Denis, réfléchis – rien ne t'oblige à faire ça, ni toi ni personne ! Si tout le monde refuse alors personne ne le fera non ?

– Oui enfin c'est pas si simple tu sais, tu saisis pas bien la problématique, le cœur de métier quoi, tu penses tout blanc ou tout noir ! L'entreprise c'est lourd, ça broie, c'est pas moi qui vais les empêcher de…

– Ouh ouh ! Denis ! L'entreprise ça n'existe pas ! Ça n'est pas une structure supérieure préexistante! L'entreprise c'est des hommes ensemble, les uns soumis aux autres, c'est tout. Là, tu as un dingue qui dirige, on ne peut rien pour lui, mais les autres ? Les hommes ça peut changer ! Si tu penses que toi tu ne peux rien changer parce que tu es tout seul tu peux aussi bien arrêter de voter, une voix ça sert à rien, arrêter de trier les déchets, ça change pas grand-chose… C'est trop facile, ça veut dire que tu n'es pas responsable ! Ça veut dire que tu te défiles ! Pourtant si HT est une entreprise pourrie, c'est parce que ses employés sont tous responsables, un par un ! Et responsables les uns des autres aussi ! À ce compte-là moi je peux arrêter d'être éduc hein, tous ces mômes avec ce qu'ils vont vivre ça sert à quoi qu'on s'en occupe, c'est perdu d'avance, vu d'où ils viennent… C'est pas ma faute, j'en suis pas responsable… Et puis pourquoi avoir un enfant, du coup, hein, avec le monde comme il va, autant avorter !

– Écoute Éloïse, tu y vas un peu fort, je comprends, tu es trop sensible avec le bébé, ton discours est saturé d'émotions, on peut pas parler comme ça, moi je préfère qu'on arrête là parce que…

– Tu rigoles ou quoi ? Je parle normalement ! C'est normal d'être émue en entendant des conneries pareilles ! Tu te crois encore avec les électrodes ? Mais tu n'es pas chez HT, tu es chez toi, et on va parler tant qu'il faut !

– Mais ça sert à rien, vraiment ! Je vaux pas grand-chose, j'ai rien compris à l'histoire, j'ai fait des dégâts en toute bonne foi, il n'y a pas de raison que je puisse…

– C'est ça que tu penses ? C'est ça l'estime de toi que tu as ? Tu le crois, hein, Hautfort ? Il t'a bien convaincu que tu es un pion, et tu te coules toi-même… Il est très fort, ton PDG fou, même plus besoin de vous casser, vous vous cassez tout seuls !

– Il est brillant tu sais, il a réussi, il est admiré, et je veux dire, s'il y a des gens médiocres dans son équipe, il va pas quand même les…

– Les aider ? Non ? Denis, arrête, tu ne crois même pas à ce que tu dis. Tous ceux que tu as eus dans ta troupe et qui avaient du mal, tu les as aidés. Même si aider, ça peut être de les reclasser correctement, ces employés, s'ils ne conviennent pas et que personne n'a été foutu de s'en apercevoir aux RH, au moment des recrutements. Et moi c'est mon boulot de tous les jours. Comment on tiendrait le coup sinon ? Ça n'aurait aucun sens – franchement…

– Mais tu vois, toi, tu es une idéaliste. Tu es pleine de bons sentiments. Moi je suis rentré dans la vraie vie depuis peu, j'ai arrêté de rêver comme un gosse, j'ai fait comme Louis et Adrien qui eux…

– Louis et Adrien, mais oui, parlons-en ! Tes deux meilleurs potes pleins de projets, doués comme c'est pas possible, qui n'ont pas le courage de continuer, qui ne supportent pas l'incertitude, alors que franchement, de quoi peut-on être sûr, à part mourir, qui te plantent en pleine tournée, et tu ne leur en veux même pas, pour aller s'enterrer dans des pavillons de banlieue avec des femmes décoratives qu'ils méprisent et qui leur repassent leurs chemises d'hommes d'affaires !

– Écoute ce sont mes amis et tu n'as pas à…

– Mais je n'avais pas fini ! Je suis idéaliste ? Très bien, je n'ai pas de problème avec ça ! Pleine de bons sentiments ? Mais c'est la seule forme de résistance qui nous reste ! Le bon petit milieu intello qui se vautre dans la critique et le nihilisme réaliste peut bien se le permettre ! Peut bien pérorer son cynisme de bon aloi et de salon et de papa-maman – mais il y en a qui n'ont pas le choix ! Le cynisme est un luxe de nantis ! Un luxe indécent ! Va voir, va voir une mère de famille nombreuse qui se tape l'usine les transports le ménage et les fugues, et regarde si elle peut se le permettre, le cynisme ! Oui, des bons sentiments, qu'elle se regarde un feuilleton à l'eau de rose, très bien, n'importe quoi pour tenir ! Et moi, les ados que je vois toute la journée, les cas sociaux, les anorexiques, les toxicos, et les fouilles, les contrôles, les torgnoles qu'ils se prennent, et les tournantes dans une cave, et la cité en fond d'écran, eh bien, sans idéalisme, je crève ! Tu comprends ? C'est trop facile de dire qu'on n'a pas le choix, c'est notre pente naturelle, on penche vers le bas, c'est tout, je ne vois pas ce qu'on peut faire d'autre que se retenir, essayer de ne pas glisser… C'est cent mille fois plus difficile de construire que de détruire, désolée Denis, tu peux sourire, tu peux penser que c'est un truc d'idéaliste – mais penses-y, rappelle toi comme tu peux défendre des heures un texte, un film que tu aimes, et personne n'écoute, et comme ensuite un gars apparaît, te le détruit en trois bons mots, et tout le monde est subjugué ! Comme le gars qui détruit se sent supérieur à ce qu'il détruit ! Et ton Hautfort, c'est ça, c'est tout : un roquet de salon qui a réussi… Qui balade ses employés à virer comme des os encore sanglants devant tout le monde…

– Je ne sais pas Éloïse, je ne sais pas… Je ne peux pas t'expliquer, c'est plus fort que moi, je me sens fatigué et je n'ai pas envie de me battre, j'ai honte et j'ai peur et… Voilà.

– Écoute. Tu n'as rien à décider tout de suite. On va… Je vais te faire couler un bain. Ensuite on va dîner tous les deux devant un bon film, et tu vas dormir. Et demain, tu verras. Tu sauras sûrement quoi faire en te levant.

– J'irai en tout cas, j'irai. Il faut pointer, je veux toucher mes honoraires, on avait dit qu'on irait se reposer au vert après l'accouchement, on en a besoin et ça coûte alors…

– Eh ! Moi je n'ai besoin de rien. Je veux te voir heureux, c'est tout. Tu es pâle, tu ressembles à une statue en cire. J'ai pas envie de vivre au musée Grévin, tu vois ? Tu n'écris plus du tout et depuis combien de temps on n'a pas eu un fou rire ? Le principal c'est que tu te sentes mieux. Alors si tu veux te barrer, fais-le. Si tu veux dire son fait au Pervers En Chef, pareil. Et tu me filmes sa réaction. D'accord ?

Interlude – Roman et Sélim, dans le hall, 19 juin 2006

– Roman, quel plaisir, viens, tu as le temps de discuter un peu ?

– Bonjour, sage Sélim, c'est infiniment plaisir pour moi de parler avec toi, toujours. J'attendant lettre urgente à livrer tour des Défenses, contrairement, pas plaisir du tout. Je continue à perdre moi-même sur scooter dans ces routes Défenses tordues, tournant autour des gratteurs de ciel sans arriver à approcher, c'est pour moi le film d'horreur…

– Oui, La Défense… Je l'ai connue tout petit, tu sais, quand je suis arrivé en France. Il n'y avait rien, des baraques pour ouvriers, c'est tout, et des campements, mais au moins on voyait le ciel…

– C'est ça, aucun ciel à Défenses, il fût chassé par immeubles, voici longtemps, oui ? Je déteste ce endroit, je va très vite, plonge dans le danger mais tant pis, et je repars dans Paris soigner yeux miens avec belles choses, immeubles en vraies pierres, églises-abris, et l'Opéra, l'Opéra beau toujours, l'Opéra est dessin à dentelles sur ciel, avec musique des anges dedans. Tu es rentré déjà Opéra ?

– Jamais... C'est cher pour moi et puis, quand on vient d'ailleurs, c'est dur, on n'ose pas, on se dit que c'est trop difficile, réservé aux autres, ceux qui savent... Pourtant chez moi, en Algérie, tout petit, j'écoutais les femmes chanter, des heures, au hammam, ou à la cuisine, et ça fait que pour moi la musique est pour toujours parfumée d'épices, de menthe, de cumin, de cannelle, et parfois du méchoui de fête qui imprègne toute la maison.

– Infiniment beau, Sélim, musique parfumée, j'aime beaucoup ! La musique roumaine, parfumée aussi avec foin, grand vent, légumes farcis, eau-de-vie... Tu as vu, je parle de mieux en mieux français, grâce à toi, sage Sélim, car tu écoutes, parles lentement, me donnes trésors, non, tu me donnes clé de la boîte aux trésors, les mots français pour soulager cœur à moi.

– Merci Roman. C'est un honneur pour moi de parler avec toi, tu es courageux et brave, tu y arriveras – comment va ta famille ? Dieu la bénisse.

– La famille va, sage Sélim. Ils ont racheté poêle bien neuf grâce à l'argent envoyé par mandat poste, et le mariage d'Émilia est bientôt possible, car économies plus grandes, je suis content. Même si pas pouvant payer le voyage pour assistance au mariage, mais si Émilia heureuse...

– Oui... S'ils sont heureux là-bas ça vaut la peine qu'on reste ici... S'ils peuvent manger boire et rire...

– Sage Sélim, tu possèdes des mains vides aujourd'hui ? Plus de balai cassé ?

– Non... Ils m'ont confisqué mes derniers outils. Je ne pouvais plus faire grand-chose avec mais je les avais en main, j'existais encore... Là je suis un pot de fleurs...

– Pourquoi ils ont fait ça ? Quoi tu faisais de mal avec balai compagnon usé par longue vie ?

– C'est pour leur histoire d'identité visuelle... Si un client venait et me voyait comme ça c'était comme si... Comme s'ils laissaient une plante morte, ou des chocolats moisis sur la table basse…

– Tu pas n'est moisi, Sélim ! Tu es Ancien, tu précieux ! C'est pour ça que eux enfermant Laura ? Laura accusée de moisi aussi ?

– Oui... Ses chaussures, toujours, ils trouvent que ce n'est pas commercial… J'en ai vu des choses arriver pour la femme, et je n'ai jamais soutenu le voile, moi, bon, chacun fait ce qu'il veut, mais je n'en trouve aucune mention claire dans le Coran, c'est plus politique, identitaire, que religieux, enfin c'est mon avis. Par contre, tu vois, il me semble que cette histoire de talons obligatoires, ou de jupes, ou de tailleurs, c'est tout aussi discutable, c'est tout aussi… C'est tout autant les hommes qui imposent des choses aux femmes, pour leur confort à eux…

– Oui, tu détiens la raison. Les femmes pas décident, dans aucun cas. Enfin, Sabine, Sabine marteau, décide, mais elle non pas femme. Elle… Présente mauvais côtés hommes. Elle… Vouloit gagner. Je très content que femmes gagnant mais Sabine gagne mal. Je très envie de parler avec Laura.

– Roman, n'y va pas. Reste ici. Tu sais bien !

– Je pas n'ai peur de Hautfort grenouille gonflée ! Si lui veut me virer, je ris !

– Mais Roman, arrête… Ne fais pas l'enfant… Si tu y vas tu seras renvoyé, mais elle aussi ! Tu ne peux pas faire ça à Laura !

– Oui, oui… Sage Sélim… J'attendra Laura plus tard dehors, lui proposera café amitié. Ou café amour. Tu crois possible, oui ?

– Mais oui… Tu es beau, fils, et bon, et Laura a besoin de parler. Laura est abîmée, très, par tout ça, et personne ne l'aide. Avant à l'usine on se battait ensemble, sûr. Même pour le patron. Même pour nos machines. Ça faisait partie du tout. Ici il n'y a plus de tout. On est tous tout seuls, alors pourquoi se battre ?

– Je pouvant me battre pour Laura ! Je aidera !

– Oui… Mais toi tu es encore… Jeune… Essaie de garder ça… Les gens ici sont usés par ce qu'ils font, tout est prévu d'avance, ils n'ont aucune place… Tout devient toujours pareil, tout a un numéro de procédure alors rien ne dépasse…

– Je comprends ça très bien. Je vais te proposant une comparaison. Chez România, avant, la culture de vin faite par les personnes. Les hommes regardent chaque… Le petit arbre vin ?

– Cep.

– Regardent chaque cep, voyant comment cep va, lui parlant, le taillant avec mains siennes, plus tard voyant chaque grain du raisin, le connaissant, le choisissant. Aujourd'hui, machines grandes avec roues… C'est… Comment ?

– Des tracteurs.

– Oui. Aujourd'hui des tracteurs font le travail d'hommes. D'un côté c'est très mieux, car il y a moins de fatigue. Mais des tracteurs font comme si toutes les vignes sont identitaires pareilles. Or, pas vrai ! Des tracteurs pas aiment, ou choisissent. Des tracteurs travaillent sans rien faire d'autre. HT veut faire les hommes devenir des tracteurs.

– Eh oui Roman, eh oui… Sabine est déjà un bulldozer, Stéphane aussi…

– Stéphane est drôle. Stéphane pas comprend que lui ridicule ? Lui ressemble à chiens de vieilles femmes, coiffés boucles avec petit manteau ! Lui aboie, lui poil beau, mais lui a maîtresse vieille dame qui le tient par la laisse : Argent !

– Oui… Stéphane est vide et je ne crois pas qu'il soit heureux… L'autre jour, il partait du travail, j'étais déjà dans la rue et je regardais une vitrine à côté. Je l'ai vu sortir d'ici, il a cligné des yeux, comme s'il se réveillait, et il a eu l'air… Perdu… Comme s'il ne savait pas quoi faire…

– Je ne va pas plaindre Stéphane. Il se croit par-dessus tout le monde, par-dessus Laura !

– D'accord, mais il ne s'en sort pas mieux… Il est seul pareil, avec ses objectifs, ça ne doit pas être facile non plus…

– Je complètement égal si lui tout seul ou pas. Je lis Soljenitsyne. Je adore… Le titre français c'est… Oui : *Une journée d'Ivan Denissovitch*. Toi connaissant ?

– Non. Raconte.

– Ivan Denissovitch est interné goulag. Camp de travail. Très dur, froid, fatigue. Beaucoup d'hommes y mourant. Les autres mourus dans leur tête, plus des hommes. Ivan reste un homme.

Travaille. Réussit son travail, honnête, il a grand honneur. Pas ne mendie, pas ne triche, pas ne vole, sauf aux méchants. Ivan bon homme, malgré goulag. Ivan même défend un baptiste qui pas sait se défendre lui-même. Ici HT fait des choses mauvaises, comme écraser Laura et autres clous. Et Stéphane ne pas défend, pas est comme Ivan. Lui est marteau comme Sabine. La vie difficile, pas excuse. Difficile pour tout le monde. Chacun doit faire part à soi. Sélim ! Sylviane arrive avec lettre. Je dois partir ! À bientôt !

Chapitre 14 – 13 juin 2006 – La quinzième réunion

Salle Pluton, 10 h.
Denis, Sonia, Marc, Catherine, Laura, Rodolphe, Francis.

Sabine est là, prend des notes et a amené son propre magnétophone, qui tourne en plus de la caméra.

– Bonjour, euh… Merci d'être là et donc… Marc, comment allez-vous ? Mieux ? Et vous Sonia ? Oui, Sabine, oui, nous commençons… Je… La réunion… La réunion d'aujourd'hui est… Attendez… Je reprends mes notes…

Ah voilà… La réunion d'aujourd'hui est de première importance dans la mesure où tout ce à quoi nous avons travaillé ces derniers mois a permis la mise en place d'une synergie nécessaire aboutissant à ce qui est pour HT absolument capital dans l'exercice de votre fonction, soit vos tâches elles-mêmes, mais aussi votre reporting, la compréhension des feedback qui vous seront faits et…

Laissez-moi respirer un instant… Je vais boire un peu…

Voilà. Je vais essayer de reprendre sans lire, excusez-moi je… Je suis un peu… Fatigué et… Pardon, Sabine. Donc. Le sujet de la réunion d'aujourd'hui est la rationalisation de votre… De votre langage. Car, croyez-vous que vous puissiez parler au client ou à votre n+1 de la même façon que vous parlez à vos amis, à votre famille ? Euh… Non, vous ne le croyez pas, bien sûr…

Fiche suivante, elles sont un peu collées… Oui. Oui, c'est ça : ce n'est pas possible. De même qu'en entrant chez HT vous abandonnez votre temps, vos pensées, vos vêtements, enfin ce qui vous définit en dehors et qui ralentit ici votre productivité, de même vous devez vous dépouiller de vos…

Sabine, c'est un peu fort, oripeaux, c'est de vous ? Pardon... Vous devrez donc vous dépouiller de vos oripeaux de langage... Certains d'entre vous me répondront sûrement que c'est déjà fait, que vous avez déjà des procédures d'interaction très définies avec votre clientèle, vos pairs, vos supérieurs...

Non ? Personne ne me répond ça ? Bon... Je continue comme si vous aviez répondu ça, hein, je suis le script... Vous, Rodolphe, j'aurais pensé que vous interviendriez... Tant mieux que non, je suppose... Et donc... Certes, vous avez bénéficié jusqu'ici de procédures innovantes visant à l'efficacité et la productivité maximales, et pourtant HT, qui... Veille à tout... Qui prend... Soin... De ses employés... A voulu aller plus loin. Sonia, ici présente, a participé à un comité absolument unique et a travaillé rationnellement, donc, pour vous tous, en compagnie de l'état-major de l'entreprise, toujours prêt à s'investir pour... Vous...

Je vais boire encore un peu d'eau... En attendant je propose que nous applaudissions tous Sonia... Non ? Personne ? Ah, Sabine, vous n'êtes pas d'accord ? Je pensais que ça ferait un peu de team-building... Excusez-moi...

Bien... Et donc, nous allons maintenant appliquer les formidables avancées, les insight de génie de ce comité d'experts afin que vous... Que plus aucune... Scorie... Ne... Souille... Votre façon de parler au client, et entre vous... Afin que l'identité langagière de HT soit entièrement homogène, de Paris à Tokyo et...

Excusez-moi, je vais juste m'asseoir un instant... Je vais vous sortir des exercices et... Sabine est parmi nous pour pouvoir... Je... Comme elle faisait partie du comité, je suppose qu'elle va nous apprendre des choses...

C'est pour ça, n'est-ce pas ?

Je... Je... Je vous ai dit je crois que j'étais très content de vous voir tous ce matin... Nous nous connaissons un peu maintenant et vous êtes pour moi...

– Merci, Denis. Bien, je crois que notre formateur n'est pas très en forme aujourd'hui. Il est hors de question de continuer votre formation, qui nous tient tant à cœur, dans de telles conditions. Veuillez ramasser vos affaires et regagner vos postes respectifs, nous reprendrons la semaine prochaine. Vous suivrez vos objectifs de la matinée comme si ce fiasco n'avait pas eu lieu et je compte sur chacun de vous pour être bien placé dans son tableau de performances de service. Pensez au risque d'avertissement. Allez-y, je vous dis ! Et vous, Denis, vous restez, je voudrais vous parler un moment !

Francis

Procédure personnelle numéro 72, suivi des réunions de rationalisation.

Pointer, ne pas aller poste travail mais salle réunion affichée veille et bien notée sur carnet personnel. Aujourd'hui salle Pluton, salle Pluton connue, pas nouvelle, tout va bien. S'asseoir table seul, loin miasmes et bruits collègues. Sortir affaires. Garder mallette tenue par mollet droit contre pied chaise, plus sûr. Écouter et prendre tout, absolument tout, en notes. Nécessaire pour appliquer parfaitement rationalisation, et preuves à garder en cas de complot par la suite. Si question posée, ne jamais répondre. Sauf par écrit. Utiliser voix au minimum, trop dangereuse, dénonciatrice. Pas parlé depuis… Longtemps. Ne pose de problème à personne, travail rendu temps et heure, productivité toujours impeccable. Denis Serpat formateur commence discours : noter. Noter. Noter. Noter. Obstacle. Discours pas habituel. Hésitations. Hésitations inacceptables. Procédure personnelle interdit de noter hésitations, trois petits points = trois centimes. Noter seulement phrases droit au but. Il n'y en a pas. Il n'y en a pas. Respirer. Va revenir. Impossible appliquer procédure si discours pas rationnel. Ne jamais prendre irrationnel en notes pour éviter sa multiplication sur papier et dans tête. Attendre. Lever tête. Denis Serpat rouge, transpiration dégoûtante sur front. Continue hésitations. Sabine Delagni DRH le regarde. Le regarde avec couteaux dans ses yeux. Ça fait mal ! Baisser la tête. Attendre. Discours ne reprend pas. Raté. Sabine se lève. Rationalisation arrêtée pour aujourd'hui ! Ce n'est pas possible ! Ce n'est pas prévu ! Il doit se passer quelque chose. Qui est accusé de quoi ? Trop d'émotions, difficile à comprendre. Collègues partent un par un. Que faire ? Mallette n'a pas ses procédures de secours. Imprévu, imprévu. Donc ne pas bouger. Rester ici jusqu'à fin prévue réunion. Oui. Ensuite pointer et cantine, comme d'habitude. Ne pas dévier. Jamais. Trop dangereux.

Chapitre 14 bis – Après la réunion

Sabine, Denis, Francis

– Francis ? Francis ? Vous n'avez pas entendu ce que je viens de dire ? Tout le monde regagne son poste, la réunion est reportée ! Vous ne bougez pas ? Vous ne répondez pas ? Je le note, Francis, je note votre insolence manifeste et votre mauvaise volonté dans votre dossier, juste là… Quoi, vous avez l'air étonné ? Bien sûr que vous avez un dossier, comme tout le monde, et je peux vous dire qu'il y a du joli, là-dedans… Vous n'êtes pas très apprécié, vous savez ? On peut même dire que vos collègues sont tous… Laissez-moi trouver le bon mot… Ligués, c'est ça, contre vous… J'ai même entendu parler d'une pétition… Ah très bien, vous vous levez… Moi qui allais appeler la sécurité, ç'aurait été dommage… Au revoir, Francis ! Travaillez bien ! Bon… Denis, donc… Expliquez-moi un peu ce que vous fichez, là ?

– Excusez-moi, Sabine… Je suis un peu fatigué et…

– Fatigué ? Fatigué ? Est-ce que je suis fatiguée, moi ? Est-ce que je me permets d'amener ma fatigue au bureau ? Réfléchissez un peu, Denis. N'êtes-vous pas censé, en tant que formateur « qualifié », montrer l'exemple ? Comment voulez-vous que tous ces… Disons le mot, hein, je sais que vous avez parlé avec Frédéric, que tous ces boulets comprennent la rationalisation si vous êtes le premier à flancher ? À raconter vos mièvreries d'histoires personnelles ? Je suis content de vous voir, gna gna gna… Pourquoi pas aller prendre un café avec ces abrutis, aussi ?

– Sabine, je comprends, mais abruti, boulet, ce sont des mots un peu forts et…

– Denis ! Mais taisez-vous ! Qu'est-ce qui vous laisse penser que je vous demande votre avis sur ma façon de parler ? Vous êtes engagé pour dire votre texte, et vous n'y arrivez même pas ! Ça aussi, je le note ! Vous êtes imprudent, mon pauvre, et même plutôt téméraire ! Il y a la caméra, le magnéto, et moi par-dessus ça, et vous venez me parler de vos états d'âme ?
– Oui, oui, pardon, vous avez absolument raison…
– J'y compte bien ! Bon, je ferai part à Frédéric de l'incident de ce matin… Je vous avais pourtant expliqué il y a trois jours la nouvelle procédure d'évaluation de vos réunions… Mais ça n'a pas suffi… Il faudra peut-être agir…
– Laissez-moi une chance ! Laissez-moi me reprendre ! Je recommence la réunion la semaine prochaine, et elle sera parfaite ! S'il vous plaît…
– Ok, Denis, ok. Parce que vous insistez. Mais gardez bien en tête que si vous n'êtes pas capable de faire ce travail, des milliers de candidats frappent à notre porte. En ce moment même ma boîte mail se remplit de CV. D'habitude je les lis pour me distraire, à la maison. Il y en a, je peux vous dire… Mais bref. Ne m'obligez pas à m'en servir.
– Merci Sabine, merci. Vous allez voir, vous ne le regretterez pas !

Denis et Éloïse, le soir

– Alors ?
– Alors j'ai pas réussi… J'ai essayé de reprendre le programme là où on en était, mais c'était trop dur… C'est une des réunions les pires… Rationalisation du langage, pour consolider tous les dégâts et faire craquer les dernières résistances… Tu n'imagines pas les exercices… Je les regardais et je me disais, dans mes dossiers je cache un grand poignard, je vais les assassiner un par un et ils restent là, confiants, bon, pas confiants, mais ils sont là, amorphes, à se laisser faire…
– Et alors t'as fait quoi ?

– J'ai bafouillé tout du long… C'est normal aussi, le voyant de la caméra me rougeoyait dans la figure, Sabine avait en plus enclenché un magnéto, curée enregistrée, elle me surveillait, dès que je faisais une pause elle était furieuse… J'ai essayé de lire mes fiches, pourtant j'avais tout appris par cœur mais là, rien, trou noir et mon souffleur c'était Sabine alors…

– Et qu'est-ce qui s'est passé ?

– Eh bien… Je suis devenu un peu… Ému… Sentimental… Mais très peu hein, seulement beaucoup trop pour Sabine, électrode vivante… Elle s'est levée d'un coup, a arrêté la réunion, a fait sortir tout le monde… Sauf Francis, tu sais celui qui est bizarre… Elle l'a menacé et il a filé fissa… Et ensuite elle m'a menacé aussi… J'avais l'impression d'être un gamin dans le bureau du surgé mais impossible de me défendre… Cette vipère me paralyse…

– Quelle salope ! Bon… Qu'est ce que tu vas faire maintenant ?

– Bah… Ça va trop loin non ? J'ai encore un peu de morale, quand même… Je n'arriverai pas à continuer, de toute façon… Alors je vais partir… Je vais rompre mon contrat… Faut voir comment, ils sont bardés d'avocats là-bas… Je trouverai un autre boulot, sais pas où…

– Mais… Tu vas partir ? Tu vas laisser les six autres comme ça ?

– Ben oui, tu veux que je fasse quoi ? Ils prendront quelqu'un d'autre pour finir le travail, voilà…

– C'est sûr… Quelqu'un qui n'aura peut-être pas tes scrupules… Écoute, Denis… Je sais que je me suis mise en colère pour ce boulot, tu allais tellement mal, mais… Je crois que… Tu ne peux pas partir…

– Tu t'inquiètes pour l'argent ? Ça ira, je me débrouille toujours…

– N'importe quoi ! Tu m'écoutes un peu ? Je m'en fous de l'argent, et moi j'ai déjà des propositions pour plusieurs postes dans des zones… Difficiles… Toujours… Pour dès la fin du congé mater… Je te dis que tu ne peux pas quitter le navire…

– Alors, rester, et soit tout foirer et me faire virer, soit passer sur ma conscience, réussir et les faire virer ?

– Tu ne crois pas qu'il y aurait une troisième voie ?

– Ben, franchement, non. C'est eux ou moi, c'est comme ça que ça marche…

– Non Denis, non… Ni eux, ni toi… Écoute, j'ai réfléchi, j'ai le temps hein, toute la journée… Et j'ai un plan…

TROISIÈME PARTIE – RENVERSEMENT DE TENDANCE

CHAPITRE 15 – LE PLAN D'ÉLOÏSE

« Alors voilà… Installe-toi bien parce que ça peut être long… Et tu me laisses parler jusqu'au bout.

Si on résume, tu es tombé dans une boîte… Immorale… Qui t'a bien eu en te faisant miroiter argent et reconnaissance… Alors que, j'ai regardé, comparé, j'ai fait, attention prépare-toi, un benchmarking, t'as vu moi aussi je parle entreprise ! Une étude de marché quoi, et donc ils te paient à des tarifs incroyablement bas. De plus, tu n'as pas bien lu tes contrats, notamment les petites lignes concernant les résultats : si la formation ne les fiche pas tous dehors, tous, pour faute lourde ou via démission, tu seras payé de moitié. Il y a aussi une clause de confidentialité, difficile d'aller voir l'inspection du travail et même si tu le fais, le temps que ça bouge… Tu es immergé jusqu'au cou dans ce contrat que tu as toi-même signé. Eh oui, tu n'es pas aussi malin qu'eux, ils ont l'habitude… Quant à la reconnaissance, ils t'ont flatté comme un gros monsieur Jourdain, mais derrière ils te battent froid et tu n'es pas loin de les croire. Donc : tu es perdant sur toute la ligne.

De là : soit tu pars et tu laisses les autres se faire manger, parce qu'ils seront mangés si tu t'en vas, de toute façon. Plutôt lâche… Tu penseras à eux tu te demanderas ce qu'ils deviennent… Première voie sans issue. Tu regretteras de ne pas avoir essayé de les aider. Et, crois-moi, mieux vaut regretter quelque chose qu'on a fait que quelque chose qu'on n'a pas fait. Il faut essayer les possibles, quoi, ne serait-ce que pour l'espoir. Tu te souviens des paroles de Mano Solo, sa chanson sur une fille qui s'est suicidée : « Si tu m'avais demandé, moi je t'aurais dit que dans la vie, ce qui compte c'est pas l'issue mais c'est le combat, c'est le combat. Qu'il faut rendre ce que tu reçois, les mauvais coups, comme les plus bas, et que rien que la beauté du geste te donne raison sur ce que tu détestes »[2].

Alors, nous y sommes. Admettons que tu restes. Tu peux essayer, oui, de mener à bien le sale boulot du nettoyeur. On revient au même, après, tu te sentiras sale, tu te sentiras comme eux. Bon, moi je pense que tu n'y arriverais pas de toute façon. Et là, oui, ils peuvent te virer. Deuxième voie sans issue.

Soit, attention, troisième voie. Tu restes, mais pas pour les virer. Tu restes pour les aider. Immergé jusqu'au cou, tu peux encore bouger la tête. Comment ?

D'abord, tu t'assures de faire ton boulot correctement. Tu ne dois plus éveiller aucun soupçon. De ce que je comprends, ils t'ont à l'œil. Ils te surveillent, t'évaluent, accumulent les notes au cas où. Si ça se trouve ils font même témoigner les six à remotiver contre toi. J'ai regardé sur internet, ça existe, ça s'appelle le feedback 360. Pour 360 degrés, j'imagine. Un tour complet quoi. Je pensais que c'était un feedback sur le feedback, ils en seraient bien capables, mais non. Les employés évaluent anonymement leurs supérieurs ou assimilés. Pas mal non ? Tout le monde est coincé. De haut en bas, de bas en haut, plus les délations entre collègues, je te tiens tu me tiens par la barbichette. Le premier qui flanchera n'aura plus d'emploi. Donc, dès la prochaine réunion, qui est visiblement ta dernière chance, tu es irréprochable. Ne t'agite pas, j'ai pas fini. Comment être irréprochable ? Tu vas me faire le plaisir de voir ça, vraiment cette fois, comme un rôle. Pas comme quand tu as commencé cette formation puante, non. Parce que tu disais c'est un rôle mais tu y croyais à fond. Tu étais tout content d'avoir ta place au soleil, comme tes grands amis Louis et Adrien, t'inquiète, je t'ai dit ce que j'en pense, je ne parlerai plus d'eux. Non, cette fois-ci, vrai détachement, vrai personnage. Donc, que du faux. Comme eux, mais tu t'en rendras

[2] Le monde entier – Mano Solo – *La marmaille nue*, 1993.

compte, toi. Deux entités dans le même corps. Tu garderas Denis dedans, mais, disons, le formateur sera Dènisse, prononcé à l'américaine.

Un rôle, ça veut dire que ce week-end on va faire des courses pour toi. On va t'acheter un nouvel attaché-case, de la brillantine, c'est n'importe quoi tes épis, pas du tout dans l'identité visuelle de HT, des dessous corporate, histoire que tu rentres bien dans l'histoire et... une montre, tiens. Une montre chère. Le signe de la réussite, non ? Je sais, tu n'en as jamais porté, mais Dènisse, lui, en porte. On trouvera bien une bonne imitation. Ah, et tu vas te faire prêter un de ces téléphones portables qui ne servent plus à téléphoner. Un téléphone bureau, qui te sonne ses sms, mms, alertes et mails en permanence, histoire que tu existes un peu. Ben oui, quand personne ne sonne Dènisse, Dènisse n'existe pas.

Ensuite, tu vas réviser. On va réviser tes prochaines réunions. Celle du langage évidemment. Surtout, il faudra que ta diction soit neutre, impeccable. Tiens, comme on est futés, on va utiliser leurs propres « outils » (j'adore ce truc qu'ils disent en entreprise, outils, comme un marteau et des clous, comme si les gens construisaient vraiment quelque chose de durable, je ne sais pas, une cathédrale par exemple), leurs propres exercices, pour retravailler ta façon d'animer.

Tu vas devenir un formateur modèle pour eux, sans états d'âme, sans âme. Dènisse n'a pas d'âme, il a des objectifs. Oui, c'est un peu facile mais tu sais quoi ? Je crois que pour certains, c'est vrai. L'âme a été reléguée trop loin, depuis trop longtemps... Il ne reste que le vernis. Tu pourras même t'amuser quand tu verras comme ils te regardent autrement, du coup. Un jeu, ce sera un jeu. Comme ça devrait l'être, parce que vu le travail aujourd'hui, si on rentre vraiment dedans, on est mort.

Ah, tu pourrais aussi faire un peu de charme à mademoiselle Sââbine, si, si, je t'assure, elle m'a bien l'air d'en avoir besoin et ça lui fera moins de venin dans les crochets. Au Pervers En Chef, tu lui fais le coup du jeune étudiant en capitalisme qui vénérerait sa figure paternelle... Mais subtil hein, c'est un vieux singe. Demande-lui son avis sur tout, fais-le parler de ses réussites… Les gens comme ça ne résistent pas à parler d'eux, ils ont un ego qui enfle toute la pièce, s'ils ouvrent les vannes c'est l'inondation, et après ça ils pensent que tu es quelqu'un de bien. Pourtant tu es juste mouillé… Mais ils t'apprécient parce que tu es bon public, bon reflet, miroir mon beau miroir dis-moi qui est le plus fort, le plus viril, le plus intelligent ? Mais c'est vous, vous, vous, Frédéric. Laisse-le patauger dans sa mare. Idem avec les autres huiles, s'il y en a. Le cost-killer, là, flatte-le sur l'esprit d'entreprise américain, et nous en France si c'est pas une honte avec toutes ces aides sociales, on est un pays d'assistés, les Américains eux sont forts et sains une nation jeune sans les relents décadents de la vieille Europe et ils sont notre modèle, notre avenir... Voire, demande-lui des cours d'anglais des affaires. Je suis sûr que ça passera ! Complimente le super commercial, celui qui ressemble à Ken, oui, Stéphane, sur ses performances, sa tenue, ses muscles… Dis-lui que toutes les Barbies sont à ses pieds… Bon, etc. Fais-toi, et vite, apprécier de tous. Un gendre parfait, courtois, effacé, faire-valoir. Pour Sabine, un possible amant dont le feu couve sous la glace et qui vénérera sa peau satinée de tenseurs…

Cette étape, c'est compris ? Ok. Attends, je te répète, c'est pas fini !

Normalement, si tu joues bien ton rôle, si ton personnage est bien composé, si tu le sens, dedans, agir à ta place, ils te laisseront tranquilles au bout de quelques jours. C'est qu'ils n'ont pas que ça à faire. Il y a la productivité, la prospective, d'autres chatons à noyer… Là, tu récupères ta latitude de mouvement. Et tu vas te débrouiller pour, en premier lieu, dire à tes six chatons ce qui les attend. Si, si.

Il faut compter sur un choc salutaire pour qu'ils se réveillent parce que, à mon avis, t'as vraiment du boulot. Il faut qu'ils sachent qu'ils sont dans l'avion, porte ouverte, sans parachute.

Comment faire ? Ça, je ne sais pas encore. Soit on te laisse tellement tranquille que tes réunions ne sont plus filmées. Mais ça m'étonnerait vu qu'ils ont leur pub à faire pour vendre leur départ “volontaire”. Oui, j'ai lu les brochures aussi. J'ai bien rigolé. Si par chance il n'y a plus de caméra, hop, tu craches le morceau. Sinon… Tu te débrouilles. Tu ne pourras jamais leur parler à leur poste avec les superviseurs, les managers, les senior managers, les back-up managers, les… Comment tu m'avais dit déjà ? Ceux qui jaillissent de nulle part pour évaluation expresse ? Oui, les random control managers. Le seul moment où tu as les six ensemble, c'est en réunion. Donc on en revient au même. Si Sabine te lâche et s'il ne reste plus que la caméra, eh bien… Tu bidouilles la caméra. Pas longtemps, juste histoire de les secouer et de leur donner rendez-vous ailleurs. Je demanderai à Lorenzo de t'expliquer comment faire. Oui, je l'appelle tout à l'heure, ça sera fait.

Étape suivante : combat et beauté du geste. Quand il faut résister, quand il y a péril, il y a grands mots, pour souder. C'est une guerre, Denis. Il y a déjà des morts. Des dépressions, des accidents et des suicides. Tombés pour la Bourse.

Tu dois réagir maintenant, à ton niveau. Je te propose qu'on mette en place un programme « innovant » de contre réunions. Nous allons faire nos Pénélopes. Ce qu'ils auront appris le jour, nous le déferons la nuit.

Il faudra revenir au tout début. Le coup de l'autoévaluation et des profils en diagrammes. L'idée de HT c'était : depuis quand n'êtes-vous plus apte, viable, adapté. Tu te rappelles Anaïs Nin : « Je ne veux pas être adaptée au monde, je veux seulement être adaptée à moi ». Ce serait déjà pas mal. Nous on reprend cette idée et on interprète les tests autrement : depuis quand les tâches qui vous sont données ne sont plus acceptables. Depuis quand désapprouvez-vous ce que vous faites au quotidien. Il faut remonter le temps et voir depuis quand ça cloche et comment chacun a fait pour tenir. Recenser tous les manquements moraux de HT. Les faire saillir, les mettre en commun. Le gars qui bosse à la cantine n'a pas les mêmes trucs injustes à faire que la fille qui répond au téléphone. Sauf qu'ils ne le savent pas, vu qu'ils ne se parlent pas et qu'ils sont isolés, avec une information parcellaire, morcelée, exprès. Bloquer le flux d'information c'est conserver un pouvoir sur les gens, les agir, et je pense que c'est le but de HT.

Donc, mise en commun, on s'indigne souvent plus pour les autres que pour soi. Liste des choses qui font souffrir chacun. Pas de développement personnel, des choses concrètes. Une question d'éthique, de justesse. Ne plus être seul.

Ça va prendre du temps, déjà. Puis, exercices de détissage de la tunique empoisonnée de HT qui leur colle à la peau. Je sais, la tunique c'est pas Pénélope. C'est Médée non ? Bref. On reprend tout ce qu'on leur a fait faire. On fait des exercices inverses. On leur fait lire, voir, écouter de belles choses. Il faut qu'ils créent, qu'ils écrivent, qu'ils jouent. Qu'ils retrouvent leur espace à eux, l'espace du dedans, qu'ils enlèvent la pancarte « à vendre », qu'ils fassent le tour du propriétaire, se rappellent comme le dedans était immense, quand on était petits. Et on dira que je serai, et on dira que tu seras… Les amis imaginaires… Neverland… Ils verront comme ils l'ont ramené, leur espace, aux dimensions d'une petite cage à lapins dans une barre HLM, où ils se terrent en attendant la moutarde.

De là, espace intérieur, arpenté, défriché, tu excuses la comparaison, tu sais que je suis une idéaliste… Ça va, je rigole… De là vous allez mettre en place un plan. Il y a une DRH dans le lot non ? Il faut que ces six arrivent à se casser avant qu'on ne les foute dehors. Pour l'honneur. Parce que ça viendra, de toute façon, et tu n'as plus beaucoup de temps. Voir ce que chacun voulait faire, quand c'était encore possible de vouloir quelque chose. S'il y a un truc qui s'en rapproche, même de loin. Un truc qui les ferait encore rêver. Avec quoi ils auraient envie de se lever le matin, comme toi le théâtre, comme moi les ados avec qui cheminer. Déraciner les « faut pas rêver ». Il faut, pour éviter le pire. Après, étudier les conditions concrètes de départ, tout ça, mais bon, on verra en temps et heure.

Pour ces contre réunions, je sais ce que tu penses : tu ne peux pas assurer ça tout seul. Eh bien non, tu ne peux pas, et en plus ce n'est pas souhaitable. Si on parle de contre réunions de résistance, en groupe, il faut les animer à plusieurs. C'est là que tes amis entrent en scène. Sauf Louis et Adrien, bien sûr. Ça ne leur rapporterait rien… Non, les autres, ceux qui auraient bien voulu continuer avec toi mais qui avaient besoin d'argent, et qui s'épuisent maintenant dans des petits boulots alimentaires. On va les appeler et leur proposer le truc. Vous allez reformer troupe, mais troupe sociale. La place de l'art : dans la rue et dans l'espace du dedans. Pas dans le velours rouge, le cossu et les petits fours au champagne. D'ailleurs, on en reparlera, mais je voudrais bien que vous montiez un truc pour mes ados. Des ateliers, des impros, leur faire écrire un spectacle et puis monter la scène dans les cités. Un spectacle de rêve, un truc d'explorateurs, le quotidien leur sort par les yeux, ils ont besoin d'aller ailleurs. Bon, plus tard, ça, on revient à tes six à toi. On appelle Sven, il est veilleur de nuit, il continue d'écrire, seul. Il sera bien content de venir faire des choses à plusieurs. Et Jeanne aussi, elle fait des enquêtes dans la rue, elle gagne des clopinettes, se fait envoyer bouler toute la journée, tu connais le problème… Mais elle travaille toujours ses marionnettes, des vraies, pas des gens comme chez HT. Elle récupère des chutes de tissu, elle en a créé deux nouvelles, elle est passée me les montrer l'autre jour, deux merveilles. Pichenette et Melrouga. On va aussi appeler Stéphane, le nôtre, agent de sécurité pour un restaurant kebab, tu imagines ? Les gens sont vraiment aux abois. Mais toujours fou de poésie, de contes et de guitare. Ben oui, je n'ai perdu le contact avec personne, mais toi tu les as tous oubliés dans ton sprint à la reconnaissance… On va battre le rappel, on va bosser ensemble. Programme complet. Nombre de contre réunions à établir. Sauvetage des chatons. Réveil des consciences.

Alors, ça te plaît mon super plan ? Ça nous galvanisera aussi, tu sais… Retrouver du collectif… Oui, oui, je fais des slogans simplistes si je veux, je m'en fous. Je m'en fous de la complexité du monde et de peser le pour et le contre. Quand il y a quelqu'un à l'eau, tu n'évalues pas les conditions climatiques et le sens du vent non ? Tu ne restes pas sur la berge parmi les experts qui débattent avec componction ? Tu as peut-être tort, et tu y passeras peut-être aussi, mais tu sautes… Parce que tu te le dois, à toi, pour te regarder en face… »

Chapitre 16 – 23 juin 2006 –
La quinzième réunion, nouvel essai

Salle Uranus, 10 h
Denis, Sonia, Marc, Catherine, Laura, Rodolphe, Francis.

Sabine idem que la précédente.

« Bonjour à tous. Nous allons immédiatement rattraper le retard engendré par le léger dysfonctionnement de la semaine dernière. Nous travaillons à partir de maintenant et pour les semaines à venir à la rationalisation de votre langage. Rationalisation suppose chasse aux déchets langagiers qui obscurcissent vos échanges avec la clientèle et avec vos collègues. Or, votre langage est la vitrine de HT.

Qu'est-ce qu'une vitrine ?

C'est d'abord une barrière. Votre langage doit être une barrière, et non, comme on le pense à tort, un moyen de communication. Une barrière protégeant les intérêts de HT, empêchant à la fois les intrusions du client trop curieux et celles de votre propre conscience avec ses ratiocinations diverses. Le langage rationnel doit donc aussi combattre vos velléités personnelles dangereuses pour votre productivité. Un double vitrage, en quelque sorte.

Mais une vitrine doit également mettre en valeur ce qui est à l'intérieur, c'est-à-dire les produits exclusifs HT. Ainsi doit être votre langage.

Comment votre vitrine-langage peut-elle à la fois faire barrière, et mettre en valeur ce qu'elle protège? En étant solide, transparente, lisse, sans défaut. Transparence et rigidité totales, c'est ce que nous visons aujourd'hui et pour les séances à venir.

Vous avez été bien observés ces derniers mois par nos experts. Tout ce que vous avez dit a été pris en notes. Il appert que, si nombre d'entre vous respectent à peu près les procédures de langage déjà établies (et à peu près n'est pas suffisant), vous y apportez cependant nombre de modifications, ajouts personnels inutiles, montées de tension au milieu des phrases, approximations desservant nos produits, etc.

Voici comment va se dérouler la séance de ce jour. Tout d'abord, je vais remettre à chacun de vous l'ensemble des notes prises par les experts, c'est-à-dire le relevé de toutes vos interventions orales chez HT : en poste, entre collègues, à la cantine, etc., donc formelles et informelles, ces huit derniers jours.

Vous n'aurez pas vos propres propos en main mais ceux de quelqu'un d'autre ici présent, ceci dans un but pédagogique. On voit mieux la paille dans l'œil du voisin que la poutre dans le sien : les proverbes sont efficaces, performants, rationnels.

Vous allez corriger ces propos, les débarrasser de leurs excroissances émotionnelles, de leurs incorrections, de leurs imprécisions, de tout risque de malentendu. Je vous rappelle que nous pourrions être attaqués à n'importe quel moment par un client sourcilleux et que vos propos seraient alors examinés en première ligne avec risque de responsabilité pénale.

Vous travaillerez en plusieurs étapes. Vous le voyez, les dossiers que je distribue font chacun entre vingt-cinq et cinquante pages recto-verso, plus ou moins serrées. Certains d'entre vous ont en effet particulièrement délayé leurs propos ! Première étape : vous barrez en bleu tous les éléments verbaux inutiles. Hésitations, formules de politesse non procédurières… Deuxième étape : vous reprenez le dossier du début et barrez en rouge tous les propos émotionnels. Par exemple : content, heureux, fâché, plaisir, enfants… Troisième étape : vous barrez en vert tous les propos hors contexte, i.e tout ce qui n'est pas en rapport avec l'objet direct de la discussion : inepties, commentaires abscons... Si vous avez dans vos dossiers une discussion personnelle avec un collègue, vous la rayez évidemment en entier et marquez un point d'exclamation dans la marge pour faciliter la notation finale par les assistantes de Sabine.

Quand vous en aurez fini vous évaluerez le nombre de lignes du dossier restantes. Vous les soustrairez au nombre de lignes de départ. Vous noterez ainsi combien exactement de scories encombrent vos prises de parole. Ces scories sont du temps perdu, et pour ceux qui l'ont oublié, je rappelle que ce n'est pas votre temps. Vous rapporterez ce temps perdu exact (comptez dix secondes par ligne de scories) au taux horaire de l'employé concerné, qui vous est fourni. Vous calculerez ainsi la perte financière exacte sur ces huit jours et extrapolerez sur l'année. Vous écrirez enfin, en évitant toutes les catégories de mots à risques, une synthèse de ce que vous avez constaté, suivie d'une résolution quant à votre propre langage pour l'avenir, que vous signerez et que notre performante Sabine ici présente contresignera. Cela nous mènera probablement au terme de la réunion d'aujourd'hui.

Ensuite interviendra le travail réalisé par notre état-major, assisté de Sonia. Sabine vous présentera excellemment les Protocoles de Vocabulaire Purifié. Vous aurez, afin que tout soit verrouillé, la liste des mots et expressions dorénavant interdits. Cette liste est en ce moment même distribuée à tous nos employés, car HT tient à ce que vous soyez tous égaux devant le client, l'évaluateur, voire le client évaluateur ou client-mystère, et enfin l'actionnaire, qui peut nous rendre visite à tout moment et sans qui vous seriez tous au chômage. Vous aurez donc les clés pour modifier votre langage en conséquence. Nous vous offrons là un outil unique. Steve Wright interviendra la semaine prochaine, ou celle d'après selon votre adaptabilité-flexibilité à la tâche, pour un apport spécial concernant le nécessaire vocabulaire anglo-saxon et la façon de l'employer.

À la suite de tout cela vous seront donnés des exercices à faire ici, à deux. Une situation vous sera remise et il vous sera demandé de la jouer en appliquant tous les principes qui vous auront été enseignés et que vous aurez pris soin de mémoriser. De toute façon ce sont des principes rationnels et efficaces. Si vous doutez, pensez-y. Basiquement il s'agira d'aller toujours au plus simple, au plus neutre et au plus sûr pour HT. Ces situations iront de vos tâches usuelles recensées dans votre fiche de poste à une conversation impromptue dans l'ascenseur, vos entretiens d'évaluation, les rapports avec un client, un fournisseur, un supérieur, un concurrent, un invité dans un dîner en ville, plus quelques situations surprise qui compteront double dans l'évaluation de votre réussite à la présente formation.

En dernier, pour vous détendre, d'ici un mois maximum, j'ai proposé à Sabine un exercice supplémentaire. Elle l'a accepté et je l'en remercie. Nous allons ensemble travailler à rationaliser des textes littéraires. Nous appliquerons la méthode à diverses formes de textes. Nous commencerons par Proust, et vous travaillerez comme sur vos dossiers d'aujourd'hui, en barrant selon le code couleur, pour constater à quel point le délayage est chez lui récurrent, affaiblissant sa portée, son discours, son efficacité. Vous verrez combien de lignes efficaces restent après rationalisation de dix pages de la Recherche, notamment, pour son cas, une fois ôtées toutes les résonances émotionnelles, et cela vous fera, j'en suis sûr, sourire. Un peu de détente ne nuit pas au corporate spirit ! Nous continuerons avec Rimbaud, même méthode, et vous traquerez toute étrangeté, toute polysémie. Baudelaire aussi, chasse à toutes les occurrences du corps malsain et de la mélancolie. Nous en viendrons ensuite à des écrivains de notre époque, dans un but comparatif. Vous constaterez toute la différence : la différence de la modernité, du progrès. Vous verrez comme, avec certains auteurs d'aujourd'hui, en utilisant notre méthode, il n'est point besoin de barrer beaucoup de choses. Parce qu'ils sont rationnels et efficaces. Parce que ce qu'ils écrivent est plus un scénario, donc de l'action, de la rapidité, de l'efficacité, qu'un roman où l'auteur ausculte narcissiquement « l'âme » de ses personnages, alors que personne n'en a cure, en faisant étalage d'une langue, d'un style toujours trop personnels. Le personnel est à bannir, en littérature comme chez HT. Ce n'est pas pour rien que ces auteurs scénaristes que nous étudierons sont vendus à des millions d'exemplaires. Ils sont notre modèle, simple, clair, performant.

Voilà, ce sera votre récompense culturelle, car HT se préoccupe de votre culture, pour avoir auparavant sérieusement travaillé. Je vous laisse donc à votre première mission : dépecez-moi ces dossiers, et tirez-en les maigres relents d'information qui y subsistent. Ah, vous serez évalués en fonction de votre rapidité. Je lance le chronomètre. Et que le meilleur gagne !

Sonia

Eh bien, nous y sommes... Je ne participe plus au comité de Vocabulaire Purifié, Sabine m'a expliqué qu'ils n'avaient plus besoin de moi et qu'ils avaient des choses à régler « entre cadres ». J'ai été un peu triste, j'avais l'impression de faire partie de quelque chose, de retrouver des gens qui seraient comme des... Amis... Même si le travail a été très difficile... Avec tous les mots qui ont été supprimés ça va devenir un vrai chausse-trape que d'ouvrir la bouche, ici... Heureusement qu'on aura des listes...

Je me suis dit que le plus simple c'est d'arriver à modifier ma pensée en conséquence, pas seulement les mots, non, les idées. Quand on apprend une langue étrangère, et Dieu sait combien j'en ai apprises, le moment clé c'est quand on arrive à penser, voire idéalement à rêver, dans la langue nouvelle en question. Ça veut dire qu'elle a pénétré, modelé notre pensée, car bien sûr on pense, ressent, voit, écoute différemment selon les mots dont on dispose. Si j'ai dix, vingt adjectifs pour définir la neige, comme dans les contrées arctiques, il va de soi que je vais reconnaître avec mes yeux, mes doigts, mes oreilles même, ces formes de neiges, et que je vais penser différemment ces neiges. Donc, je m'entraîne, puisque j'ai eu la chance d'assister à la naissance du projet, à intégrer directement dans ma pensée le Vocabulaire Purifié. Sinon je sais d'avance qu'il sera trop fatigant de penser à ma façon, puis de traduire en termes HT.

Trop fatigant et trop long, du temps sera perdu qui ne m'appartient pas.

Pour l'instant j'y travaille une heure par jour, pas plus, sinon quand les garçons rentrent ils ne comprennent pas ce que je dis. Mais quand je serai bien dedans je leur expliquerai et je leur apprendrai la méthode afin qu'ils s'intègrent au mieux, qu'ils aient toutes les chances de leur côté pour leur avenir. J'ai déjà entraperçu comme ça simplifie tout, ce Vocabulaire, comme il n'y a plus besoin de penser, comme les choses deviennent évidentes, sans dessous, juste du plat, du linéaire. Du calme. Mais ce sera encore mieux quand je le maîtriserai parfaitement, quand j'aurai oublié mon ancienne langue...

Denis est très bien d'ailleurs aujourd'hui, il a encore quelques scories dans son discours mais si peu par rapport à avant, surtout par rapport à la semaine dernière où ça a été une catastrophe... Il est aussi comme... Changé... Je ne sais pas ce que c'est, mais il a l'air plus sûr de lui... Il sourit à Sabine entre deux phrases... Et elle a l'air contente aussi... L'histoire des grands textes littéraires à rationaliser, c'est un peu... Extrême... Mais si on veut le silence intérieur absolu, et HT le veut, et je le veux, pour repos, eh bien, il faut renoncer à certaines choses... Théâtre, poésie, peinture, ça tire sur les coutures... Sous anesthésie générale, on se sent si bien, endormi... Si... Tranquille...

Bien, il a terminé, on y va, j'ai mon dossier, je me demande qui c'est, c'est anonyme. Mais ça va vite se reconnaître... Ah, c'est Laura. Eh bien, ce n'est pas très long. Dans sa petite boîte elle ne peut pas beaucoup parler. Il y a le salut à Mariama... Deux appels sur sa ligne... C'est une assistante de Sabine qui vérifie qu'elle ne bouge pas... Je raye sa réponse, trop émotionnelle... Toutes les hésitations je verrai après... Plus rien... Ah, Mariama l'appelle pour qu'elle aille déjeuner... Bon, elle parle un instant avec Roman sur le chemin de l'ascenseur... Il faut tout rayer et mettre le point d'exclamation... Ensuite... Oui, quelques propos avec Rodolphe, en arrivant au self... À rayer aussi... Elle croise Mariama en partant... Laura est trop imprécise, il n'y a pas une seule phrase entière, elle doit avoir peur de sa responsable… Et puis à nouveau dans la petite boîte… Deux appels de contrôle, idem que le matin… Plus rien ensuite… Il y a le relevé des heures à côté… Fin de journée… Mariama la libère… Laura la remercie, à barrer aussi, inapproprié… Fin de journée… Il y en a d'autres, on va voir si ça bouge un peu mais bon, rien n'est moins sûr…

Chapitre 16 bis – Après la réunion

Sabine et Denis

– Eh bien Denis, je confirmerai à Frédéric que vous êtes revenu à de meilleures dispositions… Cette idée d'exercices littéraires était déjà très bonne, mais votre présentation d'aujourd'hui a été exemplaire !

– Merci Sabine, mais vous savez, c'est grâce à vous… Si vous ne m'aviez pas secoué les puces la dernière fois, jamais je n'aurais compris où était ma place… Vous savez, les hommes sont parfois des petits garçons rêveurs et ils ont besoin d'une femme, d'une femme forte à leurs côtés pour les ramener à la réalité… Vous avez été parfaite, Sabine, parfaite !

– Oh, c'est très aimable de le reconnaître, Denis. Il est vrai que je dois souvent voler au secours d'hommes perdus dans leurs responsabilités, parfois même de Frédéric, il est si débordé, je l'aide à remettre ses idées en place…

– Mais ça ne m'étonne aucunement, Sabine ! On voit du premier coup d'œil que vous êtes une personne de terrain, sur qui l'on peut compter, une personne qui est aussi une femme avec, pardonnez-moi de vous le dire ainsi, cette aura de douceur, cet éclat qui font qu'on ne peut rien vous refuser, qu'on vous suivrait partout…

– Arrêtez, chenapan ! Vous vous moquez…

– Pas une seule seconde ! Sabine, vous savez comme j'ai à cœur de moi-même suivre les précieux enseignements de HT, et ainsi ma parole est transparente… Je voudrais vous demander quelque chose, mais je ne sais pas si…

– Dites, Denis, dites. Ce que vous voulez !

– Eh bien, j'ai remarqué votre parfum… Il est pour moi comme une prairie de printemps, il me transporte et… Je sais que chaque femme a ses secrets… Mais peut-être pourriez-vous me dire son nom à l'oreille…

– Quel flatteur vous faites ! D'accord, d'accord, vous le saurez… Pas à l'oreille, non, la politique de HT quant au harcèlement sexuel est très stricte, nous sommes seuls maintenant dans cette salle, je suis votre supérieure, je ne peux pas m'approcher de vous… Mais je vous laisserai le nom sur un petit papier… Ou peut-être…

– Oui, Sabine ?

– Peut-être pourrais-je vous le dire ce soir, en partant du bureau… Nous pourrions faire le chemin tous les deux jusqu'au métro…

– Ce sera avec joie ! Je vous laisse alors, je vais travailler à la prochaine séance afin de conserver l'estime que vous m'avez si généreusement témoignée… À ce soir alors ?

– Oui, oui Denis, à ce soir… Je vais voir Frédéric de ce pas, lui notifier vos progrès… Je ne serais pas téméraire en pariant qu'il vous offrira quelques bons cadeaux pour votre bonne conduite…

Frédéric

Eh ben voilà ! J'ai réussi à le mater, le comédien à scrupules… Il fait plus le malin maintenant… Il est même devenu présentable… Ça croit avoir une morale et ça ne pense qu'à la fin de mois, c'est tout ! Comme tout le monde ! Hein, s'ils ont vraiment une éthique, tous, s'ils sont si choqués par « l'argent roi », pourquoi ne refusent-ils pas leur paie, alors, drapés dans leur dignité ? Bon… J'ai donné trois bons cadeaux pour lui à Sabine, cent euros chacun, allez hop, il ne sera pas plus finaud qu'elle, il sera tout fou et il récitera encore mieux son texte…

À voir ce qu'on fait maintenant… Je vais laisser Sabine avec lui pour la prochaine réunion, juste histoire de double-checker… Ensuite, si tout va bien, je l'en dispenserai, elle doit s'occuper de notre prochaine fournée… Ses dossiers de délation sont pleins… Il y a quelques CDD qui ne posent aucun problème, la fin est dans... Je ne sais pas, un mois ou deux... Malheureusement pour vous, nous avons décidé de ne pas reconduire votre contrat. Dommage... Mais plusieurs autres sont en CDI... Toujours trop de CDI... On leur fera le même coup, ils ne se douteront de rien, le produit ne sera pas encore lancé sur le marché... C'est ça, je dois vraiment faire le ménage chez moi et virer tous les crétins, avant de former les commerciaux et de faire passer le produit sur le plateau d'appels...

Plan d'action : on va commencer à monter les images des premières réunions pour le film publicitaire de ce nouveau produit révolutionnaire... Rédiger les contrats aussi, faut voir avec les avocats pour éviter aux clients les procès de leurs propres boulets récalcitrants... Il y en a... Qui râlent au boulot mais qui râlent si on les vire aussi... Faudrait savoir... Oui... Voir avec Stéphane les clients privilèges à qui on propose en premier... Mettre la com sur le coup pour faire un packaging efficace... Je pense coffret cadeau, je pense slogan « HT vous fait le ménage en grand ! » ou « HT vous offre votre liposuccion ! », bon, à voir... Un coffret avec ruban, et dedans, le DVD avec captation de ma formation « remotivation » pilote, spéciale brochette de freaks... 100 % réussite garantie, avec preuves... Je pourrais mettre une copie des lettres de démission ou de licenciement des six... Un contrat prérempli à signer... Une réduction si souscription avant trente jours, de toute façon le mark-up est déjà énorme, alors... Peut-être de fausses fiches Assedic, dans le coffret, pour rire, comme des billets de Monopoly... Virez vos employés en toute sécurité... Ne passez pas par la case cotisations sociales... Ne perdez pas dix mille euros... Oui, peut-être un immense jeu de Monopoly, à la place d'un coffret ? Avec des cases et des pions de couleur, comme ça le client suivra en temps réel l'autoéjection de ses boulets à lui ? Hum... Cases faux pas, avertissement, congé dépression, placardisation, on oublie votre nom... C'est bon, ça, c'est bon...

Ok... On peut y aller maintenant, la première remotivation est en dernière phase... Denis est sur les rails... Je mets Sabine à la coordination de la suite... Dès la semaine prochaine...

Et je me renseigne sur la valeur prévisionnelle du produit en bourse, il faut évaluer ça aussi... Dépêche AFP : « Grange Industries achète le nouveau pack HT : dans la demi-heure, Paris, Londres et Tokyo enregistrent un bon jamais vu des actions Grange. »

C'est parti ! I am the king of my world !

Chapitre 17 – 13 juillet 2006 – La dix-huitième réunion

Salle Neptune, 13 h 30
Denis, Sonia, Marc, Catherine, Laura, Rodolphe, Francis.

Comme validé, Sabine ne vient plus depuis deux réunions.

« Bonjour, bonjour… Installez-vous, j'ai beaucoup de choses à vous dire… Oui, oui, merci, rendez-moi vos dernières auto-évaluations… Vite, vite, je n'ai que dix minutes devant moi…

Bien… Vous voyez cet appareil au-dessus de la porte ? Qui d'habitude a un voyant rouge ? C'est une caméra… Vous êtes, nous sommes filmés depuis le début et je vais vous expliquer pourquoi… J'ai réussi à la désactiver mais ça ne me laisse que dix minutes, dix minutes avant que quelqu'un ne s'en aperçoive et que Sylviane ne nous envoie un technicien…

Alors… Comment être clair… Comment vous faire réagir… Vous venez à ces réunions depuis le début, réunions dites de remotivation… On vous a fait faire des exercices de plus en plus étranges, de plus en plus humiliants… Vous n'avez pas protesté… Je parcours les questionnaires que vous venez de me rendre et je vois que vous êtes maintenant capables de vous saquer entièrement tout seuls… Je sais que vous pensez : on l'a fait pour garder notre place ici, parce qu'on a toute une vie à payer… Eh bien, restez bien assis : vous faites cette formation pour ne pas perdre votre boulot, mais cette formation est précisément mise en place pour vous faire perdre ce boulot.

Quoi… Vous ne réagissez même pas ? Vous ne me croyez pas ? Ce n'est pas un jeu de rôle, ce n'est pas une blague – ce n'est pas drôle du tout.

Je vous explique... Il a été déterminé que vous étiez les... Maillons faibles... De HT... Mais HT ne pouvait pas vous virer pour ce motif... Vous n'aviez rien de grave à votre actif, juste vous êtes un peu... Différents... HT a rassemblé des dossiers entiers sur vous, vos collègues s'en sont donnés à cœur joie... Ils ont tous des raisons de ne pas vous aimer... Vous remettez en question, d'une manière ou d'une autre, leur façon de travailler ici... Sonia, on vous trouve trop tatillonne, trop précise... Catherine, vous avez empêché un plan social, alors on vous a collée dans la prochaine charrette... Rodolphe, vous interrogez le système du restaurant d'entreprise, vous pensez... Laura, vous n'êtes pas la parfaite hôtesse d'accueil avec votre corps récalcitrant... Francis, on vous trouve bizarre et les collègues n'arrivent pas à suivre votre cadence, vous travaillez trop bien et vous faites peur... Enfin, Marc, vous, vous êtes déjà sorti du jeu, oui, écoutez, les autres, Marc est maintenant parmi nous en tant que stagiaire non payé, non Marc ce n'est pas un secret, il faut arrêter les secrets, la rétention d'information fragilise et isole... Vous, Marc, vous aussi votre corps est récalcitrant, l'allergie à la cravate, vous imaginez la symbolique pour l'identité visuelle HT ? Et vous êtes rêveur, cela se voit... Bref, aucun de vous n'est conforme à ce que HT demande, et cette formation sert, un à prouver cette non conformité, par des autoévaluations désastreuses, par des évaluations idoines, et, deux, si ça ne suffit pas, à détruire ce qui tient encore chez vous en vous imposant des exercices auxquels on sait que vous échouerez, forcément ! Vous comprenez ? De là, si vous n'avez pas démissionné en route, il y aura tous les éléments pour vous virer...

Bon, plus que cinq minutes... Moi j'ai été embauché pour faire ça, mais je vous promets, je ne savais pas... Je... Quand j'ai appris, j'en ai été malade... Je voulais partir... Ma compagne m'a convaincu de rester et d'essayer de vous prévenir, de vous donner un coup de main... De jouer le jeu pour HT, et double jeu pour vous... Vous ne vous en sortirez pas sinon, ils sont plus forts que nous... Ils n'ont pas de scrupules, eux... Tellement aucun que la caméra sert à faire un film de promo pour vendre l'idée aux clients de HT... Hautfort dira : regardez comment j'ai viré mes boulets, c'est ça qu'ils pensent de vous en haut lieu, il dira faites pareil, achetez mon pack d'aide au départ « volontaire »... Pourtant vous avez bien vu le titre dans la brochure... Mais vous ne vous êtes pas posé de questions, comme d'habitude... Le produit sera lancé à l'automne, au plus tard au début de l'hiver... Il va falloir se réveiller, parce que c'est le chômage qui vous attend... Vous organiser et vous défendre...

Alors voilà, ce que je vous propose c'est... De continuer la formation comme d'habitude... Il reste environ un mois, un mois et demi... Pour ne pas éveiller les soupçons... Mais comme ils ont fait, comme j'ai fait de gros dégâts dans vos têtes, je vous propose de réparer... Qu'on se voie tous en dehors d'ici pour remonter la pente... Je vous propose des contre réunions, le soir. Disons trois fois par semaine, dans l'arrière-salle d'un café que je connais, c'est près d'un théâtre, il y a des banquettes confortables, des coussins, un petit vin de pays d'Oc dont vous me direz des nouvelles... La patronne peut surveiller vos enfants, Sonia... On s'arrangera pour ramener les uns et les autres... C'est un endroit beau et vivant...

C'est très important... Parce que ça vous concerne vous, mais aussi ceux qui viendront après... On est chacun responsable des autres... Sabine travaille déjà à sélectionner les prochains à virer, même méthode... Ils s'imaginent que je vais le faire...

Des mesures effrayantes se profilent. Un comité travaille sur l'interdiction des odeurs personnelles au travail. Sonia, un collègue influent trouve que votre parfum est... Trop fort. Il a donné l'idée à Sabine. Ils préparent un sas d'hygiénisation dans le hall, des détecteurs d'odeurs et parfums personnels. On en imposera deux par catégorie, employé, agent de maîtrise, cadre, avec coût de fabrication en fonction, un pour hommes et un pour femmes. Concoctés par des nez allégeance HT... Et les électrodes que vous avez portées il y a des semaines, pour détecter l'activation des aires limbiques, vous vous souvenez ? Elles seront réduites, rendues discrètes pour permettre leur port permanent par les employés en poste. Ça bipera dès que quelqu'un ressentira quelque chose. Avec blâmes, avertissements, mises à pied etc.

Ne faites pas ces grands yeux. Ce n'est pas plus choquant que de demander à quelqu'un de ne pas utiliser un prénom étranger. Pensez à Mariama que vous appelez Marie... À tous ces démarcheurs téléphoniques qui se présentent comme Jean Dupuis les jours pairs et Pierre Martin les jours impairs, pour rassurer le consommateur, pour vous faire dépenser plus, avec bonne confiance française... Vous imaginez ce que ça fait qu'on vous arrache votre nom propre comme une étiquette honteuse? Eh bien c'est déjà fait, il y a longtemps qu'on est passé de l'autre côté. Simplement HT avance plus vite que les autres, et je pense que leurs avancées seront généralisées bientôt. Même si vous démissionnez ou êtes virés d'ici, ça recommencera ailleurs.

Il faut donc essayer de se réunir et de trouver comment résister à ça. Plus qu'une minute, s'il vous plaît, regardez tous la caméra comme si nous nous demandions comment faire pour la réparer. Le technicien va arriver... Je compte sur vous, je vous dis à demain soir, je vous donne l'adresse à tous, chacun prend un petit papier, rangez-le tout de suite, il y a mon numéro de portable aussi, n'hésitez pas. Essayez entretemps de faire bonne figure... Cette caméra...

Ah ! Bonjour Monsieur ! Oui, nous nous demandions ce qu'il se passait ! Nous tenons tous à notre sécurité et que serait la sécurité sans les caméras de surveillance, n'est-ce pas ? Je n'ai pas commencé la réunion, nous attendions que vous la remettiez en marche... Et puis, nous nous mettons au travail ensuite, n'est-ce pas ? C'est que nous avons du pain sur la planche !

Chapitre 17 bis – Pendant les dix minutes, vues intérieures

Catherine

Quelle idiote aussi… Bien sûr que c'était ça… Bien sûr qu'on devait arriver à ça… Ça ne suffisait pas de me mettre au placard, de critiquer tout ce que je fais… C'est seulement grâce à Jean et aux filles que je n'ai pas craqué… Ça a bien dû les décevoir, là-haut… Et pourtant tout était là depuis le début… Je me suis illusionnée toute seule dès que Frédéric m'a embauchée… Alors que je n'avais déjà aucune latitude… Alors que j'avais déjà vu quelle soif de réussite il avait… Déjà, déjà, déjà… Alors que j'aurais pu comprendre qu'il lui sacrifierait tout le reste… Enfin sacrifierait, ce n'est pas comme s'il tenait au reste… À travailler en harmonie, ensemble… Il s'en fout complètement… On a toujours été des pions… Et lui grand ordonnateur… Oh, je serais seule, je laisserais tomber… Je… Démissionnerais… Parce qu'il n'y a pas d'espoir que ça change… Mais Denis a raison, je peux encore servir à quelque chose, pour les autres… Oui… J'irai avec eux, bien sûr… Ça me rappellera les crises d'avant… Sauf que là on est attaqués de l'intérieur… Par l'argent, Frédéric, les actionnaires… La course à la croissance qui dès qu'elle n'augmente plus augure une catastrophe… On ne peut pas augmenter toujours, pourtant… Oui, le papier de Denis je le mets dans ma poche et je raconte tout aux filles ce soir… Ça va leur plaire, ça les vengera de ce qu'elles subissent déjà dans leurs petits boulots et que je ne croyais pas possible…

Je les crois, maintenant.

Rodolphe

Les salauds… Vertige et damnation… C'est sûr qu'à côté de ça moi je ne vais pas loin avec ma dinde décorative… Petit joueur, va ! Oui, très forts ils sont… Ah, mais très bien ! On veut me virer ? Alors je mettrai un beau bordel avant ! Oui oui oui ! Du pâté multianimaux dégueulasse pour les chariots Golden, qu'ils aient un peu le goût de la vraie vie ! Qu'ils savourent les abattoirs, les bêtes mutilées à la chaîne, les ajouts de gras, de peau, de poils, les colorants et les trucs hydrogénés ! Avec un peu de chance leurs palais délicats feront des allergies… Un mort, deux morts, trois morts… En plein restau d'entreprise, devant les clients de Hong-Kong… Non, non, ceci n'est pas une performance… Aucun artiste n'a été utilisé pour ces meurtres… Et pas d'inspecteur pour arrêter le massacre… Pas d'Adamsberg pour démasquer le preux cuistot qui redistribue les richesses culinaires de la multinationale… Et pour les Express, les pauvres abonnés au bas de gamme comme à la maison, ce sera saumon mariné aneth et baies, verrine aux trois homards, émulsion de fenouil, billes de matcha façon El Bulli… Tous les jours ils s'en boulotteront et au diable l'avarice… Et ensuite, quand on m'aura jeté dehors, tout ricanant, je la reprendrai, ma thèse ! Libéré de mes chaînes ! Et j'ajouterai une partie sur les rapports de force dans le culinaire… La santé corrélée au niveau de vie… Les empoisonnements… Les goûteurs qui mouraient foudroyés par un rival de leur Seigneur… Parfait les gars, parfait ! Si je chute, j'entraîne la productivité avec moi !

Sonia

Ah parce que… Pourquoi ils m'ont fait travailler dans leur commission alors… Si c'est pour… Faire ça ensuite… Ce n'était pas prévu d'avance, si ? La remotivation dure depuis… Oui… J'étais inscrite depuis le début… Ils ont… Utilisé… Ce que je savais… Pour… Me mettre dehors ensuite… C'est… Pas bien… Je n'arrive plus à… Penser… Alors je dois arrêter d'intégrer le

Vocabulaire… Puisque je suis déjà… Condamnée… J'ai peur… Qu'est-ce que je vais… Devenir… Les garçons… Il faut qu'ils mangent, jouent, aillent au cinéma… Comment… Et si je m'excusais auprès de… Sabine… Frédéric… Les autres ? Je ne veux pas qu'on me jette… Et pourtant ce n'est même pas un travail où je me réalise… C'est vrai ça… J'ai abandonné tout le reste… Et je n'ai plus que ça, maintenant… Si je perds ce boulot je… Ne suis plus rien…

Marc

Mais… Je… Je viens tous les jours ici je fais tout ce qu'on me demande je ne suis pas payé et ça me va au moins quand je rentre le soir je peux dire que j'étais au bureau comme tous les hommes de la famille et Maman dit c'est bien Marc… Respire… Ventoline… Pourquoi je suis là moi on ne peut pas me virer j'ai déjà démissionné… C'est parce que je leur fais… Honte ? Je fais honte à HT, je suis pas normal… Je fais honte à Papa… Je fais honte à mes frères ils ne m'invitent jamais dans leurs dîners et moi je mange tout seul un plateau de Maria dans ma chambre en écoutant les publicités à la radio… Je… Non, je ne peux pas aller au café de Denis le soir… Papa le saurait si je ne rentre pas comme d'habitude et s'il apprend pourquoi il sera tellement en colère il m'enverra en pension… Non pas en pension je suis trop grand mais en… Prison pour ceux qui font honte, pour plus qu'on les voie… Il ne faut pas contredire Monsieur Hautfort, il fait tout ça pour notre bien… Je prends le petit papier mais je n'irai pas je me ferai tout petit plus petit que le papier pour que HT me garde… Pour qu'on ne m'envoie pas en prison…

Laura

Mais qu'est-ce qu'ils veulent de plus ? Je ne… Je ne dérange plus personne, dans mon placard… On me voit à peine… Le client n'est pas… Choqué par les sandales pharmaceutiques qu'on me fait porter… Je remplis des cases toute la journée… Je tape les comptes rendus pour tout le monde… Pendant ce temps j'entends les autres filles qui rigolent, discutent avec les clients, parlent de shopping, de maquillage… Je… J'ai du mal à parler normalement quand Mariama, enfin, Marie, me donne un ordre, parce que j'ai peur mais… Je fais tout ce qu'elle me dit… Qu'est-ce qui cloche chez moi ? Il y a bien quelque chose… Quelque chose de plus que pas très maligne, et même plus mignonne… Et maintenant je vais faire quoi… Je vais… Parler avec Roman… Il est gentil, lui… Il dit que je suis jolie comme un lait fraise et douce et que… Comment il dit ? Qu'on voit dans mon œil une lumière d'or rose … Que je ne suis pas une cruche… Il pourrait venir avec moi au café de Denis… Toute seule, je n'ose pas… Mais j'ai envie d'y aller parce que… Denis veut m'aider… Veut nous aider… Ça ne m'est jamais arrivé, ça fait du bien… Ça me calme…

Francis

Transgression numéro 1 : aujourd'hui 13 juillet 2006 à dix heures et une minute. Auteur Denis Serpat, formateur. Délit : falsification caméra surveillance nécessaire contrôle faits et gestes employés bruyants et sales. À signaler.

Transgression numéro 2 : même heure, même personne. Formateur veut faire secrets / confidences = danger. À signaler.

Transgression numéro… numéro… Écouter formateur… Écoute… HT en colère contre ses employés… HT fomente complot… Vrai complot, pas le complot dans la tête que le médecin avait détruit avec pilules très fortes… Il y a ici des témoins… Tous, en choc…

Denis ne ment pas… Denis parle en vrai comme personne n'a jamais fait... Quand il parle il y a quelqu'un dedans.

Mais contre réunions impossibles. Aucune procédure n'est prévue pour y aller.

De plus, contre réunions = nouveau = danger.

Pas de solution.

Attendre. Réfléchir. Voir si nouvelle procédure peut être introduite dans classeur. Sous quelles conditions. Si acceptable, faire reconnaissance trajet et environs. Estimer temps. Voir si café dangereux. Prendre précautions.

Ensuite, seulement, décider.

Chapitre 18 – 14 juillet 2006 – Première contre réunion

Café-bistrot des Diseurs de Bonne Aventure, 75001, 20 h
Denis, Sonia, Catherine, Laura, Rodolphe.
Roman et Sélim.

– Ah, bonsoir Catherine… Vous êtes la première… Ça me fait plaisir que vous ayez accepté de venir…

– Denis, cet endroit est superbe… On s'y sent… Comme chez soi… Je ne sais pas si c'est les bougies ou l'encens ou… La musique aussi, oui… Il faudra que j'emmène les filles ! Ah, elles vous font dire qu'elles soutiennent votre initiative, je cite, « à fond » !

– Bah, c'est pas seulement moi. C'est grâce à Éloïse, ma compagne… Vous la rencontrerez sûrement, et des amis aussi, des comédiens, des conteurs, des marionnettistes, qui vont venir nous aider. Je ne vous en dis pas plus, c'est une surprise ! Alors, vous en pensez quoi de ces contre réunions ?

– C'est… Ça me fait immensément plaisir parce que… Je suis plus âgée que vous, Denis… Quand j'étais jeune, il y a eu cet immense espoir qu'on pouvait faire quelque chose ensemble… Et puis on a plongé tête baissée dans les années quatre-vingt… Pourtant il y avait déjà eu les chocs pétroliers, ça n'augurait rien de bon, mais pas mal de hippies, pas mal de révoltés sont devenus les meilleurs gardiens du système… C'est même devenu une lapalissade que de le dire… Même après, dans les entreprises où j'ai travaillé, les réunions voulaient encore dire quelque chose… On se parlait, on se disputait mais ensemble… Jusqu'à, je ne sais pas, jusqu'au début des années 90, j'ai réfléchi, peut-être le contrecoup de la chute du mur, de la fin de l'URSS… Les syndicats qui ne s'imposaient plus…

Qui avaient perdu leur idéal collectif, n'ont pas pu le ranimer et n'ont pas réussi à voir et défendre les problèmes individuels... Bref, je suis ravie...

– Et vous... Avec vos connaissances légales, vous pensez qu'on peut faire quelque chose ?

– Empêcher HT de nous virer, j'en doute ! On pourra toujours essayer, monter des dossiers, mais ça risque d'être très dur... Peut-être voir s'il y en a qui peuvent rester et agir pour que ça redevienne vivable... Sinon, comme vous avez dit, les faire partir tête haute, on peut ! Je vais voir à quoi ils ont droit comme formation, comme chômage, mais pour ça il faut éviter la faute lourde... Pour le jeune Marc, on peut faire requalifier la démission en licenciement, il faudrait qu'il se batte... Ah, bonsoir Laura, bonsoir, Roman !

– Catherine bonne, bonsoir ! Je pas été invité, mais voulois aussi passer les soirées pour parler ensemble et pouvoir dégonfler la vieille baudruche Hautfort ! Je voulois faire résistance contre HT soviétique ! Et puis Laura a besoin du chevalier sur scooter pour promener elle, Princesse, dans Paris grand, si grand !

– Oui, Roman a été adorable... Je ne sais pas si je serais venue sans lui... Je n'ai plus beaucoup d'énergie...

– Parce que Laura, tu es fleur, et la fleur mise dans boîte va mourir ! Laura, tu devois sortir de ta boîte ! Être libre pour recevoir soleil et pluie !

– Je suis content que vous soyez venus tous les deux... Roman, tu nous donneras ton avis sur ce qu'on fait... Tu pourrais nous amener des textes de ton pays ou d'ailleurs, Sélim m'a dit que tu aimais beaucoup lire...

– Oui, Denis formateur, je sais remplir ta mission ! Je va lire beauté des textes dans la langue première, puis la traduction, pour compenser la laiderie HT, bureaux et fleurs du plastique... L'homme sans beauté va mourir, toujours !

– Parfait... Voilà Rodolphe... Bonsoir, Rodolphe, merci d'être venu, comment va ?

– Salut Denis, eh bien, va comme un preux cuistot qui s'apprête à faire des siennes… C'est sympa de se voir en dehors, c'est jamais arrivé… Les autres viennent aussi ?

– Ben on sait pas… J'ai essayé de parler à Marc, je sais qu'il m'aime bien… Je me suis enfuie de mon placard et je l'ai suivi dans la rue, Mariama va me mettre un avertissement, c'est sûr… Il s'est un peu embrouillé pour me répondre, je crois qu'il ne peut pas venir à cause de son père…

– À son âge ? Le pauvre… C'est terrible ça, moi j'ai toujours tout fait pour que mes filles se débrouillent seules… Qu'elles aient leur avis et leur volonté… Ah, mais Sélim arrive !

– Oui, moi lui eu dit de venir, Sélim Ancien, Sélim aidera nous ! Bonsoir, sage Sélim !

– Bonsoir, mes amis… Ça sent bon ici… Aucun détergent 38 en vue, enfin, en nez… Denis, c'est bien ce que vous faites. Je voulais vous le dire en personne. Puis-je rester en votre aimable compagnie ?

– Mais bien sûr Sélim, faites, vous êtes le bienvenu… Roman a raison, vous nous apporterez vos lumières, nous en avons besoin. Bon, on attend encore un peu, si Marc ne vient pas il y a encore Francis et Sonia qui peuvent arriver… Je vais commander… Ahmed ? Tu me mets deux pichets de cuvée du patron ? Vous verrez, un pays d'Oc bien ensoleillé, pour vacances… Et trois planches mixtes… La terrine maison, bien sûr… Une grande salade… Deux carafes d'eau aussi. Et… Je commande tout ça pour que vous goûtiez, mais prenez aussi ce que vous voulez… C'est ma tournée, je fête votre venue, ça me donne du courage…

– Alors, Denis, on va faire quoi ce soir ? Pourfendre l'injuste ennemi capitaliste ? Comment donc ? Dois-je voler des couteaux en cuisine ? Empoisonner quelques Golden ? Ce serait un honneur !

– Je vais vous dire… Mais on attend encore un peu… Eh ! Voilà Sonia… Bonsoir Sonia, et bonsoir, vous deux… Vous êtes de très beaux jeunes hommes… Mercedes, la chef du bistrot, la femme d'Ahmed, va s'occuper de vous… Ils ont trois garçons avec qui vous pourrez jouer.

– Merci, Denis ! Je ne pouvais pas les laisser tout seuls… Ça m'a fait bizarre de sortir, ça fait si longtemps que je n'ai pas été… Invitée quelque part. Et Paris m'impressionne… Mais pas ici, c'est drôle, on ne devinerait pas quand on pousse la porte… Ces pierres et ces vieilles affiches… Et j'adore les poutres… Du vrai bois ! Chez moi c'est du placo… Oh je parle beaucoup, moi qui ne parle jamais… Excusez-moi.

– Sonia, pas nous fais d'excuses ! C'est plaisir parler, plaisir écouter, oui ? C'est plaisir manger et boire ensemble choses bonnes dans ce bistrot abri. Tu fis le choix excellent, Denis !

– Merci… Bon… Marc ne viendra pas et Francis a pris mon petit papier mais avec réticence, j'ai bien vu...

– Il a sans doute besoin de temps… C'est un homme étrange, Francis… Il a été abîmé plus que nous, je crois, par cette « remotivation »… Si j'étais encore DRH je l'aurais vu en entretien pour le tranquilliser mais je suis bloquée…

– Oui. On espérera, alors. Pour lui et pour Marc. Bon, on y va. Ce que je vous propose, pour ce soir, c'est d'abord de manger et boire ensemble, comme dit Roman. De faire connaissance… Comme on aurait dû le faire depuis longtemps. Moi je vais vous raconter mon vrai parcours aussi… Mais plus tard… Et toutes les choses que je vous propose… On va jouer ensemble, il y aura des amis qui viendront… Jouer, on dirait que c'est perdre du temps, mais c'est exactement l'inverse. On va essayer de desserrer un peu vos cordes… Et pour commencer je vous donnerai en partant des extraits de textes… Attention, pas à rationaliser et mutiler, à lire pour de bon ! Des textes de gens qui avant vous ont essayé de tenir le coup… C'est sur comment conserver son humanité… Il y a beaucoup de choses en rapport avec les camps de concentration, parce que c'est là où on a le plus tenté d'écraser cette humanité. Mais l'humanité, ça résiste ! Il y a Etty Hillesum, Primo Levi, Semprun, « l'opacité chatoyante des choses de la vie »… Maspero… *Les abeilles et la guêpe*… Il faut piquer parfois pour se protéger, protéger son espèce, prendre le risque… Et vous, vous ne piquez que vous-mêmes… Dagerman aussi… Comprendre que nous sommes une fin en soi… Pas un moyen pour HT d'arriver à ses fins… Et Rilke à notre rescousse… La question de la solitude, de la solitude précieuse à cultiver, pas à empailler de télévision, de travail, de petites pilules bleues… De la poésie en plus : Éluard, Apollinaire, Desnos… Alors vous lirez tout ça tranquillement et ma consigne c'est : laissez venir la musique. Ce sont des textes qui grandissent, alors étirez-vous. Et pour la prochaine fois, nous parlerons de ces textes, chacun de ceux qu'il a aimés, et vous pourrez en amener d'autres, pour partage. Je pense que Roman nous prépare déjà une bonne liste… Ah, voilà les nourritures terrestres ! Vous connaissez cette phrase de Hegel ? De mémoire : « Le vin est la seule preuve que la matière est esprit ». Eh bien, retrouvons-les, nos esprits !

QUATRIÈME PARTIE – RÉSISTANCE DES TITRES

Chapitre 19 – Juillet / Août 2006 – Extraits du journal de Denis

14 juillet 2006
Le soir, tard

Éloïse avait raison, et sur toute la ligne… Cette soirée a été… Super… Sûrement trop arrosée, mais faut ce qu'il faut… Bien boire et bien manger délie les langues… C'était presque irréel… De pouvoir parler normalement à ces gens, sans la barrière de la langue HT…

Quand j'ai commencé à animer la formation, je n'ai pas pris le temps d'écouter d'abord… De savoir à qui je parlais… Je n'aurais pas pu de toute façon, ce n'était pas prévu et Sabine me surveillait, mais je dois noter que ça ne m'intéressait pas… J'aurais pu parler à ces six-là ou à des mannequins en papier mâché, ç'aurait été pareil… Je crois que j'ai été vraiment très con. Et une louche d'enthousiasme baveux, et une bonne dose de cirage pour la direction, et mes yeux aveugles… Si je sais que Sonia a deux garçons ce n'est pas parce que je lui ai demandé, non, je l'ai lu dans son dossier de délations, voilà. Je n'ai jamais vu Sonia elle-même.

Ce qui est bizarre, ce qui m'interroge maintenant, c'est que je n'ai jamais été comme ça avant. Quand je dirigeais la troupe, j'étais là, j'écoutais les gens, du moins, il me semble… Ça ressemble à ce que disait Catherine d'ailleurs, le coup des hippies transformés en yuppies. Un comédien qui devient un parfait salaud d'entreprise.

J'ai raconté la réunion à Éloïse en rentrant, elle était ravie mais elle a ajouté ne rêve pas non plus, c'est l'élan des débuts, tu as vraiment du boulot pour qu'ils s'en sortent. Et il en manque deux, c'est vrai. Marc, pauvre Marc, je ne sais pas s'il se décidera. On ne peut pas forcer les gens pour leur bien... Qui sait où est leur bien ? Et pour Francis, alors là, mystère. Un peu peur qu'il dénonce ces réunions à HT, il paraît qu'il fait beaucoup ça, relever les manquements dans un cahier spécial. Sabine l'a vu un jour sur une caméra de surveillance. Elle les regarde toutes dès qu'elle peut, et celle-là, c'est une caméra mobile spécial Francis, suspendue juste au-dessus de lui, qu'on déplace selon son poste de travail du jour. Elle a zoomé, imprimé l'image, c'est dingue cette technologie, on pouvait lire chaque ligne graffignée dans son carnet. Sabine considère que ça peut compter comme intention de nuire à l'entreprise, s'il dénonce des supérieurs par exemple, donc, toujours pareil, justifier un licenciement pour faute lourde. Bref, j'ai quand même donné mon petit papier à Francis, et advienne que pourra. Je n'ai pas reçu de message sur mon portable et personne de la direction n'a encore jailli dans le bistrot pour nous virer.

Cette histoire de contre réunions me fait du bien à moi aussi. C'est la première fois que je reprends mon journal depuis mon embauche chez HT. J'avais décidé que ça suffisait de noter mes petites histoires, que je pouvais passer à autre chose. À des comportements plus adultes et virils. Vraiment, quel con ! Mais le journal est fait pour ça, j'écris ce que je veux dedans. Je me retrouve. Et s'il y a un grand blanc depuis HT, c'est que je n'étais plus là. Quand j'ai arrêté d'écrire dans ce journal, j'ai arrêté le reste. Je n'avais plus de continuité intérieure et plus la force non plus de travailler à mon scénario, à mes projets. Peut-être qu'en recommençant ce journal, tous les jours, sans déroger, sans me poser de questions, comme des gammes de piano, peut-être donc que je recommencerai le reste. Le scénario, le projet collectif, le travail sur des pièces de théâtre en vue de les monter (un jour), des essais de dialogues pour travailler le sens du rythme… Rythme perdu chez HT, j'y déversais mes ordures verbales télécommandées et point, sans dialogue, sans retour. Éloïse pense que ce journal est important en tant que témoignage et parole englobant le collectif qui se crée. Le récit collectif, qui fondait les entreprises d'avant et donnait aux employés le sentiment d'être ensemble. Et ils l'étaient généralement, de ce que je comprends. L'épopée de l'entrepreneur, ses risques, ses employés qui le secondent, l'envie de progresser, la fierté, l'appartenance, les conflits, pour avoir un conflit il faut deux parties également debout, des gens qui se lèvent, est-ce que ça existe encore ?

Il est un peu tard pour continuer, je me lève tôt demain. Mais je voulais noter aussi que je suis heureux, heureux d'avoir pu entendre aussi Roman et Sélim, deux drôles de bons-hommes, qui ont bien plus de recul que moi, qui parlent à leur façon, et qui paraissent si loin de la posture franco-française, mots d'esprit, ironie et joutes oratoires… Ils aiment parler, tous les deux, parler avec, et ça fait du bien.

J'ai grossi, ces derniers mois. Le stress, l'apéro triple du soir pour me calmer. Pas le temps, ni l'énergie, pour le sport. Constaté tout à l'heure l'étendue des dégâts, compte bien y remédier et retrouver mon ventre de jeune homme, bien dans mon vieux jean et plus jamais dans un costard qui dissimule années qui passent, excès de table et ulcères en cours.

Sur ce, au lit.

17 juillet 2006

Au bistrot d'Albert, après déjeuner cantine HT caste Express – plus quelques améliorations dérobées par Rodolphe au péril de sa fiche de paie.

Pas pu attendre ce soir pour noter ça... Ce matin j'ai repris la formation comme si de rien et c'était... Tellement plus facile. Autant souvent je n'étais pas présent, quand j'animais, parce que je sentais bien quand même que je débitais des conneries... Autant ce matin c'était devenu un jeu, un jeu que je jouais de toutes mes forces, comme les enfants, concentrés et sérieux, mais prêts à éclater de rire. La différence entre un jeu et un travail, c'est que le jeu on peut en sortir quand on veut, sinon ça deviendrait une obligation comme une autre, et à la longue une torture. Toute une vie coincé à jouer au scrabble, aïe aïe aïe. C'est sûr qu'une heure au scrabble c'est déjà beaucoup... Eh bien, ce matin, j'avais choisi d'entrer dans le jeu, juste pour cette réunion, en sachant que je pouvais en sortir, tout arrêter si je voulais, aller voir Sabine et lui dire bon, ça suffit, je me casse, et imaginer sa tête... Mais je suis resté, par choix et pour les autres. Un luxe, je le sais.

Pour les quatre qui étaient là hier soir c'était beaucoup plus facile. Bien sûr il y a toujours des tâches humiliantes – Etty Hillesum me corrigerait : des tâches qui veulent humilier, des autoévaluations retorses et l'ombre de la caméra, mais ils savent qu'on se retrouve demain pour s'organiser... Impression que Rodolphe s'amusait bien, il répondait tout ce que HT voulait entendre, c'est vrai qu'il est brillant. Marc avait l'air désemparé de voir les autres coopérer ainsi. Ça va peut-être le pousser à venir ? Et Francis, je ne sais pas, mais il n'a pas ouvert son carnet de délations, il écrivait sur son carnet de notes habituel. Parfois même il a arrêté d'écrire ce que je disais, ce qu'il n'avait jamais fait avant, et il a toussoté. J'espérais qu'il allait prendre la parole, et puis non.

Alors ça courait comme ça, la réunion de ce matin, les papiers obligatoires à remplir, les exercices à effectuer, avec en surimpression le festin d'hier qui nous éclairait encore, les imitations de Roman des bureaucrates roumains, ses sérénades à Laura, les explications de Rodolphe sur sa thèse, on a bien ri du titre mais il nous a raconté des histoires dingues sur la façon protocolaire de cuire un chevreuil selon l'endroit précis où il avait été tué, rendant ainsi hommage au propriétaire des terres où se trouvait l'animal... On le décorait avec le blason de la famille, et j'ai compris du coup l'histoire de sa dinde décorative, au blason HT. La dérision selon Rodolphe... Et Sonia qui a parlé linguistique longtemps, qui a commencé à démonter les mécanismes du Vocabulaire Purifié... Roman a décidé de s'y mettre tout de suite, ça le faisait tellement rire... Catherine, Catherine et les entreprises où elle a travaillé avant, quand un homme en entraînait d'autres à sa suite, des gens respectés pour leurs compétences, pas des actionnaires respectés pour leur portefeuille. Ça a fait du bien à tout le monde, savoir que ça existe, enfin, peut exister...

Même si, sur le fond, je continue à me poser la question : on critique le travail tel qu'il est devenu, sans remettre en cause la notion même de travail. Être salarié, payé pour louer son temps à d'autres. Devoir suivre des horaires qui viennent du dehors. Se forcer pour un but qui n'est pas le nôtre. Avoir des « supérieurs ». Est-ce que c'est ça vivre ?

Ce matin tout était plus léger, et pendant que je débitais mes tranches de propagande sauce rationnelle, pendant que les images de la veille défilaient dans ma tête embrumée (visiblement, je n'étais pas le seul, les autres avaient l'air bien chiffonnés), j'imaginais HT comme une vraie aire de jeux qu'elle ne serait jamais... Plutôt, un parc d'attractions... Oui, avec une partie zoo. Stéphane en habitat naturel, caviar et montres suisses, balayage californien, sérum antifrisottis aux... Éclats d'or fin et myrrhe précieuse de Perse. Des enfants mettent une pièce dans la fente de son bureau et on le voit sourire Ultra Bright. Deux pièces et il rejette ses mèches en arrière avec un clin d'œil. Attraction Sabine, aussi, une pièce et elle aboie. Deux et elle vous sort un papier vous dénonçant nommément. Et des jeux de pistes, aussi, pour petits et grands. Une plante réelle a été cachée parmi les plantes en plastiques, à toi de la retrouver. Des employés en cire sont dissimulés aux postes de travail, à toi de les démasquer. Ou, tiens… Épreuve niveau 4 : sauras-tu faire craquer le grand chef Hautfort ? Indice : tu peux faire imprimer un faux journal relatant la chute de HT en Bourse. Ou… Un rallye entre le service compta et le service commercial, tous les coups sont permis, il faut, allez, retrouver Sabine qui est ligotée quelque part (n'importe où dans HT, cuisines incluses) avec les lanières de cuir de son sac de luxe et bâillonnée par son dernier rapport délatoire…

C'est ça que je voulais noter, le café refroidit, mais c'est important : mon imaginaire s'est remis en marche. J'ai réussi à décoller, à lâcher les sacs de sable qui m'écrasaient dans la réalité crue, quotidienne, détestable de HT. Depuis je vogue plume… Je vais repasser à la boîte rendre mes conclusions de la réunion à Sabine. J'y suis allé fort et elle n'y verra que du feu, elle prendra tout ça au sérieux car elle ne joue pas Sabine, elle ne joue pas. Elle est engluée dans ses bons cadeaux et de ses primes à la casse, et Hautfort dans les cours de la bourse, et Stéf le killer (oui, pourquoi pas un jeu vidéo où Stéf le killer est prisonnier d'un institut de beauté – comment l'en sortir avant qu'il ne subisse une greffe définitive de poils de yack), lui, nage dans sa bauge à productivité…

Même jour, enfin, la nuit ?

Ça y est, ils sont tous partis ! Une séance de troupe comme au bon vieux temps…

Louis et Adrien ne sont pas venus. Éloïse ne voulait pas les inviter, j'ai bataillé, elle a cédé, c'est mes potes quand même. Mais ils n'avaient pas le temps. Tant pis, pour eux surtout. Quand ils ont tous été là, là ceux qui pouvaient, qui avaient encore de quoi se défendre, j'ai expliqué ce qu'on voulait faire, avec Éloïse, et ils ont adoré. Parce qu'ils se sentent inutiles dans leurs vies quotidiennes, parce qu'on va travailler ensemble, parce que ça leur rappelle le théâtre de rue… Jeanne nous a proposé des trucs super, avec des marionnettes. Elle est ventriloque, en plus. Elle va trouver les photos de nos monstres HT sur internet, fabriquer des marionnettes nouvelles, des marionnettes capitalistes, et on leur fera faire des jeux de rôle, des imitations, on les dirigera un peu, pour changer, c'est justice. Elle dit aussi qu'on pourrait en créer tout un spectacle et c'est une bonne idée, passer HT au niveau d'un théâtre de marionnettes, ça relativise, c'est ce que j'écrivais ce midi sur le jeu. Évidemment après ça les gens auront moins peur de Hautfort, de Sabine… On pourrait écrire le spectacle avec les remotivés, je vais leur proposer de noter tout ce qu'ils ont entendu et qui les a choqués, tel quel. De là, on en fera quelque chose, on écrira des dialogues, des saynètes… Ça pourrait parler à d'autres employés qui subissent le même sort ailleurs… Peut-être même qu'on pourrait repartir en tournée…

Ah, et Stéphane, notre Stéphane à nous comme dit Éloïse, va nous faire une sélection de contes, des contes d'un peu partout, des contes sur la soumission, sur le pouvoir… Il dit il faut leur raconter des histoires à tes remotivés, des histoires dont on sait qu'elles en sont, pas des histoires mensonges qu'on fait passer pour vraies. Plus l'histoire est dite fausse, et un conte, on sait bien que c'est… Fantaisiste… Et plus ce qu'il raconte passe, parce que c'est… Intemporel… Comme les mythes de Platon, les contes de Voltaire. Stéphane a ajouté je prendrai aussi des contes qui n'ont rien à voir, des contes pour rêver. On ne propose pas grand-chose aux gens pour rêver aujourd'hui. Les enfants déjà ils ont l'école et dès qu'ils sont libres on les colle dans dix activités différentes, quand on a de l'argent, et devant la télé, quand on n'en a pas. On ne leur permet jamais de s'ennuyer, d'éprouver leur solitude et de la peupler peu à peu. Et tu vois, disait Stéphane, le conte c'est ça, peupler l'intérieur. D'abord il y a l'abandon, les gens aiment revenir à quand les parents leur racontaient quelque chose pour les endormir – et plus encore si leurs parents ne l'ont jamais fait, en vrai. Ensuite, il y a le rythme : je raconte lentement, je laisse l'imaginaire faire le relais entre les mots. Je fais des pauses. Comme c'est important, une pause… Un silence en musique… L'espace blanc dans une aquarelle ou tout autour d'une calligraphie… C'est du souffle, tout ça ! Pendant ce temps les gens rêvent et imaginent la suite de l'histoire, qui vaut autant que la suite que je m'apprête, moi, à conter. Il y a les rebondissements aussi, la surprise, l'épouvante, la joie, la tristesse, tout ce qu'on n'éprouve plus très souvent… Parce que la télévision, notre conteur attitré, ce n'est finalement qu'un faisceau de stimuli trop stimulants et va essayer de dormir en paix, ensuite. Après je leur ferai écrire des contes…

Stéphane a parlé longtemps, et puis il y en a eu d'autres. Xu a proposé des exercices d'improvisation. Il y a le charabia, l'un joue un diplomate qui parle dans une langue inventée, l'autre est son traducteur et lui fait dire ce qu'il veut. Ils doivent s'engueuler. Comment s'engueuler sans crever de peur ? Et le téléphone arabe, bien sûr, toujours efficace… Le tire-fil, l'un improvise un discours politicien, l'autre tire et tire l'implicite jusqu'à faire apparaître la trame effrayante de l'interlocuteur : pouvoir, hypocrisie et lobby… Celui-là ils pourront l'appliquer directement au bureau ! Des exercices de style de Queneau aussi, comprendre que la façon dont on raconte une histoire change toute l'histoire.

Yasmina a parlé en dernier, elle veut les faire chanter. Enfin, plutôt leur faire faire des impros vocales. Parce qu'ils ont peur, tous, et, c'est vrai, elle ne le savait pas mais ça se sent dans leurs voix. Voix voilées, planquées… Elle veut les mettre au jour, qu'on les entende rire et crier… Quel boulot elle aura, la voix est depuis longtemps contrôlée chez HT, pour identité vocale et confort client.

Éloïse s'est endormie et elle sourit, elle aussi a des choses à faire, elle planifie une rencontre entre ces quatre, ou six, et les mômes des cités. Les ados ont encore souvent, même s'ils vont mal, une colère, une intégrité, que ces six ont perdues en route, et, c'est vrai, la confrontation serait salutaire. Éloïse pense, dans l'autre sens, parrainage. Mes remotivés, adultes, pourraient guider les plus jeunes, les emmener se promener, au musée, au cinéma, leur filer un coup de main pour l'école… Don et contre-don, quoi.

19 juillet 2006 – Minuit ?

Dans le métro, retour de la deuxième contre réunion

Effectivement, c'est pas gagné. Ce soir, toujours pas de Marc et Francis. Et les autres, ouh là, ça a été dur. Au début ça avait l'air d'aller, les textes, ils les ont lus, Rodolphe a ajouté pour résister il faut écouter Daniel Mermet, Là-bas si j'y suis, sur France-Inter, il a raison, je n'y avais pas pensé… Ils en ont parlé, rouillés au début, Sonia qui regarde par terre en donnant son avis sur Rilke et la solitude, Sélim qui pose sa main sur son épaule pour l'encourager, Catherine passionnée par *Le premier cercle*, cette bande d'intellos qui refait le monde, même en camp de travail, certes intellectuel, qui se récite de la poésie par cœur, pour rester debout, et qui ne dédaigne pas aller couper du bois, pour honorer la force du corps, Laura ébahie par les privations préparatoires et la force morale d'Etty…

Ça a eu l'air de leur plaire et je me suis dit c'est parti, ils vont puiser leur énergie directement dans tous ces mots mais… Il n'y a pas eu transfuge, greffe de mots. Quand il a fallu qu'ils parlent pour eux-mêmes, en leur nom, il n'y en avait plus, de mots. J'ai proposé un exercice d'improvisation très simple, pourtant ils ont tous été tétanisés – enfin, les quatre, Sélim et Roman se sont bien amusés, mais c'est bien normal, ils sont à côté. Ils ne reçoivent pas, ou plus, directement l'acidité HT, juste quelques gouttes, alors ils ne sont pas fermés comme des huîtres.

J'ai essayé un exercice sans mots. Juste des expressions à mimer, on devait deviner laquelle c'était, surprise peur horreur ravissement etc. Et personne n'a pu deviner pour personne. Pourtant parfois c'était très clair, même un peu caricatural, comme si celui qui improvisait se collait un masque tout fait, disons de joie, faute de savoir l'éprouver ou même la composer lui-même. C'est comme si… Comme s'ils étaient tous devenus des radios déréglées, incapables de capter ce qui se passe en face, ou seulement depuis derrière un brouillard, vaguement, avec déformations. Ah si, le seul truc qu'ils reconnaissaient c'était la colère, ça leur faisait peur… J'ai revu mes prétentions à la baisse, je ne sais pas s'ils ont toujours été comme ça, j'en doute, je pense que le brouillard en question, ils se le sont créés pour se mettre à l'abri… Parce qu'ils devaient tout recevoir un peu trop fort, des fréquences radio poussées à fond, ce qui d'ailleurs déplaît fortement à HT, pas très corporate, la sensibilité personnelle, un peu sale, voire. Mais bon, c'est une hypothèse, parce que sinon l'autre choix c'est qu'ils sont peu sensibles, presqu'aveugles aux expressions des autres, et ça, sûr que non. J'ai essayé de leur expliquer ça, que ce n'était pas normal, qu'on ne vit pas forcément caché derrière un brouillard, une vitre, ce qu'on veut. Même s'il est vrai que peu de gens, en général, vivent leur vie à jeun, les vitres sont aussi alcool, médicaments, addictions, stakhanovisme, télé, internet… Est-ce que c'est ça qu'ils veulent pour eux ? Ils ne savaient pas quoi répondre. Puis Sonia s'est forcée, elle a dit je préfère vivre petit, mais sans souffrir, et qu'on me laisse tranquille. Que faire ? Je lui ai dit qu'à mon avis elle souffrait déjà, trop, que moins on est là, plus on souffre, et que je pouvais en témoigner… Mais je voyais bien que je parlais dans une autre langue. Et ça ne sert à rien d'aborder ce genre de problèmes avec des mots. Ça bloque encore plus, c'est tout.

Il nous reste peu de temps avant leur départ à tous. On doit faire vite. Alors, à la prochaine réunion, c'est Yasmina qui sera là, et qui les fera chanter, hurler, chuchoter, marmonner, que sais-je, qui les fera jouer avec les sons qui sortent d'eux. Le corps. C'est comme ça qu'on aborde un rôle difficile au théâtre. Trouver le corps du personnage et l'habiter. Si mon personnage a mal au dos, et même si ça ne se voit pas sur scène, eh bien j'ai mal au dos quand je joue. Et mon discours s'en ressent. Tiens, on va faire autre chose. Du squash. Oui. Exactement ce qu'il leur faut. Taper, taper fort, répondre, rester en mouvement, guetter, s'épuiser physiquement et ressortir les nerfs moins hérissés. N'importe quoi, j'essaierai n'importe quoi pour qu'ils puissent sentir un peu de l'énergie que moi je ressens à nouveau, à l'idée de pouvoir répondre. Mon scénario s'écrit en moi toute la journée. Je marche beaucoup et je sens à nouveau mes jambes. Ils ne peuvent pas passer à côté de ça, quand même…

Voilà ! Évidemment… Encore loupé ma station…

Samedi 22 juillet 2006

en terrasse, marché des Enfants Rouges

Ils ont tous été un peu surpris par le coup du squash, mais on l'a fait ! Comme Yasmina les avait déjà fait travailler sur la voix, ils ont réussi à hurler en tapant les balles, comme je le leur demandais. Histoire de se défendre, un peu… Bon, de là à ce qu'ils se défendent ailleurs…

Mais je crois que quelque chose de positif se passe. Quand ils peuvent, ils déjeunent ensemble, et ça arrange le reste de la boîte qui n'a pas à avoir ces pestiférés à sa table. J'ai même entendu Laura rire. Elle a vite mis sa main sur sa bouche, Mariama n'était pas loin, mais elle a ri. C'est l'échéance qui se rapproche, ça les resserre entre eux. Ils se tiennent chaud. C'est idiot parce qu'ils auraient eu de quoi chercher à se tenir chaud, avant, et personne ne l'a fait… Rodolphe a même proposé un nom, pour eux : « Les travailleurs anonymes ». Bonsoir, je m'appelle Rodolphe, et je travaille. Bonsoir, Rodolphe ! C'est comme ça qu'ils se présentent quand ils arrivent aux contre réunions, maintenant. Je les vois même se dire : « Bonjour, Untel ! » au bureau, et sourire. Rodolphe s'est expliqué : nous on ne veut pas se désintoxiquer de l'alcool, mais du travail. Et il a développé comme pour sa thèse… Il a dit : il y a deux substances toxiques différentes dont nous devons nous débarrasser. D'abord le travail comme on nous l'impose : les remarques désagréables, les objectifs toujours en hausse et qu'on ne peut pas suivre, la réification des employés (Rodolphe a des lettres), la javellisation des choses et des gens… Mais on n'aura pas le temps de changer ça avant de partir. Par contre, il a ajouté, on a prise sur notre façon de travailler, tout aussi toxique : quête permanente d'une reconnaissance qui ne viendra jamais, d'une communauté d'intérêts qui n'existe pas, et aussi le fait de chercher à faire du bon travail, alors qu'on nous demande du travail rapide… Rodolphe a conclu : la solution, c'est qu'on doit s'en foutre. Vraiment. Et qu'on doit plutôt s'occuper de notre vie privée qui est la plus importante et qui nous suivra jusqu'à la mort, elle.

Quelque part il n'a pas tort. Mais c'est un peu court, et ça ne résout pas la question des dilemmes moraux, par exemple pour Sonia, les contrats douteux qu'elle présente, ou la façon ignoble dont Laura est traitée. Au moins, Rodolphe met de la bonne humeur. Moi je reste avec mon problème sur les bras : ok, si on arrive à les dénouer un peu, et on dirait que oui, eh bien peut-être qu'ils trouveront leur chemin ailleurs. Mais ailleurs, est-ce que ce sera mieux ? Combien y a-t-il d'entreprises éthiques en France et peuvent-elles employer tout le monde ? Verra-t-on des hommes, des femmes, partir sur les routes, balluchon à la main, et dire comme Diogène je cherche un homme – un homme qui travaille ?

Bon, bon… Chaque angoisse en son temps. C'est le week-end. Je suis assis au soleil, mes sacs de courses à mes pieds, devant un petit blanc et des crevettes à l'ail parfaites. Je vais rentrer, faire une tambouille fraîche du marché à Éloïse qui ne peut plus beaucoup bouger, accouchement bientôt. Ensuite je vais travailler à mon scénario. Et puis une promenade, un bon film. Laisser aller ma tête, je ne peux pas régler tout d'un coup. Je ne peux même rien régler, juste être là, puisque le hasard m'a trouvé chez HT. Allez. Prendre une baguette en passant. Et deux religieuses au chocolat. Non, trois : une en plus pour le bébé, bien sûr.

29 juillet

Hier, on a joué. Bien joué, même.

Xu était notre maître de cérémonie. On a repris ce qu'ils ont subi, par ma faute, entre autres, ces derniers mois. Des exercices que Xu proposait en les mitraillant, sans leur laisser le temps de réfléchir. Ils ont joué les électrodes. Pendant que l'un parlait, l'autre, placé derrière lui, les mains sur sa tête, s'activait dès que ce que disait le premier se colorait d'émotions. Il fallait pousser son partenaire à s'activer au maximum, hululer, crier, s'agiter… Puis parler de façon si atone, si vide, que l'électrode s'endorme gentiment derrière soi. Pour qu'ils puissent maîtriser un peu leur façon de parler au lieu d'être mus par elle, puisque c'est visiblement le problème. Ils sont trop francs, trop sincères, trop premier degré. Et ça les a bien fait rire ! Rodolphe, accroché derrière Catherine, a joué une électrode médiévale, qui s'activait avec des bruits étranges et criait taïaut, taïaut ! L'électrode Sélim aussi était drôle, accrochée à Laura, elle lui susurrait plastique plastique quand son discours était neutre, et au secours ! vrai jasmin ! odeur de pieds ! honte ! quand Laura parlait normalement, avec hauts et bas.

Xu en avait plein, des exercices comme ça, je lui avais passé le programme de formation et il en a pris systématiquement le contre-pied. Essayant de réparer au moins ce qui avait été récemment cassé. Et peut-être un peu plus, puisque la formation n'était que le terme poussé à sa logique maximum d'une rationalisation bien plus ancienne. Il leur a fait jouer des objectifs, de plus en plus faibles, qui expirent en flaque triste au sol. Des pointeuses amères qui crient t'es en retard, t'es mal coiffé ! Il leur a fait dérationaliser leur corps, il avait des perruques, des déguisements, il fallait qu'ils se composent un corps absurde, malhabile, fildefériste… Je les ai vus comme des mômes qu'ils ont bien dû être, qui s'en fichent de la façon dont on les regarde. Après ça, ils étaient lessivés, mais contents, et Xu, rien que pour ça, rien que pour leurs sourires, pour l'espace qu'ils avaient récupéré, a dû se sentir heureux, parce qu'il les a remerciés eux, en s'inclinant bas, et en prenant l'accent bourgeois de Stéf le killer, que je lui avais bien imité.

J'ai dormi comme une souche, ensuite.

31 juillet

Quand on imite le loup… Panique tout à l'heure. On commençait à peine à s'installer que Stéf, Stéf le killer, est entré. Je me suis dit ça y est, on a été dénoncés… Et puis je l'ai regardé un peu mieux. Il avançait en titubant et reniflant, sans nous voir, la cravate défaite, une grosse tache sur son Burberry, et il a commandé un double perroquet et une bière (? pas son genre pourtant) à Ahmed en s'affalant sur un tabouret du bar, de dos à nous. On était dans l'arrière salle, comme d'habitude, mais la porte ouverte. J'ai appelé discrètement Ahmed pour qu'il la ferme, et lui ai demandé de me prévenir quand Stéphane serait parti. Ahmed n'est revenu que trois heures plus tard. Il avait dû lui appeler un taxi et convaincre le chauffeur que ce client prestigieux (prestigieusement bourré, oui, m'a dit Ahmed) ne vomirait pas sur les sièges. Apparemment il allait et venait aux toilettes, tenait des propos incohérents, chuchotait puis apostrophait Ahmed, sans sembler attendre de réponse. Ahmed l'a entendu répéter « Emballé c'est baisé ! », et réciter des chiffres. La Bourse ? Ses objectifs ? Je ne sais pas… J'espère qu'il ne reviendra pas. C'est trop risqué qu'il nous voie ici ensemble, je ne sais même pas ce qu'il venait faire là, on n'est pas à côté du boulot…

On continue la vie Dr Jekyll and Mister Hyde. Réunions le jour, et contre le soir.

Marc et Francis qui ne viennent toujours pas au café semblent bénéficier de l'atmosphère plus confiante qui grandit à mesure que l'échéance approche. À noter pour mon scénario, comment l'énergie d'un groupe porte même ceux qui sont au-dehors ou en tangente.

Je tiens une forme d'enfer, je dors en paix, je bouillonne d'idées. Dès que je serai libéré de HT, il faudra que j'écrive plus encore. Mais j'entrevois aussi que ça me plaît d'animer ces réunions du soir, d'apporter quelque chose, que ça pourrait devenir un second métier. Formateur, pour de vrai. Une inscription plus sociale qui s'ajouterait au théâtre que je compte bien reprendre. Mais pas à Paris, non. Trop de monde, d'anonymat, de gens pressés, d'objectifs dans les métros les affiches les commerces à touristes. Achetez, vous serez heureux ! Il n'y a presque plus de villages à Paris. Ou alors des faux, des villages en carton coloré Eurodisney. Des boutiques de luxe, des chaînes de commerces de bouche qui servent des croissants surgelés « authentiques », des cinémas immenses bleus et morts où l'on paye neuf euros sa place, « café » Starbucks en jerricane en supplément. Les madames Michu, les Dédés sont vieux, cloîtrés dans leur chambre de bonne loi 48 sixième sans ascenseur où personne ne vient les voir, ou alors évacués dans un hospice de banlieue. À la place il y a des couples bobos dont tous les enfants s'appellent Léo et roulent en Mac Laren en tétant des biberons de jus de fruit bio à la gelée royale. Il n'y a plus de Pigalle ou Montmartre, sauf pour quelques cars de touristes égarés, il y a Les Abbesses, avec café au comptoir hors de prix. Le Canal Saint Martin, n'en parlons même pas. Bastille, Bastille, où sont tes ateliers en arrière-cour avec le bruit des machines ? Transformés en loft avec des Stéf le killer dedans. Les prix montent en flèche même au fin fond du vingtième. Il faudra que j'en parle à Éloïse, qu'on décide ce qu'on va faire, quand tout ça sera fini. En espérant que ça finisse au mieux.

On a passé la soirée avec les marionnettes de Jeanne. Plus vraies que nature. Elle nous a fait des saynètes époustouflantes. Stéf au salon de beauté virile. Sabine devant sa glace couverte de petits papiers, ne se reflétant qu'en délations. Hautfort éructant d'une joie simiesque en suivant le cours de HT. Ils ont dû parler aux marionnettes. Se faire engueuler par une Sabine ridicule, son Prada plus grand qu'elle, et lui répondre. Ça nous a bien pris trois heures, cette histoire. Le plus jouissif pour eux je crois, c'est quand ils ont joué les monstres. Jouer Hautfort, jubilation… Et pourtant, pourtant, même s'ils ont essayé, ils ne sont pas allés aussi loin que lui. Manque d'entraînement, et pas taillés pour.

3 août

J'ai ajouté des contre réunions le week-end, c'est qu'on a encore beaucoup au programme, même si je ne sais pas où ça nous mènera.

Aujourd'hui c'était notre Stéphane et ses contes. Des contes merveilleux, sa voix grave, ses silences, et nous tous accrochés à lui, attendant la suite, la suite… Oui, il avait raison, il faut raconter des histoires aux gens, plein… Des contes russes, kirghizes, amérindiens… Le héros, l'héroïne et sa quête, les obstacles, ceux qui vont aider, qui n'avaient pas l'air commode et puis finalement… Baba Yaga et sa maison tournante perchée sur des pattes de poulet… Et tous ces mondes enchantés, les pommes en or ou l'oiseau bleu, et puis Alice la rêveuse insoumise, bien sûr, le loir dans la théière, le miroir, le lapin toujours pressé, lapin HT aussi, qui ne voit rien et qui crève de peur devant la reine. La reine Bourse… Et les forêts en pétales de sucre à la violette, avec pluie de thé bien chaud à cinq heures dessus, plus qu'à tendre sa tasse… Ces contes, tous ces contes que j'ai entendus, ils m'habitent, Alice existe, et je suis plus… Plein. Je crois que c'est pareil pour les autres, enfin j'espère. On a écrit nos contes ensuite, et Roman, Sélim, Sonia ajoutaient des éléments de leurs pays, chacun parlait, écrivait à tour de rôle, et se réjouissait de ce qu'inventait le voisin. Quoi qu'il se passe pour eux ensuite, ils amassent de la ressource. « Ce qui compte c'est pas l'issue mais c'est le combat », je me le répète tous les soirs. Alors on essaie de leur donner des armes.

Autre chose. Pendant cette quasi journée de contes, Catherine a beaucoup parlé. Elle a expliqué son congé maladie, son histoire de morcellement du temps, qu'on lui avait demandé d'aller beaucoup plus vite, que son esprit ne suivait plus. Or Stéphane, notre Stéphane, ralentissait avant une épreuve importante à raconter, s'arrêtait, même. Ça a plu à Catherine, et c'est vrai, dans tous les arts on respecte le temps, on ne le pousse pas, on s'y soumet. Si un texte a besoin de silence, on se tait. Elle a beaucoup intéressé les autres, sûr qu'elle a plus de recul que ceux qui sont plus jeunes. Rodolphe a parlé de la cadence des chariots à remplir, Sonia du voyant qui clignote pour signaler le nombre d'appels toujours plus grand, du vibreur nouvellement installé à son poste qui se met en marche (quelle horreur) quand elle a trop de retard. Laura a ajouté la vitesse de la marche, avec ou sans talons, et comparé avec le temps nécessaire pour de beaux mouvements au sport, Roman a raconté les trajets dangereux, à toute vitesse, pour respecter ses délais de livraison, Sélim le temps ouvert de l'artisan, le temps contraint de l'OS, puis le temps trou noir où il a été relégué, chez HT. Il a ajouté vous avez remarqué comme on marche plus lentement dans un quartier historique ? C'est qu'on respecte le temps des vieilles pierres, montées une à une, alors que dans un quartier de bureaux béton on accélère instinctivement, cavalant aussi vite que les murs ont été érigés, à la chaîne. On ne flânera jamais, à la Défense ou à Bercy.

Je pensais à Éloïse. Elle aussi a des objectifs temporels, tel enfant, tel ado doit aller mieux d'ici tant de mois, sinon son poste n'est pas rentable : comme si c'était tenable. Évidemment, en leur filant des cachets y'aurait plus aucun problème, tout se règlerait fissa. Combien de temps va-t-on encore s'y refuser ? Même le secteur public commence à ressembler à l'entreprise. Je ne sais pas ce qui se passe, avec cette ivresse de la vitesse d'aujourd'hui, à quoi ça sert, aller plus vite, aller où ? J'aime le proverbe « Ne crains pas d'être lent. Crains seulement d'être à l'arrêt ». Bien sûr qu'il faut être en mouvement, la vie est impermanence, mais pourquoi à ce rythme ? Quand Rodolphe a fini de remplir les chariots au rythme prescrit, et qu'il n'a plus rien à faire, comme ce n'est pas admissible, comme il ne pourrait pas, je ne sais pas, prendre une pause, s'appuyer un instant sur un plan de travail, on lui refait laver des appareils lavés juste avant, histoire qu'il ne s'arrête pas, toujours le hamster dans sa roue… Il doit y avoir un motif simple, un employé qui s'arrête est un employé qui réfléchit, et ce n'est pas acceptable…

On a enchaîné sur les textes littéraires que je leur avais demandé de rationnaliser. J'ai précisé, si besoin était, que j'avais proposé ça à Sabine pour faire du zèle, afin qu'elle ne se méfie pas. Francis a réussi l'exercice, évidemment, comment espérer autre chose ? Les autres n'y sont pas arrivés, et tant mieux. Ce que je leur demandais, en sabordant ainsi ces grands textes, c'était d'accélérer leur durée, de la convertir en temps universel quantifiable et utile. Auquel cas ces textes n'existent plus. Proust sans rêveries et circonvolutions, sans paperolles, qu'en reste-t-il ? Que reste-t-il de nous si nous n'avons plus notre temps ? Des gestes, c'est tout. Plus aucun libre-arbitre, alors qu'on leur demande à tous de prendre des initiatives, ce qu'ils ne peuvent absolument pas faire, coincés dans les procédures qu'ils doivent suivre. Comble de mauvaise foi.

On a reparlé de certains romans d'aujourd'hui, romans scénarios vite avalés, vite digérés, vite oubliés. Moi j'écris un scénario, mais je ne le fais pas passer pour un roman. Il n'est pas dans le temps du roman, il n'a pas sa langue propre. On prend les gens pour des cons, aussi. On pense qu'ils ne sont pas capables de lire aussi autre chose. On leur sert ça en leur disant c'est à votre niveau, du prêt-à-lire, achetez vite. On met les romans scénarios au supermarché, à côté du PQ et de la barquette barbecue. C'est pareil, hein ? Pour le conseil, le libraire attentif qui lit tout et cerne le désir de son client lecteur, qui le bouscule aussi, on repassera. Combien de temps les librairies indépendantes vont tenir encore, engagées endettées hypothéquées… Et comment font les gens pour mettre quinze, vingt euros dans un roman scénario ou une biographie à scandales non autorisée ça fait vendre, qu'ils liront en deux jours et ne reliront pas ? Relire pour plonger un instant, à nouveau, dans une langue autre, dans un univers complet, pas des mots en kit, montables et démontables. Et la poésie ? Qui publie encore de la poésie aujourd'hui ? Très peu… C'est lent la poésie, chaque vers est un monde, il faut du temps pour l'apprivoiser… La poésie n'est pas rentable… Prendre soin de l'autre non plus… On a travaillé sur ces romans en carton, à les rendre les moins efficaces possibles. À retarder l'action, à enrichir les personnages, à en ajouter d'autres, à penser leur langue, à chacun. C'est vrai, personne ne parle pareil dans la vie ! Rodolphe parsème ses propos de mots désuets, Sonia cherche toujours le mot juste, elle parle lentement, Roman, ah Roman, une grammaire originale et des fulgurances verbales, la petite Laura, pas très sûre d'elle et pourtant le verbe clair, sincère, et sa curiosité quand elle ne connaît pas un mot, qu'elle note dans un petit moleskine… Et Louis, et Adrien, leurs voix que je ne reconnais plus, leurs champs lexicaux qui ont changé de camp, le moelleux prétentieux des mots anglais qu'ils saupoudrent ici et là… Jeanne et ses mots inventés, pour pouvoir tout dire…

En rentrant à pied ce soir je lisais les pancartes, les vitrines, tout ce qui tombait sous mes yeux. J'écoutais les mots des passants, leur richesse, ce qui les sous tend, « j'arrive », qui rejoint la rive, un bateau, un beau bateau, « je me suis fait draguer », draguer, c'est prendre dans un grand filet de pêcheurs, et j'imaginais la fille se débattant dans les mailles ocres, le menu d'un restau italien aussi, « pasta al arrabiata », des pâtes oui, mais enragées, à quoi ressemblent des pâtes enragées ? Peut-on les entendre hurler ? Arrivé chez moi, forcément, je me suis mis à écrire.

Forcément – à cause de cette phrase (Amis, je crois ?) : Il n'y a pas de fatigue, pour celui qui crée.

5 août

On a repris les premiers questionnaires, ces conneries d'autoévaluation générale avec pondérations pseudo scientifiques, prémisses fausses, diagrammes d'anormalité et tout le bazar. Ils ne s'en sont pas remis.

Pas tant d'ailleurs l'évaluation en elle-même que ce qu'elle mettait en exergue : on leur reprochait, depuis le début chez HT, non leurs actes, mais leurs personnes. Comme quand on dit « vendez-vous », pour un entretien d'embauche. Mais non ! Comment peut-on dire ça ? Ce n'est pas soi que l'on vient vendre, on ne devrait pas haranguer le recruteur comme un marchand de poissons, regardez, j'ai l'œil frais, je suis sain et bien propre… On vient proposer ses compétences, c'est tout, personne n'a le droit de toucher à l'être derrière. Hautfort veut les virer parce que leur personne ne convient pas. Il y en a de moins productifs qu'eux qui, parce qu'ils sont lisses et serviles (on appelle ça « diplomates ») ne risquent rien. Ils progresseront même certainement dans la société.

On a repris comme prévu ce qui leur était reproché : les talons de Laura, les doutes éthiques de Sonia... J'ai mis du temps à leur faire comprendre qu'il leur fallait retourner la phrase, comme Éloïse le proposait. Passer de : depuis quand et pourquoi n'êtes-vous plus apte, à : depuis quand et pourquoi ce que vous a demandé HT n'est plus admissible. Au moins, heureusement, ils étaient plusieurs. Comme on s'y attendait, ce qui paraissait presque normal à, disons Laura, était dénoncé par les autres, indignés. Effet de recul.

Ils ont été capables de comprendre (c'était la partie des contre réunions où il fallait réactiver son cerveau, pour légitime défense), comme je l'ai compris enfin, que l'inadmissible était là depuis le début, qu'ils avaient signé un contrat avec de l'inadmissible dedans, se liant par leur accord, se faisant complices de HT. D'abord, pour tous, ils ont accepté de travailler pour une boîte dont l'éventail de services est... Immoral. Tous les produits HT prêtent à discussion, que ce soit ceux d'installation de pilleurs à l'étranger, ceux de manipulation ou de contrôle du personnel, ceux promettant de meilleurs dividendes, au prix de plans sociaux aveugles pour profits à court terme, voire de paris à la baisse... Immoral, comme tant d'autres, comme cette compagnie d'assurances couvrant des victimes de mines antipersonnelles, tout en finançant de l'autre main des marchands d'armes. Je ne crois pas qu'ils aient signé en sachant tout cela et en acceptant quand même car aux abois. Non, je crois qu'ils ne se sont même pas vraiment renseignés. Ils ont fait confiance, se refusant à réfléchir, ou sans même penser qu'ils pouvaient réfléchir. Voire se sont soumis à l'autorité de HT. Comme dans l'expérience des chocs électriques de Milgram. On vous dit appuyez sur le bouton, ayez confiance, envoyez la décharge sur notre cobaye, s'il crie ce n'est pas grave, c'est pour son bien et nos progrès à tous. On appuie. Sans remettre en question. Moi aussi j'ai appuyé.

Oui, l'inadmissible était là quand on a fait défiler Laura comme sur un podium pour voir si elle se balançait assez bien pour plaire aux clients. L'inadmissible était limpide dans le programme de formation qu'on m'a donné. L'inadmissible était là pour Catherine aussi, embauchée comme DRH sans pouvoir rencontrer, choisir, former ses employés elle-même. Et ainsi de suite, et nous avons dit oui, merci c'est trop gentil de me prendre avec vous. Revient alors la question du choix. Je tourne en rond... Si on arrive à se poser la question et qu'on refuse, très bien. Combien de fois peut-on refuser avant d'être au RMI ? D'un autre côté, au bout de quel nombre suffisant de personnes refusant des postes malhonnêtes une entreprise va-t-elle bouger ? Je ne sais pas... Mais reste sûr que si on ne fait rien il ne se passera rien. Je redeviens idéaliste, sans doute, comme Éloïse, pourtant je me sens seulement responsable, responsable au même titre que les autres de ce qui arrive, que j'accepte et que je perpétue.

Dans une basse-cour, la poule dominante mange les graines en premier. Elle peut s'attaquer à la poule adjointe, si celle-ci essaie de passer avant. La poule adjointe peut piquer la troisième poule, et ainsi de suite. Si la dernière poule n'a pas de poussins, les plus faibles du groupe, à piquer, que fait-elle ?

Comme nous tous : elle s'attaque elle-même.

Je voudrais vivre dans un monde où nous soyons un peu plus que des poules.

Pouvoir faire autre chose que de piquer après avoir été piqué, ou piquer pour ne pas être piqué.

7 août

Ils ont un peu pris confiance en leurs capacités créatives, grâce aux jeux proposés par les uns et les autres. Ils ont pu préparer chez eux le récit de ce qui leur est arrivé. Ce récit est à eux, il est intime, il n'est pas question que quelqu'un d'autre le lise. Par contre, ils ont eu pour mission de le réécrire. Le réécrire façon film d'horreur, fantastique, Harlequin... De là, on a fait passer les récits des uns aux autres, et on leur a demandé de les jouer. Notre Stéphane les accompagnait à la guitare et aux cymbales, pour l'ambiance. Ce qui est intéressant c'est que leurs problèmes n'ont pas été ainsi minimisés, du type ah c'est un jeu, c'était pas si grave que ça. Au contraire, ce qui s'était passé pour chacun, en passant du côté de la fiction, a pris une portée plus universelle, parfois drôle, parfois effrayante. Et devenait un récit lié, non plus des éclats de peur, de contrainte, de privations de liberté incompréhensibles. Un récit qui pouvait faire sens, et où chacun se voyait, joué par un autre, happé dans des implications bien plus grandes que lui. J'aimerais bien utiliser leurs textes, les faire jouer devant d'autres... On verra.

De mon côté j'ai écrit les textes pour Francis et Marc, toujours absents. Facile, j'ai eu accès à leurs dossiers complets. Et ils ont été joués aussi, avec l'espoir que, quelque part, même s'ils ne sont pas là, ils reçoivent l'information et que ça leur fasse du bien.

Marc est le fils d'une huile à mon avis aussi dictatoriale que Hautfort, ça doit être efficace même sous les tapis, chez eux. Il semble que commercial ne soit pas sa vocation profonde, mais je ne réussis pas à deviner ce que c'est. Il est entré par piston. Les autres ne l'aiment pas, n'aiment pas ses allergies, son côté lunaire, et il a vite été rabaissé aux tâches d'une secrétaire des années 60. Les pauvres abrutis de son service devaient se sentir couillus, à le traiter ainsi. C'est un récit qui a été difficile à soulever, à transcrire en fiction. Je n'ai pu en tirer qu'une seule version, façon La Fontaine, avec Hautfort en grenouille, comme me l'a soufflé Roman, et Stéf, évidemment, en blaireau, blaireau épilé reniant ses origines. Marc était lui-même apparenté à la famille Blaireau de Stéf, né au milieu des blaireaux, mais Marc, à la surprise générale, était une belette. Belette ballotée parmi les blaireaux imblairables, à la maison et au bureau, Belette en costume trop serré, rappelant aux autres qu'eux aussi ont un corps imparfait sous leur uniforme.

Pour Francis, plus difficile encore. De ce que je comprends il a des problèmes mentaux depuis avant HT. Sabine s'est, bien sûr, renseignée. Il s'est énormément dégradé ces derniers mois cependant, et Sabine (une fouine avec tailleur en skaï, dans ma version de l'histoire de Marc) me semble avoir joué avec lui, l'avoir poussé à bout. Or, autant les autres sont responsables pour eux-mêmes, autant pour Francis c'est difficile de se défendre et donc d'autant plus dégueulasse de l'attaquer, sachant que son travail est irréprochable. Mais bon, il fait tache... Les gens l'appellent le Timbré ou Père-la-morale. Alors, pour son histoire, j'ai pensé à un univers où les gens ne sont pas des corps, mais des assemblages de lettres. Quand on rencontre quelqu'un il faut apprendre à le lire. Le soir pour dormir les gens trient les lettres qui les constituent et les rangent dans des classeurs, entre des feuilles plastiques protectrices. Or Francis, lui, est constitué de chiffres. Il est pour les autres comme une langue étrangère. Il n'a pas de dictionnaire pour se traduire. Il essaye de faire passer ses 6, ses 9, pour des a et des o, mais personne n'est dupe. Il a peur de perdre ses chiffres alors il se balade enrubanné de scotch. Sabine, entièrement faite de $ emmêlés, lui court après pour défaire le scotch et le mettre à terre. Il serre les bandes, il serre encore plus fort, il arrache quelques chiffres au passage et il crie... Un peu abstrait comme histoire, mais comment parler de Francis ? C'est une énigme pour moi, je n'ai pas l'impression d'avoir jamais vu son regard. Trop mouvant, ou rivé à ses notes.

On a aussi repris le jeu de l'implicite, pour cette fois l'appliquer à ce que tous ont entendu comme vacheries de la part de HT. Ils sont allés assez vite pour faire une liste. C'est violent, cette histoire d'implicite. Quand Sabine dit à Catherine, qui a fait un super boulot : « On voit que vous avez du temps pour faire ça, vous », ce qui est juste derrière c'est « Vous n'avez rien à foutre de la journée, pauvre meuble inutile, alors que moi je travaille ». Mais comme elle ne le dit pas, Catherine ne peut pas répondre. En plus si Catherine a du temps c'est parce qu'elle a été mise au placard grâce à l'arrivée de Sabine, justement. Idem les actes implicites. Par exemple quand Sabine donne à Laura une veste de tailleur taille 48. Laura a grossi, c'est vrai, un peu : le chagrin, la colère, l'immobilité, ses maux de dos… Mais elle ne fait pas du 48 ! Quand elle le signifie pour avoir une veste plus petite le mal est déjà fait : ah pardon, dit le sourire onctueux de Sabine, vous m'avez donné l'impression d'être une grosse vache… (Ben oui pour Sabine 48 c'est grosse vache, je suppose qu'elle se tient au 36 avec des substituts alimentaires, quelques vomissements de-ci-delà et des fortunes en ultrasons et en massages antigraisse, anticorps). Ça les a tous soulagés : non, ils n'étaient pas paranoïaques, oui, c'est normal de s'indigner quand Stéf, près de Sonia, se plaint de mauvaises odeurs sans la regarder, quand le responsable de Rodolphe lui demande d'accélérer son rythme, parce que « on n'est pas à la bibliothèque ici, on n'est pas des tapettes » (la classe).

Ensuite on s'est occupés de tirer le fil des vraies activités de HT. Ils ont écrit des textes caricaturaux, parodiques mais justes, histoire de faire saillir le trait, décrivant les grands chefs HT en barbouzes, mitraillettes à la main, ou les clients cherchant à comprendre leurs employés selon leur origine ethnique, comme des explorateurs en perruque du quinzième siècle avec verroterie à offrir et fusils dans le dos…

On a travaillé aussi sur les fois où il n'y avait pas d'implicite, et comment démêler les deux : sortir de soi et de son univers pour essayer d'écouter ce que veut dire l'autre. Parfois rien, il fait juste du bruit pour occuper l'espace et le temps…

Quoi d'autre ? Je commence à fatiguer, il est tard encore, entre les réunions, les contre, l'écriture… Je veux quand même noter le reste, pour ne pas oublier. On a inventé des mots, comme Jeanne. Des adjectifs, des verbes avec leurs définitions : tout pour sortir de la langue corset HT, qui n'est pas une langue d'ailleurs, mais un « outil ». Les postes de travail sont devenus des bagnasses, les piques de Sabine des turares. On a inventé nos propres mesures de temps, d'objectifs. Une matinée débordée sur le plateau d'appels, avec objectifs qui sirènent en flèche (à 10h, faites quinze appels de l'heure, à midi, faites-en trente), est une troupie. Trois chariots à remplir en moins de neuf minutes c'est un forceps et mat. J'espère qu'ils vont les utiliser, ces mots, au moins en pensée, les superposer aux mots officiels vides et plaqués sur leur tête-couvercle, pour faire un peu siffler la cocotte-minute.

Dernier exercice, décrire son entreprise idéale, même si cette entreprise est absurde ou fantastique. Il y en a qui ne demandent pas grand-chose. Laura par exemple veut juste un endroit où on lui parle gentiment, où on lui sourie, où elle puisse être à peu près elle-même. Elle ne remet pas en question son poste, elle veut bien continuer à faire l'hôtesse, mais hors cagibi. Rodolphe a supprimé le mot entreprise de la proposition. Il a imaginé une confrérie de cuistots, régalant chaque jour leurs clients de plats du marché illustrant un poème médiéval, et pouvant aller écrire leur thèse entre deux services, pendant que des machines ultramodernes débarrassent les reliefs des repas. Catherine voyait une entreprise autogérée, sans financiers, sans fonds de pension, où chacun est travailleur, associé, force de proposition, et véto si besoin. Son entreprise ferait de la réinsertion, ou, pour des immigrés primo-arrivants, de l'insertion, avec famille d'accueil, échanges de plats, de langues, de conseils, troc de services. Sonia voulait une entreprise où l'on puisse avoir un endroit à soi, ça ne paraît pas grand-chose mais vu là où elle travaille, sur le plateau, c'est énorme. Elle voulait pouvoir mettre la photo de ses enfants sur son bureau, avoir un tiroir à elle où mettre des cornes de gazelle, de l'eau de fleurs d'oranger pour un café blanc, des recueils de poésie à lire pendant la pause. Une vraie pause, pas plus longue que la pause existante mais qui ne soit pas bipée au départ et à l'arrivée par une pointeuse aigrie, parce que dans son entreprise idéale, on lui ferait confiance. Elle travaillerait avec sa tête, enfin, sur des langues en perdition, des langues étranges, des langues à clics, pour les faire connaître. Elle n'aurait pas de langue obligatoire à parler, parce que chacun prendrait acte de la richesse de la langue de l'autre, de ses approximations, de ses décalages, de ses intonations. Sélim, son entreprise idéale serait un immense atelier, où il pourrait faire sortir de ses mains tout ce qu'il a dans sa tête, faire des objets quotidiens, simples, colorés, des plateaux, des lampes, des coussins, dans des matières nobles, de la soie peinte, du verre décoré, du métal sculpté… Du bois, pas de l'aggloméré, Sélim est effaré depuis que HT a fait recouvrir ses beaux parquets anciens par de la moquette et du lino imitant le parquet. C'est vrai, c'est tordu. On le laisserait libre de s'organiser, d'organiser son temps, ses gestes, ses mains, et il travaillerait bien mieux ainsi. Et Roman, pour lui une entreprise idéale est impossible à imaginer, elle est un mal nécessaire pour gagner son pain, ce qu'il voudrait faire c'est rencontrer le plus de gens possible, recueillir leurs histoires et les faire voyager, comme un griot. Et faire des fêtes où les gens amèneraient leurs histoires à eux pour les échanger avec d'autres, ou encore liraient leurs textes préférés pour qu'on les découvre.

Finalement il n'y a que Roman et Sélim qui sortent des murs de l'entreprise, parce qu'ils n'y sont pas vraiment entrés, leur conscience du moins n'y est pas entrée, même s'ils font ce qu'on leur demande. Sélim appréciait surtout, avant, le café turc du matin partagé avec les collègues. C'était ce qui faisait passer la pilule, et c'est sûrement pareil pour beaucoup : cette routine du petit matin ou de la fin de journée, ensemble, les temps de transition où l'on se retrouve, même si le travail entre les deux n'a pas vraiment de sens, soit qu'on n'ait jamais voulu faire ce travail, soit qu'on ne vous ait pas expliqué à quoi il servait.

J'ai été assez épargné par tout ça, moi. Les petits boulots que j'ai faits, je ne m'y suis pas investi, parce que j'avais autre chose, et ça n'a d'ailleurs jamais nui à ce qu'on me demandait. Ces boulots alimentaires me servaient à payer les frais de la troupe, à financer mon rêve. C'est seulement quand j'ai lâché le théâtre, quand je suis entré chez HT avec plus rien d'autre pour m'équilibrer, pour me faire colonne vertébrale, que je suis tombé la tête la première dans ce dont les remotivés souffrent aujourd'hui. Travailleur anonyme, sevrage nécessaire. Et en même temps je ne pouvais faire autrement. Une fois entré chez HT, épuisé par mon cahier des charges et mon vocabulaire à surveiller, l'ombre du compte à rebours et des objectifs au-dessus de ma tête, je n'avais plus la force de faire autre chose, d'avoir des convictions à moi. Même si on fait tout, comme dit Rodolphe, pour s'en foutre, ça peut tenir un temps, ça peut protéger, mais ce n'est pas viable à long terme. Rodolphe a arrêté sa thèse, Laura a arrêté le sport, Sonia a arrêté d'étudier... Après c'est le cercle vicieux, moins on a une vie à côté, plus on s'accroche à ce qui se passe au bureau, plus on en attend, plus on est déçu, plus on s'enfonce. Et j'en reviens au même : alors, il faut se sauver soi-même. Il faut partir.

10 août

Je ne comprends pas. Reprendre du début et tirer le fil. Mes quatre remotivés allaient, il me semble, mieux. Plus vivants, plus souriants, moins lourds.

Pour moi, et sans doute est-ce vraiment naïf, voire stupide, un employé qui va bien est un employé qui travaille bien : au final, tout le monde est content. Or Rodolphe et Laura ont reçu coup sur coup un avertissement aujourd'hui. Je m'en sens responsable. Visiblement, la tension est trop grande entre ce que nous faisons le soir, et les tâches qui leur sont demandées en journée. Je voulais qu'ils aillent mieux, pour soit échapper à ce licenciement presque certain, soit trouver ailleurs un travail qui leur corresponde. Je ne voulais pas aggraver les choses. Je ne les ai pas poussés à la rébellion car ils ne font pas le poids, je pense, et parce que les révoltés, les forts en gueule, les syndiqués sont généralement ceux qui s'en prennent plein la figure. Ceux qu'on harcèle. La direction n'aime pas les vagues, n'aime pas, comme dit Roman, les clous qui dépassent. Des clous. Ce sont des clous, ils valent des clous. C'est pour ça que j'ai axé notre programme du soir sur un renforcement de l'intérieur, préalable nécessaire à une attaque à l'extérieur.

Je ne vais pas assez loin et je me mens encore... Laura et Rodolphe n'ont pas reçu d'avertissements parce qu'ils se sont rebellés, ou ont mal travaillé. Pour Laura : elle a recommencé à sourire. On la voit quand même un peu dans son cagibi, et elle a souri « trop chaleureusement », dit son avertissement, à des clients qu'elle connaissait et qui se sont donc approchés d'elle pour échanger quelques mots. Laura a bien fait son travail : hôtesse d'accueil, sens du contact, mettre à l'aise le client. Elle a pourtant été accusée de « racolage chronophage ». Rodolphe, quant à lui, a disposé sur les entrées (basses castes) du jour des brins de persil décoratif qui allaient se perdre, sinon. Lui aussi a bien fait son travail. J'ai déjeuné à la cantine et c'était joli cette touche de couleur sur des entrées si fades. Au niveau des chiffres de productivité, comme il me l'a expliqué, c'était aussi une bonne initiative. Ça évitait au persil de passer dans les pertes. Or, il a été accusé d'avoir pris une « licence culinaire arbitraire ».

Si on confronte les deux, ils n'ont pas reçu ces avertissements parce qu'ils avaient mal travaillé. Au contraire, ils les ont reçus parce qu'ils avaient bien travaillé, avec cœur. Avec sourires pour Laura, avec responsabilité et application pour Rodolphe, qui a utilisé son temps de pause pour égayer les plats. Il a d'ailleurs eu un blâme pour ça aussi : comme il n'a pas pointé à la pause, puisqu'il ne l'a pas prise, HT lui reproche de vouloir leur coller l'inspection du travail sur le dos pour non respect du droit à la pause des employés.

On ne demande pas aux gens de bien travailler.

On leur demande de travailler vite et sans réfléchir.

Comme le livreur de pizzas dont l'unique critère de qualité de service est le temps de livraison de ladite pizza, et non, jamais, le goût. Les gens qui essaient de bien travailler seront les derniers dans les classements de productivité. Confère Sonia. Et ils souffriront. Alors, peu à peu, s'ils arrivent à comprendre le truc, ils laisseront tomber tout ce qui est accessoire, et accessoires sont les rapports humains et le souci de l'autre, pour se concentrer sur ce qui est seul évalué : le chiffre. Et comme ils souffriront plus encore de ne plus faire que ça, eh bien, tant qu'à faire, ils travailleront de plus en plus vite, pour oublier, et pour au moins y trouver la reconnaissance de leurs chefs. On augmentera leurs objectifs, puisqu'ils les dépassent déjà et auront ainsi tendu le bâton pour se faire battre...

J'ai dit à Laura d'observer Mariama. Mariama ne sourit que lorsque c'est demandé dans les procédures. Si trois banalités échangées avec les clients lui sont autorisées par jour, elle n'en dira pas quatre. Le client la trouvera peut-être froide, mais au final elle montera dans les échelons. Idem Sonia : écouter vraiment la demande d'un client sur le plateau d'appels, écouter sans chercher à lui imposer des produits, écouter pour le conseiller au mieux et pour qu'il soit satisfait à long terme n'est pas dans la visée de HT. Parce qu'alors c'est moins d'appels qui sont traités, moins de petites cases remplies, et des statistiques en baisse. Ah, bien sûr, il faudrait embaucher, pour avoir le temps, du temps HT... Mais les actionnaires ont les yeux rivés sur les embauches et sur le rapport entre charge de travail et nombre de salariés. Plus la charge de travail est haute avec une masse salariale faible, et plus l'action grimpe... Que ces actionnaires soient de petits porteurs retraités de Miami ou des sosies de Hautfort vendant et achetant à la volée dans leur tour vitrée développement durable de la Défense...

Et Rodolphe ! Il était blessé, il n'avait pas pensé à mal. Il m'a dit pour une fois pas de mauvais esprit, je voulais y mettre du mien, faire les choses au mieux, tous ces bouquets de persil à jeter le soir c'était une honte, c'est beau le persil, c'est délicat, ça sent bon... Résultat, je suis autant puni que pour la dinde décorative qui était, celle-là, un coup d'éclat. Son chef lui a dit on ne te demande pas de réfléchir, tu fais ce qu'on te dit, c'est simple non ? Rodolphe est quasi à la porte, maintenant, à peine en colère, sans doute trop désemparé.

Les autres ont essayé de leur remonter le moral, mais c'est difficile. Catherine disait ce n'est pas normal, Sélim ajoutait c'est la marche des choses, l'équipe de ménage non plus on ne lui demande pas de laver bien, mais de laver selon les procédures, qu'elles soient bonnes ou pas. Roman voulait casser la figure à Hautfort, bien sûr. Sonia soupirait juste, à nouveau et si vite résignée. Que l'espoir est faible.

Je ne savais pas quoi dire de plus, quoi faire de mieux. Si on ne demande pas aux gens de bien travailler, mais, et ce quel qu'en soit le résultat, de suivre des procédures, tout en étant capables d'en contourner certaines parce qu'elles perdent du temps, si on leur demande de travailler contre eux-mêmes, contre leur sens du bon travail, contre la satisfaction du travail bien fait, si on les y force, que puis-je faire, moi ?

Suis sans doute découragé ce soir. Espère trouver des forces dans le sommeil, et un chemin pour nous sortir de là.

10 août

Pas trouvé depuis hier, mais puisque c'est comme ça, puisque ça me paraît bloqué, la solution la plus raisonnable c'est de faire la fête. Laisser le problème de côté, qu'il repose seul dans son coin, ne pas y penser.

J'ai ameuté tout le monde pour ce soir. Grande fête aux Diseurs de Bonne Aventure, avec les remotivés, mes potes, et tous les clients qui voudront participer. Passé voir Ahmed ce matin, il était pas bien réveillé le pauvre mais plein d'élan, comme toujours, pour tout ce qui pourrait permettre de rire et danser. Alors, repas berbère. Rouge et rosé… Boulaouane, j'imagine. Contes d'Orient. Musique des mille et une nuits. Danse du ventre, un homme et une femme : pas de jaloux. Voyante extra-lucide avec boule de cristal, évidemment. Décoration féerique, voiles, lampes ajourées, lampes tempêtes, lampes de fête, Jeanne s'en occupe. Narguilés aussi. Passé des coups de fil un peu partout. Sera un peu foutraque, mais s'organise. Et maintenant filer chez HT, faire la réunion, inviter les six, ne pas dire que ce soir est fête, mais que c'est important. On verra…

Ouh là, nuit du 10 août, mais quelle heure ?

Même si ça ne donne rien d'autre, ce sera du bon temps de pris et ce qui est pris n'est pas à vendre. Monté au premier étage des Diseurs pour écrire journal. La fête continue en bas, tout le monde danse maintenant, un jeune frère d'Ahmed joue du raï et alterne avec de vieux tubes disco des années 80.

Ils sont arrivés à 20 h. Marc, Marc est venu. Laura et Roman l'encadraient, ils ont dû passer du temps à le convaincre… Je lui ai dit merci, merci, il était gêné, il devait rentrer bien plus tôt que Cendrillon mais au moins ses parents sortaient ce soir, un gala, alors… On est entrés dans le bistrot par un double-rideau de velours bleu nuit, brodé d'étoiles d'or, qui étouffe les bruits. Dedans, pénombre. Quelques bougies par terre montrant le chemin pour rejoindre les petites tables, couvertes du même velours. Dessus, de l'ambre qui grésillait doucement. Silence. Silence. Et puis… Un chant arabe, sorti d'on ne sait où. Une flûte le rejoint qui fait souffler le désert, les nuits du désert, dans la salle muette et fascinée. Une amie andalouse de Mercedes apparaît. Enfin, juste son visage éclairé par en dessous. Elle raconte… Elle raconte des histoires de très loin, des histoires de traversées des mers sur des bateaux en roses des sables, elle raconte des chameaux qui sentent la cannelle, la douceur satinée de la peau des femmes aux bains, peau d'eau de pluie, lune des nuits sans lune… Elle raconte des sabres d'argent aux inscriptions arabesques, des yeux de nomades entre deux pans de tissu, noirs et indigo… Elle raconte les mirages, le lac bleu clair en plein désert, la bouche qui déjà salive, la déception, le rêve de l'oasis, son ombre bienfaisante, les onguents de rose après la douche miraculeuse, l'odeur du méchoui qui monte… Dans la salle aussi l'odeur monte, nous aussi nous salivons, nous demandant si la sorcière conteuse ne nous fait pas éprouver un mirage, un mirage odorant… Et en baissant les yeux vers la source de l'odeur, vers nos tables, nous comprenons que nous avons tous été servis, de ces vins de soleil qui tapissent la bouche de leur texture presque huileuse, de viandes parfumées, agneau, mouton, bœuf, romarin, thym, muscade… Au milieu de chaque table, une ronde de petites assiettes, remplies de couleurs aux lueurs mouvantes des bougies, rouge foncé, méfiance, beige granuleux, blanc crème, vert sapin, ocre presque doré : tout à goûter, tout à deviner. La voix de la conteuse s'est éteinte et nous l'avons applaudie, étourdis d'odeurs de banquet et d'ambre, enchantés d'histoires, affamés. Les petites lampes ont été allumées, orange, bois de rose, violet profond.

Nous nous étions placés au hasard, et les conversations ont commencé comme ça, au hasard, d'une table à l'autre, avec des interruptions cependant pour aller voir la mystérieuse voyante cachée au bout du bar. Folklore que tout cela, la voyante par exemple n'en était pas une, mais ce n'est pas grave, ce qui compte c'est de faire illusion, comme Blanche Dubois, assez pour rêver et faire rêver. Le théâtre n'est pas vrai, et alors ? Si les arbres sur scène sont en papier mâché, cela empêche-t-il de croire à l'histoire ? Non, bien sûr, car les arbres sont dans nos têtes, et puis comme le théâtre cette soirée était un jeu… Qui a continué par des danses, avec vrais musiciens, par du vin tant et plus, par Roman faisant valser Laura, Sélim conversant avec Ahmed, Sonia riant aux remarques de Rodolphe, Catherine enlacée avec son mari, se laissant porter… La conteuse andalouse discutant libre interprétation des contes avec notre Stéphane… Jeanne courtisée par un pépiniériste voisin du bistrot, qui est sorti en flèche et lui a ramené un petit olivier…

Marc était parti depuis longtemps. J'ai vu son visage ébahi pendant les contes, sa bouche qui a fredonné quelques mélodies au début des danses, et puis d'un coup il n'était plus là. Il a dû courir pour battre de vitesse son couvre-feu, je suppose. Mais au moins, il est venu.

Un peu de répit, c'est tout ce que je peux leur donner. Et ce soir, c'est la trêve.

11 août, au café d'Albert, après déjeuner

Aïe, ma tête. Tu vieillis, mon vieux… Un coup de trop et une presque nuit blanche, j'ai l'habitude pourtant, mais ça y est, je suis à terre… Bon… Tout a fini très tard hier, mais mission accomplie.

J'ai vu Sabine ce matin et les mauvaises nouvelles continuent. Elle est en processus final de recrutement des remplaçants des remotivés. Ils ne le savent pas encore, elle veut les mettre chacun devant le fait accompli, devant son remplaçant. Chaque remplaçant sera formé par un collègue de l'un des six, et ils devront tous assister à la formation du nouveau en tant que contre-exemple. Par exemple, pour le poste d'hôtesse, Mariama formera la nouvelle, tout en ayant Laura à côté d'elle, et Mariama dira : « Alors Laura, que feriez vous ? », et quand Laura aura répondu Mariama enchaînera : « Vous voyez, c'est exactement ce qu'il ne faut pas faire, parce que... ». Les collègues formateurs auront de très longs scripts pour pouvoir contredire toutes les réponses, mêmes bonnes, que les six donneront. Ils critiqueront aussi leur aspect, rappelleront leurs manquements... Les six collègues formateurs sont au courant, et tous d'accord. Coup double de Sabine : humilier assez les remotivés pour qu'ils ne pensent même pas à aller aux Prud'hommes et terroriser les nouveaux pour qu'ils filent doux. Ça vaudra même pour Marc, qui n'est pas viré puisqu'il n'est plus payé. Juste pour le dissuader de s'en plaindre en lui montrant sa nullité.

J'ai bien joué mon rôle, j'ai félicité Sabine, mais franchement, je l'ai en travers de la gorge. Ça va être un massacre... Demain nouvelle contre réunion, il faut que je voie Catherine avant, qu'on se prépare avant que la formation des nouveaux ne commence, sinon ils vont s'effondrer. J'ai peur pour Marc, par exemple, ce matin il avait une tête figée, alors qu'il aurait dû être plus détendu, après la fête d'hier, non ? Oui, que Catherine prépare tous les papiers pour les solutions concrètes, comment ils peuvent faire maintenant, on n'a plus le temps de s'amuser au reste, parer au plus pressé, c'est ça. Plus le temps, plus le temps, même le soir, même entre nous... En retard, en retard... J'ai rendez-vous quelque part...

13 août

Ils sont tous rentrés chez eux, sauf Catherine, face à moi, qui continue à prendre des notes. Elle a trois gros classeurs de documentation, de droit, de DIF, de reclassement à côté d'elle. Alors je lui tiens compagnie et je parle à mon journal. Partis comme on est, on va faire la fermeture, mais Ahmed ne nous en voudra pas, il joue aux cartes à l'autre bout du bar avec deux amis à lui.

Ce soir ça a été long, et dense. Je leur ai dit que leurs remplaçants allaient arriver et qu'il fallait maintenant décider quoi faire. Ils ont été choqués, bien sûr. Aucun n'a l'énergie de faire venir un inspecteur du travail, ils disent à quoi bon, ils ont raison, les inspecteurs sont débordés, c'est quoi le chiffre, un inspecteur pour dix mille employés je crois, et chez HT personne n'est mort encore, on ne passerait pas dans les urgences.

Aujourd'hui, partout, tout est urgent. Tout est urgent, trop tard, à faire pour hier, dépêche-toi... Évidemment, ils ont encore moins la force d'envisager d'aller aux Prud'hommes, et en plus ils ont peur. Comme quand on était petit, à l'école, et qu'on avait encore peur d'une directrice hurlante même quand on savait bien qu'elle avait pris sa retraite. Attention, v'là Mme Truc ! Tout le monde était tétanisé.

Donc, pas d'action, pas de Prud'hommes. Une fois établi ça, il a fallu voir pour chacun quoi faire. On a repris les textes de l'entreprise idéale mais ils n'allaient pas assez loin, et je leur ai fait écrire sur leur métier de rêve, quand ils étaient enfants – comme l'avait proposé Éloïse dans son plan. On a travaillé cas par cas, avec l'aide de tous, pour trouver la meilleure solution, ou du moins la moins pire, le compromis, quoi. Catherine en garde-fou légal, les autres préposés aux idées : toujours plus facile de chercher une solution pour son voisin, son collègue, son ami que pour soi-même.

Pour Laura, ça a pris du temps, elle nous embrouillait avec des histoires de je demande très peu, je veux juste avoir la paix, etc. Mais au fond, qu'est-ce que tu veux faire de ta vie ? Elle résistait, je me disais c'est qu'elle veut être astronaute ou footballeuse, enfin un truc impossible, énorme, elle a peur qu'on se moque d'elle. Catherine l'a prise à part, lui a parlé doucement, Laura hochait la tête, répondait à ses questions chuchotées, et puis elle a respiré un grand coup et elle a dit : j'aurais voulu être éducatrice de jeunes enfants. Ben voilà ! C'est un vrai métier ça, ça existe. Roman l'a félicitée, Laura lait-fraise faire beaucoup bien à petits enfants, adoucir vie eux ! Catherine a corrigé : tu veux, et non pas tu aurais voulu, être éducatrice de jeunes enfants. C'est possible. Moi, j'ai tout de suite passé un coup de fil à Éloïse. Laura ira la voir demain à la maison. Éloïse en connaît plein, des éducateurs de jeunes enfants, ils lui passent le relais souvent, ils seront ravis de montrer à Laura comment ils travaillent. Catherine a ouvert ses classeurs, la première option aurait été de demander un congé individuel de formation à HT, Laura y a droit, mais ça, pas question, on s'en doute. Or il faut qu'elle arrête de travailler, elle ne peut pas retourner à l'école et faire des stages en plus... Mais si HT licencie Laura pour faute lourde elle n'aura pas de chômage, comment gagner sa vie ? Elles ont donc cherché des boulots où Laura pourrait quand même à peu près tenir sa formation, des postes en horaires décalés. Elles en ont fait une liste. Elles ont regardé les écoles, voir laquelle était la moins chère, voir si Laura pouvait valider au moins la première année. Laura avait retrouvé le sourire, elle se tenait plus droite, elle disait peut-être que c'est possible, oui, s'il faut travailler beaucoup, même un boulot idiot, ce n'est pas grave, j'ai un but, et je veux m'occuper des enfants, je veux quitter Paris, je veux refaire du sport. Ce soir elle a enfin paru son âge.

Sonia, Sonia a eu moins de mal, ce qu'elle veut avant tout c'est reprendre ses études de linguistique, elle a pris un gros coup avec le Vocabulaire Purifié et elle en a besoin pour retrouver ses esprits. Elle veut se réinscrire dans la même fac, frais de scolarité raisonnables, possible de travailler en même temps, elle se mettra en examen final. Catherine l'a orientée sur des postes de rédacteurs, c'est-à-dire assister à des conférences, réunions, colloques, en saisir le plus important, le restituer clairement à l'écrit. Exercice qui a eu l'air de passionner Sonia.

Nous l'avons tous poussée à envoyer à des revues spécialisées un certain nombre d'articles de linguistique, de sémiologie, qu'elle a écrits il y a quelque temps, mais qu'elle pensait trop faibles, trop concurrencés par des spécialistes bien assis. Mais qu'elle envoie, on verra bien ! Qu'est-ce qu'il y a à perdre ? Et Rodolphe, diabolique, lui a suggéré d'écrire sur le Vocabulaire Purifié : analyse grammaticale, lexicale, philosophique, implications… Elle s'est mise aussitôt à parler de *1984* et des spécificités de l'anglais, les yeux brillants, les idées en bataille. On a dû l'arrêter, il y avait encore du travail.

Rodolphe, justement. Il a retrouvé la forme depuis son dernier avertissement, il dit qu'il ne se laissera pas virer, qu'il démissionnera avant. On a eu beau lui dire que c'est justement ce que veut HT, que c'est l'idéal pour eux, tranquillité assurée, aucune poursuite, il n'en démord pas. Il en a fait une affaire de fierté : il dit on ne me boutera pas hors de mon laboratoire « culinaire » aseptisé, non, je renverserai les chariots et partirai nez au vent ! Comme il veut, après tout… Il dit qu'il retrouvera un boulot dans un restau, un restau normal, où ce qu'on mange n'arrive pas réfrigéré depuis le Brésil avec l'aspect des plateaux-repas spongieux qu'on sert dans des avions. Lui aussi veut recommencer à étudier. Il veut terminer sa thèse et ouvrir un restaurant médiéval. À la campagne, avec joutes, chants, banquets, qui reproduirait à la lettre ce qu'il décrit dans sa thèse, mais sans faire parc d'attractions. Il veut faire travailler les gens du coin, leur redonner le goût de leurs traditions, qu'ils en soient fiers, voire qu'ils se remettent à parler le patois pour emmerder les Parisiens. Catherine l'aidera pour une demande de bourse exceptionnelle, mais il semble qu'il soit trop vieux.

Sélim et Roman ne sont pas dans la même urgence mais seront virés tôt ou tard : Sélim s'il n'apporte plus un avantage fiscal suffisant à HT par son statut de travailleur handicapé, et Roman parce qu'un jour il ne pourra plus se retenir de l'ouvrir. Catherine va regarder les possibilités de préretraite pour Sélim et lui faire une demande de logement social. Il vit dans un placard insalubre depuis toujours, avec robinet dans le couloir. Roman, lui, ne s'inquiète pas. Il sait qu'il retrouvera du boulot ailleurs, tout le monde a besoin de coursiers sous-payés. Il faudrait juste qu'il puisse acheter son propre scooter, il serait plus libre. Sonia peut lui trouver quelques traductions roumain-anglais, ou roumain-russe, dans les affichages de son ancienne fac et aux Langues O, et Catherine va vérifier discrètement au bureau si elle ne peut pas bidouiller quelque chose pour qu'il ait au moins une prime de risque. Son rêve à lui, je l'ai écrit, c'est de collecter et raconter des histoires. Il dit qu'il peut le faire n'importe où, que tout le monde a des histoires, même Marteau Sabine, et qu'il s'en fiche si on lui parle comme à un demeuré, du moment qu'on lui laisse sa tête pour imaginer, ses yeux pour regarder, ses oreilles pour écouter. Fortiche, Roman. Admirable.

Marc, aussi. Même s'il n'est pas revenu avec nous, même s'il est de plus en plus fermé, il faut bien qu'on réfléchisse pour lui. Catherine a préparé tout le dossier pour requalifier sa démission en licenciement. Il n'en veut pas, il dit qu'il veut rester chez HT, que c'est là sa place, qu'il ne mérite pas un salaire et encore moins les Assedic, son père ne s'en remettrait pas, son père « conchie », eh oui, sic du père, les assistés. Il dit ne me parlez pas non plus de musique, laissez-moi tranquille ! Aux réunions de jour habituelles il ne décroche plus un mot, il remplit des rames entières d'autoévaluations en silence, toutes plus catastrophiques les unes que les autres. Je l'ai vu dans son service, en allant demander à Sabine le jour exact de début de formation des remplaçants. Marc n'a plus de chaise ni de bureau, mais un tabouret où il se perche en attendant que les commerciaux l'appellent pour lui demander quelque chose. Comme le tabouret est haut, et Marc pas très grand, à chaque fois il se redresse et saute à terre, impatient de remplir la mission qui lui est confiée. Deux fois je l'ai vu se tordre la cheville à l'atterrissage, et ses collègues se tordre de rire… Je me suis mis en retrait, j'ai regardé. Ils font exprès de l'appeler à tour de rôle, sans cesse, dès qu'il est réinstallé sur son perchoir, pour qu'il leur ramène un café, un mouchoir, un beignet, un dossier, et souvent même ils l'appellent pour rien, ils disent « ah non, rien ! », et il retourne au tabouret tête basse. Effet de meute… Ils s'acharnent sur le plus faible… Même pas qu'ils soient plus mauvais que d'autres, j'imagine, mais l'organisation y pousse… Si on désigne une victime qu'on peut torturer en toute impunité, qui y résistera ? Quand Marc amène au commercial ce qu'il lui a demandé, il lui tend en même temps une fiche d'évaluation de son action, à remplir et signer. J'ai trouvé une de ces fiches à la photocopieuse : les commerciaux y notent la célérité, la discrétion, l'exactitude de Marc, toujours très mal, et ils ont une place exprès pour ajouter des commentaires, terribles, que Marc lit. Il lit toute la journée qu'il est trop lent, disgracieux, boutonneux, buté, qu'il ne devrait même pas être stagiaire chez HT, qu'il a rapporté un mouchoir sans aloé véra alors même qu'un enfant de cinq ans ferait la différence, qu'il faut le faire passer en commission Cotorep… Ce jour-là Marc attendait sur son tabouret, des larmes silencieuses et dignes sur ses joues. Je suis allé le voir, lui témoigner de la sympathie, mais il m'a demandé de partir, de ne pas le déranger dans son travail. Que faire pour Marc ? Il accepte et défend ce qu'il subit… Comme les enfants battus qui ne veulent pas qu'on les sépare de leurs parents… Il faut pourtant les séparer quand même, s'ils sont en danger. Marc est en danger, je le sais. Catherine est d'accord, elle a quand même signalé le fait à l'inspection du travail, en douce, on ne sait jamais. Sonia aussi a écrit un article qu'elle a envoyé à une revue de sciences humaines. J'ai filmé Marc, discrètement, avec mon portable, en situation. En attendant, aucun de nous n'a l'autorité nécessaire pour s'interposer, ou alors il faudrait que toute la boîte se lève, parce que tout le monde voit ce qui arrive à Marc, ce qui est arrivé à Catherine, tout le monde ! J'ai essayé d'en parler à Sabine, elle a souri, elle trouve que c'est une bonne épreuve, qui le fera grandir, ai-je quelque chose à dire, est-ce que je préfère qu'elle termine ma formation à ma place ? Trop facile, je ne vais pas me faire virer maintenant, pas parce que j'ai peur, pas parce que je veux de l'argent, non, je reste avec eux jusqu'au bout ! Ou alors, encore une fois, je suis lâche ? Complice comme les autres ? Impression d'être pieds et poings liés, mais est-ce une excuse ? Pauvre Marc…

Pour Catherine, c'est un peu plus délicat, elle n'a pas le même âge, comment retrouver un travail ? L'entreprise idéale qu'elle a décrite est plutôt une association, avec échanges de services, et nécessite des subventions. Elle a commencé à s'occuper des dossiers mais il lui faut plus de temps pour rencontrer du monde, des investisseurs, des bénévoles. Or, autant on ne lui donne plus rien à faire chez HT, autant il n'est pas question qu'elle loupe un seul jour, une seule heure, Sabine est à ses trousses... Alors elle écrit son projet la nuit, et elle a repris le témoignage de son harcèlement à elle, se disant qu'il pourra servir. Il reste que si elle est virée la semaine prochaine, comme prévu, elle n'aura rien. Au moins elle a son mari, devrait pouvoir tenir un temps avec un seul salaire pour toute la famille, mais il faudra qu'elle monte vite son projet. Ses filles sont déjà en plein dedans avec elle.

Et j'oubliais Francis... Qui, lui, n'est jamais venu nous voir le soir... Qui pourtant, me sourit, maintenant, parfois même nous échangeons quelques mots. Francis aurait eu besoin de beaucoup plus de temps, je pense, pour venir nous rejoindre. Il survit dans la logique et la régularité. J'ai peur que, quand il sera viré, le choc soit trop grand pour qu'il soit capable de passer des entretiens ailleurs. Je crains qu'il ne puisse plus faire illusion sur ce qui se passe dans sa tête. Son travail reste excellent, et sûrement c'est ce qui lui permet de ne pas devenir complètement fou. Sabine, en le virant, sans le confier à, je ne sais pas, un cabinet de reclassement, sans lui expliquer ce qui pose problème, sans lui souhaiter sincèrement bonne chance pour la suite, allez, sans rancune, eh bien Sabine l'envoie direct à l'asile, et elle le sait. Catherine va essayer d'attraper Francis juste après son entretien de licenciement, si du moins on lui en accorde un. Je sais que pour faute lourde HT a déjà simplement désactivé le badge de l'employé à licencier et posté un agent de sécurité à la porte pour l'empêcher d'entrer. Comme il est interdit de laisser des effets personnels à HT, c'était tout. L'agent de sécurité donnait sa lettre de licenciement au pauvre gars, à la pauvre fille et hop, retour au métro. S'ils font ça à Francis...

16 août – café après déjeuner, toujours chez Albert

On est au mieux de ce qu'on peut faire pour tous… Pour tous les quatre en tout cas : pour Marc, on est bloqués… Laura a vu Éloïse, elle va rencontrer des éducateurs qui pourraient la prendre en stage, elle a ses dossiers d'inscription, une demande de validation des acquis, et elle a envoyé des CV pour des petits boulots. Rodolphe attend son grand jour pour une démission fracassante, il s'est même préparé un costume spécial, il compte fermement cadenasser son chef dans la chambre froide (la positive, c'est pas un assassin non plus) le jour de son départ et se renverser une cuve de sauce tomate sur lui-même pour faire croire à une attaque sanguinaire. Bon… Catherine a une petite mine, elle n'arrête plus de bosser sur son projet, ne sera pas prête à temps évidemment, mais elle essaye, elle essaye. Les demandes de préretraite et de HLM pour Sélim sont parties aussi, c'est moi qui les ai postées, il devrait être prioritaire. Sonia a imprimé et envoyé tous ses articles, a bouclé cette nuit ceux sur Marc et le Vocabulaire Purifié, et a déposé son dossier de réinscription à la fac, fermée deux semaines encore. On ne peut pas faire plus pour le moment. Il ne reste plus qu'à attendre…

Mais quelque chose cloche. Je n'ai pas écrit l'autre jour que quand j'ai voulu aller voir Sabine pour savoir le jour exact d'arrivée des remplaçants (à quoi on ajoute une semaine ou deux de formation avec humiliations, après quoi les Travailleurs Anonymes seront passés par les armes), je ne l'ai pas trouvée. Sans doute partie terroriser un autre service… Ce matin, je suis revenu à la charge. Et elle, d'habitude si sûre d'elle-même, si méchamment souriante, m'a fait sortir de son bureau, bon, de sa cage en verre, et m'a dit, un pli profond entre les sourcils : « On verra ça plus tard, je n'ai pas le temps, Denis ». Et ce sans même m'envoyer une pique au passage. Elle a pourtant toujours eu le temps de se réjouir de la déchéance des autres ! Je sais à quel point cette mission lui a fait plaisir, combien elle est ravie du départ de ceux qu'elle appelle les tocards. Elle n'a cependant pas pris sa mine de chatte gourmande pour me donner de date. Elle avait l'air vraiment soucieuse, incertaine – ce que je n'ai jamais vu chez elle. Notre Sabine se verrait-elle atteinte d'un syndrome d'humanité ? Le terme approchant, est-elle prise de doute quant aux implications morales de ce qu'elle a mis en place ?

Non, Denis, arrête. Là ce n'est plus de l'idéalisme, c'est de la connerie. Si Sabine est soucieuse c'est qu'il se passe autre chose, quelque chose d'assez grave pour qu'elle boude le plaisir de me claironner le remplacement imminent des remotivés. Mais quoi ? Une histoire financière ? Il faudrait que je regarde le cours de HT... Ou les statistiques... Une chute du nombre de commandes produits ? Mais Sonia n'a rien dit de tel... Une visite surprise de l'inspecteur du travail ? Sélim qui voit tout se serait précipité pour me le dire... Je ne sais pas... Je ne sais pas.

CINQUIÈME PARTIE – CLÔTURE MITIGÉE

Interlude Frédéric

La veille, 15 août, au bureau

Oui, c'est ma maison, ce bureau m'appartient. J'y viens quand ça me chante, j'y entre comme un roi. Venir un jour férié n'est-il pas le moment idéal pour aller regarder les dossiers des uns et des autres absents, il y a toujours des trucs qui traînent et qu'il est intéressant de savoir…

Par contre, ce que j'ai mal à la tête… Pas de raison, mais ça revient depuis quelque temps… Ça m'enserre le crâne comme un poing mécanique sans pitié et aucun médicament n'y peut rien, j'ai tout essayé, même la morphine, le soir. Pas question de lever le pied pourtant, jamais, peut-être voir un médecin… Mais qui parmi tous ces incapables mondains de la place parisienne ? Faudrait que j'aie le meilleur de la ville, sinon je ne me déplace pas !

Le bureau n'est pas désert non plus, HT c'est *Let your dreams come true* 24 h sur 24 et 365 jours par an, on est toujours sûr de tomber sur quelqu'un, c'est ma maison et ma maison est toujours prête à vendre. Vais tout de même faire le tour des services, pour vérifier. Attends… Respirer un peu, ma tête m'envoie des éclairs. Ok… Sécurité et hôtesses en bas, c'est bon… Huit en astreinte sur le plateau d'appels… Le nouveau commercial est de garde aussi, en cas de contrat juteux, sur son portable… Le jeune Marc est là, il attend des ordres sur son tabouret, mais personne n'est là pour lui en donner… Quel cloporte ! Allez, on va lui faire plaisir, je l'envoie chercher un croissant. Qu'il essaie de trouver une boulangerie ouverte dans le coin un 15 août, ça fera des vacances à mes yeux. J'ai mal aux yeux, très mal… C'est vraiment pour son père que je le garde, enfin, pour que son père me prenne un ou deux contrats, il me doit bien ça.

Allez, dans mon bureau, je vais regarder un peu la Bourse, me prendre quelques actions en plus, j'ai repéré des boîtes qui coulent, je vais acheter et mettre Steve sur le coup, voir s'il peut en faire quelque chose, ça me payera bien un petit week-end à Mahé, non ? Histoire de séduire quelques cruches exotiques. J'en ai bien besoin, suis fou de colère, le cours de HT a baissé hier, pas beaucoup mais c'est pas normal, j'en ai pas dormi de la nuit. Il faudrait que j'en vire d'autres, que je garde uniquement les meilleurs, les vrais killers, oui, mais comment faire…

Je prendrais bien un café, mais Sylviane n'est pas là. Au bout de huit ans je lui laisse son 15 août quand même, je suis pas chien, et puis ça coûte trop cher à récupérer. Vraiment, la France, toujours prête à refiler les deniers de mes impôts au petit personnel… Ça aussi ça me met en rage… La rage ça enflamme encore ma tête, ma tête précieuse…

Comment marche cette putain de machine à café ? Je suis crevé… Il faut que je me réveille, j'ai des affaires à faire…

Je vais…

M'allonger…

Un peu…

Par terre…

Je… Ne vois… Plus rien…

Ma tête… Mal… Trop mal…

Ne peux… Pas crier…

Pas ouvrir… La bouche…

Bouche tordue…

Pas bouger…

Ne sens plus…

Bras...

Mais…

La Bourse…

Note de service affichée dans les locaux et envoyée par mail aux employés

« 17 août 2006

Nous avons le regret de vous informer que M. Hautfort a été victime d'un accident grave de santé et qu'il est actuellement hospitalisé en soins intensifs.

Merci de noter qu'il vous est formellement interdit d'évoquer ce fait en dehors des locaux de la société et ce afin de préserver l'identité commerciale HT, et que tout contrevenant se verra signifier sa mise à pied immédiate pour avoir tenté de nuire à l'entreprise par ses propos malveillants. Il vous est également interdit de discuter cette note entre vous sous peine d'un avertissement. Je passerai personnellement dans les services pour convoquer toute personne répandant des bruits de couloir ou cherchant à donner un avis qui n'a aucune place ici.

Par ailleurs, M Hautfort n'étant actuellement pas en état de suivre les affaires courantes, toutes les procédures en cours non encore signées par ses soins, et notamment licenciements, formations, primes à la productivité, sont momentanément suspendues.

Conformément à la procédure mise en place à la création de la société en 1998 et non amendée à ce jour pour des raisons qui nous sont inconnues, Catherine Lahore assumera la fonction de directeur par intérim jusqu'au retour de M. Hautfort que nous espérons très proche.

Meilleures salutations,

Sabine Delagni ».

Chapitre 20 – Même jour

Catherine

Sonnée, j'ai été, en arrivant au bureau ce matin. Frédéric est devenu un… Je ne sais pas, une machine, un monstre, c'est certain. Mais personne ne mérite ça… C'est l'équipe de ménage qui l'a trouvé il y a deux jours. Il a finalement bien fait de les faire travailler les jours fériés (sans majoration, évidemment), en cas de visite d'un client étranger.

Personne n'a le droit d'en parler, mais les nouvelles vont vite. L'équipe de ménage l'a dit à Sélim aujourd'hui à l'aube, et du coup il m'a attendue dehors pour me prévenir à mon arrivée. Apparemment Frédéric était par terre, le visage congestionné, quelques borborygmes encore à la bouche que personne ne comprenait. Ils ont appelé les Pompiers, bien sûr, qui l'ont embarqué sur brancard devant tout le monde, enfin devant ceux qui travaillaient ce jour-là. Moi je bûchais des dossiers administratifs pour Sélim à la maison. Il paraît que Marc était là, il est arrivé en même temps que les Pompiers, un croissant à la main, je ne sais pas pourquoi. Il voulait absolument le donner à Frédéric avec une feuille de papier à remplir, comme si Frédéric pouvait l'entendre… Après ça, sirènes, urgences de l'Hôtel Dieu, je crois, et soins intensifs. On n'a rien su le lendemain, le 16, ce n'était pas la même équipe de ménage. J'ai bien senti une ambiance lourde, et Denis trouvait Sabine bizarre, mais rien de plus. De toute façon on ne savait jamais quand Frédéric était là ou pas. Ça n'a pas paru étrange que personne ne le voie hier, il aurait pu être parti signer un contrat à Tokyo ou inspecter le centre de Seattle par surprise… Ce matin, près de deux jours après donc, Sélim m'a expliqué, et j'ai trouvé la note de service.

Je suis sûre qu'il y a eu, comme on dit, cellule de crise à la com pour voir comment étouffer ça. Un AVC c'est une catastrophe pour le marché, les actionnaires sont de fragiles porcelaines, ça pourrait les fissurer... Mais ce n'est pas ça qui a rendu Sabine furieuse comme je l'ai vue ce matin, ce n'est pas ça qui a retardé sa note de service. J'imagine qu'elle a dû chercher toute la journée, hier, comment faire pour que je ne devienne pas directrice par intérim. Il n'y a rien à faire... Même moi j'avais oublié ce papier. Quand Frédéric a créé la boîte il m'avait inscrite automatiquement. C'est logique, le DRH était le plus apte pour le remplacer. Il l'a fait sans penser qu'un jour il pourrait être incapable de travailler... Ce qui est idiot, c'est que tout le monde a été tellement excité par ce nouveau produit pour licencier les gens comme moi que personne ne s'est occupé de faire un nouveau papier, mettant Steve ou Sabine en intérim. On me voyait déjà dehors...

Sabine a bien été obligée de me trouver un bureau, il y a des choses confidentielles dont je dois m'occuper. Comme elle refusait catégoriquement de me laisser travailler dans celui de Frédéric (ce qui aurait été beaucoup plus simple, tous les dossiers y sont, la ligne est sécurisée et Sylviane, qui sait tout, est à côté), elle m'a remisée en salle Pluton, en bout de table, et m'a fait amener ce dont j'aurais besoin sur un chariot de cuisine. Les gens entrent et sortent toute la journée parce qu'ils n'ont pas eu de note leur signifiant le changement de leur salle de réunion. Je suis dérangée tout le temps, je pense que Sabine l'a fait exprès. Ce n'est pas grave. Je la comprends, au fond, elle a fait tant d'efforts pour en arriver là, elle m'avait presque jetée dehors, elle était DRH à ma place, et voilà qu'à cause d'un minable problème biologique je lui passe au-dessus.

D'ailleurs ça m'est égal de me retrouver directrice, ça ne me flatte pas. Il y a un boulot énorme, Frédéric a laissé traîner un nombre de choses impressionnant à régler. Il se consacrait presque uniquement à la prospective, à la publicité et, à ce que je vois, à des opérations boursières personnelles. Je vais essayer de débrouiller tout ça... Je vais aller le voir, le pauvre, ils le craignent tous mais personne n'ira, sauf Sylviane, sûrement, elle l'idolâtre.

Au moins, au moins, les licenciements sont suspendus, c'est vrai. Sabine est coincée, Hautfort n'avait pas signé. Il est tellement parano, tellement mégalomane que depuis le début il appose une sorte de cachet en cire à toutes ses signatures, c'est même marqué dans les statuts de la société. Je suppose que Sabine aurait pu imiter sa signature, mais que malgré tous ses efforts elle n'a pas localisé le cachet. De là où je me trouve, maintenant, je vais pouvoir les aider. Je vais recevoir mes cinq anonymes et voir ce que je peux faire pour eux. Pas la peine de chercher à faire comme si de rien n'était, car quand Frédéric reviendra tout recommencera. Non, c'est un divorce de raison, on va chercher le meilleur départ possible pour chacun d'eux, les coudées franches. Et qu'est-ce que je fais avec les nouveaux ? La formation n'est pas commencée, hors de question que je laisse faire l'horreur que prévoit Sabine, avec les formateurs qui doivent critiquer Laura, Rodolphe et les autres. Les contrats, où sont-ils ? Eh bien, ils ne sont pas encore signés ! Très bien… Je vais prévenir les candidats que la procédure de recrutement est interrompue. Ca vaut mieux pour eux tiens, qu'ils cherchent un travail acceptable ailleurs. Ils ne peuvent pas imaginer ce qui les attendrait ici.

Sonia

Je ne sais pas ce qu'il va se passer maintenant. Catherine nous a convoqués cet après-midi tous les cinq, avec Denis, pour faire le point. Sans Sabine, sans caméra. Comme si elle faisait entrer les contre réunions au sein de HT, comme si on pouvait enfin se réunifier de l'intérieur.

Je suis fatiguée parce que j'ai beaucoup travaillé ces dernières nuits. Mais je suis fière de ce que j'ai fait. L'article sur le Vocabulaire Purifié et ses implications surtout, que j'ai relié à la fois au vocabulaire publicitaire capitaliste et à la propagande communiste, même contrôle des esprits. J'ai écrit des exemples de dialogue, mis en annexe les listes de mots autorisés ou interdits…

Je pense que l'article peut faire écho dans toutes les plateformes d'appels, où, si le Vocabulaire Purifié n'est pas encore en place, on peut néanmoins en trouver les prémisses. Je le sais. Depuis que je me suis remise à réfléchir, quand j'appelle mon fournisseur d'accès internet ou téléphone je peux constater à quel point les scripts se compliquent, à quel point les phrases qu'ils sont obligés de dire sont de plus en plus longues. J'ai même fait exprès d'appeler plusieurs fois, pour comparer entre les employés. Ou plutôt entre les récepteurs d'appels – il y a longtemps le récepteur c'était juste le combiné. Le résultat est effrayant, et ils le savent, ils parlent de plus en plus vite, la phrase « de prise de congé » est débitée mitraillette pour terminer avant que le client ne raccroche. Parce qu'ils ont de plus en plus de choses à dire, avec de moins en moins de temps. De plus en plus d'appels auxquels répondre, sous menace de « feedback correctif », alors que ce n'est matériellement pas possible de répondre à autant de gens, sans les faire attendre. Parce qu'il n'y a pas assez de monde. Qu'on n'aille pas dire alors que tous ces scripts servent à satisfaire le client roi, qualité totale. Si l'on voulait vraiment le satisfaire, on embaucherait plus de monde. Non, tout ça sert à satisfaire les actionnaires, qui n'aiment pas qu'on embauche… Le pire c'est que ces services clientèles ne rendent pas service, ils ne savent pas quoi faire, vous font attendre une demi-heure en communication surtaxée pour vous répondre d'engager vous-même des frais de réparation, ou de rappeler un autre service, ou de les rappeler plus tard, quand leur problème informatique sera résolu (et « nous mettons tout en œuvre en ce sens »). Ce n'est pas de leur faute, c'est que leur direction passe son temps à les former à des protocoles de réponses idiots, à les former sur la forme, et ne s'occupe pas du fond. Comme un discours politicien… Et eux ne peuvent rien faire, juste se faire engueuler par le client fou de rage qu'on lui débite un discours formaté sans répondre à son problème à lui, parce qu'il faut suivre le script.

Bref, je commence à discerner tout ça et à pouvoir théoriser, mais j'ai besoin de temps. Je ne sais pas si j'en aurai, du temps, avec ce qui vient de se passer. Je me demande si M. Hautfort est conscient. S'il reviendra parmi nous… S'il retrouvera ses esprits… C'est terrible de perdre son esprit, je le sais, je viens à peine de retrouver le mien, en à peu près bon état de marche. Et en même temps c'est lui qui a organisé cette remotivation, je lui en veux quand même… Mais on ne souhaiterait ça à personne…

Rodolphe

Et hop ! On fait le malin, on s'agite, on court partout, et voilà ce qui se passe ! Un jour on est jeté à terre, ramassé par les Pompiers, et on ne peut plus faire régner sa terreur… J'ai croisé Laura tout à l'heure et elle a l'air sincèrement peinée pour le grand chef, mais pas moi, non.

Moi je me souviens, je me souviens de ce qui se passe ici depuis des mois. De Grand Chef, visage réjoui, nous comparant à du sang pourri et lançant Son inquisition, Ses ministres dévoués aux ordres, je me souviens des exercices qu'il nous a faits subir, des électrodes, de Marc et de sa crise d'asthme, de Laura en cagibi, de Sélim abandonné sans son balai cassé.

Je me souviens, oui Monsieur, du persil. Du persil que j'avais ajouté en toute bonne volonté, pour faire plaisir, décorer, et ne pas jeter. Mais le persil n'était pas validé par grand chef, et grand chef m'a parlé par la voix de petit chef, et j'ai été puni comme un môme.

Je me souviens que grand chef m'a forcé à agir avec lui, à cautionner les plateaux-repas différents selon les castes d'employés, je me souviens que, grâce à grand chef, je me méprise, je méprise ma lâcheté.

Alors, que grand chef se retrouve paralysé dans un lit d'hôpital, ça ne me fait ni chaud ni froid. J'aurais juste voulu que son bras armé, Sabine, y soit avec lui.

Et voilà enfin pourquoi j'en veux à grand chef : ce n'est pas normal que je ne ressente aucune compassion pour lui. Mais grand chef a mis mon cœur à griller sur son feu d'humiliations, qu'on ne s'étonne pas après que ce cœur soit desséché. Ossements, ferrailles et petit bois noirci. Alors que grand chef, que moi, sommes censés être des hommes.

Marc

Si je lui avais ramené son croissant à temps... Oui... C'était dur, il n'y avait rien d'ouvert... J'ai couru partout, je transpirais... J'ai fait une pause pour prendre un peu de ventoline dans ma veste... Si je n'avais pas fait cette pause... Je suis arrivé trop tard, il se tordait par terre... C'était il y a deux jours... Il n'a pas pu signer ma feuille d'évaluation du croissant, elle aurait été mauvaise, comme toutes les autres... Croissant trop long, croissant pas bon, j'ai été obligé de le prendre dans un truc de chaîne où le croissant a le même goût que... Que tout... J'ai voulu partir avec les Pompiers pour l'accompagner mais ils ont refusé... Je ne savais pas quoi faire... Je suis rentré chez moi et je suis allé sur mon lit... Il n'y avait personne, Papa avait du travail et Maman est à Deauville, elle a pris Maria avec elle... J'ai pas pu me lever hier pour retourner au travail et personne ne m'a appelé... S'en sont pas rendus compte, sûrement... Ce matin, c'est le 17, je suis retourné travailler et ils ont tous... Fait des blagues... Ils ont dit tu as voulu l'empoisonner avec un croissant ou quoi ? Qu'est-ce qui nous dit qu'il ne l'a pas mangé ? Que ce n'est pas de ta faute tout ça ? Ils ont dit aussi ne lui demandez plus de nourriture, jamais... Ils riaient... L'image de M. Hautfort, sa tête rouge et déformée, je la vois tout le temps... Mais les autres on dirait qu'ils s'en fichent... Ils continuent à me faire courir et je fais du mieux que je peux... Quand ils en demandent trop et que ma respiration siffle ils applaudissent... Je ne peux plus supporter ça... Je n'ai pas de place ici, je suis trop nul... Papa l'avait dit... Papa avait raison... Il a toujours raison... Je suis incapable d'y arriver… Avant je croyais que je valais quelque chose, en musique… Ici je vois la vérité et les autres me la disent tous les jours… S'ils le disent c'est que c'est vrai non ? Je ne me rends pas compte, plus compte de rien… Je vais rentrer à la maison, je crois et… Je garde toutes leurs évaluations de mission, quand je vais leur chercher un truc, leur préparer un café, quand je leur réserve une nuit dans un palace, quand je réponds à leurs femmes qu'ils sont en mission alors qu'ils sont avec des filles, quand je nettoie les toilettes… Pourtant on a des équipes de ménage mais ils disent que c'est mieux si je le fais aussi… J'ai mis les évaluations dans un classeur et je les relis le soir avant de m'endormir parce que… C'est tout ce que j'ai où on s'adresse à moi, où on… Reconnaît que j'existe…

Laura

C'est horrible, horrible! Se retrouver comme ça immobile dans son corps… C'est une de mes pires craintes… Ce que j'aime dans le sport c'est la liberté de mouvement, l'indépendance, avec mes jambes je peux marcher, courir loin, grimper, sauter… Bon, plus en ce moment, mais avec la suite qui devient possible je vais reprendre. Tout. Escalade, vélo, piscine, et je vais faire un sport en équipe, ça me fera du bien, ce sera comme les contre réunions, des gens qu'on voit et avec qui on avance ensemble, sans gagnant ni perdant.

Catherine m'a dit que M. Hautfort était conscient, maintenant. C'est ça le pire. Dans le sport le corps bouge, l'esprit est en paix. Lui, M. Hautfort, ne peut plus bouger son corps, et son esprit marche à cent à l'heure, sûrement, comme d'habitude. Parfois je rêve que je hurle et que pas un bruit ne sort : pareil pour lui, s'il hurlait, personne n'entendrait. Enterré dans son propre corps. Pour combien de temps ? Lui qui tient tant au temps, lui qui trouve qu'on ne va jamais assez vite, les hôtesses, les récepteurs d'appels, les commerciaux, et même les ascenseurs, le courrier, les cours de Bourse, tout ça il court devant, M. Hautfort, et là, il ne bouge plus, plus du tout. Ce qui lui arrive, je ne sais pas, je crois que c'est, pas juste, certainement pas, mais finalement logique. On nous a demandé, depuis des mois, de ne plus avoir de corps à soi. De mettre des uniformes, pareils pour tous le monde, de ne pas mettre de parfum trop fort, de ne pas parler trop fort, de perdre du poids, pour moi, d'être... D'être neutres, comme des machines, d'être un... Un corps robot, comme dans ces publicités où les femmes ont des jambes de deux mètres et des cheveux miroirs, et où les hommes n'ont pas de poils, pas de poignées d'amour, des grosses bouches brillantes et un nez grec, comme si ça existait en vrai. Et lui, il est finalement devenu comme ça, sans corps, juste des pensées dans une tête, qui tournent et se cognent, entre deux nappes de brouillard. Il a réussi, quoi, à avoir un corps robot. Un robot cassé.

Francis

Accident, un accident. Accident = imprévu = trois centimes. Pourquoi un accident ? Pas normal. Ce qui se passe, à trouver, y réfléchir. Convoqué dans salle réunion Pluton, pas pour remotivation, non, réunion spéciale avec Catherine Lahore nouvelle directrice par intérim. Intérim = passager = changeant, pas bon. Mais y aller. Parce que Denis sera là. Denis a été gentil, oui. Regrets de ne pas être allé au café le soir, mais était impossible, trop de monde à croiser avant, et n'aurais pas pu revoir dossiers HT du jour, comme prévu dans procédures personnelles. Après les réunions des autres au café, remotivation moins rigoureuse, et pourtant plus... Facile. Les gens souriaient. Pas de piège. Personne pour me faire remarques déplacées. Accident Hautfort cauchemar, hôpital, je connais l'hôpital, je connais être enfermé dedans sans pouvoir bouger les bras. Hautfort en camisole. Hautfort m'a appelé Franck, peut-être parce qu'il est fou ? En ce cas, pas de ma faute. Oui, je vais aller réunion Catherine, voir ce qui se passe. Licenciement suspendu = suspendu au-dessus de ma tête. Peut me tomber dessus n'importe quand. Je ne veux pas être écrasé. Peut-être Catherine va nous faire filet, pour ne pas prendre licenciement sur le crâne et perdre tête.

Serait un peu de tranquillité possible, pour une fois.

Un jour sans qui-vive serait... Enfin du repos.

Denis

Je me doutais bien de quelque chose, un truc grave, mais pas à ce point. Apparemment Hautfort va s'en sortir. Ça ne m'étonne pas. Cet homme a été trempé dans l'acier. Catherine dit qu'il arrive à peu près à parler, Sylviane la tient régulièrement au courant. Il ne peut pas beaucoup bouger, mais sa tête est entière. Peut-être est-il en train de comprendre des choses. Hautfort n'arrêtait pas de courir, ça doit lui faire du bien d'être cloué au lit. Regarder en arrière ce qu'il a fait de sa vie. Il va, qui sait, en sortir bonze tibétain, transformer HT en entreprise équitable et aller porter sa bonne parole dans le monde. Il pourrait... Décider de vendre de vraies procédures de motivation. Écrire le mythe originel des entreprises pour que les travailleurs y croient. Proposer d'aménager des salles de repos à la fois relaxantes, fauteuils de massages, caissons à oxygène parfumé, et stimulantes : jeux de société intelligents, argile pour sculpter à la pause de midi... Il pourrait travailler avec des architectes, fleuristes, pépiniéristes, pour rendre l'espace plus vivant, plus partagé. Qu'on n'apprenne plus aux hôtesses à sourire, mais qu'on leur donne envie de sourire. Et pourquoi pas. Tout est possible, quand il se passe quelque chose de grave. Il faut être très secoué pour évoluer. Hautfort est comme les autres, il en tirera forcément quelque chose. Mais quoi...

En attendant, pour nous tous, c'est une bonne chose. Tout le monde va pouvoir partir comme prévu, mais dans de bonnes conditions, et en son temps. Ma mission sera finie, je toucherai mes honoraires et on partira, avec Éloïse. On avance dans notre projet à nous. Je n'y pense pas trop pour ne pas porter la poisse.

Mais c'est ce qu'on veut. Comment être dans chacun de mes pas ? Nous y serons, bientôt, dans nos pas. Nos pas à nous.

Sélim

Alors le grand homme s'est fait battre par sa propre tête... Espérons qu'il s'en sorte, Inch Allah. S'il n'avait pas fait tout ça, s'il n'avait pas fait de HT le salon des fleurs en plastique et des hommes inutiles, je n'aurais jamais pu rencontrer ces personnes merveilleuses. C'est dans la menace et le conflit que les gens se rapprochent, s'unissent. On se rencontre rarement quand tout va bien, hélas... C'était pareil quand j'étais OS, quand on avait des combats à mener... Les jeunes manquent de combats aujourd'hui, ils sont cassés à la naissance, aucune chance, pas la peine de lutter. Crise et chômage de tout temps présents, avant eux et après. C'est pour ça, je crois, qu'ils sont fous de Scorcese, imitent ses personnages, commencent des trafics et risquent des règlements de compte, alors que, quand on n'a pas eu le choix, quand on a vraiment vécu l'oppression, les drames, les morts, comme là d'où je viens, eh bien on essaye de les éviter le plus possible... On ne se met pas soi-même ou sa famille en danger quand on a vu mourir son oncle, son frère, son cousin. Mais pour les jeunes il n'y a plus de frisson, de lutte, de combat qu'à la télévision ou dans les jeux vidéo...

Je me demande ce qui va se passer ici, maintenant. Nous nous sommes vus tous ensemble, mais sous la menace, la menace de Hautfort, de HT. Comme un homme infidèle qui s'offre des sensations fortes avec sa maîtresse en se cachant de sa femme. Si sa femme le quitte, s'il n'y a plus que la maîtresse et que leur histoire devient normale, sans menace, qu'en restera-t-il ? La vivra-t-il avec bonheur, en rendant grâces, ou la trouvera-t-il si fade qu'il trompera sa maîtresse avec une autre pour retrouver le goût de l'illicite, qui est une drogue ? Les remotivés, maintenant que Catherine va pouvoir arranger les choses, Catherine qui sauve ma vie et mes vieux os avec tous les papiers qu'elle a remplis pour moi, les remotivés vont-ils continuer sur leur lancée, s'envoler, se déployer, ou rentrer simplement dans le rang ? C'est que je connais un peu les hommes... Privilège du grand âge... Je crains que la sécurité, que la résignation ne soient plus fortes que tout. Mais peut-être que je ne parle que pour moi ?

Roman

Bien fait, le Hautfort devenu grenouille dégonflée pour de bon ! Une grenouille sac, étalée sur le lit hospitalier, ne peut plus faire peur, ne peut plus abîmer Laura lait fraise, ni les autres ! Content, suis-je, très. Voilà une histoire à raconter plus tard à autres clous, pour leur donner espoir... Le dragon Hautfort, tué ! Pas mort, non, mais apparaît pareil, lui ne pas supportant rester couché, sûr, lui souffre, lui peut-être comprendant des choses, maintenant. Il, peut-être, changera... En attendant j'ai proposé la fête pour ce soir, la fête-liberté car Hautfort neutralisé, plus possible à lui de torturer gens grâce à méthodes soviétiques, la fête Sabine Marteau plus ne pourra frapper, car Catherine, bonne Catherine, bien dirige les choses, telle grande reine intelligente... Les autres ne pas sûrs de venir à la fête ce soir, disent que des choses à faire, à cause des changements, je ne pas compris pourquoi. Justement je voulois fêter le changement, et pas drôle de faire fête tout seul dans ma chambre. Je vais retourner proposer, convaincre, pour but de belle soirée tous ensemble, soirée de gagnée, pour vie bonne. Oui.

Frédéric

C'est absolument insupportable, mais ça ne va pas durer. Certainement pas. Quand j'ai repris conscience j'étais dans ce lit froid, moche, avec une gourde d'infirmière qui me regardait, me parlait comme à un bébé débile pour voir si je la comprenais. Je voulais lui répondre c'est toi qui ne me comprendrais pas, gourdasse, mais je n'arrivais pas encore à parler. J'ai juste cligné des yeux, je ne pouvais rien faire d'autre, et je l'ai observée s'activer sur moi et autour de moi, n'importe comment. Soupçonné qu'elle le faisait exprès, elle sait sûrement qui je suis, elle est jalouse la gourdasse, elle se venge, c'est ça ?

C'est là que j'ai eu l'idée – pour la mettre au pas, elle et ses semblables. Leur faire comprendre qui c'est qui décide, ici.

Rationnaliser l'hôpital. Oui, HT ne vend encore aucun produit dans le secteur santé. Or il y a un max d'argent à se faire, surtout en faisant casquer les cliniques privées. Pour le secteur public en France, c'est foutu, ils pestent déjà contre le plan Hôpital 2007, ils disent qu'ils ne peuvent plus « prendre soin » des patients, que le soin n'est pas « tarifable ». Comme si le soin était le but. Bande d'abrutis. Est-ce que je demande qu'on prenne soin de moi, moi ? Putain, non, remettez-moi sur pied immédiatement et je m'occuperai de moi-même ! Donnez-moi les bonnes pilules, les plus chères, ne me touchez pas, ne me rééduquez pas, dégagez, pour qui vous prenez-vous ? En plus ces crétins ne se rendent même pas compte des failles d'Hôpital 2007. Comment le pourraient-ils, de toute façon ? Ces larves n'ont pas un dixième de mon intelligence. Hôpital 2007 ne va pas assez loin, évidemment. En même temps, on n'en attendait pas plus des ces autres connards ministériels qui pondent des rapports tatillons dans leurs bureaux merdiques. Non, ce que moi je vais proposer aux cliniques (viser en priorité les US, c'est là qu'on gagnera le plus) c'est une évaluation innovante par nos services. On va envoyer des enquêteurs, qu'ils regardent un peu le petit personnel, comptent le nombre exact de gestes infirmiers, qu'ils enregistrent le temps total passé à parler au patient, temps inutile, temps qui ne rapporte pas. Ensuite on va créer des check-lists qui ne laisseront plus rien au hasard. Le hasard c'est perte d'argent, paresse, je-m'en-foutisme à exterminer. Mon but c'est un maximum de gestes à l'heure, pas de paroles, pas de toucher (refiler la toilette et tout ça à des stagiaires boutonneux, non payés si possible, même modèle que l'entreprise). Ne pas s'attacher au patient, ne pas s'engager dans un rapport personnel avec lui, perte de temps, perte d'argent. Considérer le patient comme… Comme une machine à réparer, une voiture ou un ordinateur. Pour être rentable, le service après-vente doit en réparer le plus et le plus vite possible, non ? Eh bien, pareil. Pas de lits inoccupés. Ai entendu parler de ces unités de soins palliatifs où on laisse le lit vide 24 h après la mort d'un patient, pour respecter une espèce de deuil qui n'a pas lieu d'être. Pauvres cloches. Mais eh oh, vous savez combien ça coûte de laisser un lit vide ? Si un ordinateur est vraiment planté, vous allez aussi faire le deuil ? Non, vous l'envoyez à la décharge illico ! N'importe quoi ! Il faudra que je parle à Steve, qu'il cible les cliniques les plus chères et qu'on commence à bosser, vite. Aussi, assurer la confidentialité du truc. Je commence à me rendre compte, ici, au calme, que tout le monde essaie de me piquer mes idées. Normal, ce sont les meilleures. Mais je ne laisserai pas faire. Déjà ici les gourdasses soignantes m'observent. Doivent essayer de deviner. Veulent peut-être m'implanter un truc dedans pour savoir ce que je pense ? Possible. Protéger tout, donc. Convoquer expert secret défense, déposer toutes idées. Doubler cachet de cire chez HT par système de reconnaissance vocale + iris avant d'entrer dans mon bureau. Faire interroger Sylviane, vérifier si pas à la solde de concurrents. Mais sans doute trop idiote pour ça.

Bon, j'espère que les cruches en blanc vont m'envoyer fissa le chef de service, qu'il me sorte de là, ça suffit, c'est pas parce qu'on me propose une saloperie de bol de soupe avec un sourire niais que je vais guérir plus vite ! Et sinon, oui, je porte plainte ! Parce que cette histoire d'AVC commence à bien faire… Mais à tout profit le malheur est bon, ça m'a donné une idée magnifique, une autre idée de produit. Un AVC, on dit qu'on ne peut pas le prévoir, ça peut arriver à tout le monde etc. Ne pas pouvoir prévoir quelque chose c'est insupportable. Et puis, on ne me la fait pas à moi. On peut tout prévoir, même la Bourse, sinon je ne serais pas millionnaire ! Tout s'explique, tout se probabilise, tout se pondère, à condition de prendre le temps de lister des critères corrects. Or, cet AVC, pas grave puisque je suis le patron. Je suis par ailleurs en pleine forme, constitution exceptionnelle. Mais pour une boîte où ça arrive à un employé, catastrophe ! Combien de jours de congés maladie à payer ? De jours de formation pour le remplaçant ? De perte d'information ? Un gouffre...

Donc, mon nouveau produit : une grille d'évaluation complète du futur employé qui permettra de prédire à l'avance le nombre de jours de congés maladie (ou congés-mort, ça coûte de former quelqu'un après) qu'il prendra, et ce avant l'embauche, car si le nombre est trop grand, hop, le candidat dégage. Sylviane est venue tout à l'heure et je lui ai fait prendre en sténo les critères qui me sont venus à l'esprit (les ai codés pour le moment en attendant d'être vraiment sûr d'elle – ne vais plus parler qu'en code perso à partir de maintenant, sécurité et en plus, grande classe), mais bien sûr il faudra affiner. Les questions vont dégager des facteurs de risques. On va ensuite faire une étude épidémio pour coupler à chaque question le nombre de jours de congés payés que le candidat risque de prendre, s'il répond oui. Par exemple, au hasard, imaginons : Avez-vous un enfant (pour une femme, moins d'incidence sur les hommes) : si oui, déjà fort risque, sur disons cinq ans, qu'elle prenne 14 jours de maladie pour aller au chevet du gniard. Si deux enfants, 28, etc. Voulez-vous des enfants (risque congé maternité, grossesse difficile) ? Êtes-vous homosexuel (risque dépression, suicide) ? Êtes-vous musulman (risque arrêt maladie faiblesse Ramadan) ? Voir pour les Juifs aussi, le Sabbat, pas question. Une demi-journée de perdue par semaine, sur dix ans, ça va pas la tête ? Au moins, chez nous en France, la plupart des Chrétiens s'en foutent, ils sont baptisés et c'est tout, n'emmerdent personne ! Savent se tenir ! Bon, ensuite... Avez-vous des problèmes de santé, si oui lesquels (voir avec un assureur pour une liste précise des pathologies et risques de congés afférents) ? Votre famille, directe et indirecte, a-t-elle des problèmes de santé, si oui lesquels (idem, voir probabilités conjointes) ? Habitez-vous en banlieue (grèves, retards) ? Avez-vous déjà été syndiqué (possibilité récidive, débrayages, ricochets sur les autres) ? Et ainsi de suite. Je pense à environ 300 questions, englobant les habitudes alimentaires (si candidat mange trop, risque obésité, cholestérol, infarctus, triple pontage), les origines ethniques, religieuses, l'orientation sexuelle, politique (je ne veux plus un gaucho, on va pas recommencer le noyautage des syndicats), enfin tout, quoi. Si le candidat obtient, disons, je ne sais pas encore, plus de dix jours de congé maladie ou dépression ou autre, en prévision, sur une période de cinq ans, c'est niet. Le candidat idéal est blanc, mâle de préférence, de culture chrétienne mais non pratiquant (qu'il n'aille pas nous emmerder avec du poisson le vendredi ou sa fatigue pendant le Carême, on ne sait jamais, y en a encore quelques uns), stérile et sans désir d'adopter (avoir attestation stérilité définitive, vasectomies et hystérectomies volontaires acceptées + attestation de renoncement à l'enfantement ou l'adoption, contresignée par avocat ou notaire), sans enfants pour les deux sexes, c'est mieux, au cas où le candidat soit un père genre égalitaire, qui veut aider sa femme, prendre un congé parental et enfiler un tablier de ménagère, tantouze, va ! Pas marié non plus, aucun engagement, hétérosexuel évidemment, une succession d'aventures c'est bien, il ne s'attache pas et donne toute son énergie au travail. Aucun antécédent médical familial ou personnel. Oui.

Comme Stéphane en fait, notre ex meilleur élément. Au moins, il m'aura été utile quelques années. Une bonne pile. Il est usé maintenant, il faut que je le change. Il s'est fait complètement laminer par le nouveau commercial, Jake, un copain de Steve, qui n'a pas froid aux yeux et qui connaît des trucs de marketing dont Stéphane n'a pas idée. Jake est maintenant à 22 % au-dessus des objectifs de Stéphane, c'est dire comme Stéphane doit se sentir minable. Comment le virer et récupérer ses actions, il faut y réfléchir, il reste malin, même si plus très clean. Me méfier de lui, oui, lui en ai sans doute trop dit, quand il était encore viable. Me méfier de Jake aussi, et de Steve. Parie qu'ils veulent tous me prendre ma place, mais peuvent se brosser.

Je vais vendre cette grille à des boîtes du monde entier, cultural sensitive bien sûr, on n'a pas les mêmes risques à Paris ou

Manille. Avec la grille, tout un arsenal juridique pour ne pas se faire accuser de discrimination (alors que la pondeuse se discrimine elle-même ! Si elle veut des enfants elle n'a qu'à rester chez elle et s'en occuper au lieu de venir nous faire chier à se barrer à 19 h parce qu'il faut qu'ils bouffent, les mômes !). Avec des psychologues qui feront passer l'entretien au candidat et poseront délicatement les questions, histoire que ça passe tranquillement. Penser aussi à des contrats pré-signés, prioritaires, avec des assureurs locaux, en cas d'imprévu (meurtre, tsunami, peste, que sais-je). HT prend des fees et de l'assureur (pour lui apporter un contrat presque sans risque) et de la société cliente (pour lui avoir trouvé un assureur pas cher puisque contrat presque sans risque). La boîte qui aura acheté mon produit sera couverte par l'assureur parce qu'elle aura fait passer le questionnaire-risques au candidat, et donc indemnisée, le cas échéant, du manque à gagner des congés maladie et/ou jours de formation du remplaçant.

J'ai aussi entendu parler de ces sociétés qui prennent des assurances vies au nom de leurs employés, pour empocher le pactole s'ils meurent avant l'âge. Mais comment en être sûr ? Qu'ils meurent, je veux dire. Je pourrais proposer dans mon produit une procédure spéciale : repérer et engager, disons un candidat à très haut risque par an, en utilisant le même questionnaire, et souscrire à sa place une assurance vie. Pas mal. La société qui achète mon produit maîtrise alors parfaitement son risque : nul sur les vrais candidats qui ne prendront pas un seul jour d'arrêt de leur carrière et vivront assez pour l'usage que l'entreprise en a, et maximum sur un tocard, truffé de défauts de fabrication, qui mourra vite, qu'on peut même mettre sur des missions dangereuses pour accélérer, et qui rapportera un max. Trop fort, je suis.

Et j'en ai plein d'autres, des idées comme ça. Finalement c'est bien que je sois bloqué ici. À HT je courais, je courais, mais je n'avais plus de vision d'ensemble. Et puis je faisais trop confiance à mes employés, enfin, aux hauts placés bien sûr. J'en arrivais à leur sourire. Stop. Ce ne sont que des inférieurs, et des envieux. Aucun n'est venu ici, bien sûr, et je suis sûr que ce n'est pas parce que j'ai interdit l'entrée de la chambre à tous sauf Sylviane (m'en fout de ce qu'elle pense, et elle n'osera rien raconter). Maintenant, couché, certes je suis pressé de partir, mais j'ai deux nouveaux produits superbes, et d'autres à venir. Je devrais peut-être faire ça tous les ans. Pas un AVC, mais... Oui, une sorte de retraite. De retraite spirituelle, pour penser de nouveaux gros coups. Je vais faire ça. Je vais contacter un monastère, mais le meilleur hein, avec SPA cinq étoiles. Vérifier que je peux le réserver pour moi tout seul. J'ai pas envie de voir des têtes d'illuminés. Voir si les moines ne font pas trop de bordel non plus, genre messe à deux heures du mat et chœurs à fond les ballons. Je pourrais peut-être louer carrément le monastère, garder un moinillon docile pour mon service personnel, et déambuler, maître les lieux, dans le cloître, les yeux perdus vers les succès à venir. Ou acheter, tant qu'à faire, pour une fois que ça sera pas juste pour éviter l'ISF !

C'est ça. Donc. Me sortir de là. Lancer Sylviane sur la piste des monastères de luxe à vendre en France. S'il n'y en pas, proposer un viager même collectif (et mettre tous les illuminés dans une cellule bien loin de moi), l'Église ne crachera pas sur de l'argent bien frais... Ou une expropriation de communauté religieuse, c'est sans doute possible ? Il y en a bien qui ne sont pas à jour de leurs taxes, vu les dons minables qu'ils reçoivent... Retourner au bureau. Commencer par virer Catherine, avais complètement oublié de mettre Sabine à sa place en intérim, la preuve que je me relâche, niveau surveillance des malveillants. Virer tous les autres dans le mouvement, les premiers remotivés et la deuxième fournée, ils sont épuisants. À geindre qu'ils n'y arrivent pas, qu'ils sont débordés, qu'ils n'ont plus de vie. De ce que j'en dis, personne ne leur demande de rester jusqu'à minuit et de bosser à la maison. Ils sont mal organisés, c'est tout. Trouver un moyen pour ne pas payer Serpat, il m'épuise aussi. Reprendre son dossier et les rapports sur lui pour trouver les failles. Non, pourquoi ne pas le lui faire reprendre par lui-même, comme on a fait pour les remotivés ? Oui, autoéjectons le formateur en autoéjections. Il a tout foiré, il n'y a que Marc qui ait démissionné, et encore, pas grâce à lui. Et lancer mes deux grands projets, noms provisoires : Recovering Faster pour les protocoles de soins rationnalisés et… Risky business / choose the right candidate, pour la sélection sur risque d'arrêt de travail ou de mort.

Reste que si on se décidait à me dire quand je vais sortir de là, ça serait plus simple. Ça fait cinquante fois que je sonne pour voir quelqu'un qui soit au courant… Personne ne vient, eh bien, allons-y pour une cinquante et unième ! Bande de crétins incompétents et mouchards ! Vais les assigner en justice et plus vite que ça ! Tentative d'homicide et espionnage industriel, en plus ! Ce qu'ils m'énervent tous, alors que je ne devrais pas m'énerver, ils le font exprès, veulent me faire craquer ! Je le sais ! Je le sais !

CHAPITRE 21 – 18 AOÛT 2006 – OÙ L'ON PEUT CHOISIR

Sonia

On a eu la réunion avec Catherine hier. Elle va nous aider à partir car elle craint de n'être qu'un sursis. Quand M. Hautfort ira mieux, que se passera-t-il ? J'ai entendu chuchoter qu'il en a pour plusieurs mois, mais ensuite... Je sais que Catherine fera modifier nos dossiers entretemps, en supprimera les délations, reverra les dramatiques autoévaluations, signalera à l'inspection du travail les méthodes douteuses dont nous avons été victimes, avec notre consentement apeuré. Ce qui veut dire que M. Hautfort, à supposer qu'il revienne vraiment, à supposer que sa tête soit entière et à supposer qu'il n'ait pas changé, va devoir tout recommencer du début. Catherine garde un double de toutes les bandes caméras, de tous les dossiers originels pour mener une action de groupe aux Prud'hommes, pour harcèlement notamment. Si ça recommence elle lancera la procédure. Toutes choses pesées, je suis donc à nouveau en sécurité. Sûre de pouvoir emmener les garçons au cinéma tant qu'ils veulent. De plus j'ai déjà un coup de fil pour mon article sur le Vocabulaire Purifié : il est accepté et sera payé. Si je trouve d'autres piges je peux arriver, pour la première fois de ma vie, à vivre confortablement. Je peux rester à HT, continuer sur le plateau d'appels, et même, comme j'ai compris ce qui dysfonctionne chez moi pour HT, je peux gommer ça, et jouer leur jeu, et progresser, monter les échelons, et offrir un avenir meilleur à mes fils. Peut-être même une grande école.

Je peux oublier toutes les contre réunions des semaines passées, cette atmosphère clandestine, je peux même l'annuler, me dire que c'est un joli rêve mais que je rentre dans le rang, maintenant. Et la tête haute.

L'avenir se dégage, et pourtant… Il n'a jamais été si pesant. Plus aussi facile pour moi de subir comme je l'ai fait, de ne pas réfléchir, de me dire les salauds, ils sont méchants avec moi, mais je n'ai pas le choix bouh… Aujourd'hui Catherine me dit : tu fais ce que tu veux, mais c'est toi qui décides. Et je lui en veux. Je l'ai évitée dans les couloirs toute la journée. Les autres aussi d'ailleurs. Elle me propose une rupture de contrat à l'amiable, je crois. Ne m'accuse de rien, ne me renvoie pas pour faute. Pour que je touche le chômage le temps de me trouver assez d'articles pour vivre, tout en reprenant mes études. Elle dit même qu'avec les problèmes de dos, de lombaires, de cervicales que j'ai eus je pourrais demander un congé de longue maladie, puis une mise en invalidité, pour ce poste. Qu'on reconnaisse que ce n'est pas normal. Mais je ne veux pas que HT m'ait rendue invalide. Ça voudrait dire qu'ils ont gagné.

Je ne peux pas retourner sur le plateau et ce n'est pas la peine de me mentir à ce sujet. J'aurais dû le quitter à la minute où j'ai compris ce que HT vendait. Je ne peux plus regarder mes garçons en face en me disant que je vends des contrats à des gens qui vont bousiller leur avenir, à des gens qui s'occupent de profit, à des gens qui m'ont écrasée et qui, s'ils ne sont pas assez conformes plus tard, les écraseront eux aussi. Maman va quitter son travail parce que ce qui s'y passe n'est pas bien. Maman vous emmènera un peu moins au cinéma, mais comme Maman redevient vivante, à la place elle vous racontera des histoires. Les enfants comprennent ça, bien mieux que nous, je le sais. Ils ont arrêté de me demander, quand je pleurais, pourquoi je me forçais à y aller, puisque j'étais une grande personne et que j'avais le choix, pas comme eux pour l'école, mais je vois bien qu'ils s'inquiètent toujours. Oui, je vais faire ça. Toucher un peu d'indemnités, pas longtemps, le temps de me faire une place dans ce que j'aime, le temps d'en vivre.

Ça ne devrait pas être utopique de vivre de ce qu'on aime. Si on ne peut pas espérer ça, autant mourir…

Je vais appeler Catherine tout de suite pour lui donner ma décision et la remercier.

Dans quelques mois, un an peut-être, mon temps se partagera entre mes études et mes articles. Je sais qu'à l'inverse du plateau d'appels, je ne serai en aucun cas interchangeable, puisque c'est toute ma personne, et non mes bras ou ma voix, qui s'engagera chaque jour.

Entretemps, des jours difficiles, certainement. Mais justes…

Marc

Rodolphe

Eh bien moi, je trouve ça dommage. Pas pour grand chef, mais parce que nos petites réunions vont s'arrêter… Parce qu'ils vont partir, c'est sûr. Ils ont bien mieux à faire ailleurs… Laura est jeune, elle est en pleine forme, elle a un projet, elle a sauté au cou de Catherine à la réunion hier… Sonia a eu l'air moins enthousiaste, mais vu comme elle parle de ses écrits elle va forcément se lancer… Marc je ne sais pas, il n'est pas venu. Je lui demanderai demain. Francis, on dirait que Catherine a réussi à le ramener jusqu'à nous… Catherine elle-même reste pour nous, mais dès que grand chef (si ce n'est lui, ce sera son frère) reprendra les rennes, elle s'en ira – s'il ne l'a pas virée avant.

Moi je reste, bien sûr. J'ai fait le malin en leur racontant mon film d'horreur dans les cuisines, couvert de sauce tomate, un couteau de boucher à la main... Le coup d'éclat ultime avant départ… Mais au fond de moi j'ai toujours su que je n'y croyais pas. C'est la même chose depuis toujours : des petits trucs pas dangereux, je fais, mais le reste, pas le courage. Pourquoi je l'aurais maintenant ? À cause de nos petites réunions du soir ? Mais c'est de la fiction pour moi ça, un film ! Quand je rentrais dans le bistrot j'étais un personnage, parfois même je venais en imperméable, je fronçais les sourcils, ça me remplaçait ma séance ciné du soir... Je n'y vois aucun rapport avec ma vie. Catherine m'a dit : reprends ta thèse, j'ai un contact éditeur pour faire publier tes études préliminaires. Ça fera des rentrées d'argent, elle a ajouté, et tu seras plus libre. Mais je ne veux pas. Non.

Je ne veux pas me retrouver devant l'immense vide de journées sans contraintes à organiser, à travailler, tout seul dans ma mansarde, ou à Ste Geneviève avec d'autres solitaires, sans avoir l'excuse d'être crevé par le boulot pour rêvasser à autre chose. C'est trop vertigineux. Ma thèse n'avance plus depuis belle lurette, mais l'idée qu'elle existe, enfin pourrait exister, me suffit. Je n'ai pas besoin de travailler cette thèse en vrai. Je veux dire... C'est difficile à penser... Si je me remettais à cette thèse, si je reprenais toute la documentation, je risquerais d'écrire. Je n'ai pas encore écrit une ligne, juste analysé les textes des autres. Et si j'écris, moi, vraiment... Ça annule d'un coup toutes les possibilités de ce que j'aurais pu écrire. Une seule phrase sur le papier et c'est tout un cimetière de phrases non choisies qui disparaissent sans oraison funèbre, alors que la meilleure s'y trouve peut-être. Je ne peux pas supporter ça. Risquer de me planter à chaque mot. Choisir, donc renoncer. Alors autant que ma thèse reste en l'état, non écrite, donc parfaite. Rester immobile, rester éternel. Le mieux pour ne pas crever c'est de ne pas vivre du tout.

Pour me le permettre, je reste chez HT. Et j'arrête mes conneries. Et je fais bien mon boulot, enfin je le fais docilement, comme ils veulent. Et je deviens senior polyvalent. Et je suis augmenté. Quitte à choisir cette vie absurde, autant progresser dans le jeu et passer au niveau supérieur. Catherine va balancer tout ce qui est compromettant pour moi. Quand Hautfort reviendra il trouvera un employé modèle. Ne pourra plus rien me dire. Et moi je rentrerai tous les soirs satisfait du travail accompli. Je jetterai un œil sur mes piles de bouquins et je me dirai : oui, un jour je me remettrai à ma thèse. Quand j'aurai le temps.

Et je vieillirai doucement, sans avoir peur ni de HT ni des phrases délaissées qui crient la nuit sous leurs pierres tombales.

Et ça me suffira.

Laura

J'ai envie de crier mais je reste immobile dans mon clapier, la veste trop grande sur le dos et les sandales orthopédiques aux pieds. Je regarde tout d'un œil neuf, d'un regard lavé par la pluie, par l'orage des derniers mois. Je regarde tout et tout ne me paraît plus si terrible, parce que je vais partir.

Il y a les néons, et les plantes en plastique, et les clients pressés, mais ce n'est pas grave, je n'ai plus grand-chose à voir avec eux, je n'y suis plus enchaînée. Ils sont des figures de conte, de dessin animé, ils sont les pièces d'échecs ou le chapelier fou de Lewis Carroll, ils me font rire. Après la réunion, hier, je me suis dit que les jours à venir bloquée chez HT mais avec l'autre vie réalisable en filigrane allaient être très difficiles. Finalement c'est l'inverse : je vis la même chose, mais sans enjeu, sans cet horizon noir, borné, sans avoir plus mal nulle part. C'est sans doute comme ça que j'aurais dû prendre ce travail depuis le début… Des tâches à effectuer, des personnages qui passent, des dialogues déjà écrits par d'autres… Ça aurait fait beaucoup moins de dégâts.

Oui… Je suis encore là pour quelques jours, quelques semaines, peut-être. Ensuite, grâce à Catherine, je pars en congé de formation pour devenir éducatrice de jeunes enfants, et j'alternerai dès le début entre école et stages. Mon rêve. Ça sera mon travail, pas un travail contraint, bête de somme sous son joug, non, un travail comme je rêvais le travail, petite : un lieu où réaliser ce qu'on a de meilleur en nous, un lieu où trouver des gens qu'on estime et avec qui progresser. Je sais bien que ça ne sera pas tout rose, Éloïse m'a parlé des réunions sans fin, des rapports absurdes à écrire, des empoignades mémorables, et des subventions qui diminuent chaque jour.

Du temps qui manque pour s'occuper de chaque enfant, des parents débordés, des appartements minuscules et insalubres. Du travail pas reconnu par les administrations, du spectre de l'hyperactivité qu'on colle sur tous les petits agités avec les calmants qui vont avec. Mais je prends tout ça, je prends. Parce que je ne serai plus une potiche qui sourit numéro deux en tapant un mémo. Plus une serveuse dont on lorgne les jambes. Plus jamais. Je travaillerai dans un endroit où je sais que je donnerai le meilleur de moi-même.

Je reste à Paris pendant la formation, c'est le plus simple. On manque d'éducateurs diplômés, ce qui m'étonne, c'est le plus beau métier du monde, prendre soin des enfants, quand il en est encore temps. D'ailleurs je préfère penser accompagnatrice qu'éducatrice. Aider à grandir, à suivre son propre mouvement. On en manque, et donc je ne devrais pas avoir de mal à trouver un poste à la campagne. Je quitterai le béton et le fer pour aller respirer normalement et pour que les enfants que j'aurai un jour respirent eux aussi. La montagne, pourquoi pas ? Je pourrais reprendre l'escalade, faire des randonnées, du ski, emmener les petits voir les plateaux, les ruisseaux, les torrents d'eau glacée et bleue.

Et... Peut-être, peut-être que Roman, alors, viendra avec moi ? Est-ce que c'est possible qu'en plus de tout ça, la formation, le travail nouveau, les alpages, j'aie droit aussi à ce beau garçon, doux et drôle, auprès de moi ?

Et pourquoi pas ?

Francis

Cette réunion hier... Avant, eu rendez-vous spécial privé avec Catherine. Était un problème car rendez-vous pas prévu, pas autorisé par procédures. Mais suis allé quand même. Quelque chose s'est passé... Catherine a parlé. A parlé à moi, je peux dire moi puisqu'elle m'a parlé à moi, avec un sourire sans rien derrière, avec... Gentillesse. Personne ne m'a parlé comme ça, avant. Les docteurs me parlaient comme à un fou, les collègues comme à une machine. Je n'ai plus de famille depuis longtemps. Je ne sais pas si ma famille parlait.

Catherine a dit vous travaillez bien, Francis, mais vous avez votre sensibilité, votre caractère à vous et vos collègues ne sont ni bienveillants ni très malins. J'ai rougi. Je… C'est vrai, elle a raison. Elle m'a expliqué sans mentir, je sens quand les gens mentent leurs yeux sont rapides et ils ne vous parlent pas vraiment à vous mais ils parlent ailleurs, à qui ? Sans mentir, donc, elle a raconté le plan précis de M. Hautfort, pour nous jeter, et aussi qu'il est à l'hôpital maintenant, mais qu'il faut trouver une solution, vite. Sinon tout va recommencer. Je ne veux pas que tout recommence, la caméra qui me surveille et Mlle Delagni qui me ricane. Catherine dit que pour le moment je dois faire « profil bas » (comme quand je n'avais plus toute ma tête), et elle essaie de me trouver un poste dans une des associations qu'elle connaît. Travail protégé ça s'appelle, et je veux bien être protégé parce qu'il y a trop de difficile partout. Je veux bien faire mon travail de mon mieux et sans risquer d'être attaqué. Catherine a encore dit le salaire ça sera un peu moins, mais un vrai salaire quand même parce que vous êtes un vrai comptable, exemplaire, même. J'ai dit ce n'est pas grave, je ne dépense pas beaucoup d'argent : je n'ai pas envie de grand-chose. Le travail protégé c'est dans un endroit où il y a des réunions entre tous les travailleurs, pour dire quand ça va ou pas. Ça fait peur, mais ça me plaît. Pouvoir donner un avis sans être regardé comme… Un monstre. Et aussi quelqu'un qui vous accueille et qui vous suit si vous vous sentez mal. Un tuteur, comme pour les plantes qui ont besoin d'aide pour regarder le soleil. C'est un endroit où on fait attention.

Quand on a eu bien parlé de tout ça j'ai… Je voulais pleurer mais… On ne m'a jamais laissé pleurer et je ne veux pas en parler. Alors j'ai tendu la main pour serrer celle de Catherine comme font les gens normalement quand ils sont d'accord.

Je n'avais jamais serré une main de ma vie.

La peau de l'autre présente et chaude, il y a quelqu'un.

J'espère me rattraper.

Catherine

Fatiguée, mais utile. Enfin. Reprenant le collier pour lequel j'ai choisi ce métier, il y a longtemps. Connaître les gens, les suivre, les orienter vers où ils seront bons, et en paix. Ça n'a jamais été en opposition avec la productivité, bien au contraire. C'est juste en opposition avec le court terme. Trouver sa place prend du temps, un temps que les actionnaires n'ont pas et dont ils se fichent. Tout doit rapporter, toujours plus vite.

J'ai fait un nouveau point avec Sylviane. Frédéric a bien retrouvé ses esprits, il veut déjà chambouler l'hôpital où il se trouve, mais ils ne vont pas le laisser sortir de sitôt : trop de risques. Frédéric aime le risque, mais il lui serait difficile de parier sur sa propre santé, enfin j'espère. On n'a pas réussi à empêcher l'information de s'ébruiter, l'action HT a déjà bien chuté. Frédéric est furieux, et ça ne l'arrange pas. Eh oui, les actionnaires s'inquiètent. Que se passe-t-il si le Golden Boy, le modèle du capitalisme financier, n'est plus aux manettes, remplacé par un inconnu, une femme par surcroît, et DRH, quelle horreur ! Que se passe-t-il si les licenciements sont gelés ? Eh bien, on vend, pour trouver meilleur étalon, solide, primé, vigoureux. L'eugénisme actionnarial.

Je fais tout pour ne pas y penser et il reste dans mon arrière-fond. Marc… Nous aurions pu faire quelque chose. Nous n'avons pas insisté pour qu'il vienne aux contre réunions. Je ne voulais pas que la tension devienne trop forte avec son père. Elle a dû le devenir quand même… Je ne sais pas. Nous avons vu comment il était traité, dans son service. Nous savions qu'il n'était plus payé. Avec son accord… Aurions-nous dû l'estimer irresponsable ? Le faire mettre sous tutelle, faire annuler sa démission ? Je ne sais pas, où s'arrête le libre-arbitre de quelqu'un ?

Il y a eu non assistance à personne en danger, de nous tous. De moi plus encore. Si je suis au travail aujourd'hui c'est pour les quatre autres, parce que je peux encore les aider. Mais j'aurais préféré rester au fond de mon lit, et pleurer sur mon incapacité à… Je ne sais pas, compatir. Souffrir avec. Sentir du dedans de l'autre ce qu'il sent. Le tirer de là.

C'est moi qui ai dû répondre aux questionnaires des assurances. Ils cherchent à lui trouver des facteurs pathologiques personnels, sans lien avec son travail, pour ne pas verser d'indemnités à la famille. Autopsie psychologique, ça s'appelle. Je crois que la famille se fiche des indemnités. Je ne sais même pas s'ils se rendent compte de ce qu'on a fait à leur fils. Je vais rencontrer la mère de Marc demain. Le père ne veut pas me voir. Je crois que c'est important que ça soit reconnu. Que soit posé le terme de harcèlement en tant que cause du suicide. Bien sûr que Marc était sensible, qu'il avait ses problèmes. Qui n'en a pas ? Qui peut se déclarer équilibré, oser dire : ça ne me serait pas arrivé à moi ? Qui aurait tenu le coup dans des conditions pareilles ? Qui peut nier la responsabilité de HT ? De l'organisation elle-même et de sa course au profit, de ceux qui l'ont maltraité, de Frédéric, Sabine et leur plan, et de nous tous, passifs complices et également responsables ? Et tout ça pour une sordide histoire d'argent ou de réputation ? Si on le décrète fragile, au terme de je ne sais quelles ratiocinations symptomatologiques, n'est-ce pas faire insulte à sa mémoire, le rendre lui coupable, absoudre et légitimer HT dans ses comportements, et permettre que cela se reproduise ? On dirait qu'il n'y a personne pour dire ce qui est… Mal. Je ne sais pas comment dire autrement. Je n'en ai pas encore parlé aux autres. Il faudra pourtant qu'ils sachent… Ils ont bien vu que Marc n'était pas là, à la réunion… Le père exige un enterrement dans la plus stricte intimité. Aucun avis dans les journaux, non plus. La honte, j'imagine. Le silence, et de la terre par-dessus. Oui, je leur parlerai, je demanderai à Denis de nous aider pour écrire des textes sur Marc. Que chacun puisse dire, dire pour mémoire, dire en hommage, et dire pour que le deuil se fasse aussi, si le deuil est possible.

Je ne sais pas comment faire encore. Ils ont leur élan, si ténu, ça va souffler dessus comme une tempête…

Il faut aussi que je parle à Sabine. Je ne sais pas, peut-être comprendra-t-elle sa responsabilité ? Elle m'est si opaque… Ces choses qu'elle a apprises pour isoler, contrôler les gens, ces méthodes de torture cognitive, peut-elle y croit-elle vraiment ? Je vais la prendre avec moi, en binôme. Lui montrer comment je travaille et la satisfaction qu'on éprouve quand on trouve une solution équitable pour tous. Savoir qu'on peut faire autrement lui permettra au moins de choisir. Et quand je partirai, quand chacun aura retrouvé sa place, quand Frédéric reviendra, alors peut-être prendra-t-elle le relais en essayant de travailler en conscience de ce qu'elle fait. Peut-être. De toute façon, je n'ai pas d'autre choix que d'essayer.

Chapitre 22 – Dernier aperçu des conformes – mi à fin août 2006

Stéphane

C'est moi le meilleur, on m'appelle Stéf le killer… C'est moi le meilleur, on m'appelle Stéf le killer… C'est moi le meilleur, on…

Qu'est-ce que… Ah… J'ai dû faire un petit somme. Je… Regarder si… Non, Jake n'est pas là, il doit être encore en rendez-vous et moi je suis encore dans mon bureau. Je n'ai plus de rendez-vous… Partout où j'appelle, Jake est passé avant moi. Les clients que je connais depuis des années il… Je ne sais pas comment, mais il les a mis dans sa poche. Ils ne me prennent même plus au téléphone. J'ai essayé d'aller voir dans ses dossiers, reprendre ce qui m'appartient, mais il met tout sous clé. Et maintenant les gens ici me regardent autrement. Non, ils me regardaient autrement. Maintenant ils ne me regardent plus. Plus personne ne chante ma chanson, c'est lui le meilleur, on l'appelle Stéf le killer, quand je passe. Par contre Jake, quand il est là, tape dans le dos de tout le monde en souriant avec ses grandes dents blanches, et prend le numéro des plus jolis lots. Et moi je n'en ramène plus une seule à la maison.

Ça fait des semaines… Au début je me suis dit c'est comme la Bourse, ça va ça vient, pas besoin de s'inquiéter, et je suis parti au club de gym. Mais c'est comme si on avait éteint le projecteur qui m'a toujours illuminé, même là-bas. Peut-être savaient-ils déjà ? Que Stéf est devenu… Le… Le deuxième ?

Je… Je vais boire un petit coup, ça va me réveiller. Je cache ce que je veux ici, les équipes ne viennent plus faire le ménage dans mon bureau. Il y a un peu de soleil et je vois les tas de poussière et de cheveux, les miens, ils s'en vont, tant pis, en pleine lumière. C'est joli... Encore un coup. Aaaaahhh. C'est mieux. Encore un, peut-être ? Pour passer le temps... Bon. Je vais... Travailler. Que faire ? Je vais classer les dossiers dans mon armoire. Me lever d'abord. Ouh là ! Ça bouge ! C'est marrant, comme sur un voilier ! Mais attention... Ils peuvent me voir. Je suis encore Stéf le killer et Stéf le killer marche sur la terre ferme, uniquement. Une petite ligne, c'est ça qu'il me faut, pour me remettre d'aplomb. Je vais aller aux toilettes... Voilà, sortir... Un pied bien devant l'autre... Tiens, mais où est Marc ? Il n'est pas sur son tabouret ? Je l'aurais bien envoyé me chercher quelque chose, n'importe quoi pour le voir courir, ça me remonte le moral. Les autres font une tête d'enterrement. Eh les gars, bonjour ! Ils ne répondent pas. Ils sont jaloux, c'est tout. Ils savent que je vais remonter la pente et écraser ce con d'Amerloque. Emballé, c'est baisé ! Voilà, toilettes... Poudre de paradis, poudre du plus fort, avec ça, ça sera toujours moi ! Je boirais bien... Oui, un whisky coca, comme quand j'étais jeune, sur la plage en Bretagne. Je vais amener du coca et je le mettrai dans mon petit frigo. Comme ça je me ferai mon petit cocktail, le whisky j'en ai toujours sur moi, une fiasque de secours, c'est plus sûr. Allez, j'y retourne... Avec élégance...

J'y suis. Donc, qu'est-ce que j'allais faire ? Ah, oui : travailler. Mais je n'ai rien à faire. Frédéric ne me donne plus rien à faire... Sabine m'a dit ce matin que je ne devrais même pas être ici. Bon, c'est vrai, Frédéric m'a mis en congés payés d'office, il a dit que je méritais un peu de repos, que je devais me mettre au « vert ». Quelle horreur, le vert ! Qu'est-ce que je ferais, en vacances ? Quand je ne suis pas au travail, je m'ennuie moi ! C'est bien normal, où est-ce que j'irais d'autre ? Qu'est-ce qu'il y a d'autre ? Le club de gym c'était pour entretenir mon corps au top et lever des gourdes, mais même quand je poussais des poids je pensais à mes contrats et... Je n'en ai plus. Tout est parti à ce connard de Jake. Nice to meet you, tu parles ! Nice to fuck me, ouais ! Alors je reste ici, dans mon bureau. Sabine n'irait quand même pas appeler la sécurité, je suis Stéf le killer, ne l'oublions pas. Je suis sûr qu'elle espère que je la saute et... Ma foi, avec quelques verres en plus, ça pourrait être possible, si elle me refile du boulot. Je dois pouvoir faire ça. Pas besoin de faire du sport pour elle, pas besoin de douche. Je ne prends plus de douche. Je ne sais pas pourquoi j'en prenais trois par jour, avant. Je baigne dans mon odeur et comme ça au moins, quand je me réveille, ici ou dans un bouge, vu que je n'arrive plus à dormir dans mon lit, eh bien au moins je sais qui je suis. Stéf le killer bien sûr. Et si j'allais m'en jeter un petit au bistrot d'en face ? Il est presque 10 h, une bonne heure... Cette histoire de whisky coca doit se régler maintenant ! Oui, j'y vais, personne ne fait attention à moi, ce n'est pas normal mais... Je ne sais plus quoi faire.

Mais si, je sais ! Voyons ! Je vais boire un coup, d'abord. Ensuite, je vais me repoudrer le nez. Ensuite, je vais voir Sabine et l'inviter à sortir. Ensuite, je reprends tous mes contrats à Jake. Je remonte dans les objectifs, je les dépasse comme avant, je grimpe en vitesse, 12, 14, 16, 20, 25 % au-dessus de Jake. Je le fous dehors et on me regarde à nouveau comme il se doit. Voilà.

Emballé, c'est baisé !

Sabine

Mais pour qui elle me prend, la Sainte Vierge ? Pour une pauvre orpheline ? Elle m'a envoyé des flatteries ridicules pour que je passe la journée avec elle dans sa pauvre salle de réunions, elle voulait qu'on « échange sur nos pratiques ». Entourloupes que tout cela ! Je ne suis pas née de la dernière pluie, moi, je vois bien ce qu'elle mijote. Elle veut me manipuler, me dominer, elle veut faire de moi sa secrétaire. Je ne suis pas secrétaire, je suis DRH ! Et le mot le plus important là-dedans c'est quoi, hein ? Le premier, directrice ! La vieille doit être trop contente, avec ce pauvre Frédéric là-bas dans les vapes elle a les mains libres... Elle va tous nous faire plonger... Déjà les cours de l'action, c'est une catastrophe... J'en ai parlé à Steve, mais on ne peut rien faire, cette fichue histoire de papiers, je n'en savais rien moi, ça a été signé avant que j'arrive ici… Elle me passe au-dessus, tranquillement, elle décide tout à ma place, elle veut aider les bras cassés, elle se prend pour… Sœur… Emmanuelle… Enfin cette bonne femme-là, qui veut éponger toute la misère du monde sans prendre en compte la loi numéro un, la division entre les forts et les faibles. On devrait mettre ça dans les Dix Commandements. Je connais, j'ai vu la comédie musicale. Tu… Tu honoreras ton prochain s'il est fort… S'il rapporte… S'il peut t'aider… Enfin, quelque chose de rationnel, quoi. Après tout on n'a pas tué Jésus pour rien, hein, ce truc d'égalité, c'est comme Coluche, c'est n'importe quoi, il faut savoir trancher dans le vif !

Je suis… Je suis… Je suis malheureuse. J'ai essayé toutes les corrections cognitives que je connais et je suis toujours malheureuse. J'ai travaillé dur et ça n'a servi à rien. Ce n'est pas juste. Tout va de travers. Même Stéphane… Il vient de m'inviter à prendre un verre. Oh, j'ai tellement attendu ça ! J'étais si folle de lui, avant ! Il ne me regardait pas, il me parlait comme à un pote, ça va, je sais que je ne suis pas assez jolie pour lui… Pour personne… Et là, il se décide, il m'invite. Mais ce n'est plus Stéphane… Il pue, il est sale, il sent l'alcool et la transpiration, il ne le sait pas encore mais il va se prendre un avertissement, pour trouble à l'identité olfactive de HT, qu'il avait lui-même réclamée. Il n'est plus… C'est devenu un looser. Je ne veux pas d'un looser. Si je le laisse aller à son bureau alors qu'il est en congés payés sur ordre de Frédéric, c'est pour endormir sa méfiance, Frédéric souhaitant le virer avec profit. À mon avis, il n'y a plus grand-chose à endormir… Il a déjà sombré. Eh bien, c'est qu'il n'était pas assez solide, pas un vrai killer. Et pourtant, ça me rend triste, ça aussi. On aurait pu avoir quelque chose, lui et moi, si on avait été raccord dans le temps. On aurait pu, je ne sais pas, partir en week-end à la campagne, boire des cocktails au bord d'une piscine, se réveiller dans des suites grand luxe avec un plateau d'argent déjà posé à côté de nous… Des rais de lumière sur la moquette crème, épaisse, l'odeur du café, la surprise des croissants dorés sous cloche, juste pour regarder, ça fait grossir, calories vides, et des lys blancs et roses devant la fenêtre. Je me serais levée, en peignoir brodé à mes initiales, pour nous faire couler un bain. Avec plein de mousse qui couvre les robinets dorés d'une baignoire à l'ancienne, sur pieds.

Quelque chose à vivre, quoi. Mais non.

Avant de mourir, mon père m'a dit « Arrête d'être si dure, ou tu finiras toute seule ». J'avais... Ricané, mal à l'aise... Il avait soupiré. Et puis toussé, et craché. J'avais quitté sa chambre qui sentait l'hôpital. Et aujourd'hui je me demande... Oui, je me demande... S'il n'avait pas... Raison.

Je ne suis jamais allée nulle part avec quelqu'un et ça me donne envie de hurler.

Mariama

Le premier, le premier arrêt de travail de ma vie. Ça me fend le cœur, mais c'était obligé. Quelle tête ils auraient fait si je m'étais pointée comme ça ? Non, vraiment pas possible. On m'aurait collée dans une boîte à chaussures comme Laura. Trouble à l'identité visuelle. Une hôtesse en chef HT ne peut pas montrer ça, bien sûr.

Le médecin d'ailleurs a été très compréhensif. Il avait l'air plutôt inquiet mais il ne sait pas, lui...

J'ai tout accepté. Dès le premier jour, j'ai obéi. J'ai fait lisser mes cheveux comme M. Hautfort le demandait. Quelle joie ça a été ! En sortant du salon, mes cheveux qui cascadaient, comme dans les publicités de shampoing, qui sont toujours pour les blanches. Les femmes et les hommes qui me regardaient comme un soleil, qui clignaient des yeux. Naomi Campbell, j'étais. Et finie la torture des tresses qui prennent des heures et qui font si mal à la tête. J'y suis allée de plus en plus régulièrement. J'avais ma carte de fidélité, on me servait un café quand j'arrivais, que je buvais avec distinction, comme une vraie bourgeoise.

C'est normal, on le sait. Les défrisages, même chers, sont très violents. Ça a pris moins d'un an avant que je sois obligée de porter une perruque. J'ai accepté ça aussi. Mon cuir chevelu brûlé, l'horreur crépue qui repoussait comme du lichen, avec une belle perruque par-dessus. Enfin, deux, pour imiter une repousse naturelle. Je les mettais à tour de rôle. Ça n'était pas encore trop grave.

Mais je restais couverte de cette peau... Délatrice. Qui criait à tous elle n'est pas d'ici, elle n'est pas d'ici... Moi aussi je voulais être blonde, avoir le teint clair des anges. Que les hommes me regardent comme une porcelaine délicate et non comme une... Négresse excitante, à ajouter à leur palmarès.

C'est une copine qui m'a parlé de ces crèmes. Pas celles qu'on vend dans les grandes surfaces, qui ne marchent pas. Non, celles qu'on trouve sous le manteau, ou derrière le comptoir dans les salons de Strasbourg Saint Denis. Des crèmes éclaircissantes ultra-puissantes. Bien plus efficaces que le talc dont je me couvrais le visage, petite, pour qu'on arrête de me dire t'es noire, t'es sale. Je n'étais pas noire, pas vraiment. Mais pas blanche non plus, enfin, pas beige. Personne n'est blanc.

Alors j'ai rejoint la ronde immense de celles qui se blanchissent la peau. D'Asie en Afrique en passant par les Caraïbes, les femmes veulent être blanches. C'est classe, c'est élégant, c'est la peau des privilégiées, des riches, des puissantes. Les premières fois que j'en ai mis ça m'a fait très mal, c'était acide, et je ne devenais pas blanche, mais rouge. Heureusement, ma copine m'avait prévenue, j'avais commencé pendant mes congés payés. Pas assez d'argent pour partir, vu le prix des crèmes, de toute façon. Il faut savoir choisir.

Ma peau s'est habituée. J'ai augmenté les doses, les pourcentages de... Je ne sais pas ce qu'il y a dedans. De l'eau oxygénée ? De l'eau de javel ? Il n'y a pas d'étiquette sur mes crèmes, mais elles marchent. Et voilà. Ces derniers jours j'ai dû... Exagérer. Ma peau a fait une overdose. Je me suis réveillée avec des plaques sur le visage et le décolleté, suintant un liquide transparent qui me brûlait. J'ai essayé les tranches de pommes de terre crues, le concombre, la biafine. C'était pire. Alors, ma perruque sur la tête et un foulard bien noué autour du visage, un Hermès pour lequel j'ai économisé des mois, j'ai filé chez le docteur. Qui m'a arrêtée, donc, et m'a pris rendez-vous pour des examens à l'hôpital. Qui a brandi des mots effrayants, brûlures au deuxième degré, nécrose, cancer de la peau.

Alors, parce que j'ai peur de ces mots et que je suis seule dans mon lit, parce que j'ai vu dans les yeux du médecin une incompréhension, une inquiétude qui m'ont choquée, je réfléchis. Bien sûr qu'il ne peut pas comprendre. C'est un blanc, et c'est un homme. Il ne sait pas ce que c'est d'être regardée comme une bête de foire, de ne pas pouvoir travailler à cause de sa peau, de ses cheveux, à cause de son corps, alors qu'on n'y est pour rien. Il ne sait pas la rage de ceux qu'on maintient cloués au sol, et qui font tout pour relever la tête. J'ai relevé la tête et j'ai été promue. Je fais un travail impeccable. Depuis que je me blanchis la peau M. Hautfort me complimente, presque tous les jours, sur mon teint superbe. J'ai changé de peau, j'ai gratté mes écailles et mué, pour me glisser dans une enveloppe plus... Acceptable. Si j'enlevais ma perruque, si je laissais revenir mes cheveux et mes couleurs, je sais que je serai virée dans l'heure. Noire, ça va, ça fait diversité, ça fait ouverture. Noire, mais pas trop. On ne veut pas de bamboulas à tam-tam et boubous. On ne veut pas de sauvages. Vous pouvez travailler, on vous tolère, mais soyez discrets, hein, déjà que vous êtes ethniques...

HT contraint les corps, je l'avais vu et accepté en premier lieu. Interdit d'être grosse, mal fagotée, mal maquillée, interdit de s'habiller confortablement... J'en ai assez de ne pas manger. Non que j'aie faim : je ne sais plus ce que c'est depuis longtemps. Je n'ai d'ailleurs plus la jouissance des débuts à maîtriser mes besoins physiologiques. Mais manger, c'est tout de même... Naturel... Les gens y prennent... Plaisir... Et puis, je n'éprouve plus de satisfaction face aux regards admiratifs. Ma silhouette est parfaite mais ils ne me voient pas, moi. Ils s'en fichent. Ils voient des lignes, un modèle. Pas de chair et pas de sang.

Du sang. J'aimerais avoir mes règles à nouveau, je crois. C'était bien pratique de ne plus avoir à s'en préoccuper, je me sentais légère... Si légère que plus rien ne me retenait au sol.

Les mois ont passé sans ce retour régulier, sans ces quelques jours intérieurs, enroulée autour de mon ventre, autour d'une fertilité possible, d'une vie à donner, de la limite d'âge aussi, de ma mortalité. Je ne suis pas une statue, je ne suis pas immortelle. Je voudrais que mes règles reviennent et me lestent dans un temps… Humain.

C'est trop cher payé. Se brûler la peau, perdre ses règles et ses cheveux pour simplement travailler comme les autres. Laura a eu du courage, elle, d'amener le certificat de son médecin pour arrêter de porter des talons hauts, qui lui faisaient à son dos ce que les crèmes, les lissages font à ma peau, à mon crâne. Elle a protégé son corps, elle en a pris soin. Il faut voir ce que ça lui a valu, bien sûr. Mais au final, quand nous quitterons HT, quand HT aura disparu, il ne restera que nos corps, que nous.

Malgré tout ça, je ne peux pas m'empêcher de trouver plus jolie une fille au teint clair et aux cheveux lisses. C'est en moi bien installé et je ne sais pas pourquoi. Et ce canon-là, je n'y correspondrai jamais.

Bon… Arrête de penser. Repose-toi. Demain, j'irai à l'hôpital et on verra bien si c'est trop tard ou pas. Et… Allez, disons que si ce n'est pas trop tard… Eh bien, j'irai rendre visite à la famille de ma mère. Oui. Les rencontrer pour la première fois, trouver un sol sous mes pieds, et donner à M. Hautfort, avec fierté et coupe afro, ma démission sur papier chocolat.

Chapitre 23 – Épilogues, septembre 2006

Denis

Papa, je vais être Papa… Il reste une semaine, maximum, avant l'accouchement, d'après le gynéco. Un petit enfant, un être tout neuf pour nous rafraîchir, grandir avec nous, et nous aider à comprendre le monde. Toute cette responsabilité à endosser. Ne jamais savoir si l'on est à la hauteur… Mais nous sommes ensemble, Éloïse et moi, et nous voulons la même chose.

On a trouvé une maison au fin fond de la Lozère. De la pierre, du bois, une bergerie abandonnée à côté, plein de chambres, enfin, de possibilités de chambre, un puits… Un énorme boulot pour retaper tout ça. Pas de loyer, c'est la commune qui la met à notre disposition pour que nous en fassions une structure d'accueil, pour des ados en vacances ou en weekend. On a plein d'idées et les potes vont venir bosser avec nous : rendre l'endroit habitable, aider pour les demandes de subvention, le planning des activités, les histoires de sécurité, d'hygiène, les accords avec les structures éducatives du coin… En attendant, on logera chez les fermiers à côté et on se nourrira de vrais œufs, de vrai lait – pas d'eau de lait en pack longue conservation. On sentira le glissement d'une saison vers une autre, régulier, rond, pendulaire. Fêter le retour de la lumière en hiver et l'arrivée de l'été. En ville, été ou hiver, c'est pareil. À peine une mélasse de neige acier, une giboulée inodore ou un soleil blanc de pollution de temps en temps. Je veux me rendre compte du froid, écouter souffler le vent brûlant, baigner dans un orage d'été moite et parfumé, éternuer à cause des pollens, respirer un feu de bois qui ne soit pas sur écran plat, manger des légumes biscornus qui se reconnaissent au goût, les yeux fermés. On fera un potager éducatif. Que les ados voient les plantes pousser, en leur temps, qu'ils les soignent. Et des spectacles, et des randonnées, de la musique, du théâtre et...

On pourra vivre au début sur mes honoraires HT, Catherine me dit que tout sera versé la semaine prochaine, sans perte du fait que les gens n'ont pas démissionné ou été virés, parce que ce n'est pas une clause légale. Ensuite, on essaiera de vivre avec peu, et ça ne nous fera pas de mal. Pas beaucoup d'occasions de dépenser là-bas, de toute façon... Mais du temps, du temps élastique pour lire, écrire, parler, travailler. De l'espace pour s'étirer, regarder au loin, sans être arrêté par une tour ou des antennes télé, téléphone ou autre moyen de se faire croire qu'on n'est pas tout seuls. Ça ne va pas être facile, je le sais. C'est un grand changement. Mais les copains viendront, et Laura et Roman, et Catherine, et tous, qui sont invités permanents.

Il y a Marc, bien sûr. C'est à cause de lui que j'ai accéléré le mouvement pour notre départ de Paris. Pour que les ados que nous recevrons apprennent à s'estimer, à se défendre. Que leur espace intérieur soit si grand, si riche, si solide que personne ne puisse le violer. Pour qu'ils aient le choix. J'ai écrit des textes pour lui avec les autres et on les a lus au bistrot d'Ahmed, avec de la musique. Il avait dit à Laura qu'il aurait voulu être compositeur... Ce n'est pas important qu'on n'ait pas pu aller au cimetière. Du moment que ces textes ont été écrits, et lus, du moment qu'ils existent, eh bien, ils arrivent quelque part, ils font leur office.

Rodolphe restera chez HT. C'est sa caverne à lui. J'ai cru pourtant à ses éclats, à sa révolte, à sa thèse. Mais, comme beaucoup, il est, depuis longtemps, résigné. Résignation plus forte que tout, que son éthique, que ses élans, que ses convictions. Résignation-étau, mou mais ferme, pneu géant qui étouffe son corps et ses pensées. On ne peut rien faire contre la résignation. Ne pas s'en approcher. Risque de contagion, comme le poème de Prévert, « Le désespoir est assis sur un banc ». Déjà énorme que les autres n'aient pas été contaminés. Un mort, un résigné. Mais les autres essaient de vivre. C'est toujours ça.

Laura part en formation. Sonia est fière de ses écrits. Francis est pris dans une structure protégée. Le pire est évité, pour l'instant, pour lui. Catherine va s'en aller aussi, quand elle aura réussi, si elle réussit, à arrêter complètement les procédures de licenciement en cours. Marc nous maintient en colère. C'est nécessaire, la légitime révolte, pour légitime défense.

Je suis... Un peu triste que tout ça soit fini. Une troupe qui se sépare : on fait des choses ensemble, on rit, on sort, et puis plus rien. Mais je peux fermer le livre HT, et ça, c'est une grande joie, qui commence à peine à monter, qui est timide, mais qui darde déjà ses rayons. Plus jamais ça. Plus jamais le clown grouillot d'entreprise. Plus jamais l'entreprise telle qu'elle devient dominante, d'ailleurs. Les jardins associatifs, oui. Les entreprise autogérées, évidemment. Ou le patron courageux qui lutte avec ses employés, ça doit exister, mais comment il tient le coup, pour combien de temps, je ne sais pas : je l'admire. Pour le reste, ne plus jamais s'approcher des semblables de HT. Il n'y a plus rien à en faire.

À moins que...

Attends une minute...

Oui... Hum...

Mes remotivés, là...

Qui se sont appelés Travailleurs Anonymes...

Qui commencent à trouver leur voie...

Combien sont-ils, ailleurs, partout ?

Il faut que j'en parle à Éloïse et à Catherine...

Ce n'est quand même pas faisable...

Mais je ne peux pas non plus me retirer au fin fond du monde et les laisser aller à leur perte en connaissance de cause... Je ne veux pas penser que d'autres Marc se... Détruiront...

Et si... Si je postulais dans d'autres entreprises, avec une lettre de recommandation de Catherine et mes faux diplômes aux noms improbables... C'était quoi déjà... « Gestion et ingénierie des apprenants »... « Sourcing et management des conflits transverses »... « Team building et synergie, expertise n+1 à n+40 »...

Si je proposais des... Séminaires de remotivation... Programmes complets... À la campagne chez nous...

Et si... Ces séminaires étaient en fait des séminaires de sape...

Travailleurs Anonymes de tous les pays... Réfléchissez ! Oui... Voire... Des séminaires pour cadres, type Stéf... Pour les faire vaciller un peu... Pour que ça change... Je ne sais pas, c'est peut-être truc d'ado. Mais l'adolescence est le moment où l'on se correspond le plus. Ensuite, on transige...

Et... Se mettre en lien avec d'autres... Des caricaturistes, des entarteurs... Montrer le capitalisme tel qu'il est devenu... Faire de petits films... Parler de Marc... De Stéf aussi, qui ne tue plus que lui-même, qui n'a plus à dévorer que ses entrailles... Qui est le scorpion et la grenouille en même temps...

Oui. Je vais m'asseoir un peu, et écrire tout ça.

Sélim

Eh bien... C'est donc le dernier jour ici... Je n'ai rien de personnel à ramener à la maison. Je n'existe plus chez HT depuis longtemps. La comédie a assez duré.

Catherine a obtenu ma préretraite. Je vais rentrer au pays... Pas tout de suite, j'ai besoin de... De retrouver une valeur. De faire quelque chose d'utile.

Roman m'a parlé d'une association pour les primo-arrivants, et je m'en vais accueillir mon peuple qui vient, en bateau, en soute, sous des camions, suffoqué de gasoil, tenter sa chance en France. Ce n'est pas une solution, mais qu'a-t-on d'autre, à part crever de faim chez soi? On ne vient pas par choix, ici. On n'a pas envie de venir faire les boulots dont les Français ne veulent pas, transpirer sur des échafaudages ou en cuisine, prendre les bus de nuit pour une heure de travail sous-payé aux lisières du monde, se bousiller le corps et étrangler sa fierté.

La France... La belle France qu'on m'enseignait, là-bas, petit... La France qui veut interdire l'immigration « sauvage »... Qui veut des immigrés... Domestiques ? Domestiqués ? Sans bruit et sans odeur... Le corps de l'étranger pue toujours. La France qui dit que chacun doit travailler dans son pays... C'est vrai, dans l'idéal... Qui ne tient pas compte de ses émigrants à elle, de ses expatriés, de ses frontaliers qui s'en vont gagner leur pain en Suisse, en Allemagne, en Italie, mangeant celui des autochtones... De ses chercheurs qui s'en vont aux États-Unis parce qu'ici ils ne peuvent pas travailler, et qui y sont bienvenus, pendant que les Mexicains qui essaient de passer la frontière sont tirés à la carabine comme des chiens. Les immigrants ne sont pas égaux. Il faut être un immigrant désirable. Bien propre. Comment, qu'on me l'explique.

Je m'en vais les préparer, ces jeunes désespérés qui s'écrasent ici. Leur dire qu'il faudra travailler dur, mais qu'il faut, qu'il faut qu'ils arrivent à se former, ce que je n'ai jamais pu faire, pour rentrer chez eux en ayant appris quelque chose, et aider les leurs. Leur dire le mal du pays, l'exil forcé et honteux. Chez soi nulle part, ni ici ni là-bas. Leur rappeler d'où ils viennent et où il faut qu'ils retournent, je crois, car un homme coupé de sa terre, coupé par le désespoir, non pas le choix, meurt de l'intérieur comme une fleur arrachée.

Plus tard, je retrouverai les miens. J'écouterai le muezzin et les chants, le soir, dans la grande cour, assis sur le banc de pierre qui garde la fraîcheur. Je respirerai l'encens, le narguilé et le parfum des orangers. Je raconterai la France aux petits, les beaux immeubles de Paris, les élégantes, je raconterai Denis, Roman, Laura et les autres. Comme un conte. Tout est plus beau dans les contes. Tout ça deviendra un rêve, et les années grises de peine s'effaceront, sous le soleil et les vapeurs de jasmin.

Je reviendrai chez moi.

Elle dit oui !!! Laura dit oui ! Lait fraise, sucre paradis pour moi, bouche en velours sur la mienne, parfum de bébé entre mes bras !

Nous allons vivre. Vivre ensemble, chez elle. Laura retourne à l'école, apprendra métier nouveau. La France permet ça, rend possible. Moi, je continue HT, récitant lignes main de Paris par cœur sur scooter, Opéra, Montmartre, Belleville, pendant que Laura écolière. Je riant toute la journée, maintenant. Faisant missions excellentes, colis toujours en avance. Je suis employé modèle, mais j'en fiche. Le travail n'est pas la vie. N'est pas important.

Quand Laura finira école, nous quitterons Paris. J'aime Paris, mais la campagne manque. Je voulois dormir dans du foin. Je voulois voir le ciel en entier, avec ses oiseaux vrais, en couleurs – pas les pigeons trempés de fumée.

En attendant, aller au cours de français, pour trouver plus tard un autre travail. Pas un travail comme chez HT. HT toujours gagnera. Non, je voulois trouver, pas un travail, mais... Comment dire ? Trouver... Pas un emploi, pas employé par quelqu'un, pareil à objet ou mot employé. Trouver... Pas une activité... Trop... Efficace... Je voulois utiliser mes heures pour chemin bon, juste et utile pour moi et les autres. Mais pas de mot n'existe pour ça. Étrange, oui ?

Un jour, je serai un conteur. Je ramasserai histoires abandonnées des bords des routes, herbes chantantes, ou histoires des coins des villages ou des prisons, j'ouvrirai poings serrés rage chagrin des Clous de partout pour trouver or, je remplirai panier mien, et toutes ces histoires, je les promènerai mondialement, pour mémoire et vie à venir.

En attendant, je suis heureux dans la France. Ici, des choses possibles. Si malade, comme Hautfort grenouille, comme Laura, on peut être soigné. Si vieux et fatigué après le travail de toute la vie, comme Sélim, on peut toucher un peu d'argent. Ici, des livres partout. Boulevard du Saint Michel, dix livres, un euro. Cinémas. Théâtres. Denis emmena nous à une pièce hier. Tellement drôle ! Ubu-Roi… Ubu grenouille… Nous infiniment avons ri, et bu champagne au bar de théâtre, après. Le premier champagne dans ma vie, feu d'étoiles dans ma tête, et mon esprit léger s'envole… Laura collée contre moi tout le temps, chaude, moelleuse. Denis a montré des photos de son bébé juste arrivé, minuscule. Sélim est venu avec un jeune de son pays, lui aussi juste arrivé. Un jeune perdu, Sélim lui montre la route, heureux. Sonia écrit dans des magazines. Nous beaucoup avons parlé de Marc. Pour ce, je pense que Marc était là aussi.

Laura et moi sommes libres. La campagne, bientôt, ou les montagnes, et puis ailleurs, plus tardivement. La mer… Les pins de Méditerranée, les mimosas… L'Italie orange et rose, goûter un gelato, rencontrer une langue-sœur de la mienne… Trouver une place à nous.

En attendant, aller avec le vent.

Human Tools a été copiée partout dans le monde.

Après l'éviction de Hautfort à l'assemblée annuelle des actionnaires en raison des résultats désastreux en Bourse qui ont suivi ses AVC, l'entreprise a été reprise par Steve Wright, qui en a vendu la majorité des parts à un consortium mondialisé spécialisé dans le redressement des entreprises en difficulté.

Un plan social massif avec licenciements secs a suivi, redonnant le sourire aux nouveaux actionnaires. Rodolphe Perthuis, Catherine Lahore, Stéphane Le Huchet, Mariama Traoré et Sylviane (en grève de la faim pour réclamer le retour de M. Hautfort) ont fait partie des premiers départs.

Laura Rochellier a été remerciée à son retour de congé de formation.

Les employés restants travaillent exclusivement sous Vocabulaire Purifié. La méthode a été commercialisée sous forme de CD, DVD, fichiers MP3, dictionnaires, grammaires et fascicules avec abonnement disponibles en points presse. Le site internet Speak Right encaisse des montants records d'inscriptions d'internautes qui suivent ainsi les nouveautés quotidiennes. Le fil Twitter de Vocabulaire Purifié est l'un des premiers à avoir été suivi en masse, et compte aujourd'hui plus de quatre millions d'abonnés. Une Radio Purifiée est en cours d'obtention de fréquence à accessibilité restreinte pour soutenir 24h/24 les membres dont l'entreprise a souscrit le programme. Le consommateur averti prendra néanmoins garde aux contrefaçons généralement dangereuses, notamment gratuites, et pourra se référer en cas de doute au centre de lobbying IDOLP, International Defense Of Language Purity, idolp.com.

Human Tools a récemment été revendue, avec une plus-value exceptionnelle, à Lesky, Bowman and Yahimoto, société spécialisée dans les procédures de mise en place des procédures.

Ses bureaux et le centre d'appels ont été délocalisés au Maroc.

Le service comptabilité est dorénavant basé à Jersey.

Le service des Ressources Humaines, devenu obsolète, a été supprimé. Sabine et ses assistantes se sont vues signifier leur congé définitif sans préavis ni indemnités par sms.

L'antenne commerciale, chapeautée par Jake Woolthin, demeure à Paris, dans le triangle d'Or, recevant les actionnaires avec le prestige qu'ils méritent.

Car l'actionnaire, maître des cours, est roi, le client son valet, et l'employé son bouffon.

TABLE

TROISIÈME PARTIE – RENVERSEMENT DE TENDANCE

QUATRIÈME PARTIE – RÉSISTANCE DES TITRES

CINQUIÈME PARTIE – CLÔTURE MITIGÉE

ACHEVÉ D'IMPRIMER
EN NOVEMBRE 2010
PAR L'IMPRIMERIE
DE LA MANUTENTION
A MAYENNE
FRANCE
N° 583902X

Dépôt légal : 4e trimestre 2010